KB086333

Little Men

Life at Plumfield with Jo's Boys

By

Louisa M. Alcott

Author of "Little Women," "An Old-Fashioned Girl," "Eight Cousins," "Aunt Jo's Scrap-Bag," etc.

WITH ILLUSTRATIONS
BY REGINALD B. BIRCH

Boston
Little, Brown, and Company

작은 신사들

Little Men

루이자 메이 올컷 지음 | 레지널드 B. 버치 그림 | 공민희 옮김

더스토리

Contents

차례

1. 신입생 네트

"여기가 플럼필드인가요?" 남루한 옷을 입은 소년이 버스에서 내려 커다란 정문 앞에 서 있는 남자에게 물었다.

"그렇단다. 누가 보내서 왔니?"

"로런스 씨께서요. 부인께 전달하라는 편지를 가져왔습니다."

"그래. 안으로 들어가 직접 전해드리거라. 널 만나주실 거야, 꼬맹아."

문지기는 쾌활한 목소리로 말했고 소년은 그의 반응에 한층 신이 나서 안으로 들어갔다. 파릇한 잔디와 봉오리가 올라온 나뭇가지 위로 촉촉한 봄비가 포근하게 내리고 있었다. 네트는 자기 앞에 떡 버티고 선 커다란 사각형 건물을 바라보았다. 고풍스러운 현관에 넓은 계단, 수많은 창문에서 환한 불빛이 흘러나오는 근사한 저택이다. 커튼과 블라인드가 쳐져 있어도 따뜻한 불빛이 고스란히 새어 나왔다. 네트는 초인종을 누르기 전에 잠시 가만히 서 있었다. 수많은 작은 그림자들의 춤이 벽으로 비쳤다. 네트는 아이들의 즐거운 노랫소리를 들으며 자신과 같은 '꼬맹이' 거지는 저런 환하고 따뜻한 안락함은 누릴 수 없다고 생각했다.

'부인께서 날 만나주셔야 할 텐데.' 네트는 속으로 생각하며 그리핀의 머리로 장식된 커다란 청동 고리쇠를 소심하게 두드렸다.

발그레한 얼굴의 하녀가 문을 열어주었고, 소년이 조용히 편지를 건네자 웃으며 받아들었다. 하녀는 낯선 소년을 맞이하는 일이 익숙한지 복도에 있는 의자를 가리키며 고개를 끄덕였다.

"이 편지를 부인께 전해드릴 동안 매트에서 물기를 털고 저기 앉아 있으렴."

네트는 기다리는 동안 구경할 것이 아주 많다는 점을 얼른 알아차리고 흥미롭게 주변을 살폈다. 문 옆 어두운 공간에 앉은 터라 누구의 눈초리도 받지 않아도 되어서 기뻤다.

비 내리는 해 질 녘이었다. 저택은 즐겁게 노는 데 열중한 소년들로 넘쳐났다. '위층과 아래층, 응접실' 등 사방에 소년들이 있었고 여러 개의 문이 열리면서 좀 큰 아이들, 꼬맹이들, 어린이 무리가 열정적으로 저녁 시간을 즐겼다. 오른쪽에 있는 커다란 방 두 곳은 책상과 지도, 칠판, 책이 흩어져 있는 것으로 보아 교실이 분명했다. 난로에는 장작불이 타오르고 주변에는 아이 몇 명이 빈둥거리며 누워 있었다. 그들은 새 크리켓 경기장에 대해 이야기를 나누며 부츠를 신은 발을 공중으로 들어 휘저었다. 주변의 시끄러운 소리에도 아랑곳하지 않고 키가 큰 소년이 한 귀퉁이에서 플루트를 연습했다. 다른 아이들 두세 명은 책상을 뛰어넘고 간간이 멈춰서는 숨을 골랐다. 그러고는 칠판에 집 안 식구들의 캐리커처를 그리는 어린 까불이의 우스꽝스러운 그림을 보고 웃음을 터트렸다.

왼쪽에 있는 방으로는 긴 식탁이 보이고 그 위로 신선한 우유가 담긴 커다란 유리병들, 가득 쌓인 흰 빵과 호밀빵, 반짝이는 진저브레드가 한 아름 놓여 네트의 영혼을 자극했다. 빵 굽는 냄새가 사방으로 퍼지면서 사과를 굽는 냄새도 피어올라 배고픈 어린 코와 위장이 요동쳤다.

그러나 무엇보다 네트의 호기심을 끄는 쪽은 입구 위쪽에 자리한 복도였다. 한쪽에서는 잡기 놀이가 한창이고 한 층계참에선 구슬치기가, 다른 쪽에서는 서양 장기를 두는 아이들이 보였다. 계단에는 책을 읽는 소년과 인형에게 자장가를 불러주는 소녀 한 명, 강아지 두 마리, 새끼 고양이 한 마리가 있었고 다른 소년들은 팔다리가 부러질 위험에도 아랑곳하지 않고 끊임없이 계단 난간에서 미끄럼을 타며 옷을 더럽히고 있었다. 네트는 이 신나는 경주에 푹 빠진 나머지 앉아 있던 모퉁이 의자

에서 벗어나 조금 더 가까이 다가가는 모험을 감행했다. 아주 활달한 아이 한 명이 재빠르게 난간에서 내려오다가 몸을 주체하지 못해 떨어졌다. 곧 머리가 깨지는 듯한 쿵 소리가 났지만 그 아이는 11년 동안 끊임없이 넘어지면서 대포처럼 단단해진 상태라 아무런 이상도 없었다. 네트는 자신이 어떤 상황에 있는지도 깜빡 잊고 떨어진 아이가 크게 다쳤을 거라고 생각해 서둘러 뛰어갔다. 그러나 소년은 아주 잠깐 움찔했을 뿐 곧 편안한 표정으로 누워서는, 놀란 얼굴의 낯선 아이를 쳐다보며 말했다. "안녕!"

"안녕!" 네트는 딱히 대답할 말이 떠오르지 않아 간단하고 쉽게 똑같이 대답했다.

"여기 새로 왔어?" 누워 있는 아이가 담담하게 물었다.

"아직 몰라."

"네 이름이 뭔데?"

"네트 블레이크."

"난 토미 뱅스야. 너도 이리 와서 같이 해볼래?" 토미는 손님에게 친절하게 대해야 한다는 규칙이 갑자기 생각난 듯 몸을 일으키며 말했다.

"내가 여기 있게 될지 어떨지 정해지기 전까지는 곤란할 것 같아." 네트는 매 순간 이곳에 있고 싶다는 갈망이 마음속에서 더 커지는 것을 느꼈다.

"저기, 데미. 새로 온 아이가 있어. 와서 만나봐." 생기발랄한 토미는 즐거워하며 다시 미끄럼을 타러 돌아갔다.

친구의 부름에 계단에서 책을 읽던 소년이 고개를 들었다. 커다란 갈색 눈동자가 살짝 수줍어하더니 이 호리호리하고 순한 눈빛의 소년에게 큰 매력을 느꼈는지 이내 책을 옆구리에 끼고 침착하게 새 인물을 맞이하러 내려왔다.

"조 이모를 만났어?" 그 일이 아주 중요하다는 듯 데미가 물었다.

"난 너희들 말고는 아무도 보지 못했어. 지금 기다리는 중이야." 네트가 대답했다.

"로리 이모부가 널 보냈니?" 데미가 예의바르고 진지하게 물었다.

"로런스 씨께서 보내셨어."

"그분이 로리 이모부야. 항상 우리에게 괜찮은 아이들을 보내주시지."

네트는 그 말에 고마움을 느끼며 미소를 지었다. 그렇게 하니 그의 홀쭉한 얼굴이 한층 보기 좋아졌다. 이제 무슨 말을 해야 할지 몰라 두 소년은 그저 우호적인 침묵 속에 서로를 바라보며 서 있었다. 그때 인형을 품에 안은 소녀가 다가왔다. 소녀는 데미와 아주 많이 닮았는데 그만큼 키가 크지는 않았고 좀 더 둥글고 발그레한 얼굴에 푸른 눈동자가 빛났다.

"여긴 내 동생 데이지야." 데미가 아주 드물고 귀한 존재를 소개하는 듯 말했다.

아이들은 서로에게 고개를 끄덕였다. 소녀는 보조개가 생기도록 활짝 웃으며 싹싹하게 말했다.

"네가 여기 있게 되면 좋겠어. 우린 여기서 아주 잘 지내거든. 안 그래, 데미 오빠?"

"물론이지. 그래서 조 이모가 플럼필드를 세운 거야."

"정말 좋은 곳 같아." 네트는 정이 넘치는 이 아이들에게 대답을 해줘야 한다고 느끼며 말했다.

"세상에서 제일 근사한 곳 같아. 그렇지, 데미 오빠?" 데이지는 세상 모든 일에 오빠의 허락을 얻어야 한다고 생각하는 것이 분명했다.

"아니, 난 빙하와 바다표범이 있는 그린란드가 더 근사하다고 생각해. 하지만 나 역시 플럼필드를 좋아해. 여긴 머물기 아주 좋은 곳이야." 지금 그린란드에 관한 책에 한창 빠져 있는 데미가 말했다. 그가 책을 펼쳐서 네트에게 그림을 보여주며 설명하려는데 하녀가 돌아와서 응접실 문 쪽을 향해 고갯짓했다.

"잠깐, 여기서 멈추자."

"잘됐다. 어서 가서 조 이모를 만나봐." 데이지가 친근하게 손을 덥석 잡아서 네트는 곧바로 집에 온 듯한 편안한 기분을 느꼈다.

데미는 자신이 사랑하는 책에 다시 몰두했고, 그의 여동생은 신입생을 이끌고 안쪽 방으로 향했다. 그곳에는 다부진 신사 한 명이 소파에서 두 소년을 데리고 장난을 치고 있었다. 그리고 한 마른 숙녀가 꼼꼼히 편지를 다시 읽고는 고이 접으려 하고 있었다.

"여기 데려왔어요, 이모!" 데이지가 외쳤다.

"그래, 네가 우리의 새 친구니? 만나서 반갑구나. 네가 이곳에서 행복하게 지내길 바란다." 숙녀는 이렇게 말하고 네트를 자기 쪽으로 당겼다. 그러고는 어머니처럼 인자한 얼굴에 친절한 손길로 그의 머리를 뒤로 쓸어 넘겨주었다. 그 순간, 네트의 외로운 작은 가슴이 그녀를 동경하게 되었다.

그녀는 엄청난 미인은 아니지만 어린아이의 천진함과 표정이 서린 얼굴을 지녔고 이는 목소리와 태도보다 훨씬 두드러졌다. 설명하기 힘들지만 덕분에 그녀는 상냥하고 편안한 사람처럼 보였고 쉽게 어울릴 수 있을 것 같았다. 남자애들이 쓰는 말로 하면 '쾌활'한 분위기를 풍기는 사람이었다. 조는 네트의 머리를 쓸어 넘겨줄 때 그의 입술이 살짝 떨리는 것을 보고, 다정한 눈매에 한층 부드러움을 담아 추레한 아이를 더 가까이 당기고는 웃으며 말했다.

"난 어머니 베어고 저 신사분은 아버지 베어야. 저기 저 두 아이도 베어란다. 다들 이리 와서 네트와 인사해요."

씨름을 하고 있던 세 사람이 곧바로 시키는 대로 했다. 다부진 신사가 양팔에 포동포동한 아이를 하나씩 끼고 신입생을 환영하러 왔다. 로브와 테디는 그저 미소만 지었고 베어 씨는 악수를 청하고 벽난로 근처에 있는 낮은 의자를 가리키며 친절한 목소리로 말했다.

"널 위한 공간이 준비돼 있단다, 아들아. 저기 앉아서 젖은 발을 말리렴."

"젖었다고요? 진짜 그러네! 얘, 얼른 신발을 벗으렴. 내가 당장 너한테 맞는 마른 신발을 가져다줄게." 베어 부인이 소리치고 부산스럽게 움직였고, 눈 깜빡할 사이에 네트는 편안한 의자에 앉아 마른 양말과 따뜻한 실내화를 신게 되었다. 그는 가까스로 "감사합니다, 부인."이라고 말했다. 고마움이 가득 묻어나는 대답에 베어 부인의 눈길이 다시 부드러워졌다. 그녀는 한없이 약해지는 마음을 다잡고 일부러 쾌활한 목소리로 말을 이었다.

"그건 토미 뱅스의 실내화란다. 하지만 그 애는 자기 실내화를 집 안 어디에 놔뒀는지 결코 기억하지 못할 거야. 그러니 실내화가 없어도 되겠지. 너한테는 너무 크구나. 하지만 더 잘됐어. 실내화가 발에 맞지 않아 우리한테서 재빨리 도망칠 수 없을 테니까."

"전 도망치고 싶지 않아요, 부인." 네트가 더러운 손을 따뜻한 난로 앞으로 펼치며 만족하듯 길게 숨을 내쉬었다.

"거참 잘됐구나! 이제 널 잘 말려서 그 끔찍한 기침을 떼어내야겠어. 기침을 시작한 지 얼마나 되었니?" 베어 부인이 플란넬 끈을 찾아 커다란 바구니를 뒤지며 물었다.

"겨울 내내 그랬어요. 감기에 걸렸는데 어쩐지 전혀 나아지지 않아요."

"눅눅한 지하실에서 가녀린 등을 덮을 변변한 이불도 없이 살았으니 당연하지." 베어 부인이 능숙한 눈길로 소년을 살폈다. 퀭한 눈과 부은 입술, 쉰 목소리와 자주 기침을 할 때마다 기운 재킷 속 굽은 어깨가 떨리는 것을 보며 그녀는 남편에게 작은 목소리로 말했다.

"로브, 보모한테 가서 감기약과 연고를 달라고 하렴." 베어 씨가 아내와 눈길을 주고받은 뒤 말했다.

네트는 이런저런 준비를 하는 것을 보고 살짝 불안했지만 애정 어린 웃음소리를 듣고 두려움이 사라졌다. 베어 부인이 익살스러운 표정으로 그에게 이렇게 속삭였기 때문이다.

"어린 악동 테디가 기침하는 소리를 들어보렴. 내가 너한테 주려는 시럽에 꿀이 들어 있거든. 그래서 자기도 먹고 싶어서 저러는 거야."

어린 테디는 감기약병이 등장하자 억지로 얼굴을 빨갛게 만들었고 네트가 남자답게 약을 받아먹고 플란넬 천으로 목을 꽁 꽁 싸맨 뒤에야 시럽을 한 스푼 얻어먹을 수 있었다.

치료를 위한 첫 단계가 완전히 끝나지도 않았는데 큰 종소리가 울렸다. 우렁찬 발걸음 소리가 복도를 가득 채우며 저녁 식사 시간이라고 말해주었다. 수줍은 네트는 모르는 아이들을 많이 만날 거라는 생각에 몸이 떨렸지만 베어 부인이 그를 향해 손을 내밀었고 로브는 선배처럼 이렇게 말했다. "겁내지 마. 내가 보호해줄게."

열두 명의 소년이 여섯 명씩 나뉘어 각자의 의자 뒤쪽에 섰다. 플루트를 불던 키가 큰 소년이 빨리 밥을 먹고 싶어 안달하는 아이들의 흥분을 가라앉히려고 애썼다. 베어 부인이 찻주전자가 놓인 자기 자리에 서고 테디가 그 왼쪽에, 네트가 오른쪽에 설 때까지 아무도 앉지 않았다.

"우리와 함께할 새로운 친구란다. 네트 블레이크라고 해. 저녁을 먹은 뒤에 인사를 나누렴. 친절하게, 다들 친절하게 대해줘야 해."

부인의 말에 모두가 네트를 쳐다보았다. 그런 다음 소년들은 재빨리 질서정연하게 각자 자리에 앉으려고 했지만 완전히 실패했다. 베어 부부는 최선을 다해 소년들이 식사시간에 올바르게 행동하도록 가르치려 했다. 이곳은 규칙이 많지 않고 합리적인 곳이라 평소에는 아주 잘해왔다. 소년들은 베어 부부가 자신들을 편안하고 행복하게 해주려고 한다는 것을 알기에 순순히 시키는 대로 따랐다. 다만 배고픈 소년들이 과격함을 억누를 수 없는 때가 있는데, 반나절을 자유롭게 보내고 난 토요일 저녁이 그중 하나였다.

"어린 영혼들은 마음껏 소리치고 시끄럽게 굴고 즐겁게 뛰어노는 날이 하루라도 있어야 해요. 자유와 재미가 없다면 휴일은 휴일이 아니니까요. 일주일에 한 번은 제멋대로 하는 날도 있어야 해요." 품위 있는 플럼필드 저택의 지붕 아래에서 아이들이 난간 미끄럼을 타고 베개 싸움을 하고 갖은 장난을 치게 내버려두는지, 고지식한 사람들이 궁금해할 때면 베어 부인은 이렇게 말했다.

가끔은 앞서 언급한 지붕이 날아가지 않을까 걱정이 되기도 했지만 그런 일은 결코 일어나지 않았다. 아버지 베어가 언제든 말로 진정시키면 아이들은 자유가 방종이 되어서는 안 된다는 점을 배웠다. 그래서 수많은 부정적인 예측을 뒤로하고 이 학교는 번영했고, 학생들은 정확히 어떻게 그렇게 됐는지 모르지만 자연스럽게 예의범절을 익혔다.

네트는 커다란 유리병 뒤에 앉아서 다행이라고 생각했다. 토미 뱅스가 바로 옆 모퉁이에 있고 베어 부인이 옆에서 그가 먹어치우는 족족 접시와 잔을 채워주었다.

"반대쪽 끝에 앉은 여자애 옆에 앉은 남자아이는 누구야?" 네트가 웃음으로 위장한 채 옆에 앉은 아이에게 속삭였다.

"저 애는 데미 브룩이야. 베어 씨가 그 애 이모부고."

"참 특이한 이름이네!"

"저 애의 진짜 이름은 존인데 다들 데미 존이라고 불러. 그 애 아버지도 존이거든. 진짜 웃기지 않아?" 토미가 친절하게 설명해주었다. 네트는 보이진 않지만 예의 바르게 미소를 지으며 호기심을 가지고 물었다.

"그는 참 괜찮은 아이지?"

"그래, 맞아. 아는 게 많고 책이라면 뭐든 다 읽거든."

"그 애 옆에 앉은 통통한 아이는 누구야?"

"아, 저 애는 스터피 콜이야. 이름이 조지인데 너무 많이 먹어대서 우리가 스터피라고 불러. 아버지 베어 옆에 앉은 어린 애는 아들 로브고, 그 옆에 덩치 큰 프란츠는 아버지 베어의 조카야. 그가 우리를 가르치고 보살피기도 해."

"플루트 불던 애 맞지?" 토미가 구운 사과를 통째로 입안에 집어넣을 때 네트가 물었다.

토미가 고개를 끄덕이더니, 생각보다 빨리 입을 열었다. "아, 그런가? 우리는 가끔 춤을 추고 음악에 맞춰 체조를 해. 난 드럼을 직접 치는 것이 좋아서 가능한 한 빨리 배울 거야."

"난 바이올린이 제일 좋아. 나도 악기 하나는 연주할 수 있어." 관심 있는 주제가 나오자 네트가 속내를 털어놓았다.

"정말?" 토미는 눈동자가 휘둥그레져서는 머그잔 너머로 쳐다보았다. “베어 씨에게 낡은 바이올린이 있어. 네가 원하면 연주를 하게 빌려주실 거야.”

“그럴까? 아, 정말 그러고 싶어. 있잖아, 난 아버지가 살아 계실 때 아버지랑 다른 남자랑 사방을 돌아다니면서 연주를 했어.”

“정말 재미있었겠구나?” 토미가 한층 감명을 받은 듯 물었다.

“아니, 진저리나게 싫었어. 겨울에는 너무 춥고, 여름에는 너무 더웠거든. 그리고 내가 지치면 가끔 두 분은 언짢아하셨어. 게다가 난 먹을 걸 충분히 얻지도 못했어.” 네트는 잠시 말을 멈추고 힘든 시기가 끝났다는 걸 스스로에게 확인시키듯 진저브레드를 한 입 베어 물었다. 그리고 후회하듯 이렇게 덧붙였다. “그렇지만 난 내 작은 바이올린을 사랑했고 그리워. 아버지가 돌아가셨을 때 니콜로가 그걸 가져갔어. 그리고 내가 아프다는 이유로 더 이상 날 데리고 다니지 않았어.”

“네가 연주를 잘한다면 밴드에 들어갈 수 있을 거야. 한번 연주해봐.”

“여기에 밴드가 있어?” 그렇게 묻는 네트의 눈동자가 빛났다.

“있어. 모두가 참석하는 즐거운 밴드지. 콘서트 같은 것도 해. 내일 저녁에 보면 알 거야.”

아주 신나게 말을 마친 뒤 토미는 다시 식사에 몰두했고 네트는 가득 찬 접시 위로 더없이 행복한 공상에 빠져들었다.

베어 부인은 머그잔을 채워주면서 그 모든 이야기를 전부 들었다. 어린 테디는 발그레한 양귀비처럼 고개를 까닥거리며 졸다가 숟가락에 눈이 찔리고 결국 부드러운 빵을 베개 삼아 뺨을 대고 누웠다. 베어 부인이 네트를 토미 옆에 앉힌 건 이 오동통한 소년이 솔직하고 친화력이 좋아서 수줍음이 많은 아이와 아주 잘 지냈기 때문이다. 네트도 그 점을 느꼈기에 저녁을 먹는 동안 소극적이나마 여러 번 용기를 낼 수 있었고, 덕분에 베어 부인은 직접 면담하는 것보다 새로 들어온 아이의 성격에 대해 더 잘 알 수 있었다.

로런스 씨가 네트와 함께 보낸 편지에는 이렇게 적혀 있었다.

친애하는 조에게. 네가 마음에 들어할 거야. 이 가엾은 아이는 이제 고아가 되었고 병이 든 데다가 친구도 하나 없어. 길거리 악사로 떠돌아다녔다는데, 죽은 아버지와 잃어버린 바이올린을 두고 슬퍼하는 이 아이를 지하실에서 찾았어. 난 이 아이에게 무언가 있다고 생각해. 우리가 이 소년의 사기를 북돋아주면 좋을 것 같아. 이 아이의 지친 몸은 네가 낫게 해줄 거고 무시당한 마음은 프리츠가 달래줄 테니 때가 되면 이 아이가 천재인지 아니면 그냥 밥벌이 할 정도로 재능이 있는 아이인지 알 수 있게 될 거야. 우선 시도해봐줘. 너의 좋은 친구를 위해서.

테디가.

"당연히 우리가 그렇게 해야지!" 베어 부인은 편지를 읽고 그렇게 소리쳤다. 그녀는 네트를 본 순간 그가 천재든 아니든 따뜻한 보금자리와 애정과 어머니의 보호가 간절한 외롭고 아픈 아이라는 것을 알았다. 베어 부부는 조용히 아이를 살폈다. 다 해진 옷을 입고 어색한 태도에 얼굴은 꾀죄죄하지만 부부를 기쁘게 하는 많은 부분을 네트에게서 찾을 수 있었다. 마르고 창백한 열두 살 소년은 푸른 눈동자에 헝클어진 머리 아래로 멋진 이마를 숨기고 있었다. 가끔 무서운 소리를 듣거나 매를 맞을까 봐 불안하고 겁먹은 얼굴이 되지만 친절한 눈길을 받으면 연약한 입술이 파르르 떨렸다. 그래도 고마워하는 표정으로 차분하게 말할 때는 아주 다정해 보였다. "부디 가여운 아이에게 축복을 내리소서. 아이가 원한다면 하루 종일 바이올린을 켜게 해줄 거야." 베어 부인은 토미가 밴드 이야기를 할 때 네트의 얼굴에 드리운 열망과 행복한 표정을 보고 혼잣말을 했다.

그래서 저녁을 먹은 뒤 아이들이 더 많이 '신나게 놀려고' 교실에 모였을 때 조는 바이올린을 손에 들고 나타났다. 그녀는 남편에게 뭐라고 속삭인 뒤 모퉁이에 앉아 엄청난 흥미를 가지고 조를 쳐다보는 네트에게 다가갔다.

"자, 우리 아들. 한 곡 연주해주렴. 우리는 밴드에 바이올린 주자가 있길 바란단다. 내 생각엔 네가 아주 잘할 것 같구나."

조는 소년이 머뭇거릴 거라고 생각했다. 하지만 네트는 곧장 낡은 바이올린을 잡고 애정이 듬뿍 담긴 손길로 다루었다. 음악에 대한 그의 열정을 쉽게 알 수 있었다.

"최선을 다할게요, 부인." 소년이 이렇게 말했다. 그러고는 음을 듣고 싶어 안달 난 사람처럼 활을 줄 위에 놓았다.

교실은 엄청나게 시끄러웠지만 네트는 자신의 음악 말고는 아무 소리도 들리지 않는 것처럼 기쁨에 모든 것을 파묻고 부드럽게 연주를 시작했다. 길거리 악사들이 연주하는 단순한 흑인 멜로디였지만, 그 음악은 곧장 소년들의 귀를 사로잡고 그들을 침묵하게 했다. 아이들은 놀라움과 즐거움을 동시에 느끼며 가만히 서 있었다. 점차 아이들이 가까이 모였고 베어 씨도 자세히 보려고 다가갔다. 네트는 자기 자리를 찾은 사람처럼, 연주를 하면서 아무도 신경 쓰지 않았다. 눈동자가 반짝이고 뺨에 생기가 돌고 가느다란 손가락이 날아다녔다. 소년은 낡은 바이올린을 껴안고 자신이 사랑하는 언어로 진심을 다해 말을 전했다.

네트가 연주를 멈추고 마치 '전 최선을 다했어요. 마음에 들길 바라요.'라고 말하는 듯 주위를 흘끗 살피자 동전 세례보다 더 값진 진심 어린 박수가 쏟아졌다.

"우와! 진짜 멋있었어." 네트를 자기 후배라고 생각하는 토미가 큰 소리로 외쳤다.

"넌 우리 밴드의 첫 바이올린 주자가 될 거야." 프란츠가 인정한다는 미소를 지으며 덧붙였다.

베어 부인은 남편에게 속삭였다.

"테디의 생각이 맞았어요. 저 아이는 특별해요." 베어 씨도 고개를 열정적으로 끄덕이고 네트의 어깨를 두드리며 진심으로 말했다.

"아주 잘했단다, 아들아. 이제 우리가 따라 부를 수 있는 곡으로 연주해주지 않겠니."

소년이 피아노 옆자리로 갔다. 아이들이 주변에 모여들었고, 그의 남루한 옷차림은 신경 쓰지 않고 존중하는 눈길로 다시 연주해주길 기다렸다. 이때가 가여운 소년의 인생에서 가장 자랑스럽고 행복한 순간이었다.

그들은 네트가 알 만한 노래를 골랐다. 연주는 한두 번 틀렸지만, 시작한 뒤로는 바이올린, 플루트, 피아노가 소년들의 합창을 이끌어내 낡은 지붕이 다시금 들썩였다. 쇠약한 네트에게는 실로 엄청난 일이었다. 마지막 열창이 사그라들자 그는 울먹이더니 바이올린을 떨어뜨리고 벽으로 돌아서서 어린아이처럼 흐느꼈다.

"왜 그러니, 얘야?" 같이 노래를 부르던 베어 부인이 로브가 부츠로 발장단을 맞추는 것을 막으며 물었다.

"다들 너무 친절하세요. 이 순간이 너무 아름다워서 저도 어쩔 수가 없어요." 네트는 흐느끼면서 숨을 쉬지 못할 정도로 기침을 했다.

"나랑 같이 가자. 넌 좀 쉬어야 해. 넌 너무 지쳤고 이곳은 너한텐 너무 시끄러우니까." 베어 부인이 속삭이고는 소년을 데리고 응접실로 가서 아이가 조용히 혼자 울 수 있게 해주었다.

그런 다음 네트가 그동안 겪은 일들을 말해주었다. 이런 일이 처음은 아니지만 부인은 눈물을 흘리며 아이의 이야기를 들어주었다.

"이제 너한테는 아버지와 어머니가 생겼어. 이제 이곳이 네 집이란다. 지난 슬픈 시절은 더는 생각하지 말고 어서 회복하고 행복해지렴. 우리가 도울 수 있는 일이라면 도울 테니 절대 혼자서 아파해서는 안 된단다. 이곳은 모든 아이들이 즐겁게 지낼 수 있게 세워진 학교고, 스스로를 돕고 유용한 사람으로 자라는 방법을 배우는 곳이란다. 넌 원하는 만큼 음악을 즐길 수 있지만 우선 몸부터 회복해야 해. 자, 이제 보모에게 가서 목욕을 하고 자리에 누우렴. 내일 우리가 함께할 근사한 계획이 있단다."

네트는 그녀의 손을 꽉 잡고는 말 대신 감사하다는 눈길을 전했다. 베어 부인은 소년을 커다란 방으로 데려갔다. 그곳에는 아주 둥글고 태양 같은 체리빛 얼굴의 다부진 독일 여성이 있었다. 그녀가 쓴 넓은 모자 주름 장식이 마치 햇살처럼 보였다.

"이쪽은 험멜 보모란다. 널 씻기고 네 머리를 잘라주고 로브의 말처럼 '편안하게' 해줄 거야. 저기가 욕실이야. 토요일 밤마다 우리는 어린아이들을 먼저 씻긴 다음, 큰 아이들이 노래를 부르기 전에 침실로 보낸단다. 자, 로브, 너도 같이 가."

베어 부인은 말을 하면서 로브의 옷을 벗기고 놀이방과 연결된 작은 욕실의 기다란 욕조 안으로 집어넣었다.

욕조 두 개, 발 씻는 대야, 세면기, 세척용 파이프, 청결을 위한 모든 도구가 다 갖춰진 곳이었다. 네트는 다른 욕조에서 호사를 누렸다. 그 속에서 몸을 데우면서 두 여성이 어린아이들을 씻기고 깨끗한 잠옷으로 갈아입히고 네다섯 명씩 짝을 지어 침대로 보내는 것을 지켜보았다. 두 여성은 당연히 그 과정에서 생기는 모든 투정을 능숙하게 달래고 아이들이 유쾌하게 씻은 뒤 침대에서 곧장 잠들 수 있게 해주었다.

네트가 씻고 담요를 두르고 난롯가에 앉아 있는 동안 보모가 그의 머리카락을 잘랐다. 새 무리의 아이들이 도착해 욕실로 들어가서 어린 고래 떼가 장난을 치듯 첨벙거리고 큰 소리를 냈다.

"네트는 여기서 자는 게 좋을 것 같아요. 밤에 기침 때문에 힘들어하면 당신이 봐주고 아마씨 차를 타주세요." 베어 부인이 활기 넘치는 새끼 오리 떼를 품으러 가는 어미처럼 잽싸게 달려가며 말했다.

보모는 네트에게 플란넬 잠옷을 입히고 따뜻하고 달콤한 차를 마시게 한 다음 놀이방에 있는 세 개의 침대 중 한 곳으로 데려갔다. 네트는 만족한 미라처럼 침대에 누워서 이보다 더 큰 호사는 없을 거라고 생각했다. 씻는 것만으로도 새롭고 즐거운 기분이 들었다. 플란넬 잠옷은 예전 세상에서 알지 못하던 편안함을 가져다주었다. '좋은 것'이라는 차를 마시니 기침이 외로운 마음에 와닿는 친절한 말처럼 기분 좋게 진정되었고 누군가가 자신을 돌보아준다는 생각에 이 평범한 방은 오갈 데 없는 자신에게 천국처럼 느껴졌다. 모든 것이 포근한 꿈 같았다. 네트는 종종 눈을 뜨고 또 뜨며 이 꿈이 사라지지 않았는지 확인했다. 기분이 너무 좋아 잠이 오지 않았고 아무리 노력해도 잘 수 없었다. 플럼필드라는 특별한 학교가 단숨에 그를 사로잡아서 놀라우면서도 고마웠기 때문이다.

물속에서 활개 치던 소리가 잠잠해지더니 이내 흰 도깨비들이 침대 밖으로 나와 사방으로 베개를 던져댔다. 저택 곳곳에서 전투가 벌어졌고 위쪽 복도까지 쭉 이어졌다. 심지어 놀이방까지 간격을 두고 밀려 들어왔다. 다급한 전사 하나가 그곳으로 대피했다. 그런데 어른들은 이 난리에 관심이 없는 듯했다. 아무도 말리지 않았고 혹은 놀라지 않았다. 보모는 계속해서 수건을 널었고 베어 부인은 깨끗한 옷을 내놓았으며 모든 것이 순조로운 듯 침착해 보였다. 세상에, 그녀는 과감하게 자기 방을 나온 소년 한 명을 쫓아가서 그 아이가 수줍게 그녀에게 던진 베개를 받아 사정없이 공격하기까지 했다.

"아프지 않아요?" 네트는 누운 채로 크게 웃으며 물었다.

"세상에, 아니! 우리는 항상 토요일 밤에 베개 싸움 한 번 정도는 허락한단다. 내일은 다를 거야. 목욕을 하고 나면 아이들이 더 난리거든. 그래서 나도 즐기는 편이지." 베어 부인이 다시 열두 켤레의 양말과 씨름하며 말했다.

"여긴 정말 좋은 학교예요!" 네트가 감탄하며 소리쳤다.

"이곳은 특이한 학교야." 베어 부인이 웃으며 말했다. "그렇지만 우리는 너무 많은 규칙과 엄청난 학습량으로 아이들을 불행하게 만들지 않아. 나도 처음에는 잠옷 파티를 금지시켰어. 하지만 맙소사, 아무 소용이 없었지. 어차피 아이들은 깜짝 장난감 상자보다 더 다루기 힘들어. 그래서 침대에 묶어두지 않기로 했어. 아이들과 타협을 봤지. 매주 토요일 밤에 15분간 베개 싸움을 하게 해주겠다고. 그 대신 다른 날에는 조용히 잠들기로 약속했단다. 난 노력했고 그 약속은 잘 지켜졌어. 아이들이 스스로 한 말을 지키지 않으면 놀이는 없어지는 거야. 하지만 지킨다면 난 거울을 치우고 램프를 안전한 곳에 놓고 아이들이 마음껏 놀게 한단다."

"참 아름다운 계획이에요." 네트는 자신도 그 싸움에 가담하고 싶다고 느꼈지만 첫날밤에 그런 위험을 무릅쓰지는 않았다. 그래서 누워서 구경했고 확실히 아이들은 생기가 넘쳤다.

토미 뱅스가 공격군을 주도했다. 데미는 완강하게 자기 방을 지키는 모습이 볼 만했는데, 자신들에게 날아온 베개를 재빨리 뒤로 모아서 공격군의 탄약이 떨어질 때까지 기다리며 체력과 팔 힘을 회복했다. 몇 차례 작은 사고가 있었지만 아무도 신경 쓰지 않았고 찰싹 때리는 소리를 순전히 장난으로 받아들였다. 베개는 커다란 눈꽃송이처럼 사방으로 떨어졌다. 베어 부인이 시계를 보더니 소리쳤다.

"시간이 다 됐어, 얘들아. 전부 침대로 들어가렴. 안 그러면 대가를 치러야 할 거야!"

"대가가 뭐예요?" 네트가 이 특이하지만 정의로운 부인에게 불복하는 가여운 이들에게 어떤 일이 벌어지는지 알고 싶어서 자리에 일어나 앉으며 물었다.

"다음번에는 베개 싸움을 못하게 돼." 베어 부인이 대답했다. "난 아이들에게 5분간 정리할 시간을 주고 그런 다음 불을 끄고 시키는 대로 하길 바라. 아이들은 정직해서 자신이 한 말을 지킨단다."

그 말대로 전쟁은 시작했을 때처럼 갑작스럽게 이별의 말과 마지막 함성을 끝으로 막을 내렸다. 데미는 후퇴하는 적에게 일곱 번째 베개를 던지며 다음번을 기약한 뒤 부인이 시키는 대로 따랐다. 토요일 밤의 흥겨운 놀이 뒤에 간간이 웃음소리나 속삭이는 목소리가 들리는 것 말고는 금세 조용해졌다. 어머니 베어는 새로 생긴 아들에게 잘 자라고 입을 맞추고 플럼필드에서 처음으로 인생의 행복한 꿈을 꿀 수 있게 놔두었다.

2. 플럼필드의 소년들

네트가 푹 자는 동안 어린 독자들에게 네트가 일어나서 알게 될 소년들에 관한 이야기를 좀 들려주려고 한다.

우리의 오랜 친구부터 시작해보자. 이제 열여섯이 된 프란츠는 키가 크고 덩치가 좋은 전형적인 독일 소년으로 금발에 독서를 즐기고, 아주 온화하고 상냥하며 음악적 재능이 있다. 작은아버지가 대학에 보내주어 그만의 행복한 보금자리를 꾸미게 되었다. 작은어머니가 그를 예의 바르고, 아이들을 사랑하고, 여성은 나이와 상관없이 존중하도록 잘 가르치고 집 안에서 도움이 되는 방법도 일러준 덕분이다. 프란츠는 언제나 작은 어머니의 오른팔 역할을 했다. 그는 차분하고 친절하고 인내심이 강했고, 쾌활한 작은어머니가 자신에게 베푼 만큼 그녀를 어머니처럼 사랑했다.

프란츠의 동생인 에밀은 형과 꽤 달라서 성질이 급했다. 에밀은 잠시도 가만히 있지 못하고 진취적인 성격이었으며 옛 바이킹의 피가 흐르고 있어 늘 바다에 나가고 싶어 한다. 작은아버지는 에밀이 열여섯이 되면 바다에 가도 좋다고 허락했다. 그러면서 그에게 항해에 대해 가르쳐주고 훌륭하고 유명한 제독의 이야기책을 가져다주면서 교육이 다 끝났을 때 어린 개구리가 강, 연못, 개울에서 스스로 삶을 이끌어 나가도록 도왔다. 에밀의 방은 무슨 군함 객실처럼 항해 관련 용품과 군대식으로 아주 깔끔하게 정리되어 있다. 키드 선장(Captain Kidd)*을 우상처럼 떠받들고 해적처럼 장난을 치고 목청껏 피비린내 나는 해양 전투 노래 부르기를 제일 좋아한다. 또 뱃사람처럼 깡충거리는 춤을 추고 빠르게 걸으며 작은아버지가 허락할 때는 뱃사람 같은 말투로 말한다. 소년들은 에밀을 '해군준장'이라고 부르고, 특유의 빠른 발로 사방을 휘젓고 돌아다녀 사고를 쳐서 여러 사람을 힘들게 했다.

데미는 지적인 사랑과 보살핌의 효과를 제대로 보여주는 아이로, 영혼과 몸이 조화롭게 자랐다. 가정교육을 통해 자연스럽게 얻은 품위로 데미는 다정하고 단정하게 행동했다. 어머니는 데미를 순수하고 정이 많은 심성으로 키웠고, 아버지는 식습

* 17세기의 악명 높은 해적.

관과 운동, 수면 등 신체적인 성장에 관심을 두고 튼튼하게 자랄 수 있도록 보살폈다. 할아버지인 마치 씨는 어린 마음속에 근대 피타고라스의 애정 어린 지혜를 담아주었는데 길고 혹독한 주입식 교육을 통해서가 아니라 햇살과 이슬이 장미꽃을 피게 하듯 자연스럽고 아름답게 펼쳐지도록 도와주었다. 어쨌든 데미는 완벽한 아이는 아니지만 큰 결점은 없었고, 일찍이 자제력을 키우는 교육을 받아서 다른 가여운 어린아이처럼 식탐을 부리거나 떼를 쓰지 않았다. 데미는 무방비한 유혹에 굴복할 경우 벌을 받았다. 조용하고 애어른처럼 진지했지만 명랑한 구석이 있었고, 자신이 특이한 방식으로 밝고 아름답다는 점을 알지 못했다. 데미는 다른 아이들의 지성이나 아름다움을 파악하고 사랑할 줄 알았다. 책을 아주 좋아하고 상상력이 풍부했으며 사고와 정신력이 강해서 이런 특징 때문에 학구적인 면과 건강한 사회성에서 부조화가 생기지 않을까 부모는 걱정했다. 가족들에게 기쁨과 즐거움을 가져다주다가 온실 속 화초처럼 시들어버리는 약하고 조숙한 아이로 자랄까 봐 말이다. 어린 영혼이 너무 빨리 피면 세상이라는 토양에 완전히 뿌리 내리기에는 신체적으로 준비가 미흡한 경우가 많기 때문이다.

그런 이유로 데미는 플럼필드로 오게 되었고 이곳에서의 삶을 아주 즐겁게 받아들였다. 메그와 존과 할아버지는 자신들의 결정에 크게 만족했다. 다른 남자아이들과 함께 지내며 실용적인 부분을 배우고 정신력을 배양하고 머릿속에서 늘 돌리고 있는 복잡한 거미줄을 걷어버릴 수 있었기 때문이다. 언젠가 데미가 집에 돌아와 문을 두드리며 '맙소사'라고 말하며 감정적으로 탄식하고 '아버지처럼 쿵쿵 걸을 수 있는' 목이 길고 두꺼운 부츠를 사달라고 했을 때 그의 어머니는 정말 충격을 받았다. 그러나 아버지인 존은 아들의 남자다운 모습을 기뻐하면서 거친 말투에 웃음을 터트리고는 부츠를 사주고 만족스럽게 말했다.

"데미가 잘하고 있으니 마음대로 하게 놔둘 거야. 난 내 아들이 남자답게 크길 바라. 지금 일시적으로 보이는 거친 모습은 그 아이한테 아무런 해도 끼치지 않을 거야. 우리는 아이가 빛날 수 있게 천천히 도와주면 돼. 배움에 있어서는 비둘기가 완두콩을 주워 먹듯 잘할 테니까. 그러니 너무 성급하게 몰아붙이지 않았으면 해."

데이지는 빛나고 매력적인 소녀로 자랐다. 차분한 어머니를 좋아하고 집안일을 즐겼기에 자연스럽게 여성스러움이 자리 잡았다. 그녀는 인형 가족을 데리고 이곳으로 왔고 가장 모범적인 모습을 보여주었다. 항상 반짇고리와 바느질거리를 가지고 다녔고 아주 능숙해서 데미가 자주 자기 손수건을 꺼내 동생의 꼼꼼한 솜씨를 자랑했고 아기 조쉬는 데이지 누나가 만들어준 아름다운 플란넬 페티코트를 입었다. 데이지는 그릇장을 좋아하고 테이블 위에 소금통을 놓고 스푼을 가지런히 정리하는 일을 도왔다. 그리고 날마다 빗자루를 들고 응접실을 돌아다니며 의자와 테이블의 먼지를 치웠다. 데미는 하녀 '베티'라고 놀렸지만 동생이 자기 물건을 잘 정리해주고 모든 일에서 날렵한 손을 빌려주고 그가 배울 수 있게 도와주어 아주 기뻐했다. 둘은 서로에게 경쟁의식이 없어서 늘 함께 했다.

둘 사이의 우애는 전에 없이 돈독했고 아무도 데미가 동생에게 보이는 애정을 비웃지 않았다. 그는 동생을 위해 용감하게 싸웠고 남자애들이 자기 여자 형제에 대한 애정을 '솔직하게' 말하는 걸 부끄러워해야 하는 이유를 결코 이해하지 못했다. 데이지는 쌍둥이 오빠를 존경했고 '우리 오빠'가 세상에서 제일 훌륭한 사람이라고 생각했다. 매일 아침 가운을 걸치고 종종거리며 그의 방 문을 두드리며 어머니처럼 "일어나, 오빠. 아침 식사시간이 다 됐어. 깨끗한 칼라도 여기 가져왔어."라고 말했다.

로브는 에너지가 넘치는 소년으로 영원히 움직이는 비밀을 발견한 듯 잠시도 멈추는 법이 없었다. 다행히 말썽꾸러기가 아니고, 그리 용감하지도 않았다. 그래서 문제를 일으키는 것과는 거리가 멀었고 수다쟁이라 아버지와 어머니 사이를 시곗바늘처럼 열심히 오갔다.

테디는 플럼필드에서 벌어지는 사건에서 중요한 역할을 하기에는 너무 어리지만 자기만의 세상이 있었고 그곳을 아름답게 채워나갔다. 모두가 가끔은 애정이 필요하다고 느끼고 테디를 찾을 때면 늘 입맞춤과 포옹을 수용할 준비가 되어 있는 아이였다. 조 부인은 항상 테디를 달고 다녔다. 테디는 모든 파이에 작은 손가락을 집어넣었지만, 모두 플럼필드에 있는 아이들을 믿었기에 손자국이 난 파이에 익숙했고 별다르게 생각하지도 않았다.

딕 브라운과 아돌퍼스 혹은 돌리 페팅일은 둘 다 여덟 살이다. 돌리는 아주 심하게 말을 더듬는데, 베어 씨는 누구도 돌리를 흉내 내며 놀리지 못하게 했고 천천히 말하는 교육을 시켜 점점 나아지고 있다. 돌리는 심성이 착하고, 평범하긴 하지만 이곳에 와서 잘 지내고 있으며 차분한 만족감으로 예의범절을 지키며 일상에서의 의무와 즐거움을 누리고 있다.

딕 브라운은 등이 굽어서 고통스럽지만 자신의 어려움을 아주 쾌활하게 견디는 중이다. 한번은 데미가 딕에게 물은 적이 있다. “등에 난 혹이 사람을 착하게 만드는 거야? 그런 경우라면 나도 하나 갖고 싶어.” 딕은 항상 명랑하고 다른 아이들처럼 되려고 최선을 다했고 이 연약한 몸 안에 용기 있는 정신이 살아 있었다. 처음 왔을 때는 자신의 불행에 아주 민감했지만 이내 잊어버리는 법을 배웠는데, 베어 씨가 딕을 비웃은 한 아이에게 벌을 준 뒤로 아무도 감히 그의 신체적 단점에 대해 언급하지 않은 덕분이다.

"하느님은 신경 쓰지 않으셔. 내 등은 굽었지만 내 영혼은 정상이야." 딕은 자신의 고통에 대해 이렇게 말하며 흐느꼈다. 베어 부부는 소년에게 사람들이 그의 영혼을 사랑한다고 믿게 만들려고 노력했다. 그리고 딕을 안타까워하거나 소년이 스스로 이겨낼 수 있도록 도움을 줄 때가 아니면 신체적인 장애에 대해 언급하지 않았다.

다른 아이들과 동물원 놀이를 할 때 누군가 말했다.

"넌 어떤 동물 역할을 할 거야, 딕?"

"아, 난 단봉낙타야. 내 등에 난 혹이 안 보여?" 아이가 웃으며 이렇게 대답했다.

"그렇구나. 내 근사한 작은 아이는 짐은 싣지 못하지만 행렬에서 코끼리 옆을 걸을 수 있겠다." 행렬을 지휘하던 데미가 말했다.

"다른 아이들도 우리 아이들이 배우려고 하는 것처럼 가엾은 애한테 친절하길 바라요." 조 부인이 자신의 가르침이 성공한 것에 꽤 만족하며 말했다. 딕이 어리고 약한 단봉낙타처럼 그녀를 지나 느긋하게 걸어갈 때, 그는 아주 행복해 보였다. 그 옆으로 위풍당당한 코끼리인 스터피가 섰다.

잭 포드는 민첩하고 꽤 교활한 아이로 학비가 싸다는 이유로 이곳으로 왔다. 많은 어른들이 그를 영리하다고 생각했지만 베어 씨는 아이가 쓰는 양키식 표현을 좋아하지 않았다. 베어 씨는 잭의 아이답지 않은 교활함과 돈에 대한 집착을 두고 돌리가 말을 더듬는 것이나 딕의 등에 난 혹처럼 고약한 병이라고 생각했다.

네드 바커는 열네 살 소년의 특성을 그대로 가지고 있었다. 키가 멀대처럼 크고 만사에 서툴고 고함을 잘 질렀다. 가족들은 네드를 '나팔총'이라고 불렀고 항상 의자에 걸려 넘어지거나 테이블에 부딪히거나 근처에 있는 작은 소품에 걸려 넘어질 거라고 생각했다. 네드는 자신이 할 수 있는 일을 떠벌리길 좋아했지만 어느 것도 증명해 보인 적이 없고 용감하지도 않았다. 또한 남의 비밀을 퍼트리는 안 좋은 버릇이 있었다. 그는 작은 아이들을 괴롭히고 덩치 큰 아이들에게 알랑거렸다. 늘 나쁜 짓을 하지는 않지만 나쁜 길로 빠지기 쉬운 아이였다.

조지 콜은 과도하게 너그러운 어머니 품에서 자라 버릇이 없었다. 그의 어머니는 아이가 아플 때까지 사탕을 먹이고, 공부를 시키기엔 너무 연약하다고 생각했다. 조지는 열두 살임에도 창백하고 얼굴이 부어 있고 멍하고 칭얼거리고 게을렀다. 아이 엄마의 친구 중 하나가 그의 엄마를 설득해 그를 플럼필드로 보냈다. 이곳은 사탕 같은 건 거의 주지 않기에 아이는 이내 정신이 말짱해졌다. 여러 가지 운동과 공부를 하며 즐거움을 느끼고 스터피와도 잘 지내 불안해하는 어머니에게 의젓해진 모습을 보여주면서 아주 기뻐했다. 그는 어머니에게 플럼필드의 분위기에는 굉장한 무언가가 있다고 확신시켰다.

빌리 워드는 스코틀랜드 사람들이 '순수함'이라고 부르는 대명사로, 열세 살이지만 여섯 살 난 아이 같았다. 보기 드물게 총명한 아이여서 아버지가 너무 성급하게 온갖 힘든 교육을 시켰다. 아이가 하루에 여섯 시간씩 공부를 하며 스트라스부르 거위가 목구멍까지 음식을 밀어 넣듯 지식을 다 흡수하길 바랐다. 아버지는 자신의 의무를 다한다고 생각했지만 아이를 죽일 뻔했고, 빌리는 결국 열병이 났다. 회복된 후 과도하게 쓴 머리는 다시 돌아오지 않았고, 마음은 스펀지가 지나가면서 모든 것을 씻어버린 것처럼 깨끗해졌다.

그것이 야심만만한 아버지가 얻은 끔찍한 교훈이었다. 그는 장래가 촉망받던 아들이 연약한 머저리로 변한 광경을 볼 수가 없어서 아이를 플럼필드로 보냈고 나을 거라는 희망은 갖지 않았지만 친절한 대우를 받을 거라고는 확신했다. 빌리는 꽤 고분고분한 아이였고, 악의가 없었다. 그에게 너무나 큰 대가를 치르게 한, 잃어버린 기억을 떠올리려고 열심히 노력하는 모습을 보면 안타까웠다.

빌리는 날마다 알파벳을 살피며 자랑스럽게 A와 B를 읽고 그것들을 안다고 생각하지만 다음 날이면 그 지식은 날아가버리고 모든 노력이 다시 처음부터 시작되었다. 베어 씨는 그에게 지치지 않는 인내를 보여주었다. 분명 희망이 없는 일이지만 계속 노력했다. 그에게 교과서를 가르치기보다는 어두운 마음에 낀 안개를 걷어주려고 애썼고 아이가 무거운 짐과 어려움을 덜 만큼 지능이 돌아올 수 있는 쪽으로 초점을 두었다.

베어 부인은 날마다 자신이 고안한 방식으로 아이의 건강을 되찾아주려고 했고 소년들은 모두 그를 안타깝게 여기고 친절하게 대했다. 그는 소년 특유의 활발한 장난을 좋아하지 않았지만 몇 시간이고 앉아서 비둘기를 쳐다보고 테디를 위해서 열심히 구덩이를 파거나 사일러스를 따라다니며 그가 일하는 것을 구경했다. 정직한 사일러스는 아주 친절하게 아이를 대했기에 가여운 빌리는 알파벳은 잊어도 친절한 그의 얼굴은 기억했다.

토미 뱅스는 이 학교의 말썽꾸러기로 평생 이런 망나니는 보기 힘들 것이다. 원숭이처럼 온갖 장난을 저지르지만 마음씨는 착해서 그의 장난을 용서해줄 수밖에 없었다. 정신이 산만해 말이 바람처럼 스쳐 지나가지만 모든 악행을 뉘우치고 스스로 바뀔 거라고 혹은 모든 종류의 처벌을 다 받겠다고 수많은 맹세를 할 때면 계속 냉정하게 굴기란 불가능했다. 토미가 목이 부러진 일부터 화약으로 집 전체를 날려버릴 뻔한 일까지 베어 부부는 어떤 사고에도 준비가 된 상태였다. 보모는 토미가 항상 반쯤은 죽은 상태로 찾아오는 탓에 이 아이만을 위해서 특별한 서랍에 붕대, 반창고, 연고를 넣어두었다. 그러나 토미는 매번 회복했고 가공할 만한 힘으로 모든 고난을 이겨냈다.

토미가 처음 이곳에 왔을 때는 건초 자르는 기계에 손가락 끝부분이 잘려 있었고, 그 주에 경사진 지붕에서 떨어졌으며, 병아리를 데리고 도망치다가 화가 난 암탉에게 쫓기고 파이의 크림을 몰래 떠내려다 붙잡혀 주방에서 일하는 아시아에게 귀싸대기를 맞았다. 그러나 어떤 실패나 퇴짜를 받아도 이 불굴의 소년은 누구도 안전하다고 느낄 수 없을 때까지 온갖 장난을 치며 즐거워했다. 스스로의 잘못을 알지 못할 땐 항상 우스꽝스러운 변명을 내놓았고 책을 잘 활용했으며 질문에 대한 답변이 궁해도 임기응변으로 대처하는 등 머리가 비상해서 학교생활을 잘했다. 그러나 학교를 졸업한 뒤에는 맙소사! 술을 마시고 흥청거렸다!

토미는 바쁜 월요일 아침에 30분간이나 뚱뚱한 아시아를 빨랫줄로 기둥에 묶어 고래고래 소리치게 놔두었다. 어느 날에는 테이블 옆에서 대기하던 예쁜 하녀 메리 앤의 등에 뜨겁게 달군 1센트 동전을 떨어뜨렸다. 저녁 식사를 하려고 신사들이 모여 있는 자리에서 소녀는 수프를 엎고 경악하며 다이닝 룸을 뛰쳐나가 가족들은 그녀가 정신이 나갔다고 생각했다. 또 물 한 통을 나무 위에 매달고 손잡이에 리본을 달아두었는데, 그걸 본 데이지가 신기한 리본이라고 생각하며 잡아당겼다가 아주 불쾌한 물세례를 맞았다. 데이지는 깨끗한 원피스를 다 적시고 마음도 아주 심하게 다쳤다. 토미는 거친 흰 조약돌을 설탕통에 넣어서 차를 마시러 온 가여운 할머니는 자기 컵 속에서 설탕이 왜 녹지 않는지 궁금해했지만 무례한 질문일까 봐 묻지 못했다. 그가 교회에 코담배를 뿌려 다섯 소년이 아주 심하게 재채기를 하며 밖으로 뛰쳐나간 적도 있다. 겨울에는 길을 파고 그 위로 물을 뿌려 사람들이 나동그라지게 하는 장난을 쳤다. 게다가 가엾은 사일러스의 커다란 부츠를 눈에 잘 띄는 곳에 매달아놓아서 그를 아주 화나게 만들었는데 어마어마하게 큰 발은 사일러스의 콤플렉스였기 때문이다. 토미는 어린 돌리에게 흔들리는 치아에 실을 묶도록 구슬린 다음 실을 입에 물고 자면 끔찍함을 느끼지 않도록 뽑아주겠다고 했다. 그러나 치아는 한 번에 빠지지 않아서 가여운 돌리는 엄청 괴로워했고 그날부터 토미에 대한 모든 믿음이 사라졌다.

마지막 장난은 럼에 적신 빵을 암탉에게 준 것이었다. 닭들이 취해서 다른 가금류와 야단법석을 떨었다. 점잖은 늙은 암탉들이 비틀거리며 걷고 술에 취해서 부리를 쪼고 꼬꼬댁거렸다. 가족들은 그 우스꽝스러운 모습을 보고 웃었지만 데이지가 닭들을 가엾게 여겨 닭장에 가두고 술이 깨도록 재웠다.

열두 소년은 함께 살며 최대한 행복하게 지냈다. 그들은 공부하고, 놀고, 일하고, 옥신각신하고, 잘못과 싸우고, 전통적인 방식으로 미덕을 키웠다. 다른 학교의 소년들은 아마도 많은 것을 책에서 배우기에 훌륭한 남성으로 자라는 데 필요한 지혜는 적게 얻을 것이다. 라틴어, 그리스어, 수학은 전부 중요하지만 베어 교수는 자신에 대한 이해, 자립심, 자제력이 더 중요하다고 생각했고 그것들을 정성껏 가르치려고 애썼다. 소년들이 태도나 도덕적인 부분에서 아주 보기 좋게 성장한 것을 직접 보면서도 간혹 사람들은 베어 교수의 교육 방침에 고개를 절레절레 흔들었다. 그러나 조 부인이 네트에게 한 말은 맞았다.

"이곳은 특이한 학교야."

3. 플럼필드의 일요일

다음 날 아침 종이 울리자 네트는 곧바로 침대에서 나와 의자에 놓여 있는 옷을 발견하곤 아주 만족스럽게 직접 걸쳤다. 새 옷은 아니고 부유한 아이가 입고 물려준 반쯤 낡은 옷이다. 하지만 베어 부인은 자신의 품으로 들어온 어린 새를 허름하게 놔두지 않았다. 토미가 깨끗한 새 칼라를 달고 기분 좋은 얼굴로 나타났을 때 네트의 부랑아 같은 모습은 찾아볼 수 없었고 그는 네트를 데리고 아침 식사를 하러 갔다.

쫙 펼쳐진 넓은 테이블이 있는 다이닝 룸으로 햇살이 가득 비췄다. 배고프고 원기 왕성한 소년 무리가 주변으로 모였다. 네트는 소년들이 전날 밤보다 훨씬 어른스러워졌다고 생각했다. 모두가 자기 의자 뒤에 조용히 서 있었다. 어린 로브는 아버지 옆 테이블 상석에 서서 손깍지를 끼고 곱슬머리를 경건하게 구부렸다. 그리고 조용히 독실한 독일 방식대로 간단히 은총을 빌었는데, 그건 베어 씨가 좋아하는 행동으로 아들에게 공경의 표시로 가르친 것이었다. 그런 다음 모두가 자리에 앉아서 커피, 스테이크, 구운 감자로 차린 일요일 아침 식사를 즐겼다. 보통은 빵과 우유로 된 간단한 식사로도 왕성한 식욕을 충분히 채울 수 있었지만 이날은 달랐다. 나이프와 포크가 부산스럽게 움직이는 동안 한층 즐거운 이야기들이 흘러나왔고 특별한 일요일 수업과 산책이 정해졌으며 계획을 의논했다. 네트는 이야기를 들으며 오늘이 분명 아주 좋은 날이라고 생각했다. 그는 고요한 시간을 즐겼고 무엇보다 쾌활하면서도 조용한 이 상황이 그를 상당히 기쁘게 했기 때문이다. 네트는 굴곡 많은 삶을 살았지만 음악을 사랑하는 본성에 맞게 민감한 성품을 지니고 있었다.

"자, 애들아. 아침에 해야 하는 작업을 마친 다음 '버스가 오면' 너희를 교회로 데려다주마." 아버지 베어가 이렇게 말하고 내일 수업을 위한 책을 가지러 교실로 들어갔다.

모두가 흩어져 자신의 일을 했다. 소년들은 각자 날마다 해야 하는 소소한 일이 있었고 그 일을 충실히 해내야 했다. 누군가는 나무와 물을 가져오고 계단을 쓸거나 베어 부인의 심부름을 했다. 다른 누군가는 가축에게 먹이를 주고 프란츠와 함께 헛간에서 허드렛일을 했다. 쌍둥이는 함께 일하는 것을 좋아했기에 데이지는 컵을 씻었고 데미는 씻은 컵의 물기를 닦았다. 데미는 집에서 쓸모 있는 사람이 되라는 가르침을 받아서 주방 일에 익숙했다. 심지어 아기 테디조차 할 일이 있어서 종종걸음으로 다니며 냅킨을 치우고 의자를 원래 자리로 밀어 넣었다. 1시간 반 동안 아이들은 일벌처럼 분주하게 윙윙거리다가 '버스가 오자' 아버지 베어와 프란츠와 나이가 좀 있는 여덟 소년이 줄을 서고 4.8킬로미터 떨어진 시내에 있는 교회를 향해 출발했다.

성가신 기침 때문에 네트는 어린 네 아이와 이곳에 남기로 했고 베어 부인의 방에서 그녀가 읽어주는 이야기를 듣고 찬송가를 익히고 조용히 혼자 낡은 원장에 사진을 붙이며 행복한 오전을 보냈다.

"여기가 내 일요일용 벽장이란다." 조가 이렇게 말하며 네트에게 그림책, 그림물감 통, 쌓기용 블록, 작은 일기장, 편지쓰기 도구들이 잔뜩 있는 선반을 보여주었다. "난 내 아이들이 일요일을 평화롭고 즐거운 날로 좋아하길 바라. 평범한 공부와 놀이에서 벗어나 쉬면서 조용한 즐거움을 누리고 단순한 방식으로 배우고, 그렇게 학교에서 배우는 어떤 지식보다 더 중요한 교훈을 얻었으면 해. 내 말이 무슨 뜻인지 알겠니?" 그녀가 열중한 표정의 네트에게 물었다.

"좋은 사람이 될 수 있도록요?" 네트가 잠시 머뭇거리다 물었다.

“맞아. 좋은 사람이 되고 좋은 사람이 되는 일을 좋아하도록. 가끔은 힘들다는 걸 잘 안단다. 그러나 우리는 모두 서로 도와야 해. 그렇게 세상을 살아가는 거란다. 내가 우리 아이들을 돕는 방식 중 하나가 이거야.” 조는 무언가가 절반 정도 적힌 두꺼운 책을 꺼내서는 맨 위에 한 단어가 적혀 있는 페이지를 펼쳤다.

“세상에, 제 이름이네요!” 네트가 놀라면서 동시에 흥미로운 표정으로 외쳤다.

“맞아. 모든 아이마다 각자 페이지가 있어. 일주일 동안 그 아이가 어떻게 지냈는지 기록하고 일요일 저녁에 한 주간의 기록을 아이에게 보여준단다. 한 주 동안 안 좋았다면 실망스럽고, 좋았다면 기쁘고 자랑스럽지. 그러나 어느 쪽이든 아이들은 내가 도우려고 한다는 것을 알기에 나와 아버지 베어의 사랑을 얻으려고 최선을 다한단다.”

“저도 아이들이 그럴 거라고 생각해요.” 네트는 자기 맞은편에 토미의 이름이 적힌 것을 흘끗 보았고 그 속에 어떤 내용이 적혀 있을지 궁금증이 생겼다.

베어 부인은 아이의 눈길을 보고 고개를 저으며 페이지를 넘겼다.

“아니, 난 내 기록을 해당 학생한테만 보여줘. 이건 내 양심의 책이란다. 너와 나는 네 이름이 적힌 칸의 내용만 알 수 있어. 다음 주 일요일에 네가 볼 내용이 좋은 말일지 부끄러운 말일지는 너한테 달렸단다. 난 이 책이 좋은 보고서가 될 거라고 생각해. 어쨌든 난 네가 이 새 둥지에 잘 적응할 수 있도록 도울 거고, 네가 우리의 규칙을 잘 지키고 아이들과 즐겁게 어울리고 배울 수 있다면 정말 만족할 거야."

"저도 노력할게요, 부인." 네트의 핼쑥한 얼굴이 베어 부인을 '유감과 실망'이 아닌 '기쁨과 자부심'을 느끼도록 만들려는 열망으로 벌겋게 달아올랐다.

부인이 책을 덮고 네트를 격려하듯 어깨를 두드릴 때 그가 덧붙였다. "너무 많이 적으면 분명 문제가 생기겠죠."

"난 그렇지 않아. 아이들에 대해 기록하는 것이 좋은지 아이들이 더 좋은지 잘 모르겠지만." 조의 마지막 말에 네트가 놀라 눈이 동그래지자 그녀가 웃으며 말했다. "그래, 많은 사람이 남자아이는 골칫덩이라고 생각하지만 그건 그들이 아이들을 이해하지 못해서야. 난 이해할 수 있어. 아이의 마음속 연약한 부분을 찾은 다음에는 잘 지내지 않는 아이는 한 명도 없었어. 사랑스럽고, 시끄럽고, 장난기가 넘치고 덤벙거리는 우리 아이들이 없이는 난 잘 지내지 못해. 안 그러니, 테디?" 베어 부인은 그렇게 말하며 어린 악당을 얼른 껴안아 커다란 잉크스탠드가 아이의 주머니 속으로 들어가는 것을 막았다.

이런 말을 한 번도 들어본 적이 없는 네트는 어머니 베어가 제정신이 아닌지 아니면 여태껏 만난 사람 중 가장 근사한 여성인지 정말로 분간이 되지 않았다. 부인은 특이한 사람이지만, 옆에 앉은 자신이 묻기도 전에 그릇을 채워주고 자신의 시시껄렁한 농담에 웃어주고 귀를 살짝 꼬집거나 어깨를 두드려 주었다. 네트는 그것이 너무 좋아서 부인이 후자 쪽에 더 가깝다고 생각했다.

"자, 넌 이제 교실로 가서 오늘 밤 우리가 같이 부를 찬송가를 연습하는 것이 좋겠구나." 부인이 네트의 속마음을 파악하고 말했다.

사랑하는 바이올린과 악보가 햇살 가득한 창가에 놓였고 봄날의 아름다움이 바깥세상을 가득 채웠다. 안식일의 침묵이 집 안에 자리한 가운데 네트는 한두 시간 동안 완전히 행복에 젖어 달콤한 옛 선율을 익히며 활기찬 현재 속에서 힘든 과거를 잊었다.

교회에 갔던 아이들이 돌아오고 식사를 마친 모두가 집에서 온 편지를 읽고 집으로 보낼 편지를 쓰며 일요일에 얻은 교훈에 대해 말하거나 집 안 이곳저곳에서 조용히 대화를 나누었다. 오후 3시에는 온 가족이 산책을 나가서 혈기 왕성한 몸을 움직이며 소년들의 마음속에 그들 눈앞에 보이는 자연의 아름다운 기적을 행하신 하느님의 섭리를 사랑하고 이해할 수 있게 했다. 베어 씨는 항상 아이들과 함께 했다. 그는 아버지로서 아이들을 위해 '돌에 새겨진 설교문, 흐르는 개울 속의 책, 만물속 선의'를 찾아주었다.

베어 부인은 데이지와 자기 아들 둘을 데리고 시내로 할머니를 찾아뵈러 갔다. 그것은 바쁜 베어 부인의 유일한 휴일이자 가장 큰 기쁨이었다. 네트는 길게 산책을 할 만큼 체력이 되지 않아 토미와 집에 있었다. 친절한 토미가 플럼필드에 대해 자세히 소개해주었다.

"집 안은 다 봤으니 나가서 정원이랑 헛간, 동물원을 보자."

그들이 나쁜 짓을 저지르지 못하도록 아시아도 함께 남았다. 토미는 껄렁거리지는 않았지만 장난이 제일 심한 아이 중 한 명으로 가장 불길한 사고가 항상 그에게 벌어지는 이유를 아무도 알지 못했다.

"네가 키우는 가축은 뭐야?" 저택을 따라 빙 도는 길을 걸을 때 네트가 물었다.

"우리는 모두 가축을 키우고 있고 옥수수 헛간에 놔두는데 그곳을 동물원이라고 불러. 여기야. 내 기니피그가 예쁘지 않니?" 토미는 네트가 본 신기한 동물 중에서 가장 못생긴 종을 자랑스럽게 보여주었다.

"기니피그를 열두 마리 키우는 아이를 아는데 그 애가 한 마리를 주겠다고 했지만 난 키울 장소가 없어서 받지 못했어. 흰색에 검은 점이 난 괜찮은 기니피그인데 네가 좋아한다면 대신 얻어다 줄게." 네트는 토미의 구미를 끌 좋은 주제라고 느끼며 말했다.

"그러면 너무 좋을 것 같아. 내가 이걸 너한테 주고 두 마리가 싸우지 않는다면 같이 키우면 돼. 저 흰 생쥐들은 로브의 것이고 프란츠가 준 거야. 토끼는 네드 거고 밖에 있는 밴텀 닭들은 스터피의 가축이야. 저기 상자 같은 건 데미의 거북이 수조인데 아직 거북이를 가져다 놓지 못했어. 작년에 62마리를 가지고 있었고 그중 일부를 풀어줬어. 그는 거북이에게 자기 이름과 연도를 찍은 다음 방사했지. 그리고 시간이 흐른 뒤에 찾을 수 있을지 살필 거라고 했어. 수백 살이 된 것으로 추정되는 표시가 있는 거북이가 발견되었다는 기사를 읽었다면서 말이야. 데미는 참 웃긴 녀석이야."

"이 상자에는 뭐가 들었어?" 네트가 흙이 반쯤 찬 크고 깊은 상자 앞에 멈췄다.

"아, 그건 잭 포드의 애벌레 통이야. 포드는 애벌레를 한가득 찾아내서 여기 보관하고 우리가 낚시를 하러 가고 싶으면 그 애한테 돈을 주고 사. 너무 비싸게 받는 것만 빼면 수고를 덜어서 좋아. 지난번에 거래할 때 난 열두 마리에 2센트를 냈고 작은놈들로 받았어. 잭은 가끔 고약하게 굴어서, 가격을 낮추지 않으면 내가 직접 땅을 파서 찾을 거라고 말한 적도 있어. 지금 난 암탉이 두 마리 있고 저기 회색에 벼슬이 큰 최고 품종들이야. 난 베어 부인에게 달걀을 팔지만 열두 개에 25센트 이상 요구한 적이 없어, 절대로! 그랬다면 난 부끄러웠을 거야." 토미가 소리치면서 애벌레 상자 쪽으로 눈살을 찌푸렸다.

"개는 누구 거야?" 네트는 이 상거래에 상당히 흥미를 느꼈다. 토미 뱅스가 특수를 누리고 있으며 가르쳐주는 데서 즐거움을 느끼는 아이라고 생각했다.

"저기 큰 개는 에밀 거야. 개의 이름이 크리스토퍼 콜럼버스지. 베어 부인이 크리스토퍼 콜럼버스라는 발음을 좋아해서 그렇게 이름 붙였어. 그게 개 이름이라고 해도 아무도 신경 쓰지 않아." 토미가 동물원을 구경시켜주는 행사진행자 같은 목소리로 대답했다. "흰색 강아지는 로브의 것이고 노란색은 테디 거야. 어떤 아저씨가 저 새끼들을 우리 연못에 빠뜨려 죽이려고 했는데 아버지 베어가 말리셨어. 어린아이들이 새끼들을 잘 돌보고 있어서 난 별로 신경 안 써. 강아지의 이름은 카스토르와 폴룩스야."

"내가 한 마리 키울 수 있다면 당나귀 토비가 좋아. 타기도 좋고 아주 작고 순하거든." 네트가 지친 발로 터벅터벅 걸어 다니던 때를 기억하며 말했다.

"로리 씨가 토비를 베어 부인에게 보내서 우리가 산책을 갈 때 부인이 아기들을 안을 필요가 없도록 해주셨어. 우리 모두 토비를 좋아해. 토비는 최고의 당나귀야. 저 비둘기들은 우리 모두의 소유야. 우리는 각자 가축을 하나씩 키우고 있고 자잘한 동물들은 공유해. 새끼 비둘기들은 아주 재미있어. 더 이상 여기 없지만 올라가서 다른 비둘기들을 구경해도 돼. 그동안 난 코클탑과 그래니가 달걀을 낳았는지 볼게."

네트는 사다리를 올라 머리로 작은 문을 밀고 넓은 다락에서 부리를 서로 비벼대고 구구거리는 아름다운 비둘기를 한참 쳐다보았다. 일부는 둥지에 있고 일부는 부산스럽게 들락거렸고 일부는 문에 앉아 있고 다수가 햇살 넘치는 집 꼭대기에서 밀집으로 엮은 농장 안마당을 오갔다. 농장 안마당에는 광이 나는 암소 여섯 마리가 차분하게 되새김질을 하고 있었다.

'나를 빼고 모두가 가축을 키우고 있어. 나도 비둘기나 암탉 아니면 거북이라도 나만의 가축이 있으면 좋겠어.' 네트는 다른 소년들의 흥미로운 보물들을 보며 자신이 매우 가난하다고 생각했다. "이런 가축을 어떻게 구했어?" 토미가 다시 헛간으로 왔을 때 그가 물었다.

"우리가 찾았거나 샀거나 혹은 아는 사람들이 준 거야. 내 건 우리 아버지가 보내주셨어. 하지만 달걀을 팔아 충분한 돈이 생기면 난 오리 한 쌍을 살 거야. 헛간 뒤에 근사한 연못이 있거든. 오리 알은 사람들이 돈을 더 잘 쳐주고 새끼 오리는 귀엽고 수영하는 모습을 보면 즐겁잖아." 토미가 백만장자 같은 느낌을 풍기며 말했다.

네트는 아버지도, 돈도 없는 이 넓은 세상에서 낡고 텅 빈 지갑과 열 손가락 끝에 담긴 재주밖에 없는 자신의 신세가 억울해 한숨을 쉬었다. 토미는 그 질문을 이해한 듯 대답을 하고 난 뒤 한숨을 쉬었고 깊은 생각에 잠겼다가 갑자기 입을 열었다.

"있잖아, 내가 어떻게 할지 말해줄게. 나 대신 달걀을 찾아다 주면, 아쉽지만 내가 열두 개마다 달걀 한 개씩 너한테 줄게. 잘 기록해두었다가 열두 알이 되면 마더 베어(Mother Bhaer)*가 네게 25센트를 주실 거야. 그러면 너도 네가 좋아하는 가축을 살 수 있지 않을까?"

"그렇게 할게! 넌 참 친절한 친구야, 토미!" 네트가 이 굉장한 제안에 아주 얼떨떨해하면서 소리쳤다.

"치! 뭐 이런 거쯤이야. 지금부터 헛간을 뒤져봐. 그동안 난 여기서 기다릴게. 그래니가 울었으니 분명 어디선가 하나는 찾을 거야." 토미가 좋은 제안과 착한 일을 한 데서 자부심을 느끼며 건초 더미 위로 몸을 던졌다.

네트는 신나서 알을 찾았고 다락 이곳저곳을 뒤지다가 괜찮은 달걀 두 개를 찾았다. 하나는 대들보 아래에 숨겨져 있었고 다른 하나는 코클탑에게 허락을 받고 가져왔다.

"네가 하나를 가지고 내가 하나를 가지고 이걸로 난 마지막 열두 개를 완성했으니 내일부터 다시 시작할 거야. 자, 네 것을

---

* 플럼필드 소년들이 조를 부르는 애칭. 그녀의 성 'Bhaer'와 곰을 뜻하는 'bear'의 발음이 비슷해서다.

내 것 옆에 적어두면 서로 편할 거야." 토미가 말하고 낡은 탈곡기 옆에 일렬로 적힌 신기한 숫자를 보여주었다.

뭔가 중대한 일을 하는 것 같아서 뿌듯한 네트는 친구 옆에 숫자를 적었고 토미는 웃으며 수치 위에 인상적인 어구를 적어 넣었다.

'토미 뱅스 합작회사'

가여운 네트는 그 글귀가 너무 매력적이라 그의 첫 귀중한 자산을 아시아의 저장실에 가져다 두라고 하는 말이 귀에 들어오지 않았다. 둘은 계속 둘러보았고 말 두 마리, 소 여섯 마리, 돼지 세 마리, 뉴잉글랜드에서 올더니 종 송아지를 부르는 말인 '보씨' 한 마리를 보았다. 토미는 네트를 데리고 시끄러운 작은 개울로 나뭇가지를 드리운 늙은 버드나무로 데려갔다. 울타리에서 세 개의 커다란 가지 사이의 넓은 틈으로 기어오르기 쉬웠고 가지는 매년 머리 위로 근사한 녹색 그늘막이 되어준 다음 땔감으로 쓸 자잘한 가지도 많이 내주었다. 그 틈바구니에 작은 좌석을 마련해두었고 책 한두 권, 분해한 보트, 반쯤 만들다 만 호루라기 여러 개가 놓여 있어도 여전히 넓었다.

"여긴 데미와 나의 특별한 공간이야. 우리가 이곳을 만들었고 아무도 우리 허락 없이 여길 못 들어와. 데이지만 빼고. 그 애는 괜찮거든." 토미가 말했다. 네트는 아래로 졸졸 흐르는 갈색 개울부터 위의 녹색 아치에 핀 기다란 노란 꽃들의 달콤한 향에 벌들이 꿀을 빨며 아름다운 음악 소리를 내는 것까지 즐겁게 살폈다.

"아, 정말 아름다워!" 네트가 외쳤다. "가끔 내가 이곳에 올 수 있게 허락해주면 좋겠어. 평생 이처럼 근사한 곳은 본 적이 없어. 난 새가 되어 여기서 늘 머물고 싶어."

"꽤 괜찮은 곳이지. 데미가 신경 안 쓴다면 와도 돼. 아마 그 애는 괜찮다고 할 거야. 왜냐하면 어젯밤에 네가 마음에 든다고 말했거든."

"그래?" 네트가 기뻐서 미소를 지었다. 데미는 아버지 베어의 조카고 아주 진지하고 양심적인 소년이기 때문에, 모든 소년들에게 크게 인정받는 것 같았다.

"그래. 데미는 조용한 아이를 좋아하고 너도 그 애만큼 책 읽는 걸 좋아한다면 둘이 잘 어울릴 거야."

행복에 젖어 빨갛게 달아오른 얼굴은 그 마지막 한 마디에 고통스러운 보랏빛으로 변했다. 네트가 더듬거리며 말했다.

"난 글을 잘 못 읽어. 한 번도 배울 시간이 없었어. 항상 악기만 켜느라."

"나도 별로 좋아하지 않지만 원할 땐 충분히 잘 읽을 수 있어." 토미가 놀란 표정을 지었다. 그 표정은 이렇게 말하는 듯했다. "열두 살 남자아이가 글을 못 읽다니!"

"어쨌든 난 음악을 읽을 수 있어." 자신의 무지를 고백한 뒤에 꽤 정신이 산란해진 네트가 덧붙였다.

"난 못해." 토미가 존중한다는 의미를 담아 말해서 네트는 대담해졌다.

"그러니까 내 말은 전에는 배울 기회가 없었다는 말이야. 이제부터는 열심히 공부하고 뭐든 배울 거야. 베어 씨의 수업은 무섭니?"

"아니. 화는 잘 내지 않으셔. 설명을 해주고 더 높은 곳에 오를 수 있게 격려해주는 쪽이지. 그렇게 안 하는 사람도 있잖아. 내 다른 선생님은 그랬어. 단어를 하나 잊어버리면 머리를 맞았지!" 그리고 토미가 아직 맞은 자리가 아프다는 듯 자기 정수리를 문지르며 '다른 선생님'과의 1년간의 수업에서 남은 유일한 기억을 꺼냈다.

"이건 읽을 수 있을 것 같아." 네트가 책을 살피며 말했다.

"그럼 조금 읽어봐. 내가 도와줄게." 토미가 선생님 같은 분위기로 다시 말했다.

네트는 최선을 다했고 토미에게서 '격려'를 받으며 한 장을 더듬거리며 읽었다. 그러고는 이내 다른 이들처럼 '쭉' 읽어보라는 말을 들었다. 둘은 자리에 앉아 남자아이들이 좋아하는 정원 일에 관해 대화를 나누었다. 네트는 자기 자리에서 개울 맞은편을 내려다보며 아래쪽에 있는 여러 개로 구획된 작은 땅들에 심긴 것이 무엇인지 물어보았다.

“저긴 우리 텃밭이야.” 토미가 말했다. “우리는 모두 각자 땅을 가지고 좋아하는 것들을 키우거든. 서로 다른 것을 고를 수 있지만 작물을 수확하기 전까지는 바꿀 수 없고 여름 내내 잘 키워야 해.”

“넌 올해 뭘 키울 거야?”

“음, 난 콩을 심을까 해. 가장 수월하게 자라는 작물이거든.”

토미가 모자를 뒤로 눌러쓰고 주머니에 손을 찔러 넣고 베어 씨를 대신해 그곳을 관리하는 사일러스의 말투를 무의식적으로 흉내 내서 네트는 웃음을 터트렸다.

“왜 그래, 웃을 필요는 없잖아. 콩은 옥수수나 감자보다 훨씬 키우기 수월해. 난 작년에 멜론을 키웠는데 벌레가 많이 꼬여 힘들었고 서리가 내리기 전에 익지 않아서 난 괜찮은 수박을 딱 하나 건지고 ‘으깨진 멜론’ 두 개 밖에 못 얻었어.” 토미가 ‘사일러스 같은’ 말투로 덧붙였다.

“옥수수가 잘 자란 것 같아.” 네트가 웃은 걸 속죄하고자 예의 바르게 말했다.

“그래, 하지만 계속해서 괭이질을 해야 해. 이제 6주 된 콩들은 한 번 정도만 더 괭이질하면 곧 익을 거야. 내가 제일 먼저 말해서 난 콩을 심게 될 거야. 스터피도 콩을 심고 싶어 했지만 그 애는 완두콩을 해야 해. 완두콩은 따기만 하면 되고 그 애는 아주 많이 먹으니 그렇게 할 거야.”

"나도 땅을 얻을 수 있을까?" 네트가 옥수수 괭이질조차도 즐거운 일거리라고 생각하며 말했다.

"당연하지." 아래에서 목소리가 들렸다. 베어 씨가 산책에서 돌아와 둘을 찾은 것이다. 베어 씨는 낮 동안 모든 아이들과 짬을 내 조금씩 이야기를 나누었다. 그는 이런 대화가 한 주를 새로 시작하는 데 좋은 방법이라는 것을 잘 알았다.

다정한 연민이 이곳에서는 아주 잘 작용했다. 소년들은 아버지 베어가 자신들에게 관심이 있다는 것을 알았고, 일부는 여자보다 남자인 그에게 더 마음을 열 준비가 되어 있었다. 특히 나이가 좀 있는 소년들은 남자 대 남자로서 자신들의 희망이나 계획을 이야기하는 것을 즐겼다. 물론 몸이 아프거나 문제가 있으면 그들은 본능적으로 조 부인에게 갔다. 어린아이들은 항상 그녀를 엄마이자 고해신부로 여겼다.

나무 둥지에서 내려오다 토미가 개울로 떨어졌다. 토미는 이런 일에 익숙한지 침착하게 물 밖으로 나와서 집으로 몸을 말리러 갔다. 베어 씨가 바라던 대로 네트와 베어 씨 둘만 남았다. 정원을 따라 걸으면서 베어 씨는 아이에게 작은 '텃밭'을 내어주며 마음을 사로잡았다. 그리고 이번 농작물 추수에 가족의 식량 문제가 달린 것처럼 아주 진지하게 이야기했다. 이 즐거운 주제에서 시작해 그들은 다른 주제로 넘어갔고 네트는 갈증이 난 토양이 따뜻한 봄비를 그대로 흡수하듯 새롭고 도움이 되는 많은 생각들을 머릿속에 집어넣었다. 저녁 시간 내내 네트는 그 이야기를 곱씹으며 종종 호기심 어린 표정으로 베어 씨와 시선을 마주했는데 그 눈빛은 이렇게 말하는 것 같았다. "전 대화가 좋아요. 다시 해요." 베어 씨가 아이의 소리 없는 언어를 이해했는지는 모르겠지만 소년들이 모두 일요일 저녁 대화를 위해 베어 부인의 응접실에 모였을 때 그는 정원에서 걸으면서 들었던 이야기를 주제로 골랐다.

그를 쳐다보면서 네트는 이곳이 학교라기보다는 대가족에 가깝다고 생각했다. 아이들은 난롯가에 반원으로 넓게 둘러 퍼져 일부는 의자에, 일부는 러그에, 데이지와 데미는 프리츠 이모부의 무릎 위에 앉았다. 로브는 대화가 자신의 능력 밖으로 깊어지면 보이지 않게 숨으려고 엄마의 큰 안락의자 등판에 몸을 웅크렸다.

모두가 꽤 편안해 보였고 집중해서 들었다. 긴 산책 이후의 휴식은 달콤했고 그곳에 있는 모든 소년이 자신의 의견을 밝혀야 한다는 것을 알기에 대답을 할 준비를 하며 정신을 깨워두었다.

"아주 옛날에……" 베어 씨가 고전적인 방식으로 입을 열었다. "세상에서 가장 큰 정원을 가진 위대하고 현명한 정원사가 있었단다. 그 정원은 근사하고 아름다웠지. 그는 엄청난 기술과 섬세한 보살핌으로 그곳을 지키며 모든 훌륭하고 유용한 식물들을 키웠지. 그런데 이 근사한 정원에도 잡초가 자랐단다. 종종 토질이 나빠져서 그 속에 심은 좋은 씨앗이 싹을 틔우지 못했어. 그에게는 보조 정원사가 많았단다. 일부는 자신의 본분을 다하고 그가 주는 월급을 두둑하게 챙겼지. 하지만 다른 이들은 자기 역할을 방기하고 정원이 망가지도록 놔두어 그를 화나게 했단다. 그러나 그는 아주 인내심이 강했고 수천 년이 넘도록 노력하면서 훌륭한 수확을 얻길 기다렸어."

"그렇다면 분명 아주 늙은 사람이겠네요." 데미가 모든 말을 하나도 놓치지 않으려는 듯 프리츠 이모부를 똑바로 쳐다보면서 말했다.

"조용히 해, 데미 오빠. 이건 옛날이야기잖아." 데이지가 속삭였다.

"아니, 난 이게 아리고리(arrygory)라고 생각해." 데미가 말했다.

"아리고리가 뭐야?" 토미가 궁금한 듯 돌아보며 물었다.

"데미, 할 수 있다면 네가 설명해보렴. 그리고 무슨 뜻인지 정확히 알지 못하는 말은 쓰지 말거라." 베어 씨가 말했다.

"전 알아요. 할아버지가 말해줬어요! 우화는 아리고리라고요. 그건 무슨 의미가 담긴 이야기를 말해요. 제가 가진 〈끝이 없는 이야기(Story without an end)〉가 그중 하나인데 그 속의 아이는 영혼을 의미해요. 안 그래요, 이모?" 데미가 자신이 옳다는 것을 증명하려고 안달이 나서 말했다.

"그렇단다, 얘야. 이모부의 이야기는 알레고리(allegory)라고 난 확신해. 그러니 무슨 의미가 담겨 있는지 계속 들어보자." 조 부인이 이렇게 대답해주었다. 그녀는 무슨 일이 있든 간에 소년들만큼 최대한 즐겼다.

데미가 다시 차분해지자 베어 씨가 최고의 영어를 구사하며 이야기를 이어갔다. 그는 지난 5년간 영어 실력이 엄청나게 늘었고 그건 아이들 덕분이라고 말했다.

"이 위대한 정원사는 하인 중 한 명에게 자투리땅 열두 개를 주면서 뭐든 노력해서 키워보라고 말했어. 이 하인은 부자도 아니고 현명하지도 않고 그리 착한 사람도 아니었지만 정원사가 자신에게 여러모로 아주 잘 대해주어서 그를 돕고 싶었어. 그래서 기쁜 마음으로 땅을 받아 일구기 시작했어. 땅은 크기와 형태가 제각각이고 일부는 토질이 좋았고 돌밭인 곳도 있었지만 전부가 많은 보살핌이 필요했어. 비옥한 땅일수록 잡초가 빨리 자라고 흙이 안 좋은 곳에는 돌이 많았기 때문이야."

"잡초와 돌 말고 그곳에서 무엇이 자랐나요?" 네트가 물었다. 그는 이야기에 너무 빠진 나머지 쑥스럽다는 생각도 잊어버리고 모두 앞에서 말했다.

"꽃이란다." 베어 씨가 친절한 표정으로 알려주었다. "가장 거칠고 버려진 작은 땅에도 삼색제비꽃과 어린 목서초 가지가 조금씩 자랐어. 한 곳에는 장미와 스위트피, 데이지가 자랐단다."

이 말을 하며 베어 씨는 자기 팔에 기댄 소녀의 포동포동한 뺨을 살짝 꼬집었다. "다른 땅에는 여러 신기한 식물이 자랐고 밝은 조약돌 사이에서 포도 덩굴이 잭의 콩나무처럼 높이 올랐지. 많은 좋은 씨앗들이 싹을 틔우기 시작했단다. 알다시피 그 땅은 정원에서 평생 열심히 일한 현명한 노인이 정성을 들인 곳이어서 그랬던 거야."

이 '아리고리'에서 데미는 궁금증이 많은 새처럼 고개를 한쪽으로 갸우뚱하고 눈동자를 반짝이며 무언가 의구심이 생겨서 이모부를 바라보았다. 그러나 베어 씨는 아무것도 모른다는 듯 순진한 표정으로 아이들의 얼굴을 진지하고 애석한 표정으로 쳐다보았다. 그 모습이 아내에게는 그가 얼마나 열심히 이 작은 정원 자투리땅에서 자신의 역할을 하고자 하는지 짐작하게 해주었다.

"내가 말한 것처럼 땅 중 일부는 데이지를 키우듯 쉽게 경작할 수 있지만 다른 땅은 아주 힘들단다. 특별히 해가 잘 드는 작은 땅에는 꽃뿐만 아니라 과일과 채소가 가득했는데 그곳만이 전혀 힘들지 않았어. 다른 땅을 하인이 쟁기질했을 때, 그 땅에 멜론이 있다고 가정해보자면 거기에는 아무것도 나오지 않았어. 그건 작은 땅이 멜론을 버렸기 때문이야. 하인은 아쉬워하고 계속 노력했고 그렇지만 매번 작물이 실패하고 땅은 이렇게만 말했단다. '아 깜박했어.'"

이때 살짝 웃음이 터져 나왔다. 모두가 '멜론'이라는 말에 귀가 쫑긋해진 토미를 쳐다보았다. 그는 자신이 즐겨 쓰는 핑계가 나오자 고개를 숙였다.

"우리를 빗대서 한 말인 줄 알았어요!" 데미가 손뼉을 치며 외쳤다. "이모부가 정원사고 우리가 작은 밭이에요. 안 그래요, 프리츠 이모부?"

"그렇게 생각할 수도 있지. 자 이제 각자 이번 봄에 내가 너희들에게서 쟁기질할 것이 무엇인지 알려주려무나. 그래야 가을에 내가 열두 밭에서 추수를 잘 할 수 있을 테니까. 아니, 열세 개구나." 베어 씨가 네트에게 고갯짓을 하며 말을 정정했다.

"저희한테서 옥수수와 콩과 완두콩을 키울 수는 없어요. 저희가 많이 먹고 살이 찌지 않는 한은요." 먹는 생각에 둥글고 무표정한 얼굴이 갑자기 환해지면서 스터피가 말했다.

"그런 씨앗을 말하는 게 아니야. 우리를 좋게 만들 무언가를 의미하는 거지. 그리고 잡초는 잘못을 뜻하는 거야." 이런 이야기를 늘 주도하는 데미가 지적했다. 데미는 이런 이야기에 익숙했고 아주 좋아했다.

"그래, 각자 자신에게 제일 필요한 것이 무엇인지 생각하고 내게 말해주렴. 그럼 그 부분이 잘 자랄 수 있게 내가 도와줄 거란다. 다만 최선을 다해야 해. 안 그러면 토미의 멜론처럼 잎사귀만 나고 열매가 맺지 않거든. 나이순으로 시작할 거고 어머니에게 땅에 무엇을 심을지도 물어볼 거란다. 우리 모두가 아름다운 정원의 일부고 하느님을 충분히 섬긴다면 풍성한 추수를 하게 될 거야." 아버지 베어가 말했다.

"난 땅 전부를 내가 얻을 수 있는 가장 큰 인내심을 키우는 일에 바치겠어요. 그것이 내게 가장 필요한 것이니까요." 베어 부인이 매우 진지하게 말해서 소년들은 자기 차례가 왔을 때 뭐라고 말해야 할지 곰곰이 생각했고 일부는 베어 부인의 인내심을 너무 빨리 써버리는 데 일조한 스스로에 대해 찌릿한 후회를 느꼈다.

프란츠는 인내를 원했고 토미는 끈기를, 네드는 차분한 성품을 원했다. 데이지는 근면성을, 데미는 '할아버지와 같은 현명함을', 네트는 필요한 것이 너무 많아서 베어 씨가 골라주면 좋겠다고 소심하게 말했다. 다른 아이들도 비슷한 것을 골라서 인내, 차분한 성품, 관용이 가장 인기를 끌었다. 한 소년은 일찍 일어나고 싶다고 말했지만 그런 종류의 씨앗에 어떤 이름을 붙여야 할지 몰랐다. 가여운 스터피는 한숨을 쉬었다.

"수업을 식사만큼 좋아하고 싶지만 그럴 수가 없어요."

"우리는 극기를 심고 괭이질을 하고 물을 줘서 아주 잘 자라게 해서 다음 크리스마스에는 너무 많이 먹어 탈이 나는 사람이 아무도 없었으면 좋겠구나. 조지, 네가 마음으로 훈련을 한다면 네 몸처럼 마음도 배가 고파져서 여기 있는 내 철학자만큼이나 책을 좋아하게 될 거야." 베어 씨가 이렇게 덧붙이며 데미의 잘생긴 이마로 흘러내린 머리카락을 넘겨주었다. "너도 탐욕이 있어 작은 마음에 너무 많은 우화와 상상을 채워뒀고 그건 조지가 작은 배에 케이크와 캔디를 가득 넣어둔 것과 마찬가지야. 둘 다 나쁜 습관이니 너도 더 나아지려고 노력해보렴. 산수는 《아라비안나이트》의 즐거움에 절반도 못 미친다는 걸 알지만 아주 유용한 지식이니 이제 배울 때가 되었단다. 안 그러면 너는 점점 후회하고 부끄러워하게 될 거야."

"그렇지만 《해리와 루시(Harry and Lucy)》와 《프랭크(Frank)》는 이야기책이 아니고 그 속에는 기압계, 벽돌, 말 편자 박기와 다른 유용한 내용이 가득 적혀 있어요. 전 그 책들이 좋아요. 맞지, 데이지?" 데미가 불안하게 자신을 방어하며 말했다.

"그렇지. 하지만 난 네가 《해리와 루시》보다 《로랜드와 메이버드(Roland and Maybird)》를 더 자주 읽는 것을 봤고 《신드바드》만큼 《프랭크》를 좋아하지 않는다고 생각해. 너희 둘을 위해 제안을 하겠어. 조지는 하루 세 끼만 먹고, 데미 넌 일주일에 동화책을 한 권만 읽어. 그러면 너에게 새로운 크리켓 경기장을 만들어줄게. 다만 너희가 약속을 지킬 때만 그렇게 할 거야." 스터피는 달리기를 싫어하고 데미는 항상 몇 시간이고 책을 읽는 터라 베어 씨가 둘을 구슬렸다.

"하지만 우리는 크리켓을 싫어해요." 데미가 말했다.

"지금은 그럴지도 모르지만 나중에는 달라질 거야. 게다가 넌 너그러운 사람이 되고 싶고 다른 아이들은 놀고 싶어 하니 네가 선택한다면 새 경기장을 그들에게 줄 수 있어."

이 제안은 양쪽이 다 좋아해서 그들은 동의했고 나머지 소년들도 크게 만족했다.

정원에 관한 이야기를 좀 더 나눈 다음 모두가 노래를 불렀다. 네트는 밴드가 너무 좋았다. 베어 부인이 피아노를 연주하고 프란츠가 플루트를, 베어 씨는 낮은 음을 냈고 네트가 바이올린을 연주했다. 아주 단순하고 소박한 콘서트였지만 모두가 즐겼다. 나이 많은 아시아는 이 집에서 주인과 하인, 어른과 아이, 인종을 통틀어 가장 아름다운 목소리를 지녀서 모퉁이에 앉아 간간이 함께 하며 그 소리가 모두의 아버지에게로 향했다. 노래가 끝난 뒤 소년들은 아버지 베어와 악수를 하고 베어 부인은 열여섯 살인 프란츠부터 자기만의 특별한 입맞춤을 위해 엄마의 코끝을 뭉개는 어린 로브에 이르기까지 모두에게 입을 맞추었고 그런 다음 다들 자러 갔다.

램프 불빛이 놀이방의 네트 침대 발치에 걸린 그림을 부드럽게 비추었다. 벽에는 다른 그림도 여러 개 걸려 있지만 소년은 이 그림에 특별한 무언가가 있다고 생각했다. 이끼와 솔방울을 감싸는 우아한 액자와 그 아래 작은 버팀대에는 봄 숲속에서 따온 신선한 야생화들이 꽂힌 화병이 놓여 있었다. 벽에 걸린 그림 중 가장 아름다워서 네트는 그림을 쳐다보며 무슨 의미인지 느껴보려고 애쓰며 그 비밀을 알았으면 좋겠다고 생각했다.

“저건 내 그림이야.” 방 안에서 작은 목소리가 말했다. 네트가 고개를 드니 잠옷을 입은 데미가 이모 조의 방에서 돌아가는 길에 벤 손가락에 쓸 솜을 가지러 놀이방에 들렀다.

“저 사람이 아이들에게 뭘 해주는 거야?” 네트가 물었다.

“저 사람은 예수 그리스도로 선인이시고 그가 아이들을 축복해주고 있어. 넌 예수님을 모르니?” 데미가 궁금하다는 듯 물었다.

“잘 몰라. 하지만 마음에 들어. 아주 자상해 보여.” 네트는 선인의 이름을 함부로 들먹여서는 안 된다는 이야기를 들은 것이 다였다.

“난 전부 알고 아주 좋아해. 왜냐하면 모든 것이 진실이거든.” 데미가 말했다.

“누가 너에게 알려줬어?”

“우리 할아버지가. 할아버지는 모든 걸 아시고 세상에서 제일 재미있는 이야기를 들려주셔. 어릴 때는 할아버지의 커다란 책을 가지고 놀면서 다리, 철도, 집을 만들었어.” 데미가 말했다.

“넌 지금 몇 살이니?” 네트가 조심스럽게 물었다.

“열 살이 다 됐어.”

“넌 많은 걸 알고 있지?”

“응. 내 머리가 큰 거 보면 알잖아. 우리 할아버지는 그 속을 채우는 것이 좋다고 하셨고 그래서 난 계속 최대한 빨리 지혜의 조각들을 집어넣고 있어." 데미가 진지하게 말했다.

네트는 웃은 다음 침착하게 말했다.

"부탁인데 나한테도 알려줘."

그래서 데미는 기쁘게 말을 이었다. "어느 날 아주 예쁜 책을 찾아서 그걸 가지고 놀고 싶었는데 할아버지가 안 된다고 하시면서 내게 그림을 보여주고 그것들에 대해 말해주셔서 난 그 이야기가 아주 마음에 들었어. 요셉과 그의 악한 형제들, 바다에서 튀어나온 개구리, 물속에서 나온 모세, 그리고 다른 많은 흥미로운 내용이 있었지만 그중에서도 난 그리스도에 관한 이야기가 제일 좋았고 할아버지는 너무 자주 그 이야기를 해줘서 난 자연스럽게 배우게 되었어. 할아버지가 내가 잊지 않도록 이 그림을 주셨고 내가 아팠을 때 그림을 여기다 걸어뒀는데 그 이후로 다른 아픈 아이들이 보도록 하려고 쭉 놔둔 거야."

"그는 왜 아이들에게 축복을 해주는 거야?" 무리 속 중요한 인물에게 아주 흥미를 느끼며 네트가 물었다.

"왜냐하면 그분은 아이들을 사랑하시거든."

"저들은 가난한 아이들이야?" 네트가 생각에 잠기며 물었다.

"응, 그런 것 같아. 보다시피 옷을 거의 걸치지 않은 아이도 있고 어머니들은 부유한 부인처럼 보이지 않아. 예수님은 가난한 사람을 좋아하시고 그들에게 아주 잘해주셔. 그들을 잘 살게 해주시고 도와주시고 부자들에게 가난한 사람들을 화나게 하지 말라고 하셨고 그들은 정말로 정말로 예수님을 사랑했어." 데미가 열정적으로 소리쳤다.

"그분은 부자시니?"

"아니, 아니야! 예수님은 구유에서 태어나셨고 너무 가난해서 자랄 때 살 집도 없고 가끔 아무것도 못 먹을 때도 있었고 동냥을 받아먹기도 하면서 사방을 다니며 모두에게 말씀을 전하고 그들을 좋은 사람으로 만들려고 하셨다가 나쁜 사람들에게 목숨을 잃었어."

"대체 왜?" 네트는 제대로 들으려고 침대에 일어나 앉았고 그분이 가난한 사람들을 그렇게 열심히 돌보았다는 말에 무척 관심이 갔다.

"내가 전부 다 말해줄게. 이모가 상관하지 않는다면." 데미는 자기가 제일 좋아하는 이야기를 아주 잘 들어주는 대상이 생겨 기뻐하면서 맞은편 침대에 앉았다.

네트가 잠이 들었는지 보려고 보모가 슬쩍 살피러 왔다가 돌아가는 상황을 보고 다시 몰래 나와서 베어 부인에게 어머니의 감정이 가득 담긴 친절한 얼굴로 말했다.

"와서 아름다운 광경을 좀 보지 않을래요? 네트가 작은 순백의 천사처럼 성심으로 데미가 해주는 어린 그리스도의 이야기를 듣고 있어요."

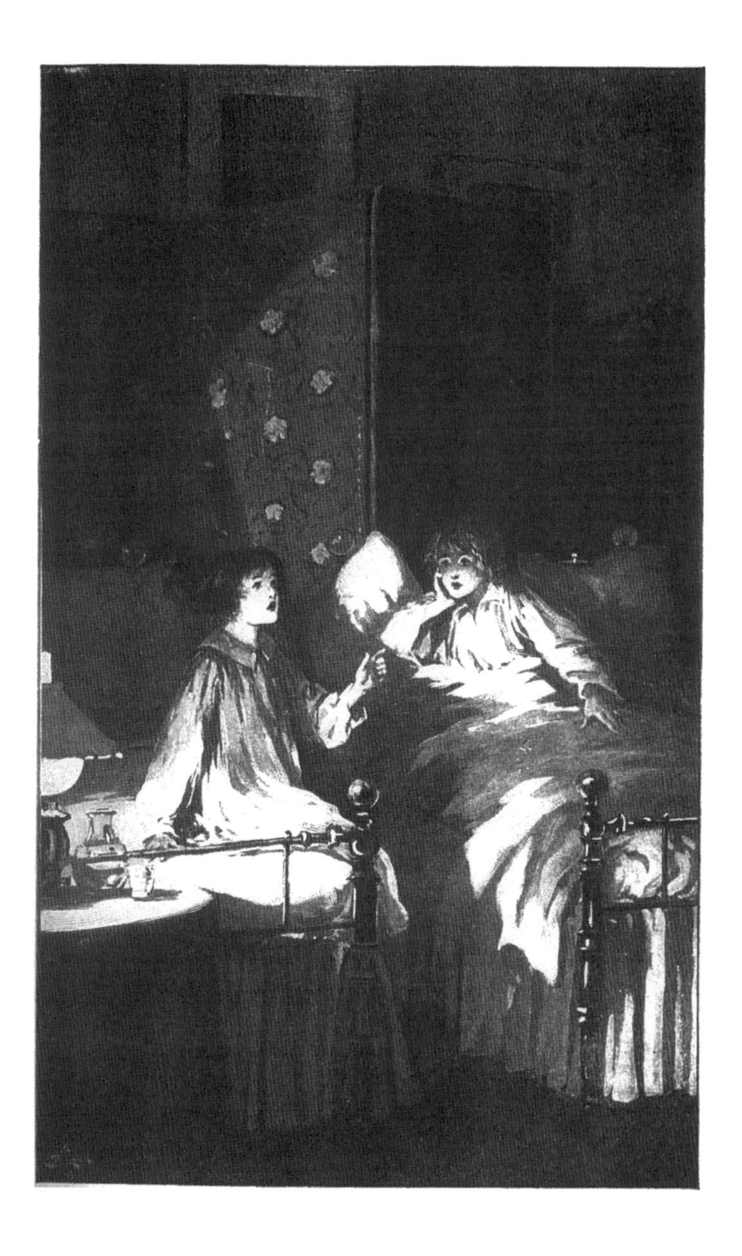

베어 부인은 아이가 잠들기 전에 진지한 말을 하면 더 효과가 좋았기에 잠시 가서 이야기를 나눌 생각이었다. 그런데 놀이방 문 앞에 서서 네트가 어린 친구의 말을 열심히 받아들이고 데미는 자신이 배운 다정하고 엄숙한 이야기를 전하며 그들 위에 자리 잡은 부드러운 얼굴에 아름다운 눈망울을 고정한 채로 앉아 있는 것을 보니 눈물이 차올라서 조용히 걸음을 옮기며 속으로 말했다.

"알지 못하는 사이에 데미가 가여운 소년을 나보다 더 잘 돕고 있네. 내가 말을 꺼내 망쳐서는 곤란해."

어린아이의 소곤거리는 목소리가 한동안 들렸고 한 순수한 마음이 다른 마음에게 위대한 설교를 전했고 아무도 그들을 방해하지 않았다. 마침내 말이 끝나자 베어 부인이 램프를 가지러 갔고 데미는 돌아가고 네트는 그리스도께서 어린아이를 사랑하시고 가난한 자들의 충실한 친구라는 점을 이미 배운 듯 그림을 향해 얼굴을 돌리고 잠에 빠졌다. 소년의 얼굴은 아주 고요했고 그 얼굴을 들여다보니 조는 하루 동안의 보살핌과 친절이 이토록 많은 것을 달라지게 해주었다면 인내를 가지고 1년간 경작하면 분명 이 버려진 정원에서 엄청난 수확을 거둘 거라는 확신이 들었다. 이 모든 게 잠옷 가운을 입은 어린 선교사가 최선을 다해서 모든 씨앗을 뿌려둔 덕분이다.

4. 한 걸음 더 앞으로

월요일 아침 네트는 교실로 들어가면서 이제 다 익숙한 척을 해야 한다는 생각에 마음이 두근거렸다. 그러나 베어 씨는 그에게 다른 아이들과 등을 마주하는 커다란 창문이 있는 자리를 내주었고, 프란츠가 옆에서 가르쳐주어 누구도 그가 실수하는 소리를 듣거나 얼룩진 글씨 연습용 공책을 볼 수 없었다. 네트는 그 점에 깊이 감사하고 아주 열심히 공부했다. 잉크가 번진 손가락과 그의 달아오른 얼굴을 보고 베어 씨가 웃으며 말했다.

"너무 열심히 하지 않아도 된단다. 그러면 네가 금방 지칠 테고 우리에게 시간은 충분하거든."

"하지만 전 열심히 해야 해요. 안 그러면 다른 아이들을 따라잡을 수가 없어요. 아이들은 많은 것을 알지만 전 아무것도 모르는 걸요." 네트는 다른 소년들이 문법, 역사, 지리를 술술 암송하는 소리를 듣고 아이들이 엄청나게 많이 안다고 생각해 절박함을 느꼈다.

“저 아이들도 모르는 것이 많단다.” 베어 씨가 네트의 옆에 앉았다. 그동안 프란츠는 복잡한 구구단표를 가지고 어린아이들을 가르쳤다.

“그래요?” 네트가 전혀 못 믿겠다는 표정을 지었다.

“그렇단다. 넌 차분하지만 숫자를 잘 아는 잭은 그렇지 못하지. 이건 아주 중요한 교훈이야. 난 네가 잘 배울 수 있을 거라 생각해. 그리고 넌 바이올린을 연주할 수 있지만 이곳에 있는 아이들은 다들 엄청나게 그러고 싶어도 아무도 연주할 수가 없지. 네트, 넌 무언가를 배우는 데 정말로 신경을 많이 쓰는데 그건 고비와도 같아. 처음에는 힘들어서 낙심하게 되지만 꾸준히 해나가면 조금씩 쉬워질 거야.”

네트는 이야기를 들으면서 점점 얼굴이 밝아졌고 자신이 알고 있는 자잘한 것들에 대해 들으니 곧바로 기운이 나서 무엇이든 열중할 수 있으리라는 기분이 들었다. ‘네, 제 침착한 성격은 아버지한테 맞으면서 단련된 거예요. 그리고 전 비스케이만(Bay of Biscay)이 어디인지 모르지만 바이올린을 연주할 수 있고요.’ 네트는 속으로 이렇게 생각하며 말로 표현할 수 없는 편안함을 느꼈다. 그래서 그는 입 밖으로 감정을 꺼냈고 진심 어린 말이 데미에게까지 들렸다.

"전 배우고 싶고 그럴 거예요. 학교에 다녀본 적이 없지만 그건 제가 어쩔 수 없는 일이었어요. 친구들이 절 비웃지 않는다면, 두 분께서 제게 아주 잘 해주셨으니 가장 훌륭한 학생이 되도록 할게요."

"친구들은 널 비웃지 않을 거야. 만약 그런 일이 생긴다면 내가 그러지 말라고 할게." 데미는 자신이 어디 있는지도 까먹고 소리쳤다.

구구단 수업이 '7×9'에서 멈췄다. 모두가 고개를 들어 무슨 일인지 쳐다보았다.

서로를 돕는 학습에서 얻는 교훈이 구구단보다 낫다는 생각에 베어 씨는 아이들에게 네트에 관해 이야기했다. 아주 흥미롭고 감동적인 설명을 듣자 마음 착한 소년들은 모두 그를 도와주기로 했고 바이올린을 잘 연주하는 아이에게 그들의 지혜를 전하는 역할을 맡은 걸 영광으로 여겼다. 이 같은 호소 덕분에 아이들은 네트를 오해하지 않을 수 있었고 모두가 기꺼이 그가 배움의 사다리를 오를 수 있도록 '격려'해주었기 때문에 넘어야 할 장애물도 적어졌다.

그러나 네트의 몸 상태가 정상이 될 때까지 너무 많은 학습량은 독이라 조 부인은 다른 아이들이 책을 볼 동안 그가 집 안에서 할 수 있는 다양한 놀이를 찾았다. 네트에게는 정원이 가장 좋은 약이었다. 네트는 비버처럼 쉬지 않고 일하며 자신의 작은 텃밭을 일구고 콩을 심고 싹이 났는지 살피고 따뜻한 봄날에 푸른 잎사귀와 날렵한 줄기가 솟아올라 커가는 모습을 보며 아주 기뻐했다. 이렇게 열심히 괭이질을 한 텃밭은 처음이었다. 베어 씨는 네트가 땅을 계속 뒤집어서 아무것도 자라지 않을까 봐 정말로 걱정했다. 그래서 그에게 꽃밭이나 딸기밭과 같은 쉬운 일을 주면서, 일도 하고 주변 꿀벌들처럼 바쁘게 콧노래를 부를 수 있게 배려해주었다.

"내가 제일 좋아하는 작물은 바로 이거야." 베어 부인은 한때 핼쑥했지만 지금은 점차 살이 오르고 혈색이 도는 네트의 뺨을 꼬집었다. 그리고 건강하게 일하고 좋은 음식을 먹고 가난이라는 무거운 짐을 내려놓아서 차츰 펴지고 있는 굽은 어깨를 두드리며 종종 칭찬했다.

데미는 그의 어린 친구고 토미는 그의 후원자고 데이지는 그의 모든 고민을 달래주는 사람이었다. 그 아이들은 전부 네트보다 어렸지만 소심한 성격 탓에 네트는 이들의 순진무구한 모임에서 즐거움을 찾았다. 좀 더 나이가 많은 소년들과의 거친 놀이에서는 꽤 움츠러들었다. 로런스 씨는 그를 잊지 않고 옷과 책, 음악과 친절한 메시지를 보내주었고, 이따금 아이가 얼마나 잘 하고 있는지 살피러 오거나 그를 데리고 시내로 콘서트를 보러 갔다. 그런 날 네트는 정말 세상에서 가장 행복하다고 느꼈고 로런스 씨의 대저택에 가서 그의 아름다운 아내와 작은 요정 같은 딸을 보고 근사한 저녁을 먹은 일이 너무 꿈만 같아서 몇 날 며칠을 그 이야기를 하고 떠올리며 지냈다.

햇살이 가득하고 즐거운 일이 넘치는 세상에서 이런 사소한 것으로도 한 아이를 행복하게 할 수 있는데, 아직도 진실한 얼굴에 가난과 외로움으로 고통받는 어린 영혼이 사방에 있다는 사실이 참으로 안타깝다. 베어 부부는 그런 생각으로 자신들이 찾을 수 있는 모든 부스러기를 긁어모아 굶주린 참새들을 먹였다. 부부는 후원이 들어온 것을 제외하고는 부유하지 않았다. 조 부인의 많은 친구들이 자기네 아이들이 금세 지루해하는 장난감을 보내주었고 네트는 그런 것들을 고치는 일이 적성에 맞는다고 여겼다. 그의 날렵한 손가락은 야무지고 솜씨가 좋아서 비가 오는 오후에 치약 병, 물감, 칼을 가지고 가구, 동물 인형, 장난감을 수리했다. 데이지는 뛰어난 재봉사로 낡은 인형들을 고쳤다. 장난감은 수리되는 즉시 정해진 서랍에 조심스럽게 넣어두었다가 이웃에 사는 가난한 아이들을 위한 크리스마스트리에 사용할 예정이었다. 그런 방식으로 플럼필드의 아이들은 가난한 자들을 사랑하고 어린아이에게 축복을 내린 예수님의 탄신일을 축하했다.

데미는 좋아하는 책을 읽고 설명해주는 일을 전혀 지겨워하지 않아서 늙은 버드나무에서 오랜 시간을 보내며 《로빈슨 크루소》, 《아라비안나이트》, 《에지워스의 이야기(Edgeworth's

Tales)》를 비롯해 수백 년간 아이들을 즐겁게 해준 불후의 이야기들을 많이 들려주었다. 그 이야기들은 네트에게 새로운 세상이었다. 다음에 무슨 일이 벌어질지 궁금해하는 것이 다른 아이들처럼 글을 읽을 수 있는 데 도움이 되었다. 네트는 자신의 새롭고 풍성한 경험과 업적이 너무 뿌듯해 데미와 같은 책벌레가 될 위험에 처한 것도 깨닫지 못했다.

예상치 못한 기분 좋은 방식으로 네트에게 또 다른 도움의 손길이 찾아왔다. 여러 소년이 소위 자기들의 '사업'을 했는데 다수는 가난해서 머지않아 자기 힘으로 일어서야 한다는 것을 알기에 베어 부부는 그들의 자립을 위한 노력에 용기를 북돋아 주었다. 토미는 달걀을 팔았고 잭은 가축을 사들였다. 프란츠는 교사 일을 돕고 봉급을 받았다. 네드는 목수 일에 관심이 많아서 전용 선반을 제작하고 그 위에 모든 유용하고 예쁜 목공품을 만들어놓고 팔았다. 데미는 물레방아를 만들었지만 쉴 새 없이 돌아가는 이 알지 못하는 기계는 복잡하고 쓸모가 없어 보여 아이들이 그냥 방치해두었다.

"그 애가 좋아한다면 장사를 하게 해봐요." 베어 씨가 말했다. "일을 배우면 독립할 수 있을 테지. 일이 곧 결과물과 같으니 아이들이 어떤 재능을 가지고 있든 간에, 그것이 시를 쓰는 능력이건 잿기질이건 가능하면 수확해서 유용하게 만들어야 해요."

어느 날 네트가 베어 씨에게 뛰어와 신난 얼굴로 이렇게 물었다.

"저희 숲으로 소풍을 온 사람들에게 가서 연주를 해주어도 될까요? 그들이 제게 돈을 줄 테고 그러면 저도 다른 아이들처럼 돈을 벌 수 있어요. 제가 할 수 있는 일은 바이올린을 켜는 것밖에 없어요."

베어 씨는 기꺼이 대답했다.

"그래, 가보렴. 네가 편하고 즐겁게 일할 방법이구나. 너한테 그런 기회가 있다니 기쁘구나."

네트는 밖으로 나갔고 그 일을 아주 잘 해내서 2달러를 받아 주머니에 넣고 집으로 돌아왔다. 네트는 오후를 아주 즐겁게 보냈다. 젊은이들이 얼마나 친절했는지, 그의 연주를 칭찬하고 다시 부르겠다고 설명할 때 네트는 정말 만족스럽고 기뻤다.

"한 푼도 받지 못하는 길거리 연주보다 이쪽이 훨씬 더 좋아요. 지금은 제가 번 돈을 다 가질 수 있고 즐거운 시간도 보낼 수 있으니까요. 저도 이제 토미나 잭처럼 사업을 하고 있어요. 그래서 정말 좋아요." 네트가 낡은 지갑을 자랑스럽게 두드리며 벌써 백만장자가 된 듯한 기분으로 말했다.

그는 정말로 사업을 했다. 여름이 되면서 소풍이 많아지고 네트의 숙련된 연주 솜씨에 엄청난 사람들이 몰렸다. 수업을 빼먹지 않고 소풍을 온 사람들이 존경할 만한 젊은이인 경우에 한해서만 네트가 자유롭게 갈 수 있었다. 베어 씨는 기본 교육은 모두에게 필요하고, 돈이 있다 해도 잘못을 저지르는 유혹에 빠지는 일을 막아주지 못한다고 설명했다. 네트는 그 말에 상당히 동감했다. 네트는 순수한 가슴을 지닌 소년을 데리러 온 마차를 보는 것이나, 지쳤지만 행복한 얼굴로 연주를 마치고 돌아와 두둑이 받은 돈을 주머니에 넣고 연회에서 잊지 않고 챙겨온 '맛있는 것들'을 어린 테디나 데이지에게 나누어주는 것이 좋았다.

"제 바이올린을 살 수 있을 때까지 저금하면 전 스스로 벌면서 살아갈 수 있는 거죠?" 그는 베어 씨에게 돈을 보관해달라고 가져오면서 이렇게 묻곤 했다.

"그러길 바란단다, 네트. 하지만 네 몸과 마음이 튼튼해지는 것이 우선이고 음악으로 찬 네 머릿속에 더 많은 지식도 좀 쌓아야지. 그런 다음 로리 씨가 어딘가에 네 자리를 찾아줄 거야. 몇 년 안에 우리 모두가 널 공연장에서 보게 되겠지."

적성에 맞는 일과 격려, 희망을 품고 네트는 인생이 날마다 점점 더 편하고 행복해지는 것을 느꼈다. 그는 음악적인 성장세가 빨랐고, 스승은 아이의 마음이 어디서 가장 잘 통하는지 알고 있기에 다른 부분에서 느린 점을 용서해주기로 했다. 중요한 수업을 빼먹은 네트에게 필요한 유일한 처벌은 하루 동안 바이올린을 켜지 못하게 하는 것이었다. 자신의 소중한 친구를 완전히 잃어버릴지도 모른다는 두려움에 아이는 자신의 의지로 책을 펼쳤다. 그리고 자신이 수업을 다 익힐 수 있다는 것을 증명했다.

데이지는 음악을 아주 사랑했고, 악기를 다루는 사람을 존경했기에 종종 네트가 연습하는 동안 문밖 계단에 앉아서 들었다. 네트는 그런 데이지가 너무 고마웠고 그래서 조용한 어린 숙녀를 위해 최선을 다해 연주했다. 데이지는 결코 연습실 안으로 들어오지 않고 계단에 앉아 바느질을 하거나 인형을 쓰다듬어주며 꿈결 같은 즐거움에 빠져들었다. 조 이모는 눈물을 흘리며 이렇게 말했다. "정말 우리 베스 같아." 그리고 자신이 아이의 달콤한 즐거움을 방해할까 봐 조용히 지나갔다.

네트는 베어 부인을 아주 좋아했지만, 12년 동안 거친 바다 위 작은 배에서 이리저리 흔들리며 탈출하지 못한 수줍음 많고 나약한 소년을 아버지처럼 품어준 훌륭한 교수에게 더 많은 정을 느꼈다. 어떤 착한 천사가 하늘에서 그를 지켜보는 것이 분명했다. 비록 그의 몸은 갖은 고생을 겪었고 영혼에 약간 상처를 입었을지언정 난파선의 아기처럼 순수한 상태로 물가에 도달했기 때문이다. 어쩌면 음악에 대한 애정이 그에게 벌어진 모든 불협화음 속에서 순수한 마음을 지켜준 것일지도 모른다. 로리는 그렇게 말했고 알게 되었다. 그렇다고 할지라도 가여운 네트의 미덕을 키우는 즐거움은 아버지 베어의 몫이었고 아이의 잘못을 바로잡아주면서 이 새로운 자식이 여자아이만큼이나 온순하고 애정이 많다는 점을 파악했다. 그래서 그는 아내에게 네트에 대해 말할 때 종종 '딸'이라고 언급했다. 그 말을 들은 조는 웃음을 터트렸다. 베어 부인은 네트가 쾌활하지만 연약하다고 생각해서 데이지를 쓰다듬듯이 쓰다듬어주었기에 네트는 부인이 아주 섬세한 사람이라고 느꼈다.

네트가 지닌 한 가지 결점이 베어 부부에게 엄청난 불안을 가져다주었지만, 부부는 두려움과 무시 받은 세월이 그런 결점을 강하게 만들었다고 보았다. 안타깝게도 네트는 가끔 거짓말을 했다. 아주 나쁜 거짓말은 아니었다. 더 나쁜 거짓말을 하는 것도 아니고, 종종 선의로 그렇게 하기도 했다. 그러나 중요한 건 거짓말은 거짓말이며 우리가 이 이상한 세상에서 종종 예의 바른 거짓을 말하며 살긴 하지만 그게 옳지 않다는 점을 모두가 알고 있다.

"조심해서 나쁠 건 없어. 말과 눈길, 손을 주의하렴. 그것들이 쉽게 거짓을 말하고 보고, 행할 수 있단다." 베어 씨는 큰 유혹에 관해 네트와 이야기를 할 때 이렇게 알려주었다.

"저도 알아요. 그럴 의도는 아니었지만 늘 진실만 말하는 바보가 아닌 편이 지내기에 훨씬 편해요. 제가 종종 거짓말을 한 건 아버지와 니콜로가 두려워서였고, 지금도 가끔 그렇게 하는 건 다른 아이들이 절 비웃기 때문이에요. 거짓말이 나쁘다는 걸 알지만 그 점을 자꾸 잊어버려요." 네트는 자신이 저지른 잘못에 아주 의기소침해졌다.

"나도 어릴 때 거짓말을 했단다! 세상에! 어떤 거짓말을 하든 할머니께서 그 버릇을 고쳐주셨어. 넌 어떠니? 부모님이 내게 이야기를 하고 눈물을 흘리며 벌을 주셨지만 난 너처럼 금방 까먹었단다. 그런데 할머니가 이런 말을 하시더구나. '내가 기억하게 도와주마. 그러니 거짓말을 하고 싶어도 억눌러 보렴.' 믿을지 모르겠지만 할머니는 내 혀를 잡아당기더니 가위로 끝부분을 잘랐어. 피가 났단다. 정말 끔찍했고 아주 좋은 처방이었지. 난 며칠 동안 혀가 아파서 말을 할 때 혀를 아주 천천히 움직여야 했고, 그래서 생각을 할 시간이 생겼어. 그 이후 한층 신중해졌고 더 나아졌어. 커다란 가위가 무서웠거든. 그래도 우리 할머니는 모든 면에서 내게 가장 친절하셨고 멀리 뉘른베르크에서 돌아가실 때 어린 프리츠가 하느님을 사랑하고 진실만을 말하게 해달라고 기도해주셨단다."

"전 할머니가 없지만 그 방식이 절 치료해줄 거라고 생각하신다면 제 혀를 자르셔도 돼요." 네트가 고통을 느끼면서도 거짓말을 멈추고 싶다는 소망에 용기 있게 말했다.

베어 씨는 미소를 지었지만 고개를 저었다.

"난 그보다 더 좋은 방법을 안단다. 한번 해본 적이 있는데, 아주 효과가 좋았지. 그건…… 네가 거짓말을 할 때마다 네가 날 벌주는 거야."

"어떻게 그럴 수가 있어요?" 네트가 깜짝 놀라며 물었다.

"옛날 방식대로 회초리로 날 때려도 된단다. 스스로 그렇게 해본 적은 거의 없지만 네가 고통을 직접 느끼는 것보다 내게 고통을 주는 쪽이 더 기억하기 수월할 거야."

"선생님을 때리라고요? 세상에, 전 못해요!" 네트가 소리쳤다.

"그러면 네 혀를 조심하렴. 난 상처를 받고 싶지 않지만, 네 잘못을 고칠 수 있다면 큰 고통도 기꺼이 감수할 수 있단다."

이 제안이 네트에게 큰 감명을 주었다. 한동안 소년은 거짓말을 하지 않고 절박하게 진실만을 말했다. 베어 씨의 판단이 옳았다. 베어 씨에 대한 애정이 네트에게는 자신에 대한 두려움보다 더 강력했다. 그러나 안타까워라! 어느 슬픈 날, 경계심이 흐트러진 네트는 성질 나쁜 에밀이 자신의 정원에 들어와 잘 자란 옥수수밭을 망쳐놓은 사람이 네트라며 네트를 위협하자 자신이 그러지 않았다고 거짓말을 해버렸다. 네트는 전날 밤 잭이 쫓아올 때 에밀의 텃밭을 그 모양으로 만들었기에 속으로 자책했다.

그는 아무도 이 일을 알지 못할 거라고 생각했다. 하지만 토미가 어쩌다 그 광경을 보았다. 에밀이 하루이틀 뒤에 그 이야기를 하고 토미가 증거를 내미는데, 베어 씨가 그 이야기를 들었다. 수업이 끝난 뒤 모두가 복도에 서 있고 베어 씨는 짚으로 만든 긴 소파에 앉아서 테디와 장난을 치고 있었다. 그러다 토미가 하는 말을 듣고 네트의 얼굴이 주홍색으로 변했다. 베어 씨는 무서운 얼굴로 네트를 쳐다보고 테디에게 "어머니한테 가 있어. 금방 갈게." 하고는 네트를 잡아서 교실로 데려간 뒤 문을 닫았다.

소년들은 잠시 아무 말 없이 서로를 쳐다보았다. 토미는 슬쩍 건물을 빠져나와 반쯤 닫힌 블라인드 틈으로 보이는 광경에 놀라움을 금치 못했다. 베어 씨가 책상에 놓여 있던 긴 자를 들었기 때문이다. 좀처럼 쓰지 않아서 자는 먼지가 수북했다.

'맙소사! 선생님이 이번에는 네트에게 큰 벌을 주실 건가 봐. 이럴 줄 알았으면 말하지 말걸.' 성품이 착한 토미는 매가 이 학교에서 가장 큰 수치라는 것을 알았다.

"내가 지난번에 한 이야기가 기억나지?" 베어 씨는 화가 난 것이 아니라 슬픈 목소리로 물었다.

"네. 하지만 제발 저한테 시키지 말아주세요. 전 견딜 수가 없어요." 네트가 괴로운 얼굴로 손을 뒤로 숨기고 문 쪽으로 뒷걸음질 쳤다.

'왜 남자답게 나서서 벌을 받지 못하는 거야? 나라면 그럴 텐데.' 토미는 속으로 생각했지만 그 광경을 지켜보는 자신도 가슴이 엄청나게 두근거렸다.

"난 내가 한 말을 지켜야 하고, 너도 반드시 진실만 말해야 한다는 걸 기억해야지. 내가 시키는 대로 해, 네트. 이 자를 들고 날 세게 여섯 대 때리렴."

토미는 이 마지막 말을 듣고 너무 놀라 강둑으로 주저앉을 뻔했지만 가까스로 균형을 잡았다. 토미는 창틀에 매달려 벽난로 위 선반에 장식된 박제된 올빼미처럼 눈을 동그랗게 뜨고 살폈다.

베어 씨가 모두를 굴복하게 하는 진지한 목소리로 말하자 네트는 자를 집어 들었다. 스승을 칼로 찌르려는 상황에서 두려움과 죄책감을 느끼는 표정이었다. 그는 자기 앞에 펼쳐진 커다란 손바닥을 약하게 두 대 내려쳤다. 그런 다음 멈추고 눈물이 가득 고여 반쯤 보이지 않는 눈을 들어 그를 쳐다보았다. 그러나 베어 씨는 차분하게 말했다.

"계속 하렴. 더 세게 때려야 해."

힘든 일이 곧 끝나길 바라며 네트는 소매로 눈물을 닦고 더 세게 두 대를 때렸다. 손바닥에 붉은 줄이 생겼지만 자신에게는 더 큰 상처가 남았다.

"이 정도면 충분하지 않나요?" 아이는 숨도 쉬지 못하고 물었다.

"두 대 더 남았어." 대답이 돌아왔고, 네트는 자가 어디로 떨어지는지 거의 보지 못한 채 두 대를 더 때린 다음 자를 바닥으로 던져버렸다. 그리고 그 친절한 손을 자신의 손으로 꼭 감싸안고 그 위에 얼굴을 묻은 뒤 사랑과 수치, 뉘우침이 담긴 눈물을 흘렸다.

"전 기억할 거예요! 꼭! 기억하겠어요!"

베어 씨가 그에게 팔을 두르고 애정이 담긴 목소리로 확고하게 말했다.

"그래, 넌 그럴 거야. 하느님께 너를 도와주고 우리가 다시는 이런 상황에 처하지 않게 해달라고 기도하렴."

토미는 더 보지 않고 다시 몰래 복도로 돌아왔다. 그리고 네트에게 무슨 일이 벌어졌는지 물어보려고 몰려드는 아이들에게 진지한 표정을 지었지만 속으로는 신이 났다. 토미의 인상적인 속삭임에 모두가 하늘이 무너진 것처럼 놀랐다. 이 방침에 아이들은 할 말을 잃었다.

"나한테도 같은 일을 시키신 적이 있어." 가장 끔찍한 죄를 고백하듯 에밀이 말했다.

"그래서 너도 선생님을 때렸어? 우리의 나이 많은 아버지를? 맙소사, 어디 지금 당장 그렇게 해봐!" 네드가 분노하며 에밀의 멱살을 잡았다.

"아주 오래전 일이야. 지금은 그렇게 하느니 차라리 내 머리를 잘라버리는 편이 더 나을 거야." 에밀이 덤비지 않고 네드의 등을 바닥으로 눕히며 당시의 침통한 상황을 느끼듯이 말했다.

"어떻게 그럴 수 있어?" 그 생각을 하니 간담이 서늘해진 데미가 물었다.

"그때 난 완전히 정신이 나간 상태여서 전혀 개의치 않았어. 오히려 그 벌칙을 좋아했던 것 같아. 하지만 선생님을 한 대 쳤을 때 그동안 내게 베풀어주신 모든 호의가 단박에 떠올라서 계속할 수 없었어. 절대로! 차라리 날 눕혀놓고 밟고 지나가는 편이 나았을 거야. 너무 기분이 안 좋았어." 에밀은 과거의 자신을 후회하듯 가슴을 세게 내리쳤다.

"네트는 엄청 울고 끝도 없이 미안해하고 있으니 이 일에 대해 한마디도 하지 말자, 응?" 마음 착한 토미가 말했다.

"당연히 그래야지. 하지만 거짓말을 하는 건 정말 끔찍한 일이야." 데미는 죄를 지은 사람이 아닌 자기가 가장 좋아하는 프리츠 이모부가 처벌을 받은 것에 엄청나게 두려움을 느낀 듯 보였다.

"우리가 전부 자리를 뜨면 네트가 편하게 위층으로 올라갈 수 있겠지." 프란츠가 이렇게 제안하자 아이들은 힘든 시기에 다들 숨는 장소인 헛간으로 향했다.

네트는 식사를 하러 내려오지 않았다. 조 부인이 그에게 먹을 것을 가져다주고 다정한 말을 건네 달랬지만 그는 부인을 똑바로 쳐다보지 못했다. 그러나 얼마 안 가 밖에서 놀던 아이들은 바이올린 소리를 들었고 자기들끼리 말했다. "이제 괜찮은가 봐." 네트는 괜찮아졌지만 아래층으로 내려가기는 부끄러웠다. 그러다가 숲으로 몰래 나가려고 문을 열었는데 데이지가 바느질감도, 인형도 없이 계단에 앉아 있는 것을 보았다. 데이지는 억류된 친구를 위해 울었던 모양인지 손에 손수건을 들고 있었다.

"산책 갈 건데 너도 같이 갈래?" 네트가 아무 일도 없었던 것처럼 물었다. 네트는 조용히 자신을 안타까워해준 데이지에게 엄청난 고마움을 느꼈다. 그는 모두가 자신을 비열한 인간으로 여길 거라고 상상했다.

"응, 좋아!" 데이지는 나이 많은 소년의 동행으로 뽑힌 것이 자랑스러운 듯 서둘러 모자를 가지러 뛰어갔다.

다른 아이들은 둘이 산책을 가는 것을 보았지만 아무도 따라가지 않았다. 소년들은 보기보다 배려심이 많았고 면목이 없는 일이 있을 때는 착한 데이지가 가장 마음이 맞는 친구라는 사실을 본능적으로 알았다.

네트에게는 큰 도움이 된 산책이었다. 그는 전보다 더 조용해져 집으로 돌아왔지만 얼굴은 한층 밝아졌다. 네트가 잔디에 누워 자신의 이야기를 들려줄 동안 어린 친구는 데이지꽃 목걸이를 만들어 그에게 걸어주었다.

아무도 그날 아침 일에 대해 말을 꺼내지 않았지만 그런 이유로 효과가 더 오래간 듯싶다. 네트는 최선을 다했고 큰 도움을 받았다. 진실한 어린 기도자들이 하늘에서 그를 위해 기도해준 것뿐 아니라, 땅에 있는 친구들도 인내심으로 그를 도왔다. 그리고 네트는 결코 자신의 안녕을 위해 기꺼이 고통을 겪은 그 친절한 손길을 잊지 않았다.

5. 데이지의 파이굽기 놀이

"왜 그러니, 데이지?"

"남자아이들이 노는 데 절 끼워주지 않아요."

"어째서?"

"여자는 축구를 못 한대요."

"여자도 할 수 있단다. 나도 했는걸!" 베어 부인이 어린 시절의 추억을 떠올리며 웃음을 터트렸다.

"저도 할 수 있다는 걸 알아요. 데미 오빠랑 같이했었고 재밌었는데, 지금은 오빠가 다른 남자애들이 비웃는다고 절 끼워주지 않아요." 데이지는 오빠가 무자비하게 굴어서 깊이 슬퍼하는 듯했다.

"오빠의 말이 맞는 것 같긴 하구나. 너희 둘만 있을 땐 괜찮지만 열두 명의 남자애들과 같이 하기에는 너무 거친 경기야. 그러니 이모가 재미있는 놀이를 찾아볼게."

"혼자 노는 건 이제 지겨워요!" 데이지의 목소리는 아주 슬펐다.

"조금 있다가 함께 놀아줄게. 지금은 서둘러 시내에 나갈 준비를 해야 한단다. 너도 같이 가서 어머니를 만나고, 네가 원한다면 어머니와 함께 있어도 좋아."

"저도 가서 어머니와 아기 조쉬를 보고 싶지만 다시 돌아올래요. 데미 오빠가 절 보고 싶어 할 거고 저도 여기 있는 게 좋아요, 이모."

"넌 데미 없이는 잘 지낼 수가 없구나?" 조 이모가 자신의 유일한 오빠에 대한 소녀의 애정이 이해가 간다는 얼굴로 쳐다보았다.

"당연하죠. 우린 쌍둥이고 다른 누구보다 서로를 사랑해요." 데이지가 쌍둥이로 태어난 것이 자신이 누리는 가장 큰 영광이라는 듯 환한 얼굴로 대답했다.

"내가 준비할 동안 넌 뭘 하고 있을 거니?" 베어 부인이 엄청나게 빠른 속도로 옷장 안으로 리넨 더미를 집어넣으며 물었다.

"모르겠어요. 인형 놀이는 질려요. 이모가 절 위해 새로운 놀이를 만들어주면 좋겠어요." 데이지가 노곤하게 문에 매달리며 말했다.

"새로운 놀이를 생각해봐야 하는데, 그러려면 시간이 좀 필요하구나. 그러니 아래층에 내려가서 아시아가 점심 식사로 뭘 준비하는지 보고 오렴." 베어 부인이 잠시라도 작은 방해물을 떼어놓기에 좋은 방법이라고 생각하며 말했다.

"네, 그렇게 하는 것이 좋겠어요. 아시아가 언짢아하지 않으면요." 데이지는 천천히 흑인 요리사인 아시아가 홀로 있는 주방으로 향했다.

5분 뒤 데이지가 매우 놀란 얼굴로 손에 반죽을 좀 들고 작은 코에는 밀가루를 묻힌 채 나타났다.

"오, 이모! 제가 가서 진저쿠키를 만들어도 될까요? 아시아가 화를 내지 않았고 제가 해도 된다고 말했어요. 그리고 재미있을 것 같아요. 그러니 하게 해주세요." 데이지가 단숨에 말을 쏟아내며 애원했다.

"뜻대로 하렴. 가서 네 마음껏 만들고 충분히 있다가 와도 좋아." 베어 부인이 한층 안도하며 대답했다. 가끔은 열두 소년보다 소녀 한 명을 만족시키기가 더 어렵다.

데이지는 뛰어나갔고, 그녀가 요리를 하는 동안 조는 새로운 놀이를 생각했다. 갑자기 좋은 아이디어가 떠올라 조는 뿌듯한 미소를 지은 다음 옷장 문을 닫고 재빨리 걸어가며 말했다. "그게 가능하다면 내가 직접 해야지!"

그날 아무도 알아차리지 못했지만 조의 눈동자는 빛났다. 데이지에게 자신의 새 놀이에 대해 말해주고 필요한 물건을 구입할 거라고 하자 데이지는 한층 신나서 시내로 가는 내내 질문을 해댔지만 아무것도 알려주지 않았다. 데이지는 집에 남아 새로 태어난 아기와 놀며 어머니의 눈길을 즐겁게 해주었고 그 사이 조 이모는 쇼핑에 나섰다. 그녀가 갖가지 신기한 꾸러미를 마차 모퉁이에 한 가득 싣고 오자 데이지는 호기심이 가득 발동해 곧바로 플럼필드로 돌아가고 싶었다. 그러나 이모는 서두르지 않았고 어머니의 방에서 오래 전화 통화를 하고 아기를 무릎에 올려놓고 바닥에 앉아 브룩스 씨에게 남자아이들의 장난과 온갖 우스꽝스러운 행동에 대해 이야기해 브룩스 씨는 웃음을 터트렸다.

이모가 어떻게 비밀을 말했는지 모르겠지만, 어머니는 그 비밀을 알고 있었다. 데이지의 보닛 끈을 묶고 작은 분홍빛 얼굴에 입을 맞추며 이렇게 말했기 때문이다. "착한 아이가 되렴, 데이지. 그리고 이모가 알려주는 새 게임을 잘 배워둬야 한다. 그건 아주 유용하고 흥미로운 놀이고 이모가 너랑 같이 해준다니 정말 친절하지 않니. 이모는 직접 하는 걸 아주 싫어하거든."

이 마지막 말에 두 숙녀는 심하게 웃어대서 데이지의 어리둥절함은 더 커졌다. 그들이 마차를 타고 나오는데 뒤쪽에서 무언가 덜컹거렸다.

"무슨 소리예요?" 데이지가 귀를 쫑긋 세우며 물었다.

"새로 할 놀이감이지." 조 부인이 진지하게 말했다.

"무엇으로 만들었어요?" 데이지가 물었다.

"철, 깡통, 나무, 청동, 설탕, 소금, 석탄, 그리고 수백 가지 다른 것들이 들어갔어."

"참 신기하네요! 무슨 색인가요?"

"여러 색이 섞였어."

"크기가 커요?"

"큰 것도 있고 작은 것도 있어."

"제가 본 적이 있어요?"

"아주 많지는 않지만 이렇게 괜찮은 건 본 적이 없을걸."

"어머! 그게 뭘까요? 진짜 궁금해요. 언제 볼 수 있어요?" 데이지는 안달하며 자리에서 들썩거렸다.

"내일 아침에 수업을 마치고 나서."

"남자애들도 쓸 수 있어요?"

"아니, 너와 베스만을 위한 거야. 남자아이들도 보면 같이하고 싶어 하겠지! 하지만 그걸 허락해주는 건 네 몫이란다."

"전 데미 오빠가 원한다면 하게 해줄래요."

"그들 모두가 다 원하지 않을 거라는 걱정은 안 해도 돼. 특히나 스터피의 경우에는." 베어 부인의 눈동자가 전보다 더 반짝이며 무릎에 놓인 신기한 매듭이 묶인 꾸러미를 쓰다듬었다.

"한 번만 만져보게 해주세요." 데이지가 간청했다.

"안 돼. 만져보면 넌 곧바로 뭔지 짐작할 테고 그러면 재미없어져."

데이지는 한숨을 쉰 다음 다시 얼굴에 미소를 지었는데, 꾸러미에 난 작은 구멍을 통해 반짝이는 무언가를 보았기 때문이다.

"그렇게 오래 어떻게 기다려요? 오늘 볼 순 없을까요?"

"아, 세상에, 안 돼! 이건 준비가 필요해. 아주 많은 부품이 제자리에 놓여야 한단다. 테디 이모부한테 완전히 정리되기 전까지 너한테 보여주지 않겠다고 약속했어."

"이모부가 이것이 뭔지 안다면 분명 굉장한 거겠네요!" 데이지가 손뼉을 쳤다. 이 친절하고 돈 많고 쾌활한 이모부는 아이들에게는 요정 대모와 같아서 항상 즐거운 깜짝 파티를 준비하고 아름다운 선물을 주고 아이들에게 행복한 웃음을 선사해준다.

"그래, 테디 이모부가 나랑 같이 가서 사줬고, 우리는 각기 다른 부품을 고르며 아주 즐거웠단다. 이모부는 모든 것을 크고 좋게 만드는 사람이라 계획을 이모부가 주도하면 늘 굉장해지지. 이모부가 오면 넌 최고의 입맞춤으로 보답해야 해. 이모부가 세상에서 제일 자상하고 아주 근사한 작은 주…… 세상에 나 좀 봐! 그게 뭔지 너한테 말할 뻔했구나!" 베어 부인이 가장 흥미로운 말을 중간에서 잘랐다. 그녀는 더 이상 말하면 비밀을 누설할까 두려운 듯 계산서를 살피기 시작했다. 데이지는 체념하며 손깍지를 끼고 조용히 앉아 '주'로 시작하는 장난감이 뭐가 있을지 생각해보았다.

집에 도착했을 때 데이지는 마차에서 내리는 모든 꾸러미를 주시했고 크고 무거운 하나를 프란츠가 곧바로 이층으로 가져가 놀이방에 숨겨서 그녀의 놀라움과 흥미는 더 커졌다. 그날 오후 무언가 아주 신비로운 일이 위층에서 벌어졌다. 프란츠가 망치질을 하고 아시아는 분주하게 오르락내리락했고 조 이모는 도깨비불처럼 모든 걸 앞치마 속에 숨기고 종횡무진으로 움직였고 그사이 아직 말이 트이지 않아 그저 웅얼거리고 웃을 수밖에 없어서 유일하게 볼 수 있도록 허락을 받은 어린 테디는 '뭔가 예쁜' 것이 무엇인지 알려주려고 했다.

이 모든 일이 데이지를 반쯤 미치게 했다. 그녀의 흥분이 남자아이들에게도 퍼져 소년들은 베어 부인를 돕겠다고 나섰지만 그들이 데이지에게 했던 말을 그대로 인용하며 조는 거절했다.

"여자애는 남자애와 놀아선 안 돼. 이건 데이지, 그리고 베스와 날 위한 거야. 그러니 우리는 너희 도움이 필요 없어." 젊은 신사들이 머쓱해서 물러나더니, 데이지를 구슬치기, 말타기, 축구 등 데이지가 좋아하는 게임으로 초대했다. 갑작스런 따뜻함과 정중함에 데이지의 순수한 어린 영혼은 놀랐다.

덕분에 그녀는 오후를 잘 보냈고 일찍 잠자리에 들었다. 그리고 다음 날 아침 충만한 에너지로 수업에 집중해 프리츠 이모부는 새로운 게임이 날마다 나오면 좋겠다고 생각했다. 데이지가 11시에 수업을 마치자 모두 이제 그녀가 새롭고 신비로운 장난감을 보게 된다는 사실을 알아 교실에는 전율이 흘렀다.

많은 눈길이 뛰어가는 데이지를 따랐고 데미는 이 일로 마음이 아주 흐트러져 프란츠가 사하라사막이 어디 있냐고 물었을 때 구슬프게 대답했다. "놀이방에." 그러자 모든 학생이 웃음을 터트렸다.

"조 이모, 전 수업을 다 마쳤고 이제 단 1분도 더 기다릴 수 없어요!" 데이지가 이렇게 외치며 베어 부인의 방으로 뛰어 들어왔다.

"준비가 다 되었단다. 따라오렴." 조는 테디를 한 팔에 안고 다른 팔에는 반짇고리를 들고 곧장 위층으로 올라갔다.

"아무것도 안 보이는걸요." 데이지는 놀이방 안으로 들어가 주변을 살피며 말했다.

"아무 소리도 안 들리니?" 조 이모는 아기가 방 한쪽으로 곧바로 걸어가자 아기의 옷깃을 잡으며 말했다.

데이지는 이상하게 달그락거리는 소리를 들었다. 그리고 그 다음 주전자가 노래를 부르는 것 같은 작은 휘파람이 들렸다. 그 소리는 커다란 돌출 창 앞에 드리운 커튼 뒤에서 흘러나왔다. 데이지는 커튼을 얼른 젖혔고 놀라 '어머!' 하고 소리친 다음 기뻐서 그 물건을 바라보며 가만히 서 있었다.

넓은 좌석이 창가의 세 면에 놓였다. 한쪽에는 모든 종류의 작은 솥과 팬, 석쇠, 냄비가 매달리거나 놓였다. 다른 쪽에는 작은 디너와 티 세트가 보였다. 중앙에는 조리용 난로가 있었다.

깡통으로 된 가짜가 아니라 진짜 철 난로여서 아주 배가 고픈 인형 대가족을 위해 충분히 요리할 수 있었다. 그러나 그중에 최고는 진짜 불이 지펴지는 작은 보일러로 진짜 연기가 흘러나오고 뚜껑이 실제로 들썩거리며 안에서 물이 보글보글 끓고 있었다. 판 유리 대신 철판이 깔렸고 작은 굴뚝용 구멍이 나 있어 연기가 아주 자연스럽게 흘러나와 보는 이를 감동케 했다. 나무 장작과 석탄 통이 근처에 놓였다. 그 위로 쓰레받기와 솔과 빗자루가 걸렸다. 데이지가 놀던 낮은 테이블 위에는 작은 시장바구니가 있고 그녀의 작은 의자 등받이에는 가슴받이가 달린 흰색 앞치마와 귀여운 여성용 실내 모자가 걸렸다. 햇살도 즐거운 듯 반짝이며 비추고 작은 난로가 아름답게 끓고 주전자가 연기를 내뿜으며 새 통들이 벽에서 반짝이고 아름다운 도기가 일렬로 서 있고 그 모든 것이 아이가 꿈꾸는 완벽한 주방의 모습이었다.

데이지는 처음 '어머!' 하고 탄성을 지른 이후로 한동안 잠자코 있었지만 눈동자는 재빨리 매력적인 물건들 이곳저곳으로 옮겨가며 그것들만큼이나 반짝였고 그러다 조 이모의 명랑한 얼굴과 마주했다. 그리고 행복한 소녀는 이모를 껴안고 고마움을 전했다.

"세상에, 이모. 정말 근사한 새 장난감이에요! 진짜 저 예쁜 난로에서 요리하고 파티를 열고 이곳을 엉망으로 만들고 쓸고

치우고 진짜로 불을 피워도 되나요? 정말 마음에 들어요! 어떻게 이런 생각을 했어요?"

"네가 아시아와 진저쿠키 만드는 걸 좋아하기에 생각해냈단다." 기뻐서 날아갈까 봐 꽉 끌어안고 있는 데이지를 잡은 채 베어 부인이 말했다. "아시아는 네가 자기 주방을 엉망으로 만들게 놔두지 않을 테고, 주방의 난로를 이곳으로 옮겨오는 것도 안전하지 않아서, 널 위한 작은 난로를 찾아서 네게 요리하는 법을 가르쳐주는 것이 어떨까 생각했단다. 재미있고 유익하기도 하니까. 그래서 장난감 상점을 돌았지. 하지만 좀 큰 것들은 다 너무 비싸서 포기할까 생각했는데 그러다 테디 이모부를 만났단다. 내 생각을 알고 나서 이모부가 도와주겠다고 했고 우리가 찾을 수 있는 가장 큰 장난감 난로를 사주겠다고 했어. 난 그러지 말라고 말렸지만 이모부는 웃기만 하고 우리가 어릴 때 내 요리실력이 형편없던 것을 놀리고는 나더러 너와 베스에게 잘 가르쳐주라면서 '요리 교실'에 필요한 모든 근사한 물품을 다 사주었어."

"이모가 테디 이모부를 만나서 정말 기뻐요!" 조 부인이 테디와 즐거웠던 기억을 떠올리며 웃다가 멈추자 데이지가 말했다.

"열심히 배우고 익혀서 여러 가지를 다 만들렴. 이모부가 차를 마시러 자주 올 거고 엄청 근사한 음식을 기대한다고 말했어."

"세상에서 가장 향기롭고 아름다운 주방이에요. 전 여느 때보다 더 열심히 배울 거예요. 파이, 케이크, 마카로니와 다른 요리를 전부 배울 수 있나요?" 데이지가 한 손에 새 소스 팬을, 다른 손에는 작은 부지깽이를 들고 놀이방을 빙글빙글 돌며 물었다.

"때가 되면. 이건 아주 유익한 놀이야. 내가 널 도울게. 넌 내 요리사가 되는 것이니 내가 너한테 일일이 할 일을 알려주고 어떻게 하는지 보여줄 거야. 그런 다음 우리가 먹을 만한 음식을 만들어보자. 넌 요리하는 방법을 작게나마 익히게 될 거야. 이 놀이에서 난 널 샐리라고 부를 거야. 넌 이번에 새로 들어온 소녀라고 하자." 조 부인이 이렇게 덧붙이고 요리할 준비를 했다. 테디는 엄지를 빨며 바닥에 앉아 엄청나게 흥미를 끄는, 마치 살아 있는 것 같은 난로를 뚫어지게 쳐다보았다.

"그것 참 좋을 것 같아요! 제가 뭐부터 할까요?" 의지에 넘치는 샐리가 아주 행복한 얼굴로 묻자 조는 모든 요리가 반이라도 성공하고 즐겁길 바랐다.

"우선, 이 깨끗한 모자와 앞치마를 걸치렴. 난 꽤 구식이어서 요리사가 아주 깔끔했으면 좋겠단다."

샐리는 둥근 모자 속으로 곱슬머리를 밀어 넣었다. 그리고 보통은 가슴받이를 싫어하지만 군말 없이 앞치마를 걸쳤다.

"자, 물건들을 제자리에 놓고, 새 그릇들을 씻으렴. 낡은 도기 세트도 씻어야 해. 내가 마지막으로 가르친 아이가 파티를 한 뒤에 더러운 상태로 남겨뒀거든."

조 이모는 꽤 진지하게 말했지만 샐리는 컵을 더럽게 놔둔 정신없는 소녀가 누군지 알아서 웃었다. 그리고 그녀는 소맷자락을 걷어붙이고 만족스럽게 한숨을 쉰 다음 자신의 주방을 움직이기 시작했고 이따금 '예쁜 밀방망이', '사랑스런 식기통' 혹은 '정교한 후추통'을 보고 살짝 황홀함에 빠져 멈췄다.

"자, 샐리. 장바구니를 가지고 시장에 가렴. 저녁을 차릴 재료들이 여기 적혀 있단다." 설거지가 다 끝나자 조가 종잇조각을 내밀었다.

"시장은 어딘가요?" 데이지는 새로운 놀이가 점점 더 흥미로워진다고 느끼며 물었다.

"아시아가 우리 시장이야."

샐리는 길을 나섰고 새로운 의상을 입고 문 옆을 지나가자 교실은 또다시 소란해졌고 그녀는 아주 기쁜 얼굴로 데미에게 이렇게 속삭였다. "완전 멋진 놀이야!"

나이 든 아시아는 데이지만큼 이 놀이를 즐겼다. 소녀가 요리 모자를 삐뚤빼뚤 쓰고 시장바구니를 캐스터네츠처럼 짤랑거리며 정신 나간 어린 요리사처럼 등장하자 웃음을 터트렸다.

"조 부인께서 이걸 사오라고 하셨어요. 지금 바로 가져가야 해요." 데이지가 진지하게 말했다.

"어디 보자. 스테이크 907그램, 감자, 호박, 사과, 빵, 버터가 적혀 있구나. 고기는 아직 도착하지 않았으니 오는 대로 올려

보내줄게. 다른 건 다 준비되어 있어."

그리고 아시아가 감자 하나, 사과 하나, 호박 조금, 버터 약간, 빵 한 통을 바구니에 넣고 샐리에게 푸줏간 소년이 가끔 눈속임을 하니 조심하라고 일렀다.

"그게 누구예요?" 데이지는 그 사람이 데미이길 바라며 물었다.

"곧 알게 될 거야." 아시아는 이렇게 말했고 샐리는 즐겁게 메리 호윗(Mary Howitt)의 아름다운 시를 웅얼거렸다.

어린 메이블이 길을 나섰네
밀로 만든 근사한 케이크와
새로 만든 버터 한 통과
작은 와인 한 병을 들고서.

"다 꺼내놓고 사과만 일단 저장실에 넣으렴." 요리사가 집에 도착하자 조 부인이 말했다.

중간 선반 아래 찬장이 있고, 문을 여니 새로운 기쁨이 모습을 드러냈다. 절반은 나무와 석탄, 부지깽이를 보관해두는 곳이다. 나머지 절반에는 작은 병, 상자를 비롯해 밀가루 조금, 으깬 곡물, 설탕, 소금과 가정용 보관제품을 넣을 수 있는 여러 가지 신기한 용기들이 보였다. 잼병도 있고 진저브레드가 담긴 작은 깡통과 커런트 와인이 가득 담긴 병과 작은 차통도 있었다. 하지만 무엇보다 아름다운 건 난로에 올려진 우유가 담긴 두 개의 작은 팬이었다. 크림이 실제로 부풀어 올랐을 때 거품을 걷어내는 국자도 마련돼 있었다. 데이지는 이 근사한 장면에 손뼉을 쳤고 곧바로 거품을 걷어내고 싶었다. 하지만 조 이모가 말했다.

"아직 아니란다. 식사로 사과파이에 크림을 올려 먹고 싶으면 그때까지 건드리면 안 돼."

"제가 파이를 먹게 되나요?" 데이지는 이런 축복이 자신에게 온 것이 믿기지 않아 외쳤다.

"맞아. 네 오븐이 잘 작동하면 우리는 파이 두 개를 구울 수 있지. 하나는 사과파이고 다른 하나는 딸기파이란다." 조 부인은 데이지만큼이나 새 놀이에 관심이 생겼다.

"네, 이제 뭘 할까요?" 데이지가 참지 못하고 물었다.

"난로의 아래 칸을 막으렴. 그래야 오븐이 예열된단다. 그런 다음 손을 씻고 밀가루, 설탕, 소금, 버터, 계피를 준비해. 파이용 판이 깨끗한지 보고 파이에 알맞도록 사과를 깎으렴."

데이지는 예상대로 너무 어린 요리사라 살짝 당황해서 재료를 쏟기도 했다.

"이렇게 작은 파이는 어떻게 계량할지 모르겠어. 눈대중으로 해야 할 거야. 제대로 되지 않으면 우리가 전부 다시 해야 해." 조는 꽤 당혹스러운 표정으로 말했지만 자신 앞에 놓인 소소한 과제에 아주 기뻐하는 듯했다. "저 작은 팬에 밀가루를 가득 담고 소금 한 꼬집을 넣은 다음 그만큼의 버터를 넣고 저어보렴. 항상 마른 것부터 먼저 넣은 다음 젖은 것을 넣는 순서를 기억해야 해. 그래야 더 잘 섞인단다."

"저도 알아요. 아시아가 하는 걸 봤어요. 파이 틀에도 버터를 바를까요? 아시아가 제일 먼저 그렇게 했어요." 데이지가 엄청난 속도로 밀가루를 저으며 말했다.

"그래 좋아! 넌 요리에 재능이 있는 것 같아. 아주 잘하고 있단다." 조가 인정해주었다. "이제 젖을 정도로만 찬물을 넣으렴. 그런 다음 판 위에 밀가루를 뿌리고 조금 작업한 다음 반죽을 크게 굴리는 거야. 그래, 그렇게 하는 거야. 자, 버터를 사방에 바르고 다시 굴려보자. 페이스트리가 너무 느끼하면 인형들이 다 소화불량에 걸릴 거야."

그 생각을 하니 데이지는 웃음이 나왔고 자유롭게 버터를 사방에 발랐다. 그리고 반죽이 틀 전체로 퍼지도록 작은 밀방망이를 밀고 또 밀었다. 그런 다음 사과를 얇게 썰고 설탕과 계피를 풍성하게 뿌려준 뒤 숨을 죽이고 파이 윗껍질 반죽을 덮었다.

"전 항상 파이를 둥글게 자르고 싶었는데 아시아가 허락하지 않았어요. 저만의 요리에서 그렇게 하니 얼마나 좋은지 몰라요!" 손에 모형 접시를 들고 작은 칼로 둥글게 모양을 내면서 데이지가 말했다.

최고의 요리사라고 해도 가끔은 요리를 망치기도 한다. 샐리의 첫 시도가 그랬다. 칼이 너무 빨리 지나가는 바람에 접시가 미끄러지며 공중제비를 넘더니 작은 파이가 거꾸로 바닥으로 떨어졌다. 샐리는 비명을 질렀고 조 부인은 웃음을 터트렸다. 테디는 그걸 가지러 기어갔고 잠시 동안 새 주방은 대소동에 휩싸였다.

"제가 가장자리를 아주 단단하게 고정해놔서 내용물이 쏟아지거나 부서지지 않았어요. 조금도 상하지 않았으니 제가 파이에 구멍을 내고 준비를 마칠게요." 샐리가 이렇게 말하고 뒤집힌 보물을 들어 올려 묻은 먼지는 아랑곳하지 않고 다시 형태를 잡았다.

"내 새 요리사는 성품이 좋구나. 그래, 그걸로 큰 위안이 됐어." 조 부인이 말했다. "이제 딸기 잼 통을 열어서 빈 파이 속을 채우고 아시아가 하는 것처럼 그 위로 페이스트를 줄무늬로 올려 덮어봐."

"전 가운데 D자를 만들고 주변에 지그재그로 배치할 거예요. 그럼 먹을 때 아주 신날 것 같아요." 샐리는 진짜 페이스트리 요리사가 보면 놀랄 정도로 파이 위를 이상하고 화려하게 덮었다. "이제 오븐에 집어넣을게요!" 그녀가 외쳤다. 더러워진 손잡이로 조심스럽게 붉은 잼이 든 파이를 밀어 넣고 난 뒤 데이지는 작은 오븐을 닫으며 성취감에 뿌듯해했다.

"이제 주변을 정리하렴. 훌륭한 요리사는 자신의 요리도구를 아무렇게나 두지 않는단다. 그런 다음 호박과 감자들을 깎아야지."

"감자는 하나밖에 없어요." 샐리가 킥킥거렸다.

"네 등분으로 자르면 작은 주전자에 들어갈 거야. 요리하기 전까지는 찬물에 넣어둬."

"호박도 그렇게 할까요?"

"아니, 그럴 필요 없어! 그냥 껍질을 벗기고 잘라서 냄비 위 찜통에 올리렴. 호박이 말라 있으니 요리하는 데 시간이 더 걸릴 거야."

문을 긁는 소리가 나서 샐리가 달려가 여니 키트가 천이 덮인 바구니를 입에 물고 와 있었다.

"푸줏간 소년이 왔어요!" 데이지는 아주 기분이 좋았다. 그녀는 개가 물고 있던 바구니를 얼른 내려놓았다. 개는 그 자리에서 입술을 핥고 고분고분하게 굴며 기다렸다. 자기 주인이 가끔 먹을 것을 나르게 시키고, 자기에게 먹을 것을 챙겨주니 이번에도 그럴 거라고 기대했다. 하지만 키트는 곧 진실을 깨닫고 엄청나게 속상해하며 자리를 떴고, 아래층으로 내려가는 동안 계속 짖으면서 상처받은 마음을 달랬다.

바구니 안에는 스테이크 두 조각(인형의 기준으로 907그램), 구운 배, 작은 케이크 하나, 아시아가 갈겨쓴 메모가 담겼다. "요리가 잘 안 됐을 경우에 대비한 아가씨의 점심 식사예요."

"전 낡은 배와 다른 것들이 필요 없어요. 제 요리는 아주 잘 될 거고, 근사한 식사를 할 거예요. 어떨지 한 번 보자구요!" 데이지가 분개하며 소리쳤다.

"손님이 오시면 이것들이 필요할 수도 있어. 항상 저장실에 뭔가를 두는 게 좋아." 몇 차례 이런 문제를 겪어서 잘 아는 조 이모가 말했다.

"난 배고파." 테디가 말했다. 테디는 무얼 먹는 데 뭐가 이렇게 시간이 오래 걸리는지 궁금해졌다. 그의 어머니는 자기 반짇고리 통을 아이에게 건네며 식사가 준비될 때까지 잠잠하길 바라며 하던 일로 돌아갔다.

"채소를 넣고, 테이블을 차리고 스테이크를 구울 석탄 불쏘시개를 준비하렴."

작은 냄비에서 감자가 익고 있는지 살피고, 작은 찜기에서 호박이 아주 빨리 숨이 죽는 것을 확인하고 5분마다 오븐을 열어 파이가 어떻게 되는지 보고 마지막으로 석탄이 붉게 달아오르고 빛날 때 손가락 길이의 석쇠에 스테이크 두 점을 올리고 한동안 의기양양하게 포크로 뒤집는 건 참으로 복잡한 일이다. 감자 냄비가 미친 듯이 끓으며 제일 먼저 익었다. 감자를 작은 막자로 으깨고, 버터는 많이, 하지만 소금은 넣지 않았고(요리사가 그 순간 너무 신이 나서 잊어버렸다) 으깬 감자는 신기한 붉은 접시 위에 올리고 칼을 우유에 담가 감자를 부드럽게 적신 뒤 갈색이 되도록 오븐에 넣었다.

이 마지막 요리에 몰두하느라 샐리는 감자를 넣으려고 오븐을 열 때까지 페이스트리를 잊어버렸다. 곧 울부짖는 소리가 이어졌다. 안타까워라! 이를 어쩌나! 작은 파이는 검게 타버렸다!

“세상에, 내 파이가! 내 소중한 파이가! 파이를 전부 망쳐버렸어요!” 가여운 샐리가 망가진 자신의 작품을 살피며 더러워진 손을 부들부들 떨었다. 타르트는 특히 못 봐줄 지경이었고 지그재그로 덮은 껍질은 불난 집의 벽과 굴뚝처럼 숯이 되어 있었다.

“이런, 맙소사. 파이를 꺼내라고 알려주는 걸 깜박했구나. 내 탓이야.” 조 이모가 후회하며 말했다. “울지 마, 데이지. 이건 내 잘못이란다. 밥을 먹고 다시 해 보자.” 그녀는 이렇게 말했다. 샐리의 닭똥 같은 눈물이 뜨겁게 타버린 타르트 위로 지글거리며 떨어졌다.

더 많은 눈물 바람이 일어날 수도 있었지만 바로 그때 스테이크가 알맞게 익어서 요리사는 집중했고 재빨리 페이스트리를 잊어버렸다.

“호박을 버터, 소금과 함께 으깨고 그 위에 후추를 조금 뿌릴 동안 고기와 네 접시를 따뜻한 곳에 데워두렴.” 조가 더 이상의 참사를 막길 기원하며 말했다.

‘정교한 후추통’은 샐리의 마음을 달래주었고, 그녀는 근사하게 호박을 담아냈다. 식사가 안전하게 테이블 위에 차려졌다. 여섯 인형이 세 명씩 열을 지어 앉았다. 테디가 맨 아래 자리에 샐리가 맨 윗자리에 앉았다. 모두가 자리를 잡자 아주 인상 깊은 광경이 펼쳐졌다. 한 인형은 무도회 의상을 입었고 다른 인형은 잠옷 차림이었다. 털실 인형인 제리는 붉은 겨울 정장 차림이고 코가 없는 애나벨라는 대수롭지 않다는 듯 염소 가죽인 알몸 차림으로 참석했다. 이 가족의 아버지인 테디는 의젓하게 행동했고 자신에게 제공된 모든 요리를 웃으며 먹어치웠다. 어떤 결점도 발견하지 못했다. 데이지는 지치고 더웠지만 이보다 더 큰 테이블에서 자주 볼 수 있는 친절한 여주인처럼 손님들을 대하고 다른 곳에서는 흔히 볼 수 없는 순수한 만족감으로 기뻐했다.

스테이크는 너무 질겨서 작은 카빙 나이프*로 잘리지 않았다. 감자는 둥근 모양이 아니었고 호박은 덩어리가 졌다. 그러나 손님들은 예의 바르게 이런 사소한 부분을 전혀 의식하지 못했고 이곳의 주인과 안주인은 누구든 질투할 만한 식욕으로 식사를 마쳤다. 크림의 거품을 떠내는 즐거움이 망친 파이에 대한 화를 녹여주었다. 또한 아시아의 케이크가 디저트로서 귀중한 가치를 입증했다.

---

* 요리된 큰 고기 덩어리를 저미는 칼.

"제 평생 가장 근사한 점심이었어요. 날마다 해도 될까요?" 데이지가 사방에 남은 음식을 긁어먹으며 말했다.

"그래, 수업이 끝난 뒤 매일 요리를 해도 되지만 밥은 네 식사 시간에 먹는 편이 좋을 것 같아. 점심에는 진저브레드만 조금 먹으렴. 오늘은 첫날이라 신경 안 쓰지만 우리는 반드시 규칙을 지켜야 해. 오늘 오후에는 차와 어울리는 간식을 만들어도 좋아." 식사 파티를 즐긴 조가 말했다.

"데미 오빠를 위해 두툼한 팬케이크를 만들게 해주세요. 오빠가 아주 좋아하는 데다 팬케이크를 뒤집고 그 사이에 설탕을 뿌리는 건 아주 재미있거든요." 데이지는 애나벨라의 부러진 코에 묻은 노란색 얼룩을 조심스럽게 닦아주었다. 그 애는 '몽유병'에 좋지 않다고 호박을 먹지 않았는데 입고 있는 밝은 옷을 보면 왜 그런 고통을 겪는지 알 만하다.

"그렇지만 네가 데미에게 뭔가를 해주면 다른 아이들도 기대할 테고, 그럼 넌 아주 바빠질 거야."

"이번에만 데미 오빠를 혼자 이곳에 불러 차를 마시면 안 될까요? 그런 다음 다른 아이들이 착하게 굴면 제가 뭔가를 만들어주고요." 데이지가 갑자기 생각났다는 듯 제안했다.

"참 좋은 아이디어구나! 착한 소년들을 위한 작은 시상식을 열어주는 거야. 근사한 음식을 마다할 아이가 있을지 모르겠네. 만약 어른스럽게 군다면 좋은 요리가 그들의 마음에 감동을 주고 기분을 달래줄 거야." 조가 말했다. 그러고는 즐거운 얼굴로 그 장면을 보고 있던 아버지 베어가 서 있는 문 쪽으로 고개를 끄덕였다.

"마지막 말에 감동을 받았소, 예리한 부인. 제안을 받아들일게요. 그건 사실이니까. 하지만 내가 당신의 요리 솜씨만 보고 결혼한 거라면 난 오랜 세월 동안 고전했을 거요." 베어 교수가 이렇게 대답하고 방금 즐긴 연회를 열심히 설명하려고 버둥거리는 테디를 조에게 안겨주며 웃었다.

데이지는 자랑스럽게 자기 주방을 보여주고 프리츠 이모부에게 최대한 많은 팬케이크를 맛보게 해주겠다고 섣불리 약속했다. 그녀는 데미를 선두로 들어온 남자아이들에게 새로운 시 상식에 대해 말해주었다. 소년들은 학교 수업을 마치고 식사가 아직 준비되지 않은 상태에서 데이지의 스테이크 냄새를 맡고 배고픈 하운드들처럼 떼로 몰려 들어왔다.

자신의 보물을 보여주고 소년들에게 저장고에 무엇이 들어 있는지 말해줄 때 샐리만큼 자부심 넘치는 어린 처녀를 보긴 어려울 것이다. 그녀가 한 요리를 먹을 수 없다고 생각한 몇몇은 콧방귀를 꼈지만 스터피는 곧장 마음이 사로잡혔다. 네트와 데미는 데이지의 재주에 확고한 믿음을 가졌고 다른 이들은 지켜보겠다고 말했다. 그러나 모두가 주방을 보고 감탄한 건 사실이었고 아주 큰 흥미를 보이며 난로를 살폈다. 데미는 자신이 만들고 있는 증기 엔진에 사용하기 위해 보일러를 사겠다고 그 자리에서 데이지에게 제안했다. 그리고 네드는 가장 좋고 큰 소스 팬이 총알, 손도끼와 같은 자잘한 것들을 만들 때 납을 녹일 용도로 딱이라고 말했다.

데이지는 이런 제안에 크게 위기감을 느꼈고 조 부인이 즉시 남자아이들은 주인의 특별한 허가 없이 무서운 난로를 만지거나 쓰거나 심지어 접근해서는 안 된다는 법을 만들고 선언했다. 이로써 소년들의 눈에 주방의 가치는 엄청나게 커졌고 특히 법을 위반할 경우 착한 아이에게 주기로 약속한 별미를 먹을 권리를 박탈하는 처벌을 받게 되었다.

이때 식사를 알리는 초인종이 울렸다. 모두가 아래층으로 내려가 식사를 하면서도 소년들은 각자 어떤 음식을 좋아하는지 데이지에게 알려주며 최대한 빨리 인정받으려고 했다. 데이지는 자신의 난로에 대한 믿음이 어마어마해서 조 이모가 어떻게 만드는지 알려만 주면 모든 걸 해주겠다고 약속했다. 일부 요리는 그녀의 능력 밖이라 이 제안이 조는 꽤나 걱정스러웠다. 가령, 웨딩 케이크, 황소 눈알 모양의 사탕, 청어와 체리를 넣은 양배추 수프는 베어 교수가 제일 좋아하는 요리라고 말했지만 곧바로 부인을 절망에 빠트린 것들이었다. 독일 요리는 확실히 그녀가 해낼 수 없는 영역이었다.

데이지는 식사가 끝난 즉시 시작하고 싶었지만 우선 정리를 하고 찻주전자에 물을 채우고 마치 크리스마스 연회라도 준비한 듯 더러워진 앞치마를 뺀 다음에야 다시 요리를 하도록 허락을 받았다. 그런 다음에 그녀는 5시까지 나가 놀아야 했다. 프리츠 이모부는 요리라고 할지라도 너무 파고들면 어린 몸과 마음에 좋지 않다고 말했고, 조 이모는 오랜 경험을 통해 새 장난감을 신중하게 사용하지 않으면 얼마 못 가 그 매력을 잃어버린다는 것을 알았다.

그날 오후 모두가 데이지에게 아주 친절하게 굴었다. 토미는 그때 보이는 작물이라고는 개비름뿐이었지만 자기 텃밭에서 난 첫 과일을 그녀에게 주겠다고 약속했다. 네트는 무료로 장작을 가져다주겠다고 제안했다. 스터피는 꽤 데이지를 숭배했다. 네드는 곧장 데이지의 주방용 작은 냉장고를 만드는 작업에 들어갔다. 데미는 어린 나이에 드물게 시간 엄수를 철저히 하며 시계가 정각 5시를 알리자 곧장 동생을 놀이방으로 데려갔다. 파티가 시작될 시간은 아니었지만 그는 들여보내달라고 사정했고, 몇몇 방문객들만이 누릴 수 있는 특권으로 불을 지피고 잔심부름을 하고 엄청난 흥미를 느끼며 식사 준비 과정을 지켜보았다. 조 부인이 새로 빤 깨끗한 커튼을 저택 사방에 다느라 분주하게 들락거리며 지시를 했다.

"아시아에게 사워크림을 한 컵 달라고 해. 그러면 내가 좋아하지 않는 소다가 많이 없어도 네 케이크는 괜찮을 거야." 그것이 첫 주문이었다.

데미는 아래층으로 내려가서 크림을 가지고 돌아왔다. 그러면서 올라오는 길에 맛을 봤는데, 크림이 너무 시큼해서 오만상을 찌푸렸다. 그는 케이크가 먹지 못할 정도로 엉망일 거라고 예상했다. 조 부인은 이 기회를 활용해 발판 사다리 위에서 소다의 화학적 특성에 대해 짤막하게 강의를 했고 데이지는 듣지 않았지만 데미는 듣고 이해해서 간단하지만 종합적인 대답을 하며 경청했다는 사실을 입증했다.

"네, 알겠어요. 소다가 신맛을 달게 해주는 거고 그 부글거리는 성질이 가볍게 만들어주는 거군요. 네가 어떻게 하는지 보겠어, 데이지."

"그 그릇에 밀가루를 거의 가득 차게 담고 소금을 조금 넣으렴." 조가 샐리에게 말했다.

"오 맙소사, 모든 요리에 소금이 들어가는 것 같아." 닫아둔 소금통을 계속 여는 데 지친 샐리가 말했다.

"소금은 좋은 기분과도 같아서 조금만 들어가도 모든 것이 한결 나아진단다, 데이지." 프리츠 이모부가 손에 망치를 들고 샐리의 작은 팬을 벽에 고정해줄 못을 두세 개 박아주려고 들렀다.

"이모부에게 차를 마시러 오라고 초대하지는 않았지만 제 케이크를 드릴게요. 그리고 전 언짢지 않아요." 데이지가 이렇게 말하고 밀가루가 묻은 작은 얼굴로 그에게 입을 맞추며 감사했다.

"프리츠, 내 요리 교실을 방해하지 말아요. 안 그러면 당신이 라틴어를 가르칠 때 들어가서 훈계를 늘어놓겠어요. 그건 어때요?" 조 부인이 커다란 친츠* 커튼을 그의 머리로 던지며 말했다.

"잘 알겠어. 그렇게 해보든지." 정감 있는 아버지 베어가 노래를 부르며 거대한 딱따구리처럼 집 안을 쿵쿵 울렸다.

"소다를 크림에 넣고 데미가 한 말처럼 '부글거리면' 밀가루를 저어 최대한 세게 반죽해. 핫케이크 팬을 뜨겁게 달궈놓고 버터를 잘 발라놓은 다음 내가 돌아올 때까지 구우렴." 이렇게 말하고 조 이모도 사라졌다.

작은 숟가락이 달그락거리는 소리와 반죽을 치대는 소리가 나고 어느새 음식은 꽤 형태를 갖췄다. 그리고 데이지가 반죽 일부를 팬에 붓자 마법처럼 팬케이크가 부풀어 올라 데미의 입가에 침이 고였다. 첫 번째 것은 데이지가 버터를 바르는 걸 잊어버린 통에 딱딱하게 타버렸다. 그런데 처음 실패 후 모든 일이 잘 풀려서 여섯 개의 작고 근사한 팬케이크가 접시 위에 안전하게 놓였다.

"난 설탕보다 메이플시럽이 좋아." 데미가 테이블을 새롭고 특이한 방식으로 배치한 다음 안락의자에 앉으며 말했다.

---

* 가구, 커튼 등에 쓰는 꽃무늬가 날염된 광택 나는 면직물.

"그럼 아시아한테 가서 얻어와." 데이지가 대답하고 손을 씻으러 욕실로 갔다.

놀이방이 비자 끔찍한 일이 벌어졌다. 알다시피 키트는 안전하게 고기를 배달하고 아무것도 얻지 못해서 하루 종일 상처를 받았다. 못된 개는 아니지만 우리처럼 작은 결함이 있고 항상 유혹을 이기지는 못했다. 그 순간 우연히 놀이방으로 들온 키트는 케이크 냄새를 맡고는, 낮은 테이블 위에 무방비로 쌓인 팬케이크를 보고 뒷일은 전혀 생각하지 않고 한입에 여섯 개를 전부 삼켰다. 다만 팬케이크가 아주 뜨거워서 개는 입천장을 심하게 데었고 놀라서 계속 헐떡거렸다. 데이지는 그 소리를 듣고 달려와서 텅 빈 접시와 침대 아래로 사라지는 노란 꼬리 끄트머리를 보았다. 아무 말 없이 그녀는 꼬리를 잡고 도둑을 끌어내 귀가 심하게 펄럭거릴 때까지 흔들었다. 그리고 개를 끌어안고 아래층으로 내려가 헛간으로 갔다. 개는 석탄 통 안에서 외로운 밤을 보내야 했다.

데미가 동정하며 기운을 불어넣어주자 데이지는 다시 한 가득 반죽을 해서 팬케이크를 열두 개 구웠고 이번 것이 전보다 더 나았다. 프리츠 이모부가 두 개를 먹고 이렇게 맛있는 팬케이크는 처음 먹어본다고 감탄했고 아래층 식탁에 있던 모든 소년이 위층에서 두툼한 팬케이크 파티를 즐기는 데미를 부러워했다.

작은 찻주전자 뚜껑을 세 번만 떨어뜨리고 우유통은 한 번밖에 엎지 않아서 정말 즐거운 식사였다. 팬케이크는 시럽으로 덮이고 토스트에서 비프 스테이크 맛이 난 건 요리사가 쓰던 석쇠 덕분이었다. 데미는 철학은 잊어버리고 세속적인 평범한 소년처럼 배를 채웠고, 데이지는 호화로운 연회를 계획하면서 사근사근하게 미소를 짓는 인형들은 바라보았다.

"그래, 얘들아. 재미난 시간을 보냈니?" 조 부인이 어깨에 테디를 올리고 들어와 물었다.

"아주 좋았어요. 곧 다시 올 거예요." 데미가 강조하며 대답했다.

"저 테이블을 보니 넌 아주 많이 먹은 것 같구나."

"아니, 아니에요. 팬케이크를 열다섯 개만 먹었고 전부 아주 작았는걸요." 그의 접시를 채워주느라 분주한 여동생을 두고 데미가 말했다.

"그 정도로 속이 안 좋아지지는 않아요. 팬케이크는 아주 괜찮은 걸요." 데이지가 엄마 같은 애정과 가정주부의 자신감이 묘하게 뒤섞인 채로 말했다. 조는 미소를 지으며 이렇게 대답할 수밖에 없었다.

"새로운 놀이가 성공한 것 같지?"

"전 마음에 들어요." 데미가 자신의 승인이 꼭 필요하다는 듯 말했다.

"지금까지 한 놀이 중에서 가장 마음에 들어요!" 데이지가 소리치고 컵을 씻으려고 자신의 작은 설거지거리를 껴안았다. "모두가 저처럼 좋은 조리용 난로가 있으면 좋겠어요." 데이지가 애정을 담아 말했다.

"이 놀이에 이름을 붙여야 해." 데미가 입가에 묻은 시럽을 혀로 핥으며 진지하게 말했다.

"있지."

"그래요? 뭔데요?" 두 아이가 알고 싶어 하며 물었다.

"내 생각엔 이걸 '파이굽기 놀이'라고 부르면 좋을 것 같아." 그렇게 말하고 조는 만족감을 느끼며 마지막 햇살을 맞으러 나갔다.

6. 반항아

"부탁이에요, 부인. 잠시 이야기를 좀 할 수 있을까요? 아주 중요한 일이에요." 네트가 베어 부인의 방 문으로 고개를 들이밀고 말했다.

지난 30분간 벌써 네 명의 아이가 찾아왔다. 그러나 조 부인은 이런 일에 익숙한지 고개를 들어 씩씩하게 말했다.

"무슨 일이니?"

네트가 들어와서 조심스럽게 문을 닫고 불안과 희망이 섞인 목소리로 말했다.

"댄이 왔어요."

"댄이 누군데?"

"제가 길거리에서 바이올린을 연주할 때 알던 아이예요. 신문을 팔았고 저한테 잘해줬어요. 일전에 시내에서 그 아이를 봤는데, 이곳이 얼마나 좋은지 말했더니 여기로 온대요."

"하지만 네트, 꽤 갑작스런 방문이구나."

"아니, 이건 방문이 아니에요. 댄은 부인께서 허락하시면 여기서 살고 싶어 해요!" 네트가 순진하게 말했다.

"글쎄, 난 모르겠구나." 베어 부인이 아이의 차분한 제안에 놀라며 입을 열었다.

"전 부인이 가난한 아이들이 이곳에 와서 같이 살고 저한테 해주시는 것처럼 그들에게 친절하게 대해주시는 일을 좋아하는 줄 알았어요." 네트가 놀라고 불안해하는 표정으로 말했다.

"그래, 맞아. 하지만 우선 그런 아이들에 대해 알아본 다음에 그중에서 골라야 해. 가난한 아이들은 아주 많거든. 모두를 다 받아줄 공간이 없단다. 나도 그러고 싶지만."

"전 부인께서 좋아할 거라고 생각해서 댄에게 오라고 말했는데, 자리가 없다면 그 애는 다시 가야 하는군요." 네트가 슬픔에 잠겨 말했다.

자신이 보여준 호의에 자신감을 얻은 소년 때문에 베어 부인은 감동을 받았고 그의 희망을 저버리고 착한 계획을 망칠 수 없어서 이렇게 말했다.

"그 댄이라는 아이에 대해 말해보렴."

"전 별로 아는 게 없어요. 그저 가족이 없고 가난하다는 것과 저한테 잘해줬다는 것만 알아요. 그래서 저도 그 애한테 잘해주고 싶었어요."

"모두에게 다 중요한 이유가 있지. 그렇지만 네트, 이곳은 이미 아이들로 꽉 차서 그 아이를 어디에 머물게 해야 할지 모르겠구나." 베어 부인은 네트가 생각하는 것처럼 플럼필드가 가난한 아이들의 안식처라는 점을 입증하고 싶은 마음이 점점 커졌다.

"댄에게 제 침대를 주고 전 헛간에서 자면 돼요. 지금은 별로 춥지 않으니까 전 상관없어요. 아버지하고 있을 때도 아무 곳에서나 잠을 잤거든요." 네트가 간절히 말했다.

그의 말과 얼굴에 담긴 무언가로 인해 조 부인은 네트의 어깨에 손을 올리고 아주 상냥한 목소리로 말했다.

"네 친구를 데려오렴, 네트. 네 자리를 그 아이한테 주지 않아도 다른 공간이 있는지 찾아보자."

네트는 기쁘게 뛰어나갔다. 이내 정말 호감이 떨어지는 남자아이가 따라 들어왔다. 구부정한 자세에 주변을 두리번거리고 반은 대담하고 반은 샐쭉한 표정이라 베어 부인은 한눈에 그를 보고 속으로 이렇게 말했다. '안타깝지만 안 좋은 부류야.'

"이쪽은 댄이에요." 네트가 제대로 환영하려는 듯 소개했다.

"네가 우리랑 같이 지내고 싶어 한다고 네트가 말하더구나." 조 부인이 친절한 목소리로 말했다.

"맞아요." 불퉁한 대답이 돌아왔다.

"널 돌봐줄 사람이 전혀 없니?"

"없어요."

"'없어요, 부인.'이라고 말해." 네트가 속삭였다.

"됐어." 댄이 웅얼거렸다.

"몇 살이니?"

"거의 열네 살이에요."

"넌 더 나이가 들어 보이는구나. 할 수 있는 게 있니?"

"거의 다요."

"네가 여기 머문다면 너도 다른 아이들처럼 일하고 공부하고 놀면 된단다. 그렇게 할 수 있겠니?"

"그런 거 시키지 마세요."

"음, 우선 며칠 지내면서 우리가 같이 잘해나갈 수 있을지 보자꾸나. 네트, 친구를 데리고 나가서 베어 씨가 집에 올 때까지 같이 놀아주렴. 그다음에 우리가 이 일을 상의해볼게." 조는 전혀 아이답지 않은 크고 검은 눈동자에 거칠고 의심 많은 표정으로 자신을 똑바로 쳐다보는 냉랭한 소년과 어울리려면 꽤나 힘들겠다고 생각했다.

"나가자, 네트." 댄은 삐딱한 자세로 자리를 떴다.

"고맙습니다, 부인." 네트가 이렇게 덧붙이고 그를 따라 나가면서 자신이 받은 환영과 감사할 줄 모르는 친구의 환영이 다르다는 점을 이해하지 못했다.

"다른 아이들은 헛간에서 서커스를 하고 있어. 가서 구경해 볼래?" 잔디가 있는 너른 계단으로 내려왔을 때 네트가 물었다.

"큰 애들이야?" 댄이 물었다.

"아니. 나이가 많은 쪽들은 낚시를 갔어."

"그럼 가보자." 댄이 말했다.

네트는 댄을 데리고 커다란 헛간으로 가서 반쯤 텅 빈 다락에서 장난을 치고 있던 친구들에게 소개해주었다. 너른 바닥에 커다란 원을 그려놓고 그 중간에 데미가 긴 채찍을 들고 서 있고 토미는 원 주위를 돌고 있는 인내심이 강한 당나귀 토비 위에 올라타선 원숭이 흉내를 냈다.

"핀 하나를 입장료로 내야 해, 안 그러면 쇼를 볼 수 없어." 외바퀴손수레 옆에 서 있던 스터피가 말했다. 그 옆으로 네드가 작은 빗을 불어 넘어뜨리고 로브는 장난감 드럼을 무지막지하게 두드렸다.

"내 친구니까 내가 두 명 분을 낼게." 네트가 관대하게 말하고 구부러진 핀 두 개를 저금통으로 쓰는 말린 버섯에 꽂았다.

친구에게 고개를 끄덕인 뒤 둘은 널빤지 위에 자리를 잡았고 쇼가 계속되었다. 원숭이 쇼가 끝나자 네드가 낡은 의자를 뛰어넘고 뱃사람처럼 사다리를 오르락내리락하는 묘기를 선보였다. 그다음 데미가 중력을 이용해 지그 춤을 선보였다. 네트는 스터피에게 레슬링 상대로 지목되어 재빨리 그를 땅으로 쓰러뜨렸다. 그런 다음 토미가 자랑스럽게 근사한 공중제비를 넘었다. 모든 관절에 다 멍이 들 때까지 혼자서 연습을 해 얻어낸 고통스러운 인내심의 결과였다. 토미의 장기는 엄청난 박수를 받았고, 뿌듯함과 머리 쪽으로 피가 몰려서 빨개진 얼굴로 토미가 그만 퇴장하려는데 관중석에서 비웃는 목소리가 흘러나왔다.

"흥! 저건 아무것도 아니야!"

"다시 말해볼래?" 토미가 화가 난 수컷 칠면조처럼 발끈했다.

"덤비고 싶어?" 댄이 곧바로 앉아 있던 곳에서 내려와 날렵하게 주먹을 쥐었다.

"아니." 솔직한 토미가 위협에 깜짝 놀라서 한 걸음 물러섰다.

"싸우는 건 규칙위반이야!" 다른 아이들이 한층 흥분한 목소리로 소리쳤다.

"약해빠진 것들." 댄이 조롱했다.

"왜 그래, 못되게 굴면 여기 못 있어." 네트가 자기 친구들에게 그런 모욕을 준 데 발끈하며 말했다.

"나보다 더 잘하는지 한번 보고 싶은걸." 지켜보던 토미가 으스대며 말했다.

"그럼 비켜봐." 그리고 아무런 준비도 없이 댄이 연속으로 세 바퀴 공중제비를 돌고 두 발로 착지했다.

"토미, 넌 이길 수 없어. 넌 항상 머리를 박거나 몸으로 떨어지잖아." 네트가 친구의 성공을 기뻐하며 말했다.

토미가 뭐라고 대답하기도 전에 아이들은 뒤로 공중제비 세 바퀴와 물구나무를 서서 걷는 댄을 보고 전율을 느꼈다. 모두가 놀랐고 토미도 감탄하는 무리에 동참해 훌륭한 체조선수를 맞이했다. 댄은 자세를 고치고 거만하게 그들을 쳐다보았다.

"많이 안 다치고 그런 동작을 배울 수 있을까?" 토미는 마지막 시도 이후 아직도 욱신거리는 팔꿈치를 비비며 온순하게 물었다.

"내가 가르쳐주면 뭘 해줄 건데?" 댄이 물었다.

"내 새 잭나이프를 줄게. 날이 다섯 개인데 딱 하나만 부러졌어."

"이리 내놔봐."

토미가 부드러운 손잡이를 애정 담긴 눈길로 쳐다보며 칼을 건넸다. 댄은 자세히 살피고는 자기 주머니에 넣은 뒤 윙크를 찡긋한 뒤 걸어 나갔다.

"할 수 있을 때까지 계속해. 그게 다야."

분노한 토미의 고함과 함께 엄청난 난리가 벌어졌다. 댄은 자신이 수적으로 밀린다는 점을 알아차리고 칼 던지기 게임을 해서 이기는 사람이 보물을 갖자고 제안했다. 토미가 동의했고 신난 얼굴들이 빙 둘러앉은 가운데 대결이 시작되었다. 토미가 이겨서 칼이 안전하게 그의 주머니로 들어가자 모두가 만족한 표정을 지었다.

"나랑 나가자. 내가 주변을 구경시켜줄게." 네트는 친구와 단

둘이 좀 진지한 이야기를 해야겠다고 느꼈다.

둘 사이에 무슨 이야기가 오갔는지 아무도 모르지만 다시 나타났을 때 댄은 모두를 한층 존중하는 태도였다. 그러나 여전히 퉁명스럽게 말했고 태도도 거칠었다. 짧은 일생 동안 세상에 내동댕이쳐지고 더 나은 사람이 되도록 가르침을 받은 적이 없는 가난한 소년에게 달리 무엇을 기대할 수 있을까?

소년들은 그가 마음에 안 든다고 결정을 내렸고 그래서 그를 네트와 놀게 내버려두었다. 네트는 친구에게 강한 책임감을 느꼈고, 마음이 여려 댄을 혼자 두지 못했다.

토미는 잭나이프를 잃을 뻔했지만 댄에게서 어떤 공감대 같은 것을 느껴 공중제비라는 흥미로운 주제로 이야기를 나눌 수 있길 바랐다. 그는 곧 기회를 잡았고 댄에게 자신이 얼마나 감탄하고 있는지 알려주었다. 댄은 한층 쾌활해졌고 첫 일주일이 끝날 무렵에는 토미와 꽤 친해졌다.

베어 씨는 이런 과정에 대해 이야기를 듣고 고개를 저으며 조용히 이렇게 말했다.

"이 실험이 우리에게 어떤 대가를 가져올지도 몰라요. 그렇지만 한번 해봅시다."

댄은 어른들의 보호를 받게 되어 고마움을 느꼈지만 겉으로는 드러내지 않았고 자신에게 주어진 모든 것에 고맙다고 말하지도 않았다. 그는 거만했지만 선택을 받았을 때 아주 빨리 알아차렸다. 자기 주변에서 돌아가는 일에 대해 날카로운 눈으로 주시하고 짓궂은 혀, 거친 태도, 불같이 화를 내거나 뚱하게 있는 성질이 번갈아 나왔다. 하고 싶은 대로 놀았고 거의 모든 게임에서 두각을 드러냈다. 어른들 앞에서는 말이 없고 퉁명스럽게 굴었지만 아이들하고만 있을 때면 이따금씩 활발해졌다. 그를 좋아하는 아이는 별로 없었지만 몇몇은 무엇에도 굴하지 않는 그의 용기와 강인한 체력에 감탄하기도 했다. 한번은 그가 키가 큰 프란츠를 한 방에 때려눕힌 적이 있어서 이후 다른 소년들은 싸움에서 그와 상당한 거리를 두었다.

베어 씨는 조용히 댄을 살피고 그들이 지은 별명처럼 '거친 아이'를 길들여보려고 최선을 다했지만 개인적으로는 고개를 저으며 진지하게 말했다. "이 실험이 잘 끝나길 바라지만 너무 많은 대가를 치러야 할 것 같아 좀 두려워."

베어 부인은 하루에도 여섯 번씩 인내심이 시험대에 올랐지만 결코 댄을 포기하지 않았다. 항상 그에게도 어딘가 좋은 구석이 있을 거라고 주장했다. 댄은 사람보다는 동물에게 친절했고 숲속을 돌아다니는 것을 즐기고 무엇보다 어린 테디가 그를 엄청 따랐다. 그 비결은 아무도 모르지만 아기 테디는 댄을 볼 때마다 곧바로 옹알이를 쏟아내며 댄의 튼튼한 등에 올라타고 작은 머릿속으로 생각한 대로 '우리 대니'라고 불렀다. 테디는 댄이 애정을 보여주는 유일한 존재였는데, 아무도 보지 않는다고 생각할 때만 그렇게 했다. 하지만 어머니의 눈은 빨랐다. 어머니의 심장은 본능적으로 자기 아기를 사랑하는 사람을 찾아내는 법이다. 그래서 조 부인은 이내 거친 댄에게도 부드러운 면이 있다는 것을 느꼈고 시간을 들여 그 부분을 이끌어내려고 했다.

그러나 예상치 못한 엄청나게 심각한 사건이 발생해 이 모든 계획을 뒤집어놓았다. 댄은 플럼필드에서 쫓겨날 상황에 처했다.

다른 아이들이 댄을 무시해서 토미, 네트, 데미가 그를 감싸기 시작했다. 그러나 이내 무리는 나쁜 아이에 대한 매혹을 느꼈고 각기 다른 이유로 그를 우러러보게 되었다. 토미는 그의 기술과 용기에 반했다. 네트는 과거에 자신에게 친절하게 대해준 일에 고마움을 느꼈고, 데미는 그를 일종의 움직이는 동화책처럼 생각했는데 댄이 흥미로운 방식으로 자신의 모험담을 들려주었기 때문이다. 가장 인기 많은 세 아이가 자신을 좋아한다는 점에 댄은 기뻤고 스스로 더 쾌활하게 보이도록 노력해서 마음을 사로잡는 데 성공했다.

베어 부부는 놀랐지만 아이들이 댄을 통해 좋은 영향을 받길 바라며 조금 초조해도 아무 일도 일어나지 않을 거라고 믿었다. 그러나 댄은 베어 부부가 자신을 믿지 않는다고 느껴 결코 좋은 면을 보여주지 않았고, 의도적으로 그들의 인내심을 시험하고 희망을 최대한 박살내며 즐거움을 얻었다.

베어 씨는 싸움을 허락하지 않는 사람이었다. 다른 사람을 즐겁게 해주기 위해 두 사람이 서로를 때려눕히는 일은 남성성이나 용기를 증명한다고도 여기지 않았다. 모든 종류의 거친 게임이나 운동은 괜찮았다. 소년들은 징징거리지 않고 세게 바닥에 내동댕이쳐지고 구르기도 했다. 하지만 멍든 눈과 코피는 어리석고 잔인한 방식으로 여겨져 놀이에서 금지되었다.

그런데 댄은 이 규칙을 비웃고 자신의 무용담과 그가 관여한 많은 싸움에 대해 신나게 떠들어댔다. 그러자 일부 소년들은 정식으로 제대로 '때려'보고 싶다는 욕망이 생겼다.

"아무한테도 말하지 마. 그러면 내가 어떻게 싸우는지 보여줄게." 댄이 말했고 여섯 명의 소년이 헛간 뒤쪽에 모였다. 그는 아이들에게 복싱을 가르쳤고 다수의 열정을 꽤 만족시켰다. 그러나 에밀은 자기보다 어린 소년에게 맞는 것을 용납할 수 없었다. 열네 살이 지난 에밀은 용감한 성격이라 댄에게 싸움을 청했다. 댄은 곧바로 승낙했고 다른 아이들은 숨을 죽이고 지켜보았다.

어느 어린 새가 본부로 그 소식을 알려주었는지 모르지만 댄과 에밀이 한 쌍의 불도그처럼 싸움의 절정에 오르고 다른 이들이 맹렬하고 신난 표정으로 그들에게 환호를 보내고 있을 때 베어 씨가 링으로 걸어 들어와 강인한 손으로 둘을 떼어놓고 좀처럼 듣지 못했던 무서운 목소리로 말했다.

"나는 싸움을 허락할 수 없다, 얘들아! 당장 멈춰. 그리고 다시는 내 눈앞에 이런 모습을 보이지 마라. 난 소년을 위한 학교를 운영하는 것이지 짐승들을 키우는 게 아니야. 서로 쳐다보고 스스로 부끄러운 줄 알아라."

"절 놔주세요. 저 애를 다시 쓰러뜨릴 거예요." 목덜미를 붙잡힌 상황에서도 스파링을 하려고 바둥거리며 댄이 소리쳤다.

"덤벼, 덤벼보라고. 난 아직 때리지도 않았어!" 다섯 번이나 쓰러졌지만 자신이 언제 졌는지도 모르는 에밀이 외쳤다.

"둘은 로마인처럼 검투사 놀이를 하고 있어요. 프리츠 이모부." 새 취미에 신이 나 전에 없이 눈이 커진 데미가 소리쳤다.

"너희는 야수 같은 싸움꾼이야. 난 이 일로 너희가 무언가를 배웠다고 생각한다. 난 너희들이 내 헛간을 콜로세움으로 만들게 놔두지 않을 거야. 누가 이런 걸 하자고 말을 꺼냈지?" 베어 씨가 물었다.

"댄이요." 여러 목소리가 대답했다.

"싸움이 금지라는 걸 넌 몰랐니?"

"알았어요." 댄이 불만스럽게 대답했다.

"그런데 왜 규칙을 깼지?"

"싸울 줄 모르면 다들 계집애가 될 테니까요."

"에밀이 계집애 같든? 전혀 그래 보이지 않는데." 그리고 베어 씨는 둘을 마주 보게 했다. 댄은 눈에 멍이 들고 재킷이 찢어져 누더기가 되었고 에밀의 얼굴은 입술이 터지면서 피가 잔뜩 묻어 있었다. 에밀의 코에는 멍이 들고 불룩하게 부어오른 이마는 벌써 자두처럼 보라색으로 변했다. 상처를 입었지만 에밀은 여전히 자신의 적을 노려보았고 거친 숨을 헐떡이며 다시 싸우려고 했다.

"저 애가 싸움을 배웠다면 최고가 되었을 거예요." 댄은 자신을 최선을 다하게 만든 소년에 대한 칭찬을 감추지 못하고 말했다.

"저 애는 머지않아 펜싱과 복싱을 배울 거고, 그때 에밀은 공격을 먼저 하지 않고도 아주 잘 방어할 수 있을 거라 생각한다. 가서 얼굴을 씻거라. 그리고 댄, 또다시 규칙을 어겼다간 넌 여길 떠나야 한다는 걸 명심해. 그렇게 합의한 거야. 네 역할을 다 하면 우리도 우리 역할을 다 하마."

소년들은 길을 나섰고 구경하던 아이들에게 몇 마디를 더 한 다음 베어 씨도 어린 검투사들의 상처를 봐주러 갔다. 에밀은 아픈 채 자러 갔고 댄은 일주일간 불편한 눈으로 지냈다.

그러나 법을 모르는 소년은 굴복할 생각이 없었고 이내 다시 규칙을 깨고 말았다.

어느 토요일 오후 한 무리의 소년들이 놀러 나갔을 때 토미가 말했다.

"강에 가서 낚싯대가 부러질 만큼 고기를 잡아보는 거야."

"토비를 데려가서 잡은 것을 끌고 오게 하자. 우리 중 한 명이 타고 가면 되잖아." 걷길 싫어하는 스터피가 말했다.

"네가 그러고 싶은 것 같은데. 좋아, 서둘러 게으름뱅이들아." 댄이 말했다.

낚시를 갔다가 집으로 돌아오는 길에 손에 긴 막대기를 들고 토비를 타고 있던 토미에게 데미가 말했다.

"너 꼭 투우하는 남자 같아. 붉은 천과 근사한 옷은 안 입었지만."

"나도 투우가 보고 싶어. 넓은 초원에 늙은 버터컵이 있어. 토미, 네가 그 소를 달리게 해봐." 댄이 못된 짓을 꾸몄다.

"안 돼, 그러지 마." 댄의 제안을 믿어서는 안 된다는 걸 배운 데미가 말했다.

"뭐 어때서 그래, 이 호들갑쟁이야." 댄이 놀렸다.

"프리츠 이모부가 싫어하실 거야."

"우리한테 투우를 해선 안 된다고 말한 적이 있어?"

"아니. 그런 적은 없었던 것 같아." 데미가 인정했다.

"그럼 입 다물고 있어. 계속 가, 토미. 늙은 소 앞에 펄럭일 붉은 천이 여기 있어. 내가 소를 흥분하게 만들도록 도와줄게." 새로운 장난에 신난 댄이 담을 넘었고 나머지 소년들이 양 떼처럼 뒤를 따랐다. 데미조차 울타리에 걸터앉아 흥미진진하게 쳐다보았다.

가엾은 버터컵은 최근에 새끼를 빼앗겨서 기분이 별로 좋지 앉아 새끼를 그리며 구슬프게 울고 있었다. 소는 모든 인간이 자신의 적이라고 생각했고(난 소를 탓할 생각이 없다) 그래서 투우사가 과장된 몸짓으로 긴 창 끝에 붉은 손수건을 흔들며 자신에게 다가오자 곧바로 고개를 들고 제대로 "음메!" 하고 소리쳤다. 토미가 씩씩하게 암소에게 다가갔다. 오랜 친구를 알아본 토비는 다가가고 싶지 않았다. 그러나 긴 창이 '탁' 하는 소리를 내며 소의 등을 치자 소와 당나귀 모두 놀라고 화가 났다. 토비는 불평하는 울음소리와 함께 돌아섰고, 버터컵은 화를 내며 뿔을 세웠다.

"다시 때려봐, 토미. 저 소는 꽤 화가 났으니 제대로 덤빌 거야!" 댄이 다른 막대기를 들고 뒤에서 다가오며 말했다. 그러는 동안 잭과 네드도 합류했다.

학대를 받은 버터컵은 초원을 빠르게 걸었고, 점점 더 흥분하고 화가 났는데, 어느 쪽으로 몸을 돌리든 지독한 아이가 버티고 서서 소리를 치고 아주 불쾌한 채찍을 휘둘렀기 때문이다. 그들한테는 큰 재미였지만 소에게는 진짜 끔찍한 일이어서 마침내 젖소는 인내심을 잃고 가장 예상치 못한 방식으로 대응했다. 버터컵은 몸을 잽싸게 돌린 뒤 오랜 친구인 토비를 힘껏 들이받았고 그 공격은 성공했다. 가엽고 느린 토비는 크게 곤두박질치다가 돌에 걸려 넘어지고 투우사와 함께 한 덩어리처럼 바닥에 수치스럽게 내동댕이쳐졌다. 정신이 나간 버터컵은 놀랍게도 담을 넘어서 미친 듯이 달려 길 아래로 사라졌다.

"젖소를 잡아 멈춰 세우고 막아야 해. 뛰어, 얘들아 뛰라고!" 댄은 이렇게 소리치며 전속력으로 뒤를 쫓았다. 버터컵이 베어 씨가 키우는 올더니 종 젖소라는 것을 알았기에, 소에게 무슨 일이 벌어진다면 자신도 끝장이 날까 봐 댄은 두려웠다. 달리고 쫓고 고함치고 헐떡거린 뒤에 마침내 소가 붙잡혔다. 낚싯대는 어느새 내팽개쳐졌다. 토비는 다리를 다쳐 빨리 움직이지 못했다. 모든 소년이 얼굴이 빨개지고 숨이 턱까지 차오르고 겁에 질렸다. 마침내 그들은 꽃밭에서 가여운 버터컵을 보았다. 젖소는 긴 달리기에 지쳐 그곳에서 쉬고 있었다. 고삐로 쓰려고 밧줄을 빌려온 댄이 소를 집 쪽으로 유인했고, 진지한 소년들이 그 뒤를 따랐다. 소는 슬펐다. 뛰다가 어깨를 삐어서 절뚝거렸고 눈은 충혈되고 윤기가 돌던 털은 젖어 진흙이 가득 묻었다.

"이번에는 잡아야 해, 댄." 학대를 당한 소 옆에서 당나귀를 몰던 토미가 말했다.

"네가 도와주기로 했으니 네가 해."

"데미만 빼고 우린 다 했어." 잭이 덧붙였다.

"댄은 오히려 우리 목에 고삐를 걸 거야." 네드가 말했다.

"내가 하지 말라고 했잖아." 불쌍한 버터컵의 상태에 가장 상심한 데미가 소리쳤다.

"늙은 베어 씨가 날 쫓아낼 거야. 그런다고 해도 신경 안 써." 말은 그렇게 내뱉었지만 댄은 걱정스러운 표정이었다.

"우리가 그렇게 하지 말라고 부탁할게. 우리 모두가." 모두가 이 말에 동의했지만 모든 처벌이 죄를 지은 한 사람에게만 떨어지길 바라는 스터피는 예외였다. 댄은 말했다. "내 걱정은 하지 마." 하지만 그는 다시 유혹이 찾아오는 즉시 나쁜 짓을 하자고 아이들을 구슬릴 성격이었다.

베어 씨는 젖소를 보고 이야기를 들었을 때 말을 아주 짧게 했다. 그건 처음으로 인내가 바닥났고, 그래서 말을 너무 많이 할까 봐 두려워서였다. 버터컵은 자기 외양간에서 편하게 휴식을 취했고 소년들은 저녁 식사 때까지 자기 방에 있었다. 잠깐 숨을 돌리는 이 시간에 그들은 문제에 대해서 생각했고, 어떤 처벌이 내려질지 궁금해했다. 그들은 댄이 어디로 보내질 것인지 상상해보았다. 댄은 자기 방에서 씩씩하게 휘파람을 불고 있었기에 아이들은 모두 댄이 전혀 신경을 안 쓴다고 생각했다. 하지만 자신의 운명을 기다리는 동안 댄은 이곳에 머물고 싶다는 갈망이 점점 더 강해졌고, 자신이 이곳에서 받은 친절과 편안함과 다른 곳에서 느낀 혹독함과 무시가 더 크게 떠올랐다. 그는 베어 부부가 자신을 도우려고 했다는 점을 알고 진심으로 고마워했지만 그의 거친 삶이 그를 모질고 경솔하고 의심 많은 고집쟁이로 만들었다. 그는 어떤 식으로든 제약을 받는 것을 싫어했고 아무리 좋은 의도라는 것을 알아도 길들일 수 없는 생명체처럼 반항했다. 그저 막연하게 그 편이 자신에게 더 낫다고 느꼈기 때문이다. 댄은 다시 떠돌이 생활로 돌아가 거의 평생 동안 해왔던 대로 도시를 배회한다고 생각하니 검은 눈썹이 하나로 모였다. 그가 슬픈 눈길로 작고 안락한 방을 둘러보는 모습을 베어 씨가 보았다면 강철 같은 마음이 조금은 누그러졌을 것이다. 하지만 베어 씨가 들어와 심각한 목소리로 말할 때 댄이 짓고 있던 그 표정은 곧장 사라져버렸다.

"이야기를 다 들었단다, 댄. 네가 규칙을 또 어겼지만 베어 어머니의 부탁으로 너에게 한 번 더 기회를 주려고 해."

댄은 예상치 못한 반응에 이마까지 벌겋게 상기되었다. 그는 그저 퉁명스럽게 대답했다.

"투우에 관한 규칙이 있는지 몰랐어요."

"플럼필드에서 이런 일이 있을 거라 예상하지 않아서 그런 규칙은 만들지 않았단다." 소년의 변명에도 베어 씨는 미소를 지으며 대답했다. 그리고 다시 진지하게 말을 이었다. "우리의 몇 가지 규칙 중 첫째이자 가장 중요한 것은 이곳에 있는 모든 생명을 친절하게 대하는 거란다. 난 여기 있는 모든 사람과 동물이 다 행복하길 바라. 진심으로 사랑을 주고 믿음으로 대하면 그 사랑이 그대로 우리에게 돌아온단다. 난 네가 다른 소년들보다 동물에게 더 친절하다는 이야기를 종종 들었고, 베어 부인은 그 점이 네 착한 심성을 보여준다고 생각해서 아주 좋아하지. 하지만 그 부분에서 넌 우리를 실망시켰단다. 난 네가 우리 일원이 되길 바랐기에 참 유감이구나. 다시 한 번 노력해 보지 않겠니?"

댄은 쭉 바닥만 쳐다보았고, 그의 손은 베어 씨가 들어올 때부터 깎고 있던 나무 조각을 불안하게 붙잡았지만 친절한 목소리가 그렇게 묻자 그는 곧바로 고개를 들어 전과는 다른 한층 존경이 담긴 목소리로 말했다.

"네, 부탁드려요."

"잘 알겠다. 이제 이 이야기는 더 하지 않을 거다. 다만 내일 산책에서 넌 빠지게 될 거야. 다른 아이들도 그럴 거고. 너희 모두 불쌍한 버터컵이 회복할 때까지 기다려야 해."

"그렇게 할게요."

"이제 내려가서 저녁을 먹고 최선을 다하거라. 우리가 아닌 너 자신을 위해서." 그 말과 함께 베어 씨는 댄과 악수를 했고, 그는 아시아가 강력 추천한 좋은 채찍질로 전보다 더 순해져서 내려왔다.

댄은 하루 이틀 그렇게 했지만 익숙해지지 않았고 이내 지치고 제멋대로인 예전 모습으로 돌아갔다. 어느 날 베어 씨가 사업차 집을 비워 소년들은 수업이 없었다. 아이들은 신이 나서 실컷 놀다가 때가 되어 대부분이 잠자리에 들어 겨울잠을 자는 쥐처럼 곤히 잤다. 그러나 댄의 머릿속에는 계획이 있었다. 그와 네트만 남았을 때 댄이 입을 열었다.

"여길 좀 봐!" 댄은 침대 아래서 술병 하나와 시거 하나, 카드 한 팩을 꺼냈다. "난 시내에서 친구들과 놀던 때처럼 재미를 좀 보려고 해. 여기 맥주는 역에 있는 노인한테서 받아왔고 이 시거도 마찬가지야. 네가 돈을 내거나 토미가 내야 해. 그 애는 돈이 많지만 난 한 푼도 없거든. 토미에게 같이 할 건지 물어볼게. 아니, 어른들은 널 의심하지 않으니 네가 가는 것이 좋겠어."

"어른들은 좋아하지 않을 거야." 네트가 말했다.

"아무도 모를 거야. 베어 씨는 집에 안 계시고 베어 부인은 테디를 보느라 바빠. 그 애가 크루우프*인지 뭔지에 걸려서 부인은 계속 그 옆에 있어야 하거든. 우리가 늦게까지 앉아 있거나 큰 소리를 내는 것도 아닌데 뭐 어때?"

"램프를 켜두면 아시아가 금방 알 거야. 그쪽으로 항상 예민하거든."

"아니, 모를 거야. 내가 어두운 랜턴을 준비했어. 빛이 세지 않아서 누가 오는 소리를 들으면 얼른 끄면 돼." 댄이 말했다.

괜찮은 아이디어라고 네트는 생각했고 해보고 싶어졌다. 그래서 토미에게 말하러 가다가 다시 돌아와서 물었다.

---

* 아이들이 기침을 많이 하고 호흡 곤란을 일으키는 병.

"데미도 데려올까?"

"아니. 그 애는 눈을 굴리면서 너한테 설교하려 들걸? 그리고 아마 잠들었을 테니 토미에게만 살짝 알려주고 다시 돌아와."

네트는 시키는 대로 했다. 그러고는 곧 옷을 반만 걸치고 헝클어진 머리에 아주 졸리지만 언제나처럼 놀 준비가 된 토미와 함께 돌아왔다.

"자, 이제 조용히 해. 내가 '포커'라는 최고의 카드 게임을 하는 법을 알려줄 테니까." 댄이 말했고 세 반역자는 술병과 시거, 카드가 놓인 테이블에 둘러앉았다. "우선 모두 한 잔씩 한 다음에 '시거'를 한 번 피우고 카드를 할 거야. 그게 남자들의 방식이야. 아주 재미있지."

맥주를 머그잔에 따르고 셋이 입을 댔지만 네트와 토미는 그 쓴 액체가 맛있지 않았다. 담배는 가뜩이나 더 나빴지만 둘은 감히 말을 못하고 각자 어지럽거나 목이 막힐 때까지 빨아들이고는 옆 사람에게 건넸다. 댄은 옛 시절로 돌아간 것 같아서 마음에 들었다. 이따금 주변에 있던 하류층 남자들을 따라 할 기회가 있었다. 그는 술을 마시고 담배를 피우고 그들처럼 으스대며 분위기에 동참했다고 생각했다. 그러나 이내 누가 자신이 하는 말을 들을까 봐 두려워서 욕을 했다. "그러면 안 돼. '젠장!'은 해서는 안 되는 말이야." 지금껏 잘 따라오던 토미가 잘 따라오다가 소리쳤다.

"에잇, 제기랄! 설교는 집어치우고 카드나 하자. 욕하는 것도 노는 것의 일부야."

"나라면 '천둥 거북이'라고 말할 거야." 이 흥미로운 표현을 지어낸 토미가 아주 자랑스럽게 말했다.

"나는 '악마'라고 할 거야. 그게 마음에 들어." 댄의 남자다운 방식에 한층 감명을 받은 네트가 덧붙였다.

댄은 이들의 '택도 없는 소리'에 코웃음을 친 다음 그들에게 새로운 게임을 가르쳐주려는 듯 크게 욕을 했다.

그러나 토미는 너무 졸렸고 네트의 머리는 맥주와 담배 연기 때문에 욱신거려서 둘 다 그리 빨리 배우지 못했고 게임은 늘어졌다. 랜턴의 불빛이 아주 어두워 방 안은 거의 암흑과도 같았다. 그들은 큰 소리로 웃거나 많이 움직일 수 없었다. 옆의 작은 방에서 사일러스가 잠을 자고 있어 조심해야 하기에 파티가 전반적으로 지루했다. 그런 상황에서 댄이 갑자기 멈추고 소리쳤다. "누구야?" 그는 놀란 목소리로 외치며 얼른 랜턴을 가렸다. 어둠 속에서 떨리는 목소리가 말했다. "토미를 찾을 수 없어." 그리고 본관으로 이어지는 쪽 문을 향해 맨발이 달려가는 소리가 들렸다.

"데미야! 데미가 누군가를 부르러 갔어. 얼른 침대로 들어가 토미. 그리고 아무 말도 하지 마." 댄이 반역의 흔적을 치우며 말했고 네트가 똑같이 그러는 사이 서둘러 옷을 벗었다.

토미는 얼른 방으로 돌아와 침대로 들어가 누웠다. 손이 뜨거워서 살펴보니 시거를 계속 잡고 있던 채였다. 홍이 깨졌을 때부터 지금까지 얼떨결에 챙겨온 거였다.

담배가 거의 다 타서 토미가 조심스럽게 끄려는 찰나 보모의 목소리가 들렸다. 침대 안에 숨기면 들킬 것 같아 토미는 두려움에 담배꽁초를 아래로 던졌다. 마지막에 꽉 눌러서 담뱃불이 꺼졌다고 생각했다.

데미와 함께 온 보모는 벌건 얼굴의 토미가 평화롭게 베개 위에 누워 있는 것을 보고 놀랐다.

“방금까지 저기 없었어요. 제가 일어나서 한참을 찾았거든요.” 데미가 그에게 달려들며 말했다.

“지금 무슨 나쁜 짓을 하는 거야?” 보모가 살살 흔들자 자는 척 하던 토미가 눈을 뜨고 소심하게 말했다.

“볼일이 있어 네트의 방에 잠시 갔다 왔어요. 그만 날 놔둬요. 엄청 졸리다고요.”

보모는 데미에게 이불을 덮어주고 정찰하러 나섰지만 두 소년이 댄의 방에서 조용히 자고 있는 걸 확인했다. ‘이 장난꾸러기.’ 그녀는 생각했고 아무 문제도 없으니 테디 때문에 정신이 없는 베어 부인에게는 따로 알리지 않았다.

토미는 데미에게 자기 일이나 신경 쓰고 아무것도 묻지 말라고 한 뒤 10분이 채 되지 않아 코를 골며 잠이 들었다. 자신의 침대 아래에서 벌어지는 일에 대해서는 전혀 상상하지 못했다. 시거는 불씨가 꺼진 게 아니라 제대로 불꽃이 될 때까지 짚으로 된 카펫을 태웠고 굶주린 작은 불꽃이 점점 퍼져서 무명 침대 커버를 붙잡았다. 그런 다음 시트, 그리고 침대에 옮겨 붙었다. 토미는 맥주로 인해 곯아떨어졌고 연기 때문에 데미는 정신을 잃었다. 그들은 불길에 몸이 뜨거워져서야 비로소 잠에서 깼지만, 타 죽을 위기에 처해 있었다.

공부하느라 자지 않고 있던 프란츠는 교실을 나서는데 연기 냄새가 나는 걸 깨달았다. 위층으로 올라가자 집 왼편에서 연기구름이 피어오르는 게 보였다. 프란츠는 다른 사람을 부르지 않고 곧바로 방 안으로 들어가 불타는 침대에서 소년들을 끌어내고 당장 물을 가져와 불꽃에 쏟아부었다. 그러나 불을 끄기에는 역부족이라서 깨어난 아이들은 혼란에 빠져 비틀거리며 차가운 복도로 나와 목청을 높여 고함치기 시작했다. 베어 부인이 곧장 나타났고 잠시 뒤에 사일러스가 자신의 방에서 온 집이 다 들릴 정도로 크게 "불이야!" 하고 소리치며 뛰어나왔다. 흰 도깨비 떼가 겁에 질린 얼굴로 복도로 모여들었고 잠깐 동안 모두가 공황상태에 빠졌다.

베어 부인은 정신을 차리고 보모에게 화상을 입은 아이들을 살피라고 알려주었다. 프란츠와 사일러스는 아래층으로 내려가 물을 적신 천을 가져와 그것으로 카펫 위 침대를 덮고 벽을 태우려고 위협하는 커튼도 덮었다.

소년들은 대부분 멍하게 서서 쳐다보았지만 댄과 에밀은 용감하게 나서 욕실에서 물을 퍼다 나르고 위험한 커튼을 떼어내는 일을 도왔다.

위험이 곧 사라졌고, 소년들은 모두 침대로 돌아가라는 지시가 떨어졌다. 사일러스만 남아서 다시 필 불씨가 없는지 살폈고 베어 부인과 프란츠는 가여운 아이들이 어떻게 하고 있는지 보러 갔다. 데미는 한 군데 화상을 입고 크게 겁을 먹었고 토미는 머리카락이 다 타고 팔에 큰 화상을 입어서 고통에 반쯤 정신이 나갔다. 데미는 이내 편안해졌다. 프란츠가 데미를 자기 침대로 데려가서 자상하게 아이의 두려움을 달래주고 여자처럼 편안하게 콧노래를 불러주며 재웠다. 보모는 밤새 가여운 토미를 보살피며 그의 고통을 줄여주려고 애썼고 베어 부인은 기름과 솜, 진통제와 거담제를 들고 그와 어린 테디 사이를 오갔다. 그러면서 엄청나게 우습다는 듯 혼잣말을 했다. "난 항상 토미가 우리 집에 불을 낼 줄 알았고 마침내 그 녀석이 일을 저질렀어!"

다음 날 아침 베어 씨가 집으로 돌아와서 참혹한 광경을 보았다. 토미는 침대에 누워 있고 테디는 숨이 거친 사람처럼 쌕쌕거렸으며 조 부인은 거의 기진맥진한 상태였고 아이들은 아주 흥분해 모두가 동시에 말을 하면서 그를 끌고 가서 망가진 곳을 보여주려고 했다. 그의 조용한 지휘하에 이내 모든 것이 제자리를 찾았고 다들 그가 내리는 모든 지시에 기꺼이 따랐다.

그날 아침 수업은 없었고 오후에는 파손된 방이 제 모습을 찾아서 병약자들은 한결 나아졌다. 조용히 범죄자를 찾고 심판하는 시간이 찾아왔다. 네트와 토미는 자신들의 잘못을 말했고 아름다운 이 집과 그곳에 사는 모두에게 큰 위험을 가져온 것에 진심으로 사과했다. 그러나 댄은 앞일은 걱정하지 않는다는 식으로 나와 큰 피해가 자기 탓이 아니라고 발뺌했다.

베어 씨는 무엇보다 음주, 도박, 욕설을 싫어했다. 소년들이 담배를 피워보고 싶어 할 거라고는 생각조차 한 적이 없다. 그는 자신이 인내하려고 애쓴 소년이 자신이 없는 틈을 타 순진한 어린아이들을 꼬이고, 그런 게 남자답게 즐기는 거라고 말한 것에 대해 정말로 화가 났다. 그는 관련된 소년들과 오랫동안 솔직하게 이야기를 나누고 단호함과 후회가 담긴 목소리로 말을 맺었다.

"내 생각에 토미는 충분한 벌을 받은 것 같구나. 팔에 남은 상처가 오랫동안 이 일을 기억하게 할 거야. 네트 역시 정말로 미안해하고 내 말을 따르려고 노력했어. 하지만 댄, 너는 여러 차례 용서를 받았지만 전혀 소용이 없구나. 난 네가 보여주는 안 좋은 행동들로 인해 내 아이들이 다치게 할 수 없다. 들리지 않는 귀에 계속 말을 하면서 시간 낭비도 하고 싶지 않으니 넌 모두에게 작별 인사를 하고 보모에게 네 물건을 내 작은 검정 가방에 넣으라고 알리렴."

"세상에! 댄은 어디로 가나요?" 네트가 물었다.

"여기서 잘 지내지 못하는 아이들을 가끔 보내는 저 위쪽 지방의 좋은 곳으로. 페이지 씨는 친절한 분이고 댄이 거기서 최선을 다하면 행복할 수 있을 거야."

"돌아올 수도 있어요?" 데미가 물었다.

"그건 댄한테 달렸단다. 나도 그러길 바라."

그 말을 하고 베어 씨는 페이지 씨에게 편지를 쓰려고 방을 나섰다. 소년들은 알지 못하는 곳으로 길고 아주 위험한 여정을 떠나는 댄 주위로 모여들었다.

"네가 그곳을 좋아할지 모르겠어." 잭이 먼저 입을 열었다.

"마음에 안 들면 거기 안 있을 거야." 댄이 대수롭지 않게 말했다.

"어디로 가려고?" 네트가 물었다.

"바다로 가거나 아니면 서쪽으로. 그것도 아니면 캘리포니아를 구경하는 거지." 댄이 무신경한 투로 말해서 어린 소년들은 상당히 놀랐다.

"세상에, 안 돼! 한동안 페이지 씨 댁에서 지내고 다시 이리로 와. 그렇게 해, 댄." 이 모든 사건에 크게 영향을 받은 네트가 간청했다.

"어디로 가든 얼마나 오래 있든 난 신경 안 써. 그리고 여기 다시 오느니 차라리 목을 매 죽고 말지." 댄이 분개하고는 베어 씨가 그에게 준 모든 자기 물건을 챙기러 올라갔다.

그것이 그가 소년들에게 남긴 유일한 작별 인사였다. 다시 내려왔을 때 모두가 헛간에서 댄에 대해 이야기하고 있었기에 댄은 네트에게 그들을 부르지 말라고 했다. 마차가 문 앞에 도착했다. 베어 부인은 아주 슬픈 표정으로 댄에게 인사를 하러 나왔다. 댄은 가슴이 아파서 낮은 목소리로 말했다.

"테디에게 작별 인사를 해도 될까요?"

"그러렴. 들어가서 그 아이에게 입을 맞춰줘. 테디가 우리 대니를 아주 많이 그리워할 거야."

아무도 아기 침대 위로 몸을 구부린 댄의 눈빛을 보지 못했다. 그가 처음처럼 환한 표정으로 아기를 내려다보는데 베어 부인이 간청하는 목소리가 들렸다.

"가여운 아이에게 한 번 더 기회를 줄 수 없을까요, 프리츠?" 그러나 베어 씨는 냉정한 목소리로 말했다.

"여보, 그게 최선이 아니란 걸 잘 알잖소. 그 애가 아무에게도 해를 끼치지 않을 곳으로 보냅시다. 그들이 그에게 잘해주면 머지않아 돌아올 거예요. 내가 장담하리다."

"댄은 우리가 실패한 유일한 소년이에요. 결점이 있긴 하지만 그 아이 내면에 괜찮은 성품이 있다고 믿기 때문에 너무 슬펴요."

댄은 베어 부인이 한숨 쉬는 소리를 들었고 스스로 한 번만 더 기회를 달라고 말하고 싶었지만 자존심이 그렇게 하도록 내버려두지 않았다. 댄은 단호한 표정으로 내려와 아무 말 없이 악수를 하고 베어 씨와 함께 마차에 올라 떠났고, 네트와 조 부인은 눈물이 가득 고인 채 멀어지는 그의 뒷모습을 지켜보았다.

며칠 뒤 페이지 씨에게서 댄이 아주 잘 지내고 있다고 적힌 편지를 한 통 받고 모두가 기뻐했다. 그러나 3주 뒤 다시 편지가 도착했는데 댄이 도망을 쳤으며 어디서도 그의 소식을 들을 수 없다고 적혀 있어 가족들은 모두 침울해졌다. 베어 씨가 말했다.

"어쩌면 그 애한테 한 번 더 기회를 줬어야 했는지 몰라."

그러나 베어 부인은 현명하게 고개를 끄덕이며 대꾸했다. "마음 쓰지 말아요, 프리츠. 그 소년은 우리에게 돌아올 거예요. 난 확신해요."

그러나 시간이 흘러도 댄은 돌아오지 않았다.

7. 왈가닥 낸

“프리츠, 좋은 생각이 났어요.” 어느 날 수업을 마치고 베어 부인이 남편에게 말했다.

“그래, 여보, 뭔가요?” 그는 아내의 새 계획을 기꺼이 들을 준비가 되어 있었다. 조 부인은 가끔 얼토당토않은 생각으로 웃음을 가져다주지만 일반적으로는 꽤 괜찮은 의견을 내기에 그는 아내가 세운 계획을 잘 실행해주었다.

“데이지에게는 친구가 필요해요. 여자애가 한 명 더 있으면 남자아이들한테도 좋을 거고요. 우리가 작은 신사와 숙녀를 함께 키워내는 것이 목표란 걸 당신도 알 거예요. 지금이 목표를 실행할 좋은 때 같아요. 남자애들이 돌아가면서 데이지에게 심술을 부리고 못살게 굴어서 애가 점점 나빠지고 있어요. 그러니 소년들은 신사적으로 행동하는 방법을 익히고 태도를 고쳐야 하는데, 여자애를 들이는 게 가장 좋은 방법이 될 거예요."

"당신 말이 맞아요. 그래, 어떤 아이를 데려올 거죠?" 베어 씨는 조의 눈빛을 보고 그녀가 이미 마음에 둔 아이가 있다는 것을 알았다.

"어린 애니 하딩이요."

"맙소사! 남자애들이 '왈가닥 낸'이라고 부르는 그 여자아이 말이에요?" 베어 씨가 아주 즐거운 표정을 지었다.

"맞아요. 어머니가 돌아가시고 아주 제멋대로 자라고 있잖아요. 너무 밝은 아이라 하인들도 오냐오냐하고 있나 봐요. 가끔 그 애를 봐요. 일전에 시내에서 그 애 아버지를 만났을 때 왜 낸을 학교에 보내지 않느냐고 묻기도 했고요. 그는 남자아이들을 잘 길러내듯이 여자아이들을 잘 길러내는 우리 학교 같은 여학교가 있다면 기꺼이 보낼 거라고 하더군요. 그러니 그 아이를 이리로 오게 하면 아이 아버지가 크게 기뻐할 거예요. 오늘 오후에 가서 한번 알아볼까 해요."

"그 어린 말괄량이가 당신을 힘들게 할 걱정은 안 하는 거예요?" 베어 씨가 팔짱을 낀 손을 토닥이며 말했다.

"아니, 전혀요." 베어 부인이 쾌활하게 말했다. "전 좋아요. 그리고 남자아이들의 거친 모습을 보니 이보다 더 행복할 수가 없어요. 알잖아요, 프리츠. 저도 그런 말괄량이로 자라서 낸한테 아주 마음이 쓰여요. 그 애는 기운이 넘치니 그 기운을 어떻게 쓸지 도와주면 데이지처럼 근사한 숙녀가 될 거예요. 제대로 방향만 잡아주면 그 아이의 기지로 수업을 즐길 수 있을 테고, 지금은 잔머리 대마왕이지만 곧 바쁘고 행복한 아이가 될 거예요. 난 그 애를 어떻게 다룰지 알아요. 우리 어머니가 날 키우신 방법을 기억하고 또……."

"그 아이의 행동을 반만 고칠 수 있다면 당신은 엄청난 일을 해낸 거예요." 자기 아내가 세상에서 가장 훌륭하고 매력적인 여성이라는 착각 속에서 살아가는 베어 씨가 말했다.

"흥, 당신이 이 계획을 무시한다면 일주일간 아주 맛없는 커피만 줄 거예요. 그러니 어쩔래요?" 조가 아이들에게 하던 것처럼 그의 귀를 꼬집으며 물었다.

"낸의 제멋대로인 행동을 보고 데이지의 머리카락이 쭈뼛 서지 않을까요?" 테디가 조끼 위로 올라오고 로브가 등에 올라타는 통에 베어 씨가 조금 있다가 대답했다. 아이들은 수업이 끝나는 즉시 아버지에게 냉큼 달려왔다.

"아마 처음에는 그럴지도 모르지만 데이지한테도 좋을 거예요. 그 애는 점점 고지식하고 수동적으로 변하고 있어 조금 흔들어놓을 필요가 있어요. 낸이 놀러 왔을 때 둘은 늘 잘 지냈잖아요. 모르는 사이 서로를 돕게 될 거예요. 어머나, 그러고 보니 가르침이라는 건 반 이상이, 아이들이 서로에게 어떻게 하는지 아는 것과 언제 그들을 어울리게 하느냐 하는 거예요."

"그 애가 또 다른 반항아가 되지 않기만을 난 바랄 뿐이오."

"가여운 댄! 그 애를 그냥 보낸 나 자신을 결코 용서할 수가 없어요." 베어 부인이 한숨을 쉬었다.

그 이름을 듣고 친구를 결코 잊지 않은 어린 테디가 아버지의 품에서 어렵사리 내려와 문으로 걸어가서 아쉬운 얼굴로 햇살이 내리쬐는 잔디를 내려다보았다. 그런 다음 다시 걸어와 간절히 기다리는 것이 보이지 않아 실망했을 때처럼 말했다.

"우리 대니는 곧 올 거예요."

"테디를 위해 그 애를 잡아두어야 했는데. 그는 테디를 너무 좋아했어요. 어쩌면 아기의 사랑이 우리가 실패한 일을 해주었을 수도 있어요."

"나도 가끔 그렇게 생각해요. 하지만 아이들이 소동을 일으키고 집을 거의 다 태울 뻔 한 뒤로 적어도 한동안은 선동의 불씨를 없애는 편이 안전하다고 생각했어요." 베어 씨가 말했다.

"식사가 준비됐으니 제가 종을 칠래요." 로브가 홀로 종을 치기 시작했고 곧바로 무수한 말소리가 로브의 목소리를 가렸다.

"그럼 제가 낸을 데려와도 되겠죠?" 조 부인이 물었다.

"당신이 원한다면 열두 명이라도 괜찮아요, 여보." 세상 모든 버려진 철없는 아이들을 넉넉하게 품을 부성애가 넘치는 베어 씨가 대답했다.

그날 오후 베어 부인이 집으로 돌아와서 남자아이들에게 자유 시간을 주기 전, 열 살 난 작은 여자아이가 마차에서 내려 집 안으로 들어와 소리쳤다.

"안녕, 데이지! 어디에 있니?"

그 소리에 데이지가 나왔다. 데이지는 자기 손님이 온 것이 기뻤지만 잠시도 가만히 있지 못하는 낸이 계속 깡충거리며 말하자 조금 걱정도 되었다.

"난 여기 쭉 있을 거야. 아빠가 그렇게 하라고 하셨어. 내 소지품을 다 씻고 수선해야 해서 짐은 내일 올 거야. 너희 이모가 날 데려다 내려줬어. 진짜 신나지 않니?"

"그래, 그런 것 같아. 네 커다란 인형도 가져왔어?" 데이지가 기대에 차서 물었다. 지난번에 놀러 왔을 때 낸이 인형의 집을 들쑤셔놓았고 블랑쉬 마틸다의 회반죽 얼굴을 씻어줘야 한다고 떼를 써서 가여운 인형의 얼굴색이 완전히 변해버렸다.

"응, 어딘가에 있을 거야." 낸이 전혀 신경 쓰지 않는다는 말투로 대답했다. "오는 길에 널 위해 도빈의 꼬리털을 뽑아서 너에게 줄 반지를 만들었어. 껴볼래?" 낸이 우정의 증표로 말 털로 만든 반지를 내밀었다. 사실 두 사람은 지난번 헤어질 때 다시는 서로에게 말을 하지 말자고 맹세했다.

데이지는 이 제안이 고마워서 다시 친절해졌고 놀이방으로 가자고 했지만 낸이 거절했다. "싫어. 난 남자애들과 헛간이 보고 싶어." 그러고는 뛰쳐나갔고 모자 끈 하나가 끊어질 때까지 돌리고는 잔디 위로 던져버렸다.

"안녕, 낸!" 그녀가 뛰어 들어가자 남자아이들이 반겨주었고 낸은 말을 이었다.

"이제부터 여기 있을 거야."

"잘됐네!" 토미가 앉아 있다가 환성을 질렀다. 토미는 낸의 성격을 알았기에 나중에 '장난'을 벌일 거라고 예상했다.

"나도 끼워줘." 뭐든 덤비고 보고 고난에도 굴하지 않는 낸이 말했다.

"우린 지금 내기를 하는 게 아니고, 네가 없어도 우리는 이길 수 있어."

"난 달리기로 너희를 이길 수 있어." 낸이 자신의 강점을 어필했다.

"정말이야?" 네트가 잭에게 물었다.

"여자애치고는 아주 잘 달려." 잭이 잘난 척하며 낸을 깔봤다.

"한번 해볼래?" 자신의 힘을 보여주고 싶어 안달 난 낸이 말했다.

"지금은 너무 덥잖아." 아주 지친 듯 토미가 벽에 기댄 채 말했다.

"스터피는 왜 저런 거야?" 재빠르게 아이들을 살피던 낸이 물었다.

"공에 맞아 손을 다쳤어. 그래서 뭘 하든 아프다고 소리를 질러대.” 잭이 경멸하듯 대답했다.

“난 안 그래. 아무리 많이 다쳐도 난 절대 울지 않아. 우는 건 유치하잖아.” 낸이 고상하게 말했다.

“치! 난 널 2분 안에 울릴 수 있어.” 스터피가 자리에서 일어나며 말했다.

“해볼 테면 해봐.”

“그럼 가서 쐐기풀을 한 움큼 뜯어와.” 스터피가 벽에 자라는 가시가 많고 단단한 식물을 가리켰다.

낸은 곧바로 ‘쐐기풀을 움켜쥐고’ 뜯었다. 견딜 수 없이 따끔거렸지만 잘 참으며 도전적으로 펼쳐 보였다.

“잘했어.” 소년들은 연약한 여자애가 그런 용기를 보인 것을 금방 인정해주었다.

낸보다 더 많은 쐐기풀을 뜯은 스터피는 어떻게든 그 애를 울리기로 마음먹고 조롱하듯 말했다. “넌 사방으로 손을 쓰고 다니니 이건 불공평해. 네가 헛간에 머리를 세게 부딪히고 나서도 울지 않는지 보자.”

“하지 마.” 잔인한 행동을 싫어하는 네트가 막았다.

하지만 낸은 곧장 헛간으로 뛰었고 머리를 쿵 박고 망치로 벽을 부수는 것 같은 소리를 내며 바닥으로 넘어졌다. 어지럽지만 의연한 상태로 그녀는 몸을 일으켰지만 얼굴은 고통으로 일그러져 있었다.

"이번 건 아프지만 난 울지 않아."

"한 번 더 해봐." 스터피가 화가 나서 소리쳤다. 낸은 한 번 더 하려고 했지만 네트가 그 애를 붙잡았다. 더위를 잊어버린 토미가 작은 싸움닭처럼 스터피에게 달려들어 소리쳤다.

"그만해. 안 그러면 내가 널 헛간으로 던져버릴 거야!" 그러고는 그를 세게 흔들고 떠밀어 가여운 스터피는 한동안 자신이 머리로 서 있는지 발로 서 있는지 모를 정도였다.

"저 애가 그렇게 말했잖아." 토미가 놔주자 스터피가 말했다.

"그랬다고 해도 상관 말아야지. 어린 여자애를 괴롭히는 건 정말로 나쁜 짓이야." 데미가 비난했다.

"치! 난 상관 안 해. 난 어린 여자애가 아니야. 난 너와 데이지보다 나이가 많다고." 낸이 고마워할 줄도 모르고 외쳤다.

"설교는 집어치워, 데미. 넌 날마다 데이지를 괴롭히잖아." 방금 막 그 광경을 본 '해군준장'이 말했다.

"내가 널 다치게 했어, 데이지?" 데미가 여동생에게 물었다. 데이지는 낸의 따끔거리는 손을 '안쓰러워'하며 그 애의 이마에 급속도로 번지는 피멍에 물을 뿌리는 중이었다.

"오빠가 세상에서 최고야." 데이지가 곧바로 대답했다. 그러나 진실에 떠밀려서 이렇게 덧붙였다. "가끔 날 아프게 하지만 일부러 그런 건 아니잖아."

"쓸데없는 소리는 그만두고 잘 생각해봐, 얘들아. 이 배 위에

선 어떤 싸움도 용납할 수 없어." 다른 아이들에게 잘난 척하듯 에밀이 말했다.

"안녕, 도깨비불 같은 우리 아가씨?" 낸이 다른 소년들과 밥을 먹으러 들어올 때 베어 씨가 인사를 건넸다.

"오른손을 내밀어야지. 예의범절에 신경 쓰렴." 낸이 왼손을 내밀었을 때 그가 말했다.

"반대쪽 손이 아파서요."

"어쩌다 이랬을까! 뭘 했기에 이렇게 물집이 잡혔어?" 베어 씨가 낸이 뒤로 감추고 있던 손을 앞으로 빼냈다. 베어 씨는 아이의 표정을 보고 잘못을 저질렀다고 생각했다.

낸이 변명을 생각해내기 전에 데이지가 다 털어놓았고 그동안 스터피는 빵과 우유 그릇에 얼굴을 숨기려고 했다. 이야기가 끝나자 베어 씨는 아내가 있는 긴 테이블 맞은편을 쳐다보고는 웃는 눈빛으로 말을 이었다.

"이건 당신이 다루어야 할 일 같으니 난 끼어들지 않겠소."

조 부인은 남편은 말이 무슨 의미인지 알았지만 자신의 어린 검은 양이 다른 아이들에게 좋은 영향을 미칠 것을 알기에 아주 진지하게 말했다.

"내가 왜 낸을 이리로 데려왔는지 아니?"

"절 성가시게 하려고요." 스터피가 입에 먹을 걸 잔뜩 넣은 채로 투덜거렸다.

"널 신사로 만들어주려고 그런 거야. 그리고 넌 네게 그 부분이 필요하다는 점을 보여주었구나."

이때 스터피는 다시 그릇으로 얼굴을 파묻었다. 데미가 궁금하다는 식으로 천천히 말을 꺼냈다.

"낸은 남자애 같은데 어떻게 그 애가 그럴 수 있다는 거예요?"

"바로 그거야. 낸도 너희만큼 도움이 필요하단다. 난 너희가 낸에게 예의범절이 무엇인지 보여주길 바라."

"그럼 낸도 작은 신사가 되는 건가요?" 로브가 물었다.

"낸도 아마 좋아할 거야. 안 그러니, 낸?" 토미가 물었다.

"아니, 그러지 않을 거야. 난 남자애들이 싫어!" 손이 여전히 아파서 낸은 사납게 대꾸하고 좀 더 현명한 방식으로 자신의 용기를 보여줘야겠다는 생각을 했다.

"네가 남자애들이 싫다니 유감이구나. 그들은 마음만 먹으면 제대로 행동하고 아주 친절하게 굴 수 있어. 친절한 얼굴과 말과 행동을 보여주는 게 진정한 예의야. 스스로 그런 대접을 받고 싶다면 다른 사람에게도 그렇게 대접해야 한단다."

베어 부인이 낸에게 직접 말했지만 소년들은 서로 팔꿈치를 쿡쿡 찌르며 감을 잡았다. 적어도 버터를 건네는 그 순간에는 그랬다. "부탁이야," "고마워," "감사합니다," "아닙니다, 부인" 등 보기 드문 우아함과 존중의 말이 터져 나왔다. 낸은 아무 말도 하지 않고 조용히 있으면서 위엄 있는 척 앉아 있는 데미를 간

지럽히고 싶은 충동을 억눌렀다. 낸은 자신이 남자애들을 싫어 한다고 소리친 걸 잊어버리고 그들과 해가 질 때까지 '숨바꼭질'을 하고 놀았다. 스터피는 숨바꼭질을 하는 동안 계속해서 자기 사탕을 빨아 먹을 수 있게 해주었는데, 덕분에 낸은 성질을 내지 않았고 자러 가면서 마지막으로 이렇게 말했다.

"내 배틀도어* 채와 셔틀콕이 도착하면 가지고 놀게 해줄게."

아침에 일어나서 낸이 처음으로 한 말은 "제 짐 왔어요?"였다. 오늘 중으로 온다는 이야기를 듣자 안달복달하며 데이지가 충격을 받을 때까지 인형을 마구 때렸다. 낸은 5시까지 잘 견디다가 종적을 감추었고 저녁 먹을 때까지 나타나지 않자 낸이 토미와 데미와 함께 언덕으로 놀러 갔다고 생각하던 사람들은 걱정을 했다.

"혼자 씩씩거리며 거리를 걸어가는 걸 봤어요." 속성푸딩을 가지고 온 메리 앤이 모두가 "낸이 어디 있어요?" 하고 묻는 걸 보고 이렇게 말했다.

"그 애는 집으로 간 거야, 어린 망나니!" 베어 부인이 불안한 얼굴로 외쳤다.

"어쩌면 자기 짐이 왔는지 보려고 역에 갔을 수도 있어요." 프란츠가 의견을 냈다.

---

* 배드민턴의 전신(前身).

"그건 불가능해. 그 애는 길을 모르고, 설령 찾았다고 해도 1.6킬로미터나 되는 거리를 짐을 들고 올 수가 없어." 베어 부인은 자신의 새로운 계획이 꽤 힘든 것이었다는 생각을 하기 시작했다.

"그 애답네." 베어 씨가 아이를 찾으러 나서려고 모자를 집어 드는데 창가에 있던 잭이 소리를 쳐 모두가 문을 향해 달려갔다.

낸이 아주 큰 판지 상자를 리넨 포대로 돌돌 묶어 끌고 오는 길이었다. 땀을 많이 흘리고 먼지를 뒤집어쓰고 지친 듯 보였지만 힘차게 홀로 걷고 있었다. 낸은 헉헉거리며 계단을 올라온 다음 안도의 한숨을 내쉬며 짐을 내려놓고 그 자리에 앉아 지친 팔로 팔짱을 꼈다.

"더 이상 기다릴 수가 없었어요. 그래서 직접 역에 가서 가져왔어요."

"하지만 넌 길을 모르잖아." 토미가 물었고 다들 이 상황을 즐기며 빙 둘러 서 있었다.

"아, 내가 찾았어. 난 길을 잃어버린 적이 없거든."

"여기서 1.6킬로미터 거리야. 어떻게 그렇게 멀리까지 갈 수 있어?"

"뭐, 꽤 먼 거리였지만 쉬엄쉬엄 왔어."

"저 짐은 안 무거웠어?"

"상자가 너무 둥글어서 꽉 잡을 수 없었어. 팔이 부러질 것 같왔지 뭐야."

"역장이 네게 가져가도록 허락하지 않았을 것 같은데." 토미가 말했다.

"아무 말도 안 했지. 역장은 작은 티켓 부스에 있었고 날 못 봤어. 그래서 내가 플랫폼으로 나갔어."

"얼른 뛰어가서 역장에게 괜찮다고 알리렴, 프란츠. 안 그러면 늙은 도드는 짐을 도둑맞았다고 생각할 거야." 베어 씨가 낸의 침착함에 웃음을 터트리며 말했다.

"오지 않으면 우리 쪽에서 사람을 보낼 거라고 내가 말했잖니. 다음번엔 잠자코 기다려야 한다. 네가 뛰쳐나가면 문제가 생기니까. 이번에 나랑 약속해. 안 그러면 난 평생 널 믿지 못할 거야." 베어 부인이 낸의 작고 열이 오른 얼굴에 묻은 먼지를 털어주면서 말했다.

"그게, 전 그럴 수 없어요. 아빠가 할 일을 미루지 말라고 하셨어요. 그러니 전 약속할 수 없어요."

"참 곤란한 말이네. 우선은 뭘 좀 먹이고 좀 있다 따로 말하는 게 좋을 것 같군." 베어 씨는 꼬마 숙녀의 용기가 너무 대단해서 화 대신 웃음이 났다.

남자아이들은 그 행동을 '아주 재미있는' 일이라고 생각했고 낸은 저녁 시간 내내 자신의 모험담으로 소년들을 즐겁게 해주었다. 커다란 개가 그녀를 향해 짖었고 한 남성이 그녀를 보고

웃음을 터트렸고 한 여성은 그녀에게 도넛을 건넸고 짐을 나르는 일이 너무 힘들고 지쳐서 물을 마시려고 잠시 멈췄는데 모자가 개울로 떨어져버렸다는 이야기까지.

"당신 손에 막중한 책임이 있군요, 여보. 토미와 낸으로도 충분히 일이 많을 텐데." 30분 뒤에 베어 씨가 말했다.

"아이를 길들이는 데 시간이 필요하다는 걸 나도 알지만 그 아이는 정말로 정이 많고 따뜻한 소녀예요. 비록 두 배로 말썽을 부린다고 해도 난 그 애를 사랑할 거예요." 조 부인이 쾌활한 무리를 가리켰다. 그 한가운데 낸이 서서 절대 바닥을 드러내지 않는 마술 상자인 듯 물건을 잔뜩 꺼내 이리저리 나눠주고 있었다.

그런 장점 덕분에 이내 이 아이는 '신기한 마술소녀'라는 별명이 붙어 모두에게 총애를 받았다. 데이지는 다시 눈에 띄지 않게 된 것을 전혀 불평하지 않았는데 낸이 재미있는 게임을 생각해냈고 그녀의 장난은 토미에 버금가서 온 학교가 다 즐거웠기 때문이다. 낸은 커다란 자기 인형을 묻어두고 일주일 내내 잊어버렸다. 땅에서 파냈을 때 인형에는 흰 곰팡이가 피어 있었다. 낸은 인형을 집에서 일하는 도장공에게 가져가서 벽돌처럼 붉은색에 뚜렷한 검은 눈동자로 칠해달라고 한 뒤 깃털, 자주색 플란넬, 네드의 납빛 도끼로 다시 꾸몄다. 그렇게 인디언 추장으로 변신한 포피딜라는 모든 다른 인형을 도끼로 내리쳤고 놀이방은 보이지 않는 피로 벌겋게 물들었다.

그녀는 자신의 새 신발을 구걸하는 아이에게 주고 맨발로 다니려고 했지만 자선과 편안함을 결합하기란 어렵다는 점을 깨달았고 옷을 다 버리기 전에 허락을 받으라는 말을 들었다. 낸은 널빤지와 테레빈유에 젖은 커다란 두 개의 돛으로 화공선*을 만들어 남자애들이 열광했고, 여기에 불을 붙인 다음 해질 무렵 작은 배를 개울로 떠내려 보냈다. 늙은 수컷 칠면조를 짚으로 만든 마차에 마구로 연결해 칠면조가 엄청난 속도로 집 주위를 뛰어다니게 만들기도 했다.

또한 자신의 산호 목걸이를 인정 없는 남자애들에게 고통을 당하던 불행한 네 마리 고양이들에게 달아주고 엄마처럼 자상하게 며칠간 보듬고 차가운 크림으로 상처를 소독하고 인형 숟가락으로 밥을 먹였고, 고양이들이 죽었을 때 같이 슬퍼하다가 데미가 가장 아끼는 거북이 한 마리를 선물로 주자 위안을 삼았다.

그리고 사일러스의 팔에 있는 것과 똑같은 닻 문신과 양쪽 뺨에 푸른 별을 그려달라고 떼를 썼지만 그가 거절하자 마음이 여린 그가 두손을 들고 포기할 때까지 구슬리고 화를 내기를 반복했다. 그녀는 커다란 말인 앤디부터 돼지까지 플럼필드

* 폭발물 등을 가득 싣고 불을 질러서 적진으로 띄워 보내는 배.

의 모든 동물을 다 탔고 돼지를 탔을 때는 정말 힘들게 구출해 냈다. 소년들이 뭔가를 해보라고 하면 낸은 그 일이 얼마나 위험한지 상관하지 않고 곧장 시도했기에 소년들은 지치지도 않고 그녀의 용기를 실험해보았다.

베어 씨는 남자아이들과 낸 어느 쪽이 공부를 더 잘하는지 지켜보겠다고 선언했고 낸은 빠른 발과 쾌활한 혀처럼 비상한 머리와 훌륭한 기억력을 활용하는 일에 큰 즐거움을 느꼈다. 남자아이들은 체면을 지키기 위해 최선을 다했다. 낸이 그들에게 여자아이도 남자아이만큼 웬만한 건 다 할 수 있고 심지어 더 잘하는 것도 있다는 점을 보여주었기 때문이다. 학교에서 상을 주지 않았지만 베어 씨는 "아주 잘했어!"라고 칭찬했고 베어 부인의 양심 책에는 훌륭한 기록이 남아서 스스로 동기를 가지고 의무를 충실하게 해나가는 법과 그러면 언제고 보상이 올 거라는 점을 배우게 해주었다. 어린 낸은 새로운 환경에 금방 적응하고 즐겼고, 자신에게 필요한 것이 바로 이런 부분이었음을 보여주었다.

이 작은 정원에는 달콤한 꽃들이 가득 피어 있고 절반은 잡초에 가려 있다. 친절한 손길이 다듬어준다면 모든 종류의 푸른 싹이 돋아나 사랑과 보살핌으로 전 세계의 어린 마음과 영혼이 가장 좋은 햇살을 받아 아름답게 피어날 것이 분명하다.

8. 플럼필드의 오락거리

플럼필드에서 소년들이 생활하며 벌어지는 몇몇 사건들을 소개하는 것 말고 이 이야기에 다른 특별한 계획이 있는 건 아니라서 어린 독자 여러분이 흥미를 끌 만한 소년들의 놀이 문화에 대해 조금 이야기해볼까 한다. 사건 대부분이 실제로 벌어졌는지에 관해서는 영예로운 독자 여러분의 판단에 맡길 것이나 가장 믿을 수 없는 쪽이 진실이라는 말이 있듯 어른이 제아무리 머리를 굴려보아도 어린아이들의 생동감 넘치는 상상 속에서 나온 장난과 유쾌함은 절반도 따라갈 수 없다.

데이지와 데미는 이 분위기에 완전히 휩쓸려 그들만의 세상에서 살았고, 사랑스러운 사람이나 괴이한 생명체를 만들고 거기에 이상한 이름을 붙이고 그들과 함께 이상한 놀이를 했다. 그중에는 보이지 않은 영혼인 '장난꾸러기 키티마우스'도 있는

데 아이들은 그 존재가 진짜로 있다고 믿었고 그를 두려워하며 오랫동안 섬겼다. 쌍둥이는 키티마우스에 대해 좀처럼 다른 이들에게 말하지 않고 최대한 조용히 자신들의 의식을 치렀다. 그리고 스스로에게조차 그 존재에 관해 설명하려고 하지 않았기 때문에 요정과 도깨비를 아주 좋아하는 데미에게는 모호하게 신비로운 매력을 지닌 대상이었다. 가장 엉뚱하고 포악한 작은 도깨비가 바로 장난꾸러기 키티마우스고 데이지는 그를 모시며 아찔한 즐거움을 느꼈다. 주로 데미의 입에서 나오는 괴물의 터무니없는 명령에 무조건 복종해서 괴물을 창조한 장본인인 데미는 엄청난 권력을 누렸다. 가끔 로브와 테디도 의식에 참여했고 아주 재미있다고 생각했지만 의식을 절반도 제대로 이해하지 못했다.

어느 날 수업을 마친 뒤 데미가 머리를 불길하게 흔들면서 여동생에게 속삭였다.

"키티마우스가 오늘 오후에 좀 보자고 하는데."

"무슨 일로?" 데이지가 불안해하며 물었다.

"제물을 바치라고." 데미가 진지하게 말했다. "2시에 커다란 바위 뒤에서 불을 피우고 우리는 가장 좋아하는 물건들을 가져다가 태워야 해!" 그가 마지막 말을 무척이나 강조했다.

"어머, 세상에나! 난 에이미 이모가 색칠해준 새 종이 인형들이 제일 좋은데. 그것들을 꼭 태워야 할까?" 보이지 않는 폭군의 요구는 거절할 생각을 해본 적이 없는 데이지가 물었다.

"전부 다 태워야 해. 난 보트랑, 내가 제일 좋아하는 스크랩북이랑 내 전사들을 전부 태울 거야." 데미가 단호하게 말했다.

"그렇다면 나도 할게. 하지만 우리가 제일 아끼는 것들을 원한다니 키티마우스는 너무해." 데이지가 한숨을 쉬었다.

"제물이란 네가 좋아하는 것을 포기한다는 뜻이니 그렇게 할 수밖에 없어." 데미는 프리츠 삼촌이 학교에서 고학년 남자아이들에게 그리스의 관습에 대해 설명하는 것을 듣고 이 같은 아이디어를 생각해냈다.

"로브도 오는 거야?" 데이지가 물었다.

"응, 그 애는 자기 장난감 마을을 다 가지고 온다고 했어. 전부 나무로 된 거. 너도 알지? 그래서 아주 잘 탈 거야. 우리는 근사한 모닥불을 피울 거고 아끼는 제물들이 타는 걸 보게 될걸?"

이 영리한 제안이 데이지의 마음을 달래주었다. 그녀는 밥을 먹고 난 뒤 종이 인형을 일렬로 세워놓고 일종의 고별 연회를 벌였다.

정해진 시간이 되자 아이들은 각각 만족할 줄 모르는 키티마우스에게 바칠 제물을 가지고 나타났다. 테디도 같이 가겠다고 떼를 썼고 모두 장난감을 가지고 있는 것을 보고 그도 한쪽 팔 아래에 삑삑 소리가 나는 양 인형을 끼고 반대쪽에는 자신을 괴롭게 한 애나벨라 인형을 데리고 나타났다.

"우리 꼬맹이들 어디 가는 거니?" 조가 자기 방 문을 지나치는 무리에게 물었다.

"큰 바위 옆에서 놀려고요. 그래도 되죠?"

"그럼. 다만 연못 근처에는 가지 말고, 아기를 잘 보살펴야 한다. 알았지?"

"전 항상 그러는 걸요." 데이지가 이렇게 말하고 능숙하게 앞장섰다. "이제 모두 자리에 앉고 내가 말하기 전까지 움직여선 안 돼. 이 평평한 돌이 제단이고 난 불을 피울 준비를 할 거야."

그리고 데미는 소풍을 가서 남자애들이 하던 대로 작은 불꽃을 피웠다. 불이 잘 붙자 그는 모인 아이들에게 불 주위를 세 번 돈 다음 모두 둥글게 서라고 지시했다.

"나부터 시작할게. 그리고 내 물건이 다 타는 즉시 너희 것들을 넣어야 해."

데미는 자신이 직접 오려 만든 삽화가 가득 실린 작은 종이책을 진지하게 제단 위에 올렸다. 그다음 부서져가는 보트와 뒤이어 불행한 납빛 군인들이 하나씩 죽음의 행진을 시작했다. 근사한 붉은색과 노란색 대장부터 다리를 잃은 드럼 치는 어린 군인에 이르기까지 어느 누구도 머뭇거리거나 물러서지 않고 모두 불꽃 속으로 뛰어들어 하나의 큰 납덩어리가 되었다.

"데이지, 네 차례야!" 키티마우스의 제사장이 외쳤고 그에게 풍성한 제물을 바치면서 아이들의 만족은 커졌다.

"내 사랑하는 인형들아, 내가 어떻게 너희를 보낼 수 있겠니?" 데이지는 흐느끼며 어머니의 슬픔이 가득 담긴 얼굴로 열 두 종이 인형을 껴안았다.

"꼭 그렇게 해야만 해." 데미가 명령했다. 인형 모두에게 작별의 입맞춤을 한 뒤 데이지는 아름다운 인형들을 석탄 위에 올렸다.

"파란색 인형 하나만 남기게 해줘. 그 애는 아주 다정하단 말이야." 불쌍한 어린 어머니가 절망에 빠져 마지막 남은 인형을 붙들고 애원했다.

"더 많이! 더 많이 바쳐라!" 끔찍한 목소리가 외쳤고 데미가 말했다. "키티마우스야. 전부 다 내놓으라고 말하고 있고 빨리 그렇게 하지 않으면 우리를 다치게 할 거야."

소중한 블루벨과 주름 장식, 장밋빛 모자와 모든 것이 다 타버리고 밝은 제단 위에는 검은 재만 남았다.

"집과 나무 주변으로 불길이 직접 삼키도록 해. 그러면 진짜 불처럼 보일 거야." 자신의 '제물' 의식에도 다양한 것을 좋아하는 데미가 말했다.

이 제안에 솔깃해진 아이들은 나무로 된 장난감 마을 주도로를 따라 석탄을 놓은 다음 대화재를 구경하려고 자리에 앉았다. 페인트에 불이 붙기까지 시간이 걸렸지만 마침내 작은 초가집이 불길에 휩싸이고 야자수 나무를 태우고 커다란 대저택

위로 떨어졌다. 몇 분 안에 온 마을이 흥겹게 타올랐다. 나무로 된 사람들은 멍청이처럼 서서 무너지는 광경을 지켜보았다. 사실 그들은 멍청이가 맞았고, 아무 비명도 지르지 못하고 불길에 휩싸였다. 장난감 마을이 재로 변하기까지 시간이 좀 걸렸다. 아이들은 그 광경을 즐겁게 감상하며 집이 무너질 때마다 환호성을 지르고 불길이 높이 치솟자 인디언들처럼 춤을 추었다. 실제로 마구 끓는 것처럼 녹던 여자 인형이 밖으로 탈출하기도 했다.

이 마지막 제물 희생 의식이 엄청나게 성공하면서 테디는 크게 신이 나 자기 양 인형을 불길 속으로 던지고 인형이 채 타기도 전에 가여운 애나벨라를 화장용 장작 위에 올려놓았다. 당연히 인형은 좋아하지 않았고 어린 파괴자에게 화와 분노를 드러냈다. 이 인형은 염소 가죽으로 되어서 불에 타지 않고 더 끔찍하게 쪼그라들었다. 처음에는 다리가 말리더니 이어 다른 부분이 그렇게 되면서 진짜 살아 있는 것처럼 흉측하게 버둥거렸다. 그런 다음 아주 심한 고통을 느끼는 듯 머리 위로 팔을 들어 올렸다. 머리는 어깨 쪽으로 돌아갔고 유리 눈알이 튀어나오더니 마지막으로 온몸을 비틀면서 장난감 도시의 폐허 위에 검은 덩어리가 되어 주저앉았다. 이 예상치 못한 모습이 모두를 놀라게 했다. 테디는 겁에 질려 반쯤 정신이 나갔다. 아이는 그 장면을 보고 비명을 지르며 집 쪽으로 달아나면서 목청 높여 '엄마'를 불렀다.

베어 부인은 아기의 절규를 듣고 구하러 뛰어나갔는데 테디는 그저 엄마에게 매달리고 더듬거리면서 "가여운 벨라가 다쳤어." "불이 났어." "모든 인형이 가버렸어."라고 말했다. 뭔가 심각한 사고가 일어났는지 두려운 마음에 어머니는 아이를 붙잡고 사태가 벌어지는 곳으로 갔고 키티마우스의 맹목적인 신도들이 아끼는 물건들의 시꺼먼 잔해를 두고 흐느끼는 광경을 보았다.

"여기서 뭘 하고 있었니? 전부 다 말해봐." 주동자들이 상당히 뉘우치는 것처럼 보여 조 부인은 우선 그들을 용서한 다음 인내를 가지고 이야기를 들으려고 마음을 진정시켰다.

살짝 머뭇거리며 데미가 자신들의 놀이를 설명했다. 조 이모는 아이들이 너무 진지하고 놀이는 아주 터무니가 없어서 눈물이 뺨을 타고 흘러내릴 때까지 웃었다.

"이런 실없는 놀이를 하기에는 너흰 분별력이 뛰어나다고 생각했는데 아니었구나. 내게 키티마우스가 있다면 난 파괴와 두려움을 주는 대신 안전하고 즐거운 방식으로 놀 수 있게 해주는 착한 친구로 만들 거야. 너희가 만든 이 엉망인 광경을 보렴. 데이지의 예쁜 인형들, 데미의 군인들, 로브의 새 장난감 마을에다 불쌍한 테디의 양 인형과 낡은 애나벨라까지. 난 장난감 상자에 적힌 구절을 인용해 너희를 위한 노래를 만들어야겠어."

네덜란드의 아이들은 만드는 놀이를 좋아하고
보스턴의 아이들은 부수는 놀이를 좋아하네.

"보스턴 대신에 플럼필드로 가사만 바꾸면 될 것 같은걸."

"다시는 이런 짓을 하지 않을게요. 정말이에요, 진짜로요!" 그녀의 꾸지람에 크게 창피함을 느끼며 어린 죄인들이 뉘우쳤다.

"데미 형이 우리한테 하자고 했어요." 로브가 말했다.

"전 이모부가 제단이며 뭐 그런 걸 가진 그리스 사람에 대해 이야기하는 것을 듣고 그들처럼 하고 싶었어요. 다만 살아 있는 생명을 희생시키고 싶지 않아서 장난감을 태운 거예요."

"맙소사, 그건 콩 이야기와 비슷하네." 조가 다시 웃음을 터트렸다.

"무슨 이야기인지 들려주세요." 화제를 돌리려고 데이지가 말했다.

"옛날에 서너 명의 아이를 키우는 한 가난한 부인이 있었어. 부인은 일하러 갈 때 아이들을 안전하게 지키려고 방에 가두어 두었지. 어느 날 부인이 일하러 가면서 이렇게 말했단다. '얘들아, 아기가 창문으로 떨어지지 않게 잘 챙기고 성냥으로 장난치지 말고 콩을 콧구멍에 넣어서도 안 된다.' 아이들은 콩을 콧구멍에 넣겠다는 생각을 한 번도 해본 적이 없는데 어머니가 그들의 머릿속에 넣어준 거지. 부인이 일하러 간 뒤 곧바로 아이들은 콧구멍에 콩을 잔뜩 집어넣으며 어떤지 알아보려고 했어. 그리고 부인이 집에 돌아왔을 때 모두 울고 있는 거야."

"아파서 울었나요?" 로브는 어머니가 급조한 이야기에 아주 푹 빠져서 이 새로운 콩 이야기가 어머니의 집에서 벌어진 일이었을까 봐 물었다.

"아주 많이 아팠단다. 우리 어머니가 내게 이 이야기를 들려주셨을 때 난 아주 멍청해서 직접 해봤어. 집에 콩이 없어서 작은 조약돌을 찾아서 콧속으로 여러 개 집어넣었지. 기분이 전혀 좋지 않고 곧바로 다 꺼내고 싶었는데 하나가 나오지 않았고 솔직히 말하기 부끄러워서 난 바보처럼 몇 시간이고 아픈 걸 참았단다. 결국 고통이 너무 심해져서 난 털어놓을 수밖에 없었고 어머니가 꺼낼 수 없자 의사가 왔어. 그리고 난 의자에 앉아 손잡이를 꽉 움켜잡았어, 로브. 그러는 동안 의사가 무시무시한 작은 핀셋으로 돌을 꺼냈지. 맙소사! 가족들이 얼마나 비웃었는지 몰라!" 조 부인은 고통스러운 기억을 감당하기 힘든 듯 울적한 표정으로 고개를 저었다.

로브는 그 이야기에 아주 큰 충격을 받았고 다행히 마음속에서 교훈으로 삼았다. 데미는 가여운 애나벨라를 묻어주자고 했고 장례에 흥미가 생겨 테디는 두려움을 잊었다. 데이지는 이내 에이미 이모가 보내준 다른 인형 묶음으로 마음을 달랬고 장난꾸러기 키티마우스는 마지막 제물을 바친 뒤로 만족했는지 더 이상 그들을 고통스럽게 하지 않았다.

토미는 흥미진진한 새 놀이인 '브롭'을 만들었다. 뒤 샤이(Paul Du Chaillu)*가 최근 아프리카에서 데려온 야생 동물을 제외하면 어떤 동물원에서도 신기한 동물을 찾을 수 없는 지금, 궁금해하는 여러분을 위해 내가 그 특이한 습성과 외모에 대해 설명하겠다.

브롭은 날개가 달린 네 발 짐승으로 남자아이의 얼굴을 하고 쾌활한 성격이었다. 브롭이 걸으면 땅이 흔들리고 큰 소리로 울면 날카로운 경적 소리가 났으며 간간이 두 발로 서서 제대로 된 영어로 말을 했다. 브롭의 몸은 숄과 비슷한 재질로 뒤덮여 있었고 어떨 땐 빨간색이었다가 또 파란색으로 바뀌었고, 주로 격자무늬를 띠며 피부가 자주 변했다. 머리에는 뻣뻣한 갈색 종이 램프 라이터 같은 뿔이 나 있었다. 날개는 어깨에 달려 퍼덕였다. 땅에서 그렇게 높이 날지 못했고 아주 높게 날려고 하면 곧장 맹렬하게 떨어졌다.

땅 위를 살피지만 다람쥐처럼 앉고 먹을 수 있었다. 가장 좋아하는 음식은 씨앗이 든 과자고, 사과도 자주 먹고 가끔 식량이 귀할 때는 생 당근도 먹었다. 브롭은 세탁물바구니처럼 생긴 일종의 둥지인 굴에 모여 살며 어린 브롭들은 날개가 자랄

---

* 프랑스 태생 미국인 아프리카 탐험가.

때까지 실컷 땅에서 놀았다.

이 특이한 동물은 이따금 싸움을 벌였고 그럴 땐 사람의 말을 하며 서로 이름을 부르고 울고, 야단치고 가끔은 뺄과 피부를 뜯고 '놀이를 하지 않을 거야!'라고 사납게 외쳤다. 브롭을 연구한 일부 특권층은 원숭이, 스핑크스, 로크, 유명한 피터 윌킨스(Peter Wilkins)의 책에 등장하는 진기한 생물을 잘 섞어놓은 거라고 생각했다.

이 놀이는 아주 인기가 많았다. 어린아이들은 비가 오는 오후에 브롭이 되어 놀이방에서 퍼덕거리거나 기어 다니며 어린 미치광이처럼 굴고 귀뚜라미처럼 폴짝거렸다. 분명 옷을 입고서 그러기란 힘든 일이라 특히나 바지 무릎과 재킷 팔꿈치에 손상이 많이 갔다. 하지만 베어 부인은 천을 덧대고 기우면서 이렇게 말했다.

"우리는 바보처럼 행동하고 있지만 전혀 해롭지 않아요. 어린아이들처럼 나도 그렇게 행복할 수 있다면 기꺼이 브롭이 되겠어요."

네트의 가장 큰 즐거움은 텃밭에서 일하는 것과 바이올린을 들고 버드나무에 앉아 있는 것인데 그에게는 푸른 둥지가 곧 동화 속 세상이고 그곳에서 행복한 새처럼 음악을 연주했다. 아이들을 그를 '늙은 짹짹이'라고 불렀는데 네트가 항상 콧노래를 흥얼거리거나 휘파람을 불거나 바이올린을 켜서다. 아

이들은 종종 일을 하거나 놀다가 멈추고 여름의 소리와 합주를 하는 듯 울려 퍼지는 부드러운 바이올린 선율을 들었다. 새들은 그가 동족인 듯 두려워하지 않고 몰려들어 울타리나 가지에 앉아 재빠른 눈길로 그를 살폈다. 근처에 있는 사과나무의 울새가족은 분명 그를 친구라고 생각하고 있는데 아빠 울새가 곤충을 잡아서 그의 옆에 놔주고 엄마 울새는 마치 소년이 새로운 찌르레기 종으로 그녀의 힘든 과정을 노래로 달래준다고 생각하는 듯 푸른 알들을 안심하고 품었다. 갈색 개울이 그의 아래에서 졸졸거리며 반짝이고 벌들이 양쪽 클로버 밭에서 나타나고 친절한 얼굴들이 지나가다가 들르며 늙은 버드나무 둥지는 커다란 날개로 그를 포근히 감싸 휴식과 사랑과 행복이라는 축복을 주어 네트는 어떤 건강한 기적이 자신에게 찾아왔는지 미처 알지 못한 채 몇 시간이고 이곳에서 꿈을 꾸었다.

한 아이는 날마다 그의 노래를 들었다. 그에게 네트는 단순한 학생 그 이상이었다. 가여운 빌리의 가장 큰 기쁨은 계곡 옆에 누워서 잎사귀와 물방울들이 춤을 추는 것을 보며 버드나무에서 들려오는 음악을 꿈결처럼 듣는 것이었다. 그는 네트가 하늘 높이 앉아서 노래하는 천사라고 생각했다. 그의 얼마 되지 않는 기억은 마음과 연결되어 이 시기에 더 밝게 자랐다. 네트에 대한 그의 호기심을 보고 베어 씨는 이 잔잔한 주문으로 그 연약한 머릿속에 드리운 구름을 걷어내는 일을 도와달라고 부탁했다. 감사하는 마음을 보여주려고 기꺼이 무슨 일이든 할 수 있는 네트는 항상 빌리가 쫓아오면 미소를 지어 보이고 방해받지 않고 그가 이해할 수 있는 언어인 음악을 들려주었다. '서로 돕는다'가 플럼필드의 가장 중요한 좌우명이고, 네트는 그렇게 살면 인생이 얼마나 더 행복해지는지 배웠다.

잭 포드의 특이한 취미는 물건을 사고파는 것이었다. 그는 뭐든 다 조금씩 팔고 빨리 돈을 모으는 시골 상인인 작은아버지의 뒤를 이를 가능성이 컸다. 잭은 모래가 섞인 설탕, 물을 준 당밀, 돼지기름과 섞은 버터와 뭐 그런 종류의 속임수를 보았고 그게 다 제대로 된 사업 방식이라는 착각 속에서 일했다. 그가 다루는 품목은 여러 종류지만 그는 최대한 애벌레를 팔아서 이윤을 남겼고, 항상 다른 아이들과 줄, 칼, 낚싯바늘 혹은 필요한 물품을 교환할 때 최대한 이익을 챙겼다. 소년들은 전부 별명이 있었고 잭은 '구두쇠'라고 불렸지만 잭은 돈을 넣어두는 낡은 담배 주머니가 점점 무거워지는 한 전혀 상관하지 않았다.

그는 일종의 경매장을 만들고 이따금 모든 잡동사니를 팔아치우거나 아이들이 서로 물물교환하는 일을 도왔다. 야구방망이, 공, 하키 스틱 등 한 벌을 가져와서 닦고 윤을 내서 다른 한 벌을 살 때가 되면 몇 센트에 팔았고 규칙을 무시하고 플럼필드의 문을 넘어서까지 종종 사업을 확장했다. 베어 씨는 그의 투기를 중단시킨 다음 도를 넘어서는 교활함보다는 더 나은 사업적 재능을 키워주려고 애썼다. 간간이 잭은 흥정에 실패하면 수업이나 행동에서 잘못을 저지른 것보다 더 기분 나빠했고 다음 손님에게 앙갚음을 했다. 그의 회계 장부는 흥미로웠고 셈이 아주 빨랐다. 베어 교수는 그 점을 칭찬하고 정직함과 존경심도 빨리 키우고자 애썼다. 그리고 머지않아 잭이 그런 미덕 없이 살 수 없다는 사실을 알게 되었을 때 그는 스승이 옳았다는 점을 깨달았다.

당연히 소년들은 모두 크리켓과 축구를 했다. 그러나 불후의 '럭비선수 톰 브라운'이 헤집고 지나간 뒤로 연약한 암컷들이 있는 우리 쪽으로는 공이 가지 못하게 했다.

에밀은 강이나 연못에서 휴일을 보냈고, 간간이 영역을 침범하는 도시 소년들과 플럼필드의 고학년 남자아이들과 경주를 벌이기도 했다. 처음에는 좋았지만 결국 크게 패해서 절대 입밖으로 그 이야기를 꺼내지 않았다. 그는 한동안 또래 남자아이들을 혐오하며 버려진 섬으로 가서 혼자 살까 심각하게 고민했다. 그러나 버려진 섬 생활은 불편한 것이 많을 터라 그는 어쩔 수 없이 플럼필드에 남아 있어야 했고 보트 하우스를 짓는 일에서 위안을 찾았다.

여자아이들은 또래에 맞게 놀았고 풍부한 상상력을 마음껏 키워나갔다. 가장 중요하고 흥미로운 놀이는 '셰익스피어 스미스 부인'이었는데 조 이모가 지어준 그 이름의 숙녀는 꽤 독특

한 일들을 벌였다. 데이지가 셰익스피어 스미스 부인 역을 하고 낸이 돌아가며 그녀의 딸이나 이웃에 사는 신기한 마술 부인이 되었다.

이 부인들의 모험담은 어떤 펜으로도 설명할 수 없다. 짧은 하루의 오후 동안 가족의 탄생, 결혼, 죽음, 홍수, 지진, 티파티, 풍선 날리기까지 전부 다 경험했기 때문이다. 에너지가 넘치는 부인들은 수백 킬로미터를 여행하고 사람의 눈으로는 본 적이 없는 모자와 의복으로 장식하고 침대에 앉아 활기찬 말처럼 기둥들 사이를 돌아다녔으며 머리가 어지러울 때까지 폴짝폴짝 뛰었다. 건강함과 열정으로 지루함을 느낄 때면 가상의 인물들을 다 죽이고 새로운 인물을 창조해내며 변화를 도모했다. 낸은 신선한 조합을 찾아내는 일이 너무 즐거웠고, 데이지는 무조건적인 동경으로 그녀를 따랐다. 신이 난 소녀들은 인형은 잘 참아주었지만 테디는 그렇지 못하다는 점을 자주 잊어버려 가여운 아기는 종종 피해자가 되고 진짜 위험에서 구출되는 경우가 많았다. 테디를 지하 감옥인 옷장에 가둬두고 여자애들이 야외 놀이를 하러 뛰쳐나갔다가 그대로 잊어버린 적도 있다. 한번은 '교활한 어린 고래' 역할을 하느라고 욕조에서 익사할 뻔했다. 그러나 가장 최악이었던 건 강도로 교수형에 처했다가 겨우 밧줄을 잘라 구해낸 일이었다.

학교를 가장 흔들어놓은 놀이는 클럽이었다. 오직 하나뿐이라 다른 이름은 없고 이름이 필요하지도 않았다. 나이 많은 소년들이 만들었고 어린아이들은 예의 바르게 행동했을 때 간혹 초대를 받았다. 토미와 데미는 명예 회원이지만 항상 일찍 돌아가야 해서 불쾌했는데 그들에게는 전혀 권한이 없었기에 상황에 따를 수밖에 없었다. 이 클럽은 아주 특이한 방식으로 발전해나갔다. 어떤 장소와 시간에도 잘 어울렸고 온갖 신기한 의식과 행사를 치렀고 간간이 격정적으로 무너져버리기도 했지만 다시 튼튼한 토대 위에 세워졌다.

비가 오는 저녁, 회원들은 교실에서 만나 게임을 하며 시간을 보냈다. 체스, 모리스 춤, 주사위 놀이, 펜싱 시합, 낭송회, 토론 혹은 아주 비극적인 연극을 했다. 여름에는 헛간이 만남의 장소였고 거기서 무슨 일이 벌어지는지는 경험이 없는 사람들은 알지 못했다. 후덥지근한 저녁에 클럽은 물놀이를 위해 계곡에서 모였고, 회원들은 바람이 잘 통하는 옷을 입고 개구리처럼 빈둥거렸다. 그런 때는 이상하게도 다들 말을 잘했고 누군가가 지적한 것처럼 청산유수가 되었다. 한 연사의 말이 청중을 불쾌하게 하면 연사에게 차가운 물세례를 퍼부어 그 열정을 꺼트렸다. 프란츠가 회장으로 제멋대로인 회원들을 살피며 훌륭하게 질서를 잡아나갔다. 베어 씨는 그들의 행사에 절대 관여하지 않았고 현명한 인내를 보상받아 간간이 이 신비로운 활동에 초대를 받았는데 그 역시 엄청 즐기는 듯 보였다.

냰이 클럽에 가입하고 싶다고 찾아왔을 때 어린 신사들 사이에 엄청난 흥분과 분열이 생겨 편지나 발언을 통해 탄원이 들어왔고, 그들의 엄숙한 행사는 열쇠 구멍을 통해 들려오는 모욕으로 방해를 받았다. 그 문밖에서 활발한 시위가 벌어졌고 벽과 울타리에는 클럽을 조롱하는 글귀가 적혔는데 낸은 확실히 '가만히 있지 못하는' 성격의 소유자였기 때문이다. 이런 호소가 아무 소용이 없다는 것을 안 소녀들은 조 부인의 충고를 받아들여 자신들만의 협회를 세우고 코지 클럽(Cosy Club)이라고 이름 붙였다. 이렇게 해서 둘은 다른 클럽에서 배제된 어린 신사들을 너그럽게 초대했고 낸이 새로 생각해낸 놀이인 작은 식사 게임을 하며 아주 즐겁게 보냈다. 또한 다른 신나는 행사를 열어서 클럽의 소년들은 하나둘씩 이 한층 우아한 즐거움에 동참하고 싶다는 욕망을 고백했고, 엄청난 협의 끝에 마침내 공손하게 제안을 전했다.

코지 클럽의 회원들은 정해진 날 저녁에 경쟁 클럽을 단장하는 일에 초대를 받았다. 신사들은 놀랍게도 그들이 참석해도 기존 회원들의 대화나 즐거움에 해가 되지 않는다는 사실을 알게 되었다. 아무에게도 그런 말이 나오지 않았다. 숙녀들은 멋지게 대응했고 이 평화적인 접근에 친절하게 반응한 두 클럽은 오랫동안 즐겁게 번영을 누렸다.

9. 데이지의 무도회

"셰익스피어 스미스 부인께서 존 브룩 씨, 토마스 뱅스 씨, 너대니엘 블레이크 씨를 오늘 오후 3시에 열리는 무도회에 초대하셨습니다. 추신. 네트는 우리가 춤을 출 수 있도록 꼭 바이올린을 가져오고 모든 참석자는 점잖게 행동해야 합니다. 아니면 저희가 준비가 맛있는 음식을 대접할 수 없습니다."

이 우아한 초대는 거절당할 뻔 했지만 추신의 마지막 줄이 영향을 미쳤다.

"애들이 맛있는 음식을 많이 준비했나 봐. 냄새가 여기까지 나는걸. 가자." 토미가 말했다.

"잘 먹은 뒤에는 계속 있을 필요가 없잖아." 데미가 말했다.

"난 무도회에 가본 적이 없어. 어떻게 하는 거야?" 네트가 물었다.

"아, 그냥 남자답게 굴면 돼. 어른들처럼 꼿꼿하고 바보처럼 앉아 있다가 여자들을 기쁘게 해주려고 춤을 추는 거야. 그런 다음 전부 다 먹어치우고 최대한 빨리 돌아오는 거지."

"난 할 수 있을 것 같아." 잠시 토미의 설명을 듣고 난 뒤 네트가 말했다.

"내가 참석한다는 답장을 보낼게." 그리고 데미는 아주 신사다운 전갈을 보냈다.

"저희는 모두 참석할 예정입니다. 맛있는 요리를 많이 준비해주세요. 존 브룩으로부터."

숙녀들은 모든 일이 잘 풀린다면 선택받은 일부를 위한 디너파티를 준비해야 하기에 첫 무도회가 엄청 긴장되었다.

"조 이모가 거칠게 굴지 않는다면 남자애들하고 어울리는 것이 좋다고 했어. 그러니 우리는 반드시 그들이 우리 무도회를 좋아하게 만들어야 해. 그래야 그들이 예의 바르게 행동할 거야." 데이지가 어머니처럼 말하고는 테이블을 정리하고 미리 마련해둔 다과를 불안한 눈길로 살폈다.

"데미와 네트는 얌전하게 굴겠지만 토미는 뭔가 장난을 칠 거야, 분명히." 낸이 자신이 꾸미고 있던 작은 케이크 바구니 위로 고개를 절레절레 흔들었다.

"그러면 난 곧장 그 애한테 돌아가라고 말할 거야." 데이지가 단호하게 말했다.

"사람들은 파티에서 그렇게 하지 않아. 그건 예의에 어긋나는 일이야."

"그렇다면 다시는 초대하지 않을 거야."

"그렇게 하자. 식사와 함께 하는 무도회에 참석하지 못하면 그 애가 애석해하지 않을까?"

"그럴 것 같아! 우리 아주 근사한 걸 준비하지 않을래? 국자로 뜰 수 있게 큰 그릇에 담긴 진짜 수프와 칠면조를 대신할 새 요리와 그레이비와 모든 근사한 야치도 다 준비하는 거야." 데이지는 야채를 제대로 발음하지 못해서 포기했다.

"3시가 다 되어가니 어서 옷을 입자." 오늘을 위해 멋진 드레스를 준비한 낸이 빨리 입고 싶어서 말했다.

"난 어머니니까 잘 차려입지 않아도 돼." 데이지는 빨간 리본이 달린 취침용 모자를 쓰고 이모의 긴 치마와 숄을 걸쳤다. 안경과 커다란 손수건으로 마무리하니 영락없이 포동포동한 어린 부인이 되었다.

낸은 조화로 화관을 만들고 낡은 분홍 실내화에 노란색 스카프를 걸치고 녹색 모슬린 치마를 입은 다음 먼지떨이에서 떼어낸 깃털로 만든 부채를 들었다. 그리고 마지막으로 우아함을 더하고자 아무 향도 안 나는 향수를 뿌렸다.

"난 딸이니 더 많이 나서야 하고 노래와 춤을 추고 말도 너보다 더 많이 해야 해. 어머니들은 항상 차를 마시고 예의 바르게 앉아 있잖아."

갑자기 아주 큰 노크 소리가 들려 스미스 양은 얼른 의자에 앉아 열심히 부채질을 했고 그녀의 어머니는 소파에 꼿꼿하게 허리를 세우고 앉아서 침착하고 '예의 바르게' 보이고자 노력했다. 놀러와 있던 어린 베스가 하녀 역을 맡아서 문을 열어주고 웃으며 말했다. "들어오세요, 신사분들. 준비가 다 됐어요."

초대에 부응하고자 소년들은 높은 종이 칼라를 달고 높은 검은 모자에 다양한 색과 재료로 된 장갑을 꼈다. 나중에 생각해보니 어느 누구도 완벽한 정장 차림을 한 이가 없었다.

"안녕하세요, 어머니." 데미가 어른처럼 목소리를 낮게 깔았지만 그렇게 하기가 너무 힘들어서 그는 아주 짧게만 입을 열었다.

모두 악수를 한 다음 자리에 앉았다. 아주 우습지만 그래도 진지해서 신사들은 예의범절을 잊어버리고 의자에 앉아 웃음을 터트렸다.

"아, 그러지 마!" 스미스 부인이 아주 고통스러워하며 소리쳤다.

"그런 식으로 행동하면 다시는 오지 못할 줄 알아." 스미스 양이 가장 크게 웃은 뱅스 씨를 향수병으로 툭툭 치며 말했다.

"어쩔 수 없어. 넌 너무 맹수 같아." 뱅스 씨가 아주 무례하게 말했다.

"너도 마찬가지야. 하지만 난 그런 말을 할 만큼 무례하지 않

아. 그가 식사 무도회에 참석하지 못하게 해야 해. 안 그래, 데이지?" 낸이 분개하며 외쳤다.

"우선 춤을 추도록 하죠. 바이올린을 가져오셨나요?" 스미스 부인이 단정한 자세를 유지하며 말했다.

"문밖에 있어요." 네트가 가지러 갔다.

"차를 먼저 마시는 것이 좋겠어." 토미가 뻔뻔하게 제안하고는 데미에게 대놓고 윙크를 해서 다과를 먹은 즉시 자리를 뜨자는 계획을 다시금 알렸다.

"아니, 식사를 먼저 할 수는 없어요. 춤을 제대로 추지 않으면 어떤 음식도 대접하지 않을 거예요. 조금도." 스미스 부인이 아주 단호하게 말하자 놀란 손님들은 그녀가 농담하는 것이 아닌 걸 알고 곧바로 엄청나게 예의를 차렸다.

"전 뱅스 씨에게 폴카를 가르쳐줄 거랍니다. 그는 어떻게 추는지 모르니까요." 안주인이 이렇게 덧붙이고 비난하는 표정을 지어서 토미는 금세 진지해졌다.

네트가 연주를 시작했고 무도회는 두 쌍의 춤과 더불어 시작되었다. 그들은 애를 쓰며 어딘가 다양한 춤을 췄다. 숙녀들은 춤을 좋아해서 잘 췄지만 신사들은 좀 더 이기적인 동기를 가지고 왔기에 노력해야 했다. 신사들은 꼭 식사를 쟁취하겠다는 결심으로 끝을 향해 달렸다. 모두 숨이 거칠어졌을 때 휴식시간이 찾아왔다. 게다가 정말로 가여운 스미스 양은 긴 옷자락에 여러 번 발이 걸려서 휴식이 필요했다. 어린 하녀가 당밀과 작은 컵에 담긴 물을 돌렸는데 한 손님이 실제로 아홉 잔이나 비웠다. 난 그가 누구인지 밝히고 싶지 않은데 이 음료가 너무 맛있었는지 그는 아홉 번째 잔까지 모조리 입에 넣었다가 목에 걸려 망신을 당했다.

"이제 낸에게 연주를 하고 노래를 부르라고 부탁해." 데이지가 오빠에게 말했고 그는 높은 칼라 사이로 축제 장면을 진지하게 쳐다보아 올빼미처럼 보였다.

"저희에게 노래를 들려주세요." 말 잘 듣는 손님이 피아노가 어디 있는지 궁금해하며 말했다.

스미스 양은 방에 있는 낡은 책상으로 간 다음 책상 뚜껑을 열고 그 앞에 앉더니 힘차게 책상을 흔들며 처음 듣는 아름다운 노래를 불렀다.

흥겨운 음유시인이
기타를 치며
길을 재촉하네.
전쟁터에서 집으로 돌아가는 길을.

신사들이 열정적으로 박수를 보내자 스미스 양은 〈뭉게구름〉, 〈어린 보핍〉과 다른 주옥같은 노래를 부르며 모두가 그만하면 충

분하다는 기미를 보일 때까지 계속했다. 자기 딸을 칭찬해주는 것이 고마워 스미스 부인이 감사한 마음으로 말했다.

"자, 이제 다 같이 차를 마셔요. 조심히 앉으시고 막 집어먹지 마세요."

훌륭한 숙녀가 자신이 차린 테이블을 자랑스럽게 여기는 모습을 보는 건 아주 아름다웠다. 그녀는 침착하게 작은 실수들을 견뎠다. 제일 잘 만든 파이를 아주 무딘 칼로 자르려고 하다가 그만 바닥으로 떨어뜨리기도 했다. 빵과 버터가 예상한 것보다 빨리 사라지자 주부의 영혼은 실망에 빠졌다. 가장 끔찍한 건 커스터드가 너무 부드러워 새 주석 숟가락으로 우아하게 떠먹는 걸 포기하고 그릇째로 마셔야 했던 일이다.

이런 말을 하게 돼서 안타깝지만 스미스 양은 고리 모양의 과자를 두고 하녀와 옥신각신 다투었고 그래서 베스는 과자를 통째로 공중으로 던져버리고 과자가 비처럼 쏟아지는 한가운데서 울음을 터트렸다. 그녀는 테이블에 놓인 자리에 앉아 설탕이 든 통을 비우며 마음을 달랬다. 그렇지만 이 난리 와중에 커다란 접시에 담긴 패티가 불가사의하게 사라져 찾을 수 없었다. 축제의 주요 장식으로 스미스 부인이 직접 만든 아름다운 패티를 계속 보고 감상하던 터라 그녀는 몹시 화가 났다. 열두 개의 맛있는 패티(밀가루, 소금, 물로 반죽하고 각 패티 중간에 커다란 건포도를 박고 전체적으로 설탕을 뿌린)를 만드는 일이 어렵지 않다면야 한 번의 숟가락질로 다 쓸어가 버려도 어느 숙녀에게든 다시 만들라고 하겠지만 그것은 쉬운 일이 아니었다.

“네가 숨겼지, 토미. 난 네가 그런 걸 알아!” 분노한 안주인이 소리치며 우유가 든 병으로 의심이 가는 손님을 위협했다.

“내가 그런 게 아니야!”

“네가 그랬잖아.”

“부정하는 건 예의에 어긋나.” 다툼이 벌어지는 동안 서둘러 젤리를 먹고 있던 낸이 말했다.

“어서 돌려줘, 데미.” 토미가 말했다.

“그건 거짓말이야. 네 주머니에 숨겼잖아.” 데미가 거짓 비난에 화가 나 소리쳤다.

“뺏어오자. 데이지를 울리는 건 너무 하잖아.” 네트는 자신의 첫 무도회가 생각보다 신난다고 여기며 제안했다.

데이지는 이미 울고 있었고 베스는 헌신적인 하녀처럼 주인의 눈물을 닦아주었다. 낸은 남자아이들 전체를 ‘지독한 것들’이라고 맹렬히 비난했다. 한편 신사들 사이의 다툼은 격렬해져서 무고한 두 사람이 하나의 적에 대항했고, 그래서 자극받은 소년이 테이블 뒤에 단단히 자리를 잡고 훔친 패티를 그들에게 던졌다. 패티는 총알처럼 단단해 아주 효과적인 미사일 역할을 했다. 그의 총알이 포위한 이들에게 날아갔고 마지막 남은 패티가 난간을 넘어가자 죄인은 체포되고 방에서 끌려 나와 창피하게 복도 바닥으로 내쳐졌다. 그런 다음 정복자들이 승리로 얼굴이 상기된 채 돌아왔다. 데미는 가여운 스미스 부인을 위로하고 네트와 낸은 떨어진 패티를 주워서 건포도를 제자리에 배치하고 음식을 다시 놓았다. 그러자 전과 진짜로 비슷해 보였다. 그러나 설탕이 다 없어져 아름다움이 사라졌고 아무도 모욕당한 패티를 먹을 생각을 하지 않았다.

"우리는 이만 가보는 것이 좋겠어." 조 이모의 목소리가 계단에서 들리자 갑자기 데미가 말했다.

"그러는 편이 나을 것 같아." 네트가 막 집어든 떨어진 과자를 얼른 내려놓으며 말했다.

그러나 조 부인은 그들이 도망치기 전에 들어왔고 어린 숙녀들이 털어놓는 적에 대한 이야기를 동정하며 들어주었다.

"그들이 네게 친절한 행동을 보이고 이 나쁜 행실에 대해 속죄하기 전까지 저 세 아이들에게 무도회를 열어줘서는 안 돼." 조 부인이 세 장본인을 향해 고개를 저었다.

"우리는 재미로 그랬어요." 데미가 입을 열었다.

"다른 사람을 불행하게 하는 재미는 싫구나. 너한테 실망했어, 데미. 난 네가 데이지를 놀리는 법을 결코 배우지 않길 바랐어. 너한테 얼마나 잘하는 동생이니?"

"남자들은 항상 여동생을 놀려요. 토미가 그렇다고 했어요." 데미가 웅얼거렸다.

"내 아이들이 그렇게 하도록 놔두지 않을 거야. 둘이서 같이 재미나게 놀지 않을 거면 난 데이지를 집으로 보내야겠다." 조 이모가 진지하게 말했다.

이 끔찍한 위협에 데미는 옆걸음질로 여동생에게 갔고, 데이지는 둘이 떨어지는 일은 쌍둥이에게 벌어지는 가장 불행한 일이라고 생각하기에 얼른 눈물을 닦았다.

"네트도 나빴고 토미가 제일 나빴어요." 두 죄인이 공평하게 벌을 받지 못할까 봐 두려워서 낸이 말했다.

"내가 잘못했어." 네트가 아주 많이 창피해하며 말했다.

"난 잘못하지 않았어!" 토미는 열쇠 구멍을 통해 최대한 이야기를 엿듣다가 소리쳤다.

조 부인은 웃고 싶은 마음이 굴뚝같았지만 화난 표정을 유지하고 문을 가리키며 엄하게 말했다.

"소년들, 너희는 가도 좋아. 하지만 내가 허락할 때까지 여자애들과 말을 하거나 놀아서는 안 돼. 그럴 자격이 없으니까 내가 금지하는 거야."

나쁘게 행동한 어린 신사들은 성급히 자리를 나섰고 밖에서 최소한 그들과 15분간 떨어져 있던 토미는 조롱과 야단을 맞았다. 데이지는 곧 실패한 무도회의 충격에서 벗어났지만 오빠와 떨어질지도 모른다는 선언에 애통해했고 여린 마음속으로 오빠의 단점을 슬퍼했다. 낸은 문제를 꽤 즐겼고 들창코로 콧방

귀를 끼며 세 사람을 비웃었다. 그리고 아무렇지 않은 척하며 '바보 같은 여자애들'로부터 떨어진 것이 만족스럽다고 크게 자랑하는 토미에게 날을 세웠다. 그러나 토미는 속으로 곧 자신의 성급한 행동으로 좋아하는 무리에서 떨어진 벌을 받은 일을 후회했고 떨어져 있는 시간마다 그는 '바보 같은 여자애들'의 가치를 배웠다.

다른 이들은 금방 항복하고 다시 친구가 되길 기대했는데, 지금은 그들이 귀여워해주고 자신들에게 요리를 해주는 친절한 데이지가 없기 때문이다. 그들을 즐겁게 해주고 치료해줄 낸도 없었다. 그리고 무엇보다 끔찍한 건 조 부인이 집 안에서의 생활을 편안하고 즐겁게 해주지 않았다. 세 소년이 엄청난 고통을 느끼도록 조 부인은 자신이 공격당한 소녀 중 한 사람이라고 생각하고 그들과 거의 이야기를 하지 않고 못 본 척 지나쳤다. 사실 항상 바빠서 그들의 요구를 들어줄 시간이 없었다. 이 갑작스럽고 완전한 소외감이 그들의 영혼에 우울한 그림자를 드리웠고 마더 베어가 그들을 버리니 마치 태양이 정오에 지는 것 같고 아무런 안식처도 남아 있지 않는 것 같았다.

부자연스러운 상황은 실제로 사흘간 이어졌다. 소년들은 더 이상 참을 수 없어서 태양이 완전히 사라지기 전에 베어 씨를 찾아가 도움과 조언을 청했다.

내 생각인데 그는 자신 앞에 이런 상황이 벌어졌을 때 어떻게 행동할지 부인에게서 지침을 받은 것 같다. 하지만 아무도 의심하지 않았고 그는 괴로워하는 소년들에게 조언을 해주었다. 아이들은 고맙게 따랐다.

다락방에 은둔하면서 소년들은 몇 시간 동안 이해하기 힘든 기계를 만들었는데, 풀이 너무 많이 들어 아시아가 불평했고 소녀들은 그들이 무엇을 만드는지 엄청 궁금했다. 낸은 문 앞에 코를 박고 서서 무슨 일이 벌어지는지 살피려 했고, 데이지는 어슬렁거리며 다 같이 재미있게 놀지 못하고 끔찍한 비밀이 생겼다며 목 놓아 울었다. 수요일 오후가 되자 바람과 날씨에 관한 많은 상담을 받은 뒤에 네트와 토미가 수북한 신문 아래 숨겨놓은 엄청나게 납작한 꾸러미를 가지고 길을 나섰다. 낸은 억눌린 호기심에 거의 죽을 지경이 되었고 데이지는 짜증이 나서 눈물을 글썽였으며 둘 다 데미가 손에 모자를 들고 베어 부인의 방으로 향하면서 평생 가장 예의 바른 목소리로 말을 꺼내자 궁금해서 몸이 떨렸다.

"부탁해요, 조 이모. 어린 숙녀분들과 함께 저희가 준비한 깜짝 파티에 오시지 않겠어요? 아주 근사한 파티예요."

"고맙구나. 우린 기꺼이 참석할게. 단, 테디도 데려가는 조건이야." 베어 부인이 미소를 지으며 대답하자 데미는 비온 뒤에 햇살이 난 것처럼 기분이 좋아졌다.

"당연히 그렇게 하세요. 숙녀분들을 위한 작은 마차가 이미 준비되어 있어요. 이모는 페니로열 언덕으로 와주시겠어요?"

"물론 그렇게 해야지. 그런데 내가 가지 않을 거라고는 생각하지 않니?"

"세상에, 그건 정말로 안 돼요! 우리는 꼭 이모가 와주길 바라고 있어요. 이모가 참석하지 않으면 파티를 다 망칠 거예요." 데미가 엄청 솔직하게 말했다.

"정말 친절하구나." 조 이모는 무엇보다 장난을 좋아하기에 그렇게 말했다.

"자, 이제 어린 숙녀분들을 기다리게 해서는 안 되겠어요. 모자를 쓰고 금방 출발하겠어요. 깜짝 파티가 무엇인지 알려주고 싶은 마음이 간절하거든요."

베어 부인이 모두에게 부산하게 말했고 5분 안에 세 숙녀와 테디가 토비가 끄는 마차의 별칭인 '옷 가방' 속으로 들어갔다. 데미는 행렬 선두에서 걸었고 조 부인은 키트의 호위를 받으며 뒤쪽에 섰다. 가장 인상적인 파티라고 난 확신한다. 토비는 머리에 붉은 깃털 먼지떨이를 썼고 마차 위로는 근사한 깃발 두 개가 펄럭였으며 키트는 목에 푸른 나비넥타이를 매고 거의 발광을 했고 데미는 옷깃에 꽃다발을 꽂았고 조 부인은 이 상황에 걸맞게 특이한 일본식 양산을 들었다.

소녀들은 가는 내내 신이 나서 안절부절못했다. 테디는 마차에 매혹되어 계속 마차 밖으로 모자를 떨어뜨렸고 모자가 떨어지자 밖으로 뛰쳐나가려고 했다. 그러면 파티에 즐거움을 더할 수 있을 거라고 생각했기 때문이다.

그들이 언덕에 도착했을 때 동화책에 나오듯 '아무것도 보이지 않고 잔디만 바람에 흔들렸'기에 소녀들은 실망했다. 그러나 데미가 아주 근사하게 말했다.

"자, 모두 마차에서 내려 자리에 서시면 깜짝 파티를 시작하겠습니다." 이 말과 함께 그는 바위 뒤로 퇴장했고 지난 30분 동안 그 너머로 드문드문 보이던 머리들에 합류했다.

강렬한 긴장감에 잠깐의 정적이 흐른 뒤 네트, 데미, 토미가 앞으로 나왔고 세 사람은 세 숙녀에게 건넬 새 연을 가져왔다. 기쁨의 탄성이 흘러나왔지만 소년들이 유쾌함이 넘치는 얼굴로 이렇게 말하자 사그라들었다. "이것이 깜짝 파티의 전부가 아닙니다." 그리고 다시 바위 뒤로 뛰어가더니 엄청나게 큰 연을 들고 나왔는데 그 위에는 밝은 노란색 물감으로 '마더 베어에게'라고 쓰여 있었다.

"저희는 어머니도 좋아하실 거라고 생각했어요. 왜냐하면 저희에게 화가 나서 여자 애들 편에 섰잖아요." 모두가 웃음을 터트리며 이렇게 소리쳤고 이 부분에서 조는 분명 놀랐다.

그녀는 손뼉을 치고 이 계획에 완전히 감동한 듯 웃으며 합류했다.

"와, 애들아 정말 근사하구나! 누가 이런 생각을 했니?" 그녀가 커다란 연을 소녀들만큼 기쁘게 받으며 물었다.

"소녀들을 위해 연을 만들 계획을 세울 때 프리츠 이모부가 조언해줬어요. 이모가 좋아할 거라고 하셔서 우리가 더 크게 만들었어요." 데미가 계획이 성공한 것을 뿌듯해하는 눈빛으로 대답했다.

"프리츠 이모부는 내가 무얼 좋아하는지 알고 있어. 그래, 정말로 근사한 연이구나. 우린 너희가 저번에 연을 날리는 것을 보고 우리도 연이 있으면 좋겠다고 생각했어. 안 그러니, 꼬마 숙녀들?"

"그래서 우리가 여러분을 위해 만든 거예요." 토미가 머리로 물구나무를 서면서 말했다. 그의 감정을 가장 적절하게 드러내는 방식이었다.

"그럼 같이 날려보자." 신이 난 낸이 말했다.

"난 어떻게 하는지 몰라." 데이지가 말했다.

"우리가 보여줄게. 그러고 싶어!" 남자애들이 앞다투어 뛰어들었고 데미가 데이지의 것을, 토미가 낸의 연을, 네트는 베스에게 작은 파란 연을 달라고 힘들게 설득했다.

"이모, 잠시만 기다려주시면 이모 것도 봐드릴게요." 데미가 다시는 베어 부인의 호의를 잃고 싶지 않다고 느끼며 말했다.

"괜찮아, 얘야. 난 연 날리는 법을 잘 안단다. 그리고 날 봐줄 신사가 여기 있구나." 조 부인은 신난 표정으로 바위 위로 얼굴을 살짝 내민 베어 교수를 쳐다보며 덧붙였다.

그는 곧바로 나왔고 커다란 연을 건네자 조 부인이 화사하게 뛰어갔고 아이들은 그 광경을 지켜보았다. 하나씩 모든 연들이 하늘로 올랐고 회색 새처럼 머리 위로 멀리 떠다니며 산들바람에 균형을 잡고 언덕 위에서 안정적으로 흔들렸다. 이 얼마나 즐거운 시간인가! 뛰고 소리 치고 연을 높이 올렸다가 당기고 자기들의 연이 공중에 떠 있는 것을 보면서 살아 있는 생명체가 도망치려고 하는 것처럼 끈을 잡아당겼다. 낸은 신이 나서 완전히 흥분했고 데이지는 이 새로운 놀이가 인형을 가지고 노는 것만큼 재미있다고 생각했다. 어린 베스는 '근사한 연'이 너무 좋아서 아주 잠시만 날리고 무릎에 올려놓고는 토미의 근사한 붓질로 그린 멋진 그림을 보려고 했다. 조 부인은 엄청나게 기뻐했고 연은 누구의 소유인지 아는 듯 처음에는 예상치 못하게 아래로 내려와 나무에 걸리고 강에 거의 빠질 뻔하다가 마침내 아주 높이 솟아올라서 구름 사이의 작은 반점처럼 보였다.

얼마 지나 모두 피곤해졌고 연줄을 나무나 울타리에 매어 놓은 뒤 휴식을 취하려고 자리에 앉았다. 베어 씨만 홀로 테디를 어깨 위에 올리고는 소를 살피러 갔다.

"전에 이렇게 신나게 놀아본 적이 있어요?" 그들이 잔디 위에 누워 한 무리 양처럼 박하잎을 씹고 있을 때 네트가 물었다.

"오래전 처녀일 때 마지막으로 연을 날려본 이후로는 처음이란다." 조 부인이 대답했다.

"부인이 소녀일 때의 모습을 알고 싶어요. 분명 아주 쾌활했을 테니까요." 네트가 말했다.

"네 환상을 깨서 미안하다만 난 못 말리는 말괄량이였어."

"전 말괄량이가 좋아요." 토미가 낸을 쳐다보며 말하자 낸은 그런 칭찬이 끔찍하다는 듯 인상을 썼다.

"왜 전 기억이 안 날까요, 이모? 제가 너무 어렸나요?" 데미가 물었다.

"아주 많이 어렸지."

"그땐 기억이 별로 없어요. 할아버지는 우리가 자라면서 마음속 다른 부분을 발달시킨다고 하셨고 제 마음속 기억 부분은 이모가 어릴 때 발달하지 못해서 전 이모의 모습을 기억할 수 없는 거예요." 데미가 설명했다.

"어린 소크라테스, 그 질문은 할아버지한테 하는 것이 좋겠구나. 난 대답을 해줄 수가 없어." 조가 진압에 나섰다.

"네, 그럴게요. 할아버지는 그쪽으로 잘 아시지만 이모는 그렇지 않으니까요." 데미는 지금은 연이나 날리는 편이 더 좋을 거라고 느끼며 대답했다.

"마지막으로 연을 날렸을 때 이야기를 해주세요." 네트는 조가 웃으면서 그 이야기를 했기에 분명 재미있는 일화가 있을 거라고 생각했다.

"아, 그냥 실없는 이야기야. 내가 열다섯일 때 아직도 그러고 노는 모습을 보이기 부끄러웠지. 그래서 테디 이모부와 난 몰래 우리의 연을 만들어 날렸어. 우리는 즐거운 시간을 보냈고 지금처럼 앉아서 쉬고 있는데 갑자기 목소리가 들려서 보니 한 무리의 젊은 남녀가 소풍에서 돌아오고 있었어. 테디는 상관하지 않았지만 그도 연을 가지고 놀기에는 꽤 나이가 있었고 나는 엄청 당황했어. 분명 비웃음을 살 걸 알았고 그런 소리를 듣고 싶지 않았는데 난 낸처럼 말괄량이로 이웃에 유명했거든."

"목소리들이 점점 더 가까이 왔을 때 '이제 어쩌지?'라고 내가 테디에게 물었어."

"'내가 보여줄게.' 테디가 이렇게 말하고는 칼로 연줄을 잘랐어. 연은 멀리 날아가버렸고 사람들이 다가올 무렵 우리는 아주 평범하게 꽃을 꺾고 있었지. 그들은 우리를 의심하지 않았고 우리는 겨우 위기를 넘긴 것이 기뻐서 크게 웃었어."

"연은 잃어버린 건가요, 이모?" 데이지가 물었다.

"그렇지. 하지만 난 상관 안 했어. 나이가 들어서 다시 연을 날릴 때까지 기다리는 편이 좋을 거라고 마음을 정했거든. 그리고 너희도 알다시피 난 이때까지 기다렸단다." 시간이 많이 흘러서 조는 서둘러 연을 감기 시작했다.

"이제 가야 하나요?"

"지금 가야 해. 안 그러면 식사시간에 늦는단다. 그리고 이런 식의 깜짝 파티는 너희에게 어울리지 않는 것 같구나."

"우리 파티가 별로였나요?" 만족해하던 토미가 물었다.

"굉장했지!" 모두가 대답했다.

"그 이유가 뭔지 아니? 너희 손님들이 예의 바르게 행동했고 모든 것이 잘 진행될 수 있게 노력했기 때문이야. 내 말이 무슨 뜻인지 이해하겠니?"

"네." 모든 소년이 대답했지만 그들은 서로 부끄러운 표정을 지었다. 고분고분하게 연을 어깨에 걸치고 집으로 돌아오면서 소년들은 손님들이 예의 바르게 행동하지 않고 상황이 안 좋게 흘러갔던 또 다른 파티를 생각했다.

10. 다시 집으로

7월이 찾아왔고 건초 만드는 작업이 시작되었다. 작은 텃밭은 잘 돌아갔고 긴 여름날이 즐거운 시간을 잔뜩 늘려주었다. 저택은 아침부터 밤까지 열려 있었고 아이들은 수업시간을 제외하면 다들 밖으로 나와 놀았다. 수업은 짧았고 휴일이 많았다. 베어 부부는 운동으로 건강한 육체를 키우는 일이 중요하다고 믿었고 그래서 짧은 여름 동안 야외 활동을 최대한 많이 했다. 남자애들은 얼굴에 혈색이 돌고 햇볕에 그을리고 원기왕성해졌다. 식욕이 늘어나고 팔다리가 튼튼해져 재킷과 바지가 작아졌다. 그들은 실컷 웃고 사방으로 뛰어다니고 집 안과 헛간에서 장난을 쳤다. 언덕과 계곡을 신나게 뛰어다니며 모험을 즐겼고 학생들의 몸과 마음이 무럭무럭 자라는 것을 보며 훌륭한 베어 부부의 마음속에 얼마나 큰 만족감을 주었는지 이루다 설명할 수가 없다. 그들을 아주 행복하게 만든 사건도 한 가지 있었는데 전혀 예상하지 못한 순간에 찾아왔다.

어느 훈훈한 여름밤 어린 소년들이 침대에 누웠다. 나이가 있는 남학생들은 개울에서 멱을 감았으며 베어 부인은 응접실에서 테디의 옷을 벗기는데 테디가 갑자기 큰 소리로 "아, 우리 대니가 왔어!"라고 소리치고는 달빛이 환하게 비치는 창문을 가리켰다.

"아니, 꼬맹아. 대니는 여기 없어. 저건 아름다운 달이란다." 아기 엄마가 다정하게 말했다.

"아니, 아니야. 대니가 창가에 있어. 테디가 봤단 말이야." 아기는 아주 흥분해서 떼를 썼다.

"그럴지도 모르겠구나." 베어 부인은 그 말이 사실이길 바라며 서둘러 창가로 향했다. 그러나 소년의 모습은 어디에도 보이지 않았다. 조는 문으로 달려가면서 댄의 이름을 불렀고, 셔츠 차림의 테디도 함께 데려가 아이에게도 외치라고 시켰다. 자신의 목소리보다 아기의 목소리가 더 효과가 클 거라고 생각해서였다. 아무 대답이 없었고 아무도 나타나지 않아서 그들은 엄청 실망한 상태로 돌아왔다. 테디는 달을 본 것으로는 만족하지 못했고 요람에 자러 가서도 계속 고개를 들며 댄이 '오는지' 물었다.

얼마 못 가 아기는 잠들었고 소년들도 침대로 들어가 집이

고요해지고 귀뚜라미 울음소리만 잔잔한 여름밤을 수놓았다. 베어 부인은 자리에 앉아 커다란 바구니에 늘 가득 든 해진 양말을 기우면서 떠난 아이에 대해 생각했다. 그리고 테디가 잘못 보았다고 생각하기로 마음먹고 베어 씨에게는 아이의 착각에 대해 말하지 않았다. 가여운 신사는 소년들이 잠자리에 들기 전까지 자신만의 시간이 없었고 밀린 편지를 쓰느라 바빴다. 10시가 좀 지나서 그녀는 문단속을 하려고 자리에서 일어났다. 잠시 계단에서 아름다운 밤 풍경을 감상하는데 잔디 위에 흩어져 있는 작은 원뿔형 건초더미 하나 위의 허연 무언가가 그녀의 눈길을 사로잡았다. 아이들이 오후 내내 거기서 놀았고 언제나처럼 낸이 거기에 모자를 남겨두어 베어 부인은 모자를 가지러 갔다. 그런데 가까이 가보니 그건 모자도 손수건도 아닌 흰색 셔츠 소매로 튀어나온 갈색 손이었다. 그녀는 얼른 건초더미 주변을 돌았고 거기서 잠들어 있는 댄을 보았다.

누더기에 꾀죄죄하고 마르고 기진맥진한 모습이었다. 한 발은 맨발이고 다른 발은 다친 곳을 대충 붕대로 쓰려고 낡은 깅엄 재킷 천을 둘둘 감아두었다. 이 건초더미 뒤에 숨어 있었던 듯한데 잠이 들어 팔을 뻗는 바람에 정체가 드러났다. 무슨 안 좋은 꿈을 꾸는지 한숨을 쉬며 잠꼬대를 하다가 몸을 움직이며 고통스럽게 탄식했지만 많이 허약해져서인지 여전히 잠에서 깨지 못했다.

"너를 여기서 자게 둘 순 없지." 베어 부인이 이렇게 말하고는 조용히 댄의 이름을 부르며 아이를 들어 올렸다. 그러자 댄은 무슨 꿈을 꾸는 것처럼 눈을 뜨고 그녀를 쳐다보더니 미소를 짓고 몽롱하게 말했다. "어머니, 제가 집에 왔어요."

그 표정과 말이 그녀의 가슴에 깊이 와닿았다. 조는 그의 머리 아래로 손을 넣어 그를 들어 올린 뒤에 진심으로 말했다.

"난 네가 올 줄 알았어. 그리고 이렇게 널 보니 너무 기쁘구나, 댄." 그러자 댄은 완전히 잠에서 깨어 갑자기 자신이 어디 있는지 그리고 이런 환대가 의심쩍다는 듯 놀라며 몸을 일으켜 주변을 둘러보았다. 그리고 표정이 바뀌더니 예전처럼 퉁명스럽게 말했다.

"전 아침에 떠날 거예요. 지나는 길에 잠시 살피러 들른 것뿐이에요."

"그렇다면 왜 들어오지 않았니, 댄? 우리가 부르는 소리를 못 들었어? 테디가 널 보고 네 이름을 불렀는데."

"절 들여보내지 않았을 거잖아요." 마치 금방 떠나려는 듯 댄이 작은 꾸러미를 만지작거렸다.

"어디 확인해보자꾸나." 베어 부인은 그렇게만 대답한 뒤 불빛이 환하게 빛나는 문을 가리켰다.

마음속 짐을 내려놓은 것처럼 길게 숨을 내쉬더니 댄이 뭉툭한 작대기를 집고 집을 향해 절뚝거리며 걸었고 갑자기 멈추더니 궁금하다는 듯 물었다.

"베어 씨가 좋아하지 않을 거예요. 전 페이지 씨한테서 도망쳤으니까요."

"남편도 알고 있고 그 일은 유감이지만 그렇다고 달라지는 것은 없어. 왜 다리를 절고 있니?"

그가 다시 절뚝거리자 조가 물었다.

"담을 넘다가 발 위로 돌이 떨어져 으스러졌어요. 상관없어요." 그는 매번 자기 행동의 대가인 고통을 감추려고 최선을 다했다.

베어 부인은 댄을 자기 방으로 데려갔고, 그는 의자에 털썩 주저앉아 등을 기대고 약해진 몸과 고통으로 창백해졌다.

"가여운 댄! 이것부터 마신 다음에 요기를 좀 하렴. 넌 이제 집에 왔고 내가 잘 돌봐줄게."

그는 고마움이 가득 담긴 눈길로 그녀를 쳐다보고 조가 입가에 대준 와인을 마신 다음 가져다준 음식을 조금씩 먹었다. 입안 가득 채운 음식이 곧장 가슴으로 가는 듯 그는 모든 걸 다 알려주고 싶어서 안달이 난 사람처럼 말을 하기 시작했다.

"여태껏 어디 있었니, 댄?" 붕대를 꺼내며 조가 물었다.

"전 한 달도 훨씬 더 전에 도망쳤어요. 페이지 씨는 괜찮았지만 너무 엄격했어요. 전 그 점이 마음에 안 들어 보트를 타고 있던 남자와 함께 강을 건넜어요. 그래서 페이지 씨는 제가 어디로 갔는지 몰랐던 거예요. 그 남자와 헤어지고 몇 주 동안 농장에서 일했는데 농부의 아이를 때렸더니 농부가 절 때려서 다시 도망쳐서 여기까지 걸어왔어요."

"그 먼 길을?"

"네. 농부가 돈을 주지 않았고 저도 요구할 수 없었어요. 아이를 때렸으니까요." 댄은 웃었지만 부끄러워하는 얼굴이었다. 그는 자신의 닳고 더러운 손을 슬쩍 살폈다.

"어떻게 버텼니? 너처럼 어린아이한테는 아주아주 먼 길이었을 텐데."

"아, 아주 잘 지냈어요. 그러다 다리를 다쳤죠. 사람들이 먹을 것을 주고 전 낮에는 걷고 밤에는 헛간에서 잤어요. 지름길을 찾아서 여기에 더 빨리 오려다 길을 잃었어요."

"그런데 네가 집으로 들어와 우리와 같이 있을 생각이 아니었다면 어쩔 생각이었어?"

"테디가 보고 싶었어요. 부인도요. 그리고 전 예전에 살던 도시로 돌아가려고 했어요. 다만 너무 지쳐서 건초 위에서 잠이 들었죠. 절 찾아내지 않으셨다면 아침에 떠났을 거예요."

"내가 널 찾은 게 애석한 거니?" 조 부인이 댄의 다친 다리를 살피려고 몸을 굽히면서 반은 명랑하게 반은 나무라는 듯한 표정으로 그를 쳐다보았다.

그 소리에 댄의 얼굴이 붉게 달아올랐고 그는 자기 접시에 시선을 고정한 채 아주 낮은 목소리로 말했다. "아니에요. 전 기뻐요. 이곳에 있고 싶지만 제가 두려운 건……."

베어 부인이 심하게 다친 발을 보고 안타까움에 탄성을 지르느라 그는 말을 끝맺지 못했다.

"언제 다친 거니?"

"사흘 전에요."

"그리고 이런 상태로 걸어왔다고?"

"지팡이가 있고 개울이 나올 때마다 발을 씻었어요. 그리고 어떤 부인이 저에게 발에 두를 천을 주었어요."

"베어 씨가 보고 곧바로 처치를 해야 해." 조는 서둘러 옆방으로 가느라 문을 열어두어 댄은 그 모든 소리를 다 들었다.

"프리츠, 그 애가 돌아왔어요."

"누구? 댄 말이에요?"

"네. 테디가 창가에서 그 애를 보고 불렀지만 도망쳐서 건초더미 뒤에 숨어 있었어요. 제가 거기서 피로와 고통으로 반쯤 기절해 잠든 그 애를 막 찾았어요. 한 달 전에 페이지 씨한테서 도망쳤고 그때부터 쭉 우리에게로 걸어왔어요. 우리가 자신을 안 받아줘도 상관없고 우리를 본 뒤에 도시로 가서 예전처럼 살 거라고 거짓말을 했어요. 그러나 분명한 건 다시 우리에게 돌아올 거라는 희망으로 모든 곤경을 버티고 여기까지 왔고, 그 애가 지금 당신이 용서해주고 다시 받아줄지 알고 싶어

하며 기다리고 있어요."

"그 애가 그렇게 말했어요?"

"그의 눈동자가 말했고 내가 그 애를 깨웠을 때, '어머니, 제가 집에 돌아왔어요.'라고 말했어요. 전 그 애를 야단칠 마음이 없고 가여운 어린 검은 양이 무리로 돌아온 것처럼 집 안으로 데려왔어요. 그 애를 데리고 있어도 되죠, 프리츠?"

"당연히 되지! 이건 우리가 그 아이의 마음을 사로잡았다는 증거예요. 더 이상 그 애를 다른 곳에 보낼 생각이 없어요. 우리 로브를 보내면 모를까."

댄은 조 부인이 남편에게 아무 말 없이 감사를 표하는 듯한 부드러운 소리를 들었다. 곧바로 침묵이 이어지고는 커다란 눈물이 천천히 소년의 눈으로 차올라 먼지가 묻은 뺨으로 흘러내렸다. 그는 재빨리 눈물을 닦아서 아무도 보지 못했지만 바로 그 순간 이 착한 사람들에 대한 댄의 오래된 불신은 완전히 사라졌다고 난 생각한다. 그의 마음속 여린 부분이 감동을 받았고 그는 자신이 크나큰 인내와 용서를 담은 사랑과 연민을 받을 자격이 충분하다는 점을 입증하고 싶다는 강렬한 욕망이 생겼다. 그는 아무 말도 하지 않았고 그저 그 소망을 거친 남자애의 모습 속에서 고통도 피로도 외로움도 짜낼 수 없는 눈물로 얼른 감추었다.

"와서 그 애의 발을 봐주세요. 아주 심하게 다쳤고 사흘이나 열기와 먼지에 노출되었지만 물로만 씻고 낡은 재킷으로 대충 묶어두었어요. 장담하는데 프리츠, 저 아이는 용기가 있어요. 그리고 훌륭한 남성이 될 거예요."

"나도 그 애를 위해서 그렇게 되길 바라요, 열정적인 당신. 당신의 신념은 성공할 가치가 있어요. 자, 이제 가서 어린 스파르타인을 봐야겠어요. 그 애는 어디 있죠?"

"제 방에 있어요. 그런데 여보, 그 애가 아무리 퉁명스럽게 굴어도 잘 대해줘야 해요. 그게 그 애를 다루는 방법이라 확신해요. 그 애는 엄격함과 제약을 못 견디지만 부드러운 말과 무한한 인내심이 내게 그랬듯 그 애를 이끌어줄 거예요."

"당신은 아주 어릴 적부터 이 말썽꾸러기를 알던 사람 같군!" 베어 씨가 웃음을 터트렸지만 반쯤은 화가 났다.

"나도 마음은 있었지만 그걸 다른 방식으로 보였어요. 그래서 본능적으로 그 아이가 어떻게 느끼는지 알겠고 어떻게 해야 아이의 마음을 얻고 감동시킬 수 있는지도 이해가 가요. 그 기질과 단점에 동정을 느껴요. 그 아이를 도와주는 것이 날 돕는 일이라 기쁘고 이 거친 아이를 훌륭한 남성으로 키운다면 내 평생 최고의 업적이 될 거예요."

"하느님은 모든 일을 돕고 그 일을 행하는 자를 도우시지!"

베어 씨는 부인의 말이 끝나자 진지하게 말했고 둘은 함께 방으로 들어가 댄이 잠든 것처럼 팔에 머리를 기대고 엎드린 모습을 보았다. 아이가 고개를 들고 자리에서 일어나려고 하는데 베어 씨가 친절하게 말했다.

"그래 넌 페이지 씨의 농장보다 플럼필드가 더 좋았구나. 그렇다면 이번에는 전보다 더 편하게 지낼 수 있는지 알아보자."

"고맙습니다." 댄은 퉁명스럽게 말하지 않으려고 노력했고 예상한 것보다 어렵지 않은 것을 알았다.

"자, 이제 발을 보자! 저런! 상태가 안 좋은걸. 내일 퍼스 박사를 불러야겠어. 조, 따뜻한 물과 낡은 린넨을 좀 갖다 줘요."

베어 씨는 상처 난 발을 씻기고 붕대로 감쌌고 조 부인은 집의 유일한 빈 침대에 잠자리를 마련했다. 응접실에서 이어지는 작은 손님방으로, 아이들이 말썽을 부리면 조 부인은 이리저리 뛰어다니지 않고 그 방에서 무슨 일이 벌어지는지 살피는 용도로 썼다. 방이 준비되자 베어 씨는 아이를 품에 안고 데려가서 옷을 벗도록 도와주고 그를 작은 흰 침대에 눕히고 악수를 하며 아버지처럼 "잘 자렴, 우리 아들." 하고 말한 뒤 자리를 떴다.

댄은 곧바로 곯아떨어졌고 몇 시간을 깊이 잤다. 그리고 발이 욱신거리자 불편하게 몸을 뒤척이며 잠에서 깨어 누가 들을까 봐 신음을 내지 않으려고 애썼다. 그는 용감한 소년이고 베어 씨가 그를 부르는 별명처럼 '어린 스파르타인'같이 고통을 참았다.

조는 밤에 쏜살같이 집을 날아다니며 바람이 차가워지면 문을 닫고 테디에게 모기장을 쳐주거나 간간이 자면서 돌아다니는 토미를 돌보았다. 작은 소리에도 그녀는 잠을 깨고 종종 가상의 도둑, 고양이, 큰불 소리를 듣기도 해 문을 대부분 열어두었고 그렇게 예민한 귀 덕분에 댄이 낮게 신음하는 소리도 잡아내 곧바로 잠에서 깼다. 그가 뜨거워진 베개를 절망적으로 두드리는데 복도에서 빛 한줄기가 새어 나오더니 조 부인이 우스꽝스러운 유령처럼 머리를 매듭처럼 올려 묶고 긴 회색 잠옷 자락을 끌면서 슬그머니 들어왔다.

"많이 아프니, 댄?"

"꽤 안 좋아요. 하지만 부인을 깨우려던 건 아니었어요."

"난 올빼미처럼 야행성이라 항상 밤에 날아다닌단다. 그래, 네 발은 불이 붙은 것처럼 뜨거울 테고 붕대는 분명 다시 적셔야겠지." 그리고 어머니 올빼미는 발을 식혀줄 것을 찾아 날아갔고 얼음물도 한가득 떠서 돌아왔다.

"아, 한결 나아요!" 다시 젖은 붕대를 감싸자 댄이 안도의 한숨을 쉬었고 시원한 물이 갈증 난 목을 축여주었다.

"자, 이제 어떻게든 잠을 자도록 해보고, 날 다시 보는 걸 두려워하지 마. 난 드문드문 네 붕대를 적셔주러 올 거야."

그 말을 하면서 조 부인이 베개를 돌리고 침대보를 정리하는데 갑자기 놀랍게도 댄이 그녀의 목에 팔을 두르고 그녀의 얼굴을 자기 쪽으로 끌어당기고 입을 맞추었다. 댄은 "고맙습니다, 부인." 하고 어설프게 말했지만 그 말은 어떤 웅변보다 더 큰 파장을 가져왔다. 성급한 입맞춤과 웅얼거리는 말을 그녀는 "죄송해요, 노력할게요"라는 의미로 받아들였고, 그 고백은 어떤 놀라움의 징표로도 깨트릴 수 없었다. 그녀는 댄에게 어머니가 없다는 점을 기억해내고 베개에 반쯤 파묻힌 갈색 뺨에 입을 맞추고 부드러운 접촉에 부끄러워하는 그가 오래도록 기억할 말을 남기고 자리를 떴다. "넌 이제 내 아들이야. 원한다면 날 자랑스럽게 만들 수 있고 난 기꺼이 그렇게 하라고 할 거야."

동이 틀 무렵 다시금 그녀는 잠에 빠져 있는 댄을 보러 왔다. 붕대를 다시 적셔줄 동안 아이는 깨지 않았다. 그저 고통이 줄어드는 듯 웅얼거리고 꽤 고요한 얼굴이 되었다.

그날은 일요일이라서 집이 아주 조용해 댄은 정오가 다 되어서야 일어났다. 댄이 눈을 뜨고, 주변을 둘러보니 문 안을 들여다보고 있는 안달이 난 작은 얼굴이 보였다. 그는 팔을 활짝 벌렸고 테디가 방을 가로질러 걸어와 침대 위로 몸을 던지며 "우리 대니가 왔어!"라고 소리치며 기뻐서 그를 껴안고 꼼지락거렸다. 그 뒤로 베어 부인이 아침 식사를 들고 나타났고 어젯밤 그 잠깐의 순간이 기억난 댄이 부끄러운 표정을 지었지만 못 본 듯했다. 테디는 계속 그에게 자신이 '아침'을 먹여주겠다고 졸라대고 아기처럼 그를 먹였는데 댄은 그렇게 배가 고프지 않아서 그 과정을 즐겼다.

그리고 의사가 왔고 가여운 스파르타인은 힘든 시간을 보냈다. 그의 발의 작은 뼈들이 골절되어 제자리로 돌려놓는 작업은 엄청나게 고통스러워서 댄의 입술이 허옇게 변했고 이마에 크게 땀방울이 맺혔다. 하지만 그는 비명을 지르지 않았고 조의 손만 아주 꽉 잡아서 그 이후로도 오랫동안 조의 손은 벌건 채로 남았다.

"적어도 일주일은 이 아이를 조용히 쉬게 하고 발이 절대 땅에 닿으면 안 됩니다. 그때쯤 제가 목발을 써서 디딜 수 있는지 더 오래 침대에 누워 있어야 할지 알 수 있을 것 같군요." 퍼스 박사가 댄이 보기 싫어하는 반짝이는 도구들을 챙기며 말했다.

"시간이 지나면 괜찮아지는 거죠?" 그가 '목발'이라는 말에 놀라서 물었다.

"그러길 바란단다." 의사는 이 말을 남기고 떠났고 댄은 엄청나게 절망했다. 한쪽 발을 잃는다는 건 활동량이 많은 소년에게는 끔찍한 재난과도 같았기 때문이다.

"너무 걱정하지 마. 난 유명한 간호사고 우리는 한 달 안에 널 다시 걷게 만들 거야." 조 부인이 낙관적인 전망으로 말했다.

그러나 절름발이가 될 두려움이 댄을 덮쳐 테디의 애정 표시조차 그의 기운을 북돋우지 못했다. 그래서 조 부인은 남자아이 한두 명과 놀게 해주려고 생각하고 댄에게 누구를 보고 싶은지 물었다.

"네트와 데미요. 제 모자도 필요해요. 그 안에 든 걸 그 애들이 보고 싶어 할 거예요. 부인이 제 전리품과 함께 버리셨죠?" 댄이 꽤 불안하게 물었다.

"아니, 가지고 있어. 네가 그렇게 신경을 쓰는 걸 보니 그 안에 어떤 보물이 담겨 있을 거라고 생각했거든." 조 부인이 나비와 딱정벌레가 가득 붙어 있는 그의 낡은 밀짚모자와 그가 오는 길에 주운 특이한 것들이 담겨 있는 손수건을 가져왔다. 이끼로 조심스럽게 싼 새알, 신기한 조개껍데기와 돌, 버섯 조금, 갇혀 있는 것에 크게 화가 난 상태인 여러 마리의 작은 게까지.

"이것들을 담아둘 곳이 있을까요? 하이드 씨와 제가 찾았고 정말 괜찮은 게들이라 제가 키우면서 관찰하고 싶어요. 그래도 될까요?" 댄은 자기 발이 아픈 것도 잊고 게들이 침대 위로 미끄러지고 뒷걸음질 치는 것을 보고 웃으며 물었다.

"당연히 키울 수 있지. 폴리의 낡은 철장이 딱 적당할 거야. 내가 가지러 갈 동안 게들이 테디의 발을 물지 않도록 주의하렴." 그리고 조는 자리를 나섰다. 남은 댄은 자신의 보물이 쓰레기 취급을 받고 버려지지 않은 데 무척 기뻤다.

네트와 데미, 철장이 함께 도착했고 게는 그들의 새 집에 정착했다. 그 모습을 보는 소년들은 신나고 기뻐서 도망친 소년을 맞이하는 어색함은 잊어버렸다. 열정적으로 이야기를 들어주는 이들에게 댄은 자신의 경험담을 베어 부부에게 한 것보다 더 자세히 말해주었다. 그리고 자신의 '전리품'을 전시하고 각각을 아주 잘 설명해 아이들이 자유롭게 놀도록 옆방으로 가 있던 조 부인은 놀라며 흥미를 느꼈고 동시에 남자아이들의 수다가 즐거웠다.

"저 애는 이런 걸 어떻게 잘 알까! 얼마나 저기에 몰두하고 있는지! 저 애는 책 읽는 걸 별로 안 좋아하니 누워 있는 동안은 즐겁기 어려울 텐데 지금 이 순간은 얼마나 큰 자비로움인지. 소년들이 딱정벌레와 돌을 더 가져다주게 하고, 나도 그 애의 취향에 맞게 기꺼이 찾아줘야지. 그건 좋은 일이고 어쩌면 이 아이의 미래와도 관련이 있을지 몰라. 댄이 훌륭한 동식물 연구가가 되고, 네트가 음악가가 되면 난 올해의 업적에 분명 자랑스러울 거야." 조 부인은 책 너머로 미소를 지으며 이런 공상에 빠졌다. 어릴 적에 자신을 위해 그렇게 했지만 지금은 다른 아이들로 대상이 바뀌었고 어쩌면 그런 공상 중 일부가 진짜 현실이 되어 무엇이든 상상하는 것이 모든 일의 토대라는 비법을 알려줄지도 모른다.

네트는 모험 이야기에 가장 흥미를 보였고 데미는 수집한 딱정벌레와 나비들을 보며 즐거워하면서 새롭고 사랑스러운 형태의 동화인 것처럼 그 불안정한 작은 생명체의 역사를 받아들였다. 비록 담담했지만 댄이 이야기를 아주 잘해서 어린 철학자가 적어도 그로부터 배울 것이 있다는 생각에 아주 큰 만족을 얻었다. 사향쥐를 잡고 그 가죽을 보물로 챙겨온 이야기에 아주 매료된 바람에 베어 씨가 직접 찾아와서 네트와 데미에게 산책 갈 시간이라고 알렸다. 아버지 베어는 댄이 기분전환을 할 수 있게 응접실의 소파로 자리를 옮겨주고 아이들과 함께 나가자 댄은 아주 애석한 표정을 지었다.

댄이 편하게 자리를 잡고 집 안이 조용해지자 근처에서 테디에게 그림을 보여주고 있던 조가 흥미 어린 목소리로 댄이 여전히 손에 들고 있는 보물을 향해 고갯짓하며 말했다.

“그런 건 다 어디서 배웠니?”

“항상 자연에 관심이 많았지만 하이드 씨가 저한테 알려주기 전까지는 별로 알지 못했어요. 아, 그는 숲에 살면서 이런 것들을 연구하는 사람인데요. 개구리, 물고기 등에 대해 기록하는 그런 사람을 뭐라고 부르는지 모르겠어요. 그가 페이지 씨 댁에 머물렀고 저에게 같이 가서 도와달라고 했어요. 엄청나게 많은 걸 말해주고 보기 드물게 즐겁고 지혜로운 이야기라 전 아주 재미있었어요. 언젠가 다시 그를 볼 수 있길 바라요.”

“나도 네가 그러길 바란단다.” 댄의 얼굴이 환해졌다. 주제에 아주 집중한 나머지 평소처럼 과묵하지 않은 것을 보고 조가 대답했다.

“있잖아요, 새들이 그에게 다가오고 토끼와 다람쥐도 마치 그가 나무인 것처럼 겁을 먹지 않아요. 지푸라기로 도마뱀을 간질여본 적이 있으세요?" 댄이 열성적으로 물었다.

"아니, 하지만 나도 해보고 싶구나."

"전 해봤어요. 도마뱀이 좋아하면서 몸을 뒤집고 쭉 펴는 모습이 아주 웃겼어요. 하이드 씨는 자주 그랬어요. 그리고 뱀에게 휘파람을 불어 대화를 하고 언제 어떤 꽃이 피는지도 알고 꿀벌들은 그를 쏘지 않고 물고기와 날아다니는 곤충들, 인디언들과 바위에 대해서도 근사한 사실을 알려주었어요."

"넌 하이드 씨와 어울리는 일이 너무 좋아서 페이지 씨의 말은 듣지 않았구나." 조 부인이 다 알고 있다는 듯 말했다.

"네, 그랬어요. 하이드 씨와 숲속을 돌아다닐 시간에 잡초를 뽑고 괭이질을 하는 것이 너무 싫었어요. 페이지 씨는 숲속을 누비는 게 어리석은 짓이라고 생각했고 하이드 씨가 몇 시간이고 누어서 송어나 새를 살피는 걸 보고 미치광이라고 불렀어요."

"누어서가 아니라 누워서라고 해야 맞춤법이 맞는단다." 조 부인이 아주 친절하게 알려준 다음 이렇게 덧붙였다. "그래, 페이지 씨는 뼛속까지 농부라 동식물 연구가의 일이 아주 흥미롭고 자신의 일만큼 중요할 수 있다는 사실을 이해하지 못한 것 같아. 자, 댄, 네가 자연이 그렇게 좋다면 너도 동식물 연구를 해보렴. 난 아주 기쁘게 지켜볼 거고 거기에 관해 공부하고 책을 보면 도움이 될 거란다. 하지만 그것 말고도 다른 일도 충실히 해주었으면 해. 안 그러면 머지않아 후회하게 될 거고 처음부터 다시 시작해야 한다는 사실을 알게 될 거란다."

"네, 말씀하는 대로 할게요." 댄은 멋쩍게 대답한 다음 조가 마지막에 진지한 목소리로 말해서 살짝 겁을 먹었다. 그는 책 읽는 것이 싫었지만 결국 그녀가 제안하는 거라면 무엇이든 하겠다고 마음먹었다.

"열두 개의 서랍이 있는 캐비닛이 보이지?" 갑자기 전혀 예상치 못한 질문이 나왔다.

댄은 피아노 양옆에 있는 낡은 두 개의 큰 서랍장을 보았다. 저것이 무엇인지 잘 알고 여러 서랍에서 넉넉한 줄, 못, 갈색 종이와 다른 유용한 물건들이 나오는 것을 종종 보았다. 그는 고개를 끄덕이고 미소를 지었다. 조 부인이 계속 말했다.

"저 서랍이 네 새알과 돌, 조개껍데기와 이끼를 넣어두기 좋은 곳 같지 않니?"

"와, 근사해요. 하지만 제 물건이 페이지 씨가 자주 하는 말대로 '어수선하게 돌아다니는 것'이 싫지 않으세요?" 댄이 반짝이는 눈동자로 낡은 가구를 살피려고 몸을 일으켜 세웠다.

"난 이런 종류를 아주 좋아해. 그리고 내가 좋아하지 않았더라도 너한테 서랍을 내어줬을 거야. 아이들이 가진 작은 보물을 난 존중하고 그것을 제대로 보관해야 한다고 생각하거든. 이제 너와 협의가 되었으니 네가 제대로 관리를 해주길 바라. 저기 넉넉한 서랍 열두 개가 있고 각각이 한 해의 달을 의미해.

네가 해야 하는 일을 제대로 한다면 넌 빠른 시일 내에 저 서랍들을 다 얻을 수 있을 거야. 난 어린 친구들에게는 특별한 보상을 줘야 한다고 생각해. 그들이 우리를 돕고 물론 보상 때문에 시작한 것일지도 모르지만 제대로 활용한다면 그 일 자체를 좋아하는 법을 배울 수 있어."

"부인에게도 보상이 있나요?" 댄이 처음 듣는 이야기처럼 쳐다보았다.

"그래, 당연하지! 그게 아니라면 난 아직 제대로 배우지 못했을 거야. 내 보상은 서랍이나 선물이나 휴일이 아니라 네가 다른 아이들에게 하는 행동이야. 제대로 행동하고 내 아이들이 성공하는 것이 내가 제일 좋아하는 보상이지. 네가 캐비닛을 얻기 위해 노력하듯 나도 그렇게 노력할 거야. 네가 싫어하는 일을 하고 그 일을 잘 해내면 넌 두 개의 보상을 얻을 수 있어. 하나는 네가 보고 잡을 수 있는 것이고 다른 하나는 즐겁게 행한 일에서 얻은 보이지 않는 만족감이란다. 내 말이 무슨 뜻인지 알겠니?"

"네, 부인."

"우리 모두에게 이런 작은 도움이 필요해. 그러니 너도 공부를 하고 일을 하고 다른 아이들과 재미있게 놀고 네 휴일을 잘 활용하렴. 내가 너에 대해 칭찬하는 보고서를 쓰게 되거나 내 빠른 눈길로 착한 일을 하는 것을 보거나 알게 되면 넌 네 보물을 넣을 서랍 칸을 얻게 될 거야. 봐, 일부는 벌써 네 부분으로 나뉘었잖니. 난 다른 것들도 그렇게 해서 매주 공간을 만들 거야. 서랍이 신기하고 아름다운 것들로 가득 차면 나도 너처럼 아주 뿌듯할 거란다. 아니, 내가 더 뿌듯할 거야. 조약돌, 이끼, 신기한 나비들을 통해 좋은 해결책이 나오고 결점을 고치고 약속은 잘 지켜지겠지. 그렇게 해볼래, 댄?"

소년은 많은 말이 담긴 표정으로 조의 바람과 말을 이해하고 느꼈다는 것을 알려주었다. 물론 그는 어떻게 자신의 흥미와 이런 배려와 호의에 감사해야 하는지 알지 못했지만 말이다. 조는 그 표정을 이해했고 감명을 받아 이마까지 벌겋게 달아오른 얼굴을 보면서 그가 잘 해내길 바라며 새 계획에 대해서는 더 이상 말하지 않았다. 그리고 윗 서랍을 열어 먼지를 털고 소파 앞에 의자 두 개를 놓고는 쾌활하게 말했다.

"자, 이 근사한 딱정벌레들을 지금 당장 안전한 장소에 넣어 두자. 이 칸은 많은 양을 담을 수 있어. 나비와 곤충들은 주변에 고정할게. 여기 두면 아주 안전하고 무거운 것들은 아래쪽에 놔두자. 내가 탈지면과 깨끗한 종이와 핀을 줄 테니 네가 일주일 치 작업 준비를 하렴."

"하지만 전 밖에 나가 새로운 것들을 찾을 수 없잖아요." 댄이 자기 발을 애처롭게 살피며 말했다.

"그건 그렇지. 마음 쓰지 말아. 네가 부탁하면 아이들이 엄청나게 가져다줄 거라 난 확신해."

"아이들은 제대로 된 걸 구별할 줄 몰라요. 게다가 제가 누어서, 아니 누워서 온종일 여기 있어야 하니 일을 하고 공부를 하고 서랍을 상으로 받을 수가 없어요."

"네가 거기 누워서 배울 수 있는 것들이 엄청나게 많고 네가 날 위해 해줄 수 있는 자잘한 일도 여러 개 있단다."

"그래요?" 댄이 놀라고 또한 기쁜 표정으로 물었다.

"넌 통증과 나가 놀지 못하는 상황을 인내하고 기운 내는 법을 배울 수 있어. 나 대신 테디와 놀아주고 내가 바느질할 때 책을 읽어주고 네 다리를 아프게 하지 않고 할 수 있는 일들이 많고 그러면 시간이 빨리 지나갈 거고 허무하게 보내는 일도 없을 거야."

이때 데미가 한 손에 커다란 나비를, 다른 손에는 아주 징그러운 작은 두꺼비를 들고 달려왔다.

"이것 봐, 댄. 내가 찾은 거야. 너한테 주려고 얼른 뛰어왔어. 예쁘지 않아?" 데미가 거친 숨을 내쉬며 말했다.

댄은 두꺼비를 보고 웃음을 터트리고는 두꺼비를 놔둘 곳이 없다고 말했지만 나비는 아름다워서 조 부인이 그에게 커다란 핀을 준다면 서랍에 제대로 꽂아서 보관하겠다고 했다.

"저 가여운 것이 핀에 꽂혀서 힘들어하는 모습을 보고 싶지 않아. 나비를 죽여야 한다면 장뇌 한 방울을 떨어뜨려 고통 없이 곧바로 죽게 하자꾸나." 조 부인이 장뇌가 든 병을 꺼내며 말했다.

"전 어떻게 하는지 알아요. 하이드 씨가 항상 그렇게 했지만 전 장뇌가 없어서 핀을 썼어요." 댄이 조심스럽게 곤충의 머리에 장뇌 한 방울을 떨어뜨리자 연한 녹색 날개가 곧장 퍼덕이더니 멈췄다.

이 조심스러운 처형식은 테디가 침실에서 고함을 치는 통에 끝이 났다. "큰 것들이 전부 다 잡아먹어서 작은 게들이 다 나왔어요." 데미와 조가 얼른 구하러 가니 테디가 의자 위에서 신나게 춤을 추고 작은 게 두 마리가 바닥에서 종종걸음을 치며 철망에서 나오고 있었다. 다른 한 마리는 살아남으려고 철망 꼭대기에 매달렸고 그 아래로는 슬프지만 우스운 광경이 펼쳐졌다. 커다란 게가 폴리의 컵이 놓여 있던 자리로 살짝 후퇴하고 그곳에서 아주 냉혹하게 자기 동족 중 한 마리를 먹고 있었다. 가여운 희생자는 집게발이 전부 뽑히고 뒤집혀 윗껍데기가 큰 게의 입 아래쪽으로 접시처럼 벌어져 있고 큰 게는 즐겁게 다른 집게발을 휘두르며 간간이 멈춰서 이상하게 불룩 튀어나온 눈을 옆으로 움직이고 날렵한 혀를 낼름거리며 핥아서 아이들은 웃으면서 비명을 질렀다. 조 부인은 댄이 그 광경을 볼 수 있도록 철망을 가져왔고 그동안 데미가 대야를 뒤엎어 방황하는 게들을 잡아 가두었다.

"저것들을 집 안에 둘 수 없으니 놔줘야 할 것 같아요." 댄이 후회하면서 말했다.

"네가 어떻게 키우는지 알려주면 내가 돌볼 수 있어. 게들은 내 거북이 수조 안에서 살 수 있어." 데미가 자신이 아끼는 느릿느릿한 거북이보다 게에 더 흥미를 느끼며 말했다. 그래서 댄은 게가 원하는 것과 습성에 대해 알려주었고 데미는 게들을 데리고 새로운 집과 이웃을 소개해주었다. "데미는 정말 착한 아이예요!" 댄은 조심스럽게 첫 번째 나비를 놓았고 데미가 산책을 포기하고 자신에게 나비를 가져다준 걸 고맙게 생각했다.

"그럴 수밖에 없었지. 데미는 늘 따뜻한 보살핌을 받았거든."

"데미에게는 어떻게 하는지 알려주고 도와주는 사람들이 있었지만 저는 그렇지 않아요." 댄이 늘 방치되던 어린 시절을 떠올리며 한숨을 쉬었다. 어쩐지 불공평하다는 생각이 들었다.

"나도 안단다. 물론 데미가 어리긴 하지만 그런 이유로 난 너한테 데미만큼 기대하지 않아. 지금 넌 우리가 주는 도움을 받을 수 있고 네가 스스로를 도울 수 있는 가장 좋은 방법을 알려주고 싶어. 네가 전에 이곳에 와서 착해지고 싶다고 하느님께 도와달라고 했을 때 아버지 베어가 한 말을 잊은 건 아니지?"

"아니요, 잊지 않았어요." 댄이 아주 낮은 목소리로 말했다.

"아직 그 방식대로 하고 있지?"

"아니요." 여전히 낮은 목소리로 대답했다.

"날 위해서 매일 밤 그렇게 해주겠니?"

"네, 그럴게요." 정말로 진지한 대답이었다.

"그래, 널 믿을게. 네가 스스로 한 약속에 충실한지 나도 알게 되겠지. 그런 건 말하지 않아도 항상 드러나기 마련이거든. 자, 여기 너보다 더 심하게 발을 다친 소년에 대한 재미있는 이야기가 있단다. 그가 얼마나 용감하게 자신의 어려움을 극복했는지 보렴."

조는 《크로프턴의 소년들(The Crofton Boys)》을 댄의 손에 건넸고 한 시간 동안 자리를 비우면서 간간이 그가 외롭지 않게 들락거렸다. 댄은 책 읽는 걸 좋아하지 않지만 이내 완전히 몰두해서 소년들이 집에 돌아온 것도 몰랐다가 그를 찾아오자 깜짝 놀랐다. 데이지는 야생화꽃다발을 만들어 가져왔고 낸은 자기가 직접 식사를 갖다 주겠다고 하면서 그가 다이닝 룸 쪽으로 문을 열어둔 채 소파에 누워서 다른 아이들이 식사하는 것을 볼 수 있게 해주었고 빵과 버터 너머로 아이들은 서로 고갯짓을 주고받을 수 있었다.

베어 씨가 일찌감치 그를 침대로 옮겨주었고 테디가 새들이 있는 작은 둥지로 가는 길에 잠옷 차림으로 잘 자라고 인사를 하러 들렀다.

"대니를 위해 기도하고 싶어요. 그래도 돼요?" 테디가 물었다. 그리고 그의 어머니가 "그러렴."이라고 대답하자 어린 꼬마는 댄의 침대 앞에 무릎을 꿇고 젖살이 오른 손을 모으고 부드럽게 말했다.

"하느님, 모두에게 축복을 주시고 제가 착한 사람이 되게 해 주세요."

그런 다음 어머니의 어깨에 안긴 채 졸린 얼굴로 미소를 지으며 나갔다.

저녁 대화가 끝나고 저녁 노래를 부르고 난 뒤 집 안은 일요일의 아름다운 고요함으로 가득 찼고 댄은 자신의 안락한 방에서 가만히 새로운 생각을 하며 새로운 희망과 욕망이 마음속에서 피어나는 것을 느꼈다. 두 천사가 그의 마음속으로 들어왔다. 시간과 노력을 들인 끝에 드디어 사랑과 감사가 모습을 드러내기 시작한 것이다. 자신의 첫 번째 약속을 지키겠다는 진실한 바람으로 댄은 어둠 속에서 두 손을 한데 모으고 테디의 기도문을 조용히 속삭였다.

"하느님, 모두에게 축복을 주시고 제가 착한 사람이 되게 해 주세요."

11. 테디 이모부의 선물

일주일 동안 댄은 겨우 침대에서 소파까지 움직일 수 있게 되었다. 긴 한 주는 힘들었고 다친 발이 늘 아팠다. 여름을 야외에서 즐기고픈 활동적인 소년에게 조용한 날들은 아주 지루했고 특히나 인내심을 갖고 기다리는 일이 힘들었다. 그러나 댄은 최선을 다했고 모두가 여러모로 도와주었기에 시간이 흐르고 마침내 토요일 아침에 의사에게서 이런 말을 들으며 그간의 노력을 보상받았다.

"제 예상보다 발이 더 잘 낫고 있군요. 오늘 오후부터 아이에게 목발을 주고 집 안에서 조금씩 걷게 하세요."

"야호!" 네트가 기뻐서 소리를 지르며 다른 아이들에게 이 좋은 소식을 전하러 뛰어갔다.

모두가 아주 기뻐했다. 식사를 한 뒤 소년들이 모두 모여 댄이 목발을 짚고 절뚝거리며 복도를 몇 차례 돌아다니다가 제방에 앉듯 현관에서 잠시 쉬는 모습을 구경했다. 그는 아이들의 이목에 아주 기뻤고 선한 의지가 드러나면서 얼굴은 날마다 점점 더 밝아졌다. 소년들은 각자 존경의 말을 전하러 왔고 소녀들은 쿠션과 스툴을 가져와 호들갑스럽게 굴었다. 테디는 댄이 혼자서는 아무것도 못 하는 약한 존재인 듯 늘 주시했다. 아이들이 계단에 앉거나 서 있는데 마차 한 대가 정문에 멈추더니 그 속에서 누군가 모자를 흔들자 "테디 이모부야! 테디 이모부가 왔어!" 하고 외치며 로브가 짧은 다리로 서둘러 뛰어 내려갔다. 댄을 제외한 모두가 누가 제일 먼저 문을 여는지 내기하듯 뛰었고 잠시 뒤에 마차가 소년 무리와 함께 도착했다. 그러는 동안 테디 이모부는 어린 딸을 무릎에 올려두고 앉은 채로 웃었다.

"환영은 그쯤 해두고 날 좀 내리게 해주렴." 그가 이렇게 말하고 마차에서 내려 계단을 올라가 소녀처럼 박수를 치며 미소 짓는 베어 부인에게 다가갔다.

"잘 지냈어, 테디?"

"응, 다 좋아, 조."

두 사람은 악수를 했다. 로리 씨는 베스를 이모의 품에 넘기고 아이가 그녀를 꽉 끌어안자 이렇게 말했다. "우리 금발미녀가 널 너무 보고 싶어 해서 내가 얼른 데려왔지. 나도 네가 보고 싶었거든. 우리는 소년들과 한 시간 정도 놀면서 '검소하게 생활하고 감당할 수 없는 많은 아이들을 데리고 있는 부인'이 어쩌고 있는지 보려고 해."

"와, 너무 기쁜걸! 가서 아이들과 놀고 나쁜 짓은 하지 말아줘." 조 부인이 이렇게 대답했다. 그사이 아이들이 예쁜 꼬마 숙녀 주변으로 모여들어 그녀의 긴 금발과 앙증맞은 원피스, 우아한 자태를 감탄하며 구경했다. 그들이 베스를 부르는 별명인 어린 '공주님'은 누구에게도 입맞춤을 허락하지 않고 그저 미소만 지으며 작고 흰 손으로 소년들의 머리를 우아하게 토닥였다. 아이들 모두가 베스를 좋아했고 특히 로브는 그 애를 살아 있는 인형쯤으로 여겨 혹여나 부러질까 감히 만지지 못하고 멀찌감치 서서 숭배했다. 그리고 어린 공주님이 간간이 호의적인 말을 건넬 때면 엄청 행복해했다. 베스가 곧장 데이지의 주방을 보고 싶다고 해서 조 부인이 얼른 데려갔다. 그 뒤로 저학년 소년들이 줄을 이었다. 네트와 데미를 제외한 나머지 아이들은 동물원과 텃밭을 정리하러 갔는데 로리 씨는 늘 그곳들을 검사했고 제대로 가꾸고 돌보지 않았을 경우 실망했다.

계단에 서서 로리 씨는 댄에게 몸을 돌리고 겨우 한두 번 밖에 못 본 사이지만 오랜 친구에게 하듯 친근하게 말을 건넸다.

"발은 좀 어떠니?"

"많이 나아졌어요."

"집에만 있기 지루하지?"

"그런 것 같아요!" 댄의 눈동자가 푸른 언덕과 숲속으로 향했다.

"다른 애들이 돌아오기 전에 조금 산책을 해볼까? 저 크고 안락한 마차가 꽤 안전하고 편하게 널 태워줄 거야. 신선한 공기를 마시면 너한테도 좋을 거야. 쿠션과 숄을 가져오렴, 데미. 그리고 댄을 데리고 나가자."

"베어 부인이 좋아하실까요?"

"아, 당연하지. 좀 전에 이미 합의했는걸."

"그 이야기가 나오지 않았는데 어떻게 합의를 봤는지 전 모르겠어요." 데미가 꼬치꼬치 캐물었다.

"우리는 말하지 않고 서로에게 메시지를 보낼 수 있거든. 전보보다 엄청나게 발전한 기술이란다."

"눈으로 하신 거죠. 눈썹을 들썩이면서 마차 쪽으로 고갯짓을 하는 걸 봤고 베어 부인은 웃으며 고개를 끄덕였어요." 네트가 이번에는 로리 씨에게 아주 편안하게 말했다.

"맞아. 그럼 이제 움직이자꾸나." 금방 댄은 마차에 올랐고 그의 발은 맞은편 좌석 쿠션 위에 올려두고 숄로 잘 덮어두어 원할 때면 언제든 내릴 수 있었다. 데미는 흑인 마부인 피터 옆에 올라탔다. 네트는 명예롭게 댄의 옆자리에 앉았고 테디 이모부는 발을 살펴주려고 맞은편에 앉았다. 그는 자기 앞에서 아주 행복하지만 전혀 다른 두 아이의 얼굴과 마주했다. 댄은 각진 얼굴에 갈색 피부로 강인함이 두드러진 얼굴이라면 네트는 길고 창백하고 꽤 연약한 얼굴이지만 선한 눈동자와 근사한 이마가 아주 정감이 갔다.

“그건 그렇고 네가 좋아할 만한 책을 가져왔단다.” 무리에서 제일 나이가 많은 남성이 이렇게 말하며 좌석 아래에서 책을 꺼내자 댄은 화들짝 놀랐다.

“어머! 세상에 정말 놀랐어요.” 책장을 넘기자 실물처럼 채색된 근사한 나비, 새, 온갖 종류의 흥미로운 곤충들이 등장했다. 그는 너무 매혹되어 고맙다는 인사를 잊어버렸지만 로리 씨는 신경 쓰지 않았고 소년이 정말로 기뻐하는 모습과 이 오래된 책을 향한 환호성을 들으며 아주 만족했다. 네트는 댄의 어깨에 기대서 책을 쳐다보았고 데미도 대화에 끼려고 말에서 몸을 돌리고 발을 마차 안으로 달랑거렸다.

그들이 딱정벌레를 보고 있는데 로리 씨가 주머니에서 아주 신기한 작은 물체를 꺼내 손바닥 위에 놓고 말했다.

“이건 수천 년 된 딱정벌레란다.” 아이들이 아주 오래되어 회색 돌이 된 신기한 곤충을 보고 감탄하는 동안 그는 아이들에게 이 벌레가 유명한 고분에서 수세기 동안 누워 있다가 미라와 함께 출토되었다고 알려주었다. 아이들이 이야기를 좋아하자 그는 이집트인에 관해 말해주었고 나일강 유역에 특이하고 굉장한 유적지가 남아 있으며 그의 보트를 모는 멋진 흑인 남성들과 어떻게 그 거대한 강을 항해했는지 들려주었다. 그리고 그가 악어를 총으로 쏘아 맞히고 근사한 괴수와 새들을 본 이야기와 폭풍우를 만난 배처럼 자신을 울렁거리게 했던 낙타를 타고 사막을 건넌 모험담도 들려주었다.

"테디 이모부는 이야기를 '할머니처럼 잘' 해." 이야기가 끝나자 데미가 인정한다는 듯 말했고 소년들의 눈빛은 더 많은 이야기를 갈망했다.

"고맙구나." 로리 씨가 꽤 진지하게 대답했다. 그는 데미의 칭찬이 가치가 있다고 여겼다. 이런 경우 아이들은 좋은 비평가라 그들의 구미에 맞췄다는 건 누구든 자랑스러워할 만한 성취다.

"댄을 즐겁게 해줄 물건을 찾아 내 짐보따리를 뒤적이다가 주머니에 챙겨온 것이 한두 개 더 있단다." 테디 이모부는 근사한 화살촉과 줄로 엮어놓은 조가비 구슬을 꺼냈다.

"아! 인디언에 대해 말해주세요." 인디언의 원형 천막 놀이를 좋아하는 데미가 말했다.

"댄이 거기에 대해 많이 알고 있어." 네트가 덧붙였다.

"장담하는데 나보다 더 많이 알 거야. 우리한테 말해주렴." 로리 씨는 다른 아이 두 명과 마찬가지로 호기심 어린 얼굴로 쳐다보았다.

"하이드 씨가 제게 말해줬어요. 그는 인디언이었고 그들의 말을 할 수 있고 그들을 좋아했어요." 댄은 주변의 이목을 받아 즐거워하며 입을 열었지만 어른이 함께 듣고 있다는 사실에 조금 쑥스러워했다.

"조가비 구슬은 무슨 용도야?" 자기 자리에 앉아서 데미가 호기심 어린 목소리로 물었다.

다른 아이들도 이런 질문을 했고 자기도 모르는 사이에 댄은 몇 주 전에 강을 내려가면서 하이드 씨가 해준 이야기를 술술 풀어놓았다. 로리 씨는 잘 들었지만 인디언 이야기보다 댄에게 더 흥미가 있었다. 조 부인이 댄에 대해 이야기를 많이 했기에 이 다루기 힘든 아이를 좋아하게 되었다. 그도 종종 이 아이처럼 벗어나고 싶다는 생각을 했고 마찬가지로 고통과 인내에 서서히 익숙해진 경험이 있기 때문이다.

"너희만의 박물관을 만드는 게 좋을 것 같다는 생각을 해왔단다. 너희가 찾고 만들고 얻은 흥미롭고 재미난 것들을 모아 둔 곳 말이야. 조 부인은 너무 착해서 불평하지 않을 거고 오히려 집 안에 온갖 쓸모없는 골동품이 쌓이는 걸 더 힘들어하겠지. 예를 들어 그녀가 가장 아끼는 꽃병의 절반이 곤충으로 차고 뒷문에 죽은 박쥐 한두 마리가 달려 있고 아이들의 머리 위로 말벌 둥지가 떨어지고 사방에 돌이 놓여 있어 돌길을 만들 정도로 쌓이게 되면 말이야. 그런 걸 견딜 수 있는 여성은 그리 많지 않아, 안 그러니?"

로리 씨가 신난 눈길로 그 이야기를 하는 동안 소년들은 서로를 쿡쿡 찌르며 웃었다. 학교 밖에서 이런 이야기를 해주는 사람은 그런 불편한 보물의 존재에 대해 잘 아는 것이 분명했기 때문이다.

"그럼 보물들을 어디에 놔두어야 할까요?" 데미가 다리를 꼬고 질문에 집중하려고 몸을 앞으로 숙이며 말했다.

"낡은 차고에."

"하지만 차고는 비가 새고 창문이 없고 물건을 전시할 공간도 없을뿐더러 먼지와 거미줄만 잔뜩 있잖아요." 네트가 입을 열었다.

"깁스와 내가 조금 손을 볼 때까지 기다리렴. 그런 다음에 너희가 좋아하는지 보자. 깁스가 월요일에 작업을 하러 올 거고 다음 토요일에는 내가 와서 우리가 함께 고치면 적어도 괜찮은 작은 박물관을 만들 수 있을 거야. 모두가 자기 물건을 가지고 와서 놓으면 돼. 그리고 댄이 이쪽 일에 대해 가장 많이 알고 있으니 관리자가 되면 별다른 잡음도 없을 거고 지금 마음대로 돌아다닐 수 없는 댄에게는 좋은 일이 될 거야."

"정말 재미있을 것 같지 않아?" 네트가 소리 지르는 동안 댄은 얼굴 가득 미소를 지었고 뭐라고 말없이 책을 꼭 껴안은 다음 자신을 축복해주는 가장 위대한 사회의 은인인 듯 로리 씨를 쳐다보았다.

"한 바퀴 더 돌까요?" 천천히 두 바퀴를 돌아 대략 0.8킬로미터의 여정을 마친 뒤에 정문에 도착했을 때 피터가 물었다.

"아니. 우리는 신중해야 해. 안 그러면 다시는 이렇게 할 수 없을 거야. 난 건물을 살피고 차고도 둘러보고 떠나기 전에 조 부인과 좀 이야기를 해야겠어." 그리고 댄이 소파에서 책을 볼 수 있게 해준 뒤 테디 이모부는 자신을 찾아 사방을 뒤집고 다닌 아이들과 장난을 치러 갔다. 소녀들이 위층에서 난리를 치도록 놔두고 베어 부인은 댄 옆에 앉아서 산책을 다녀온 이야기를 들었다. 그러다 아이들은 먼지투성이에 땀을 흘리며 돌아와 모두가 이 시대 최고로 훌륭한 생각이라고 여기는 새 박물관에 대해 한층 신나서 떠들어댔다.

"난 항상 그런 기관에 기부하고 싶다고 생각했고 이 일이 그 시작이 될 거야." 로리 씨가 조 부인의 발아래 스툴에 앉으며 말했다.

"넌 벌써 하나를 이루어냈잖아. 이걸 뭐라고 부를까?" 조 부인이 그의 주변 바닥으로 진을 치고 앉은 행복한 얼굴의 아이들을 가리켰다.

"난 이것을 전도유망한 베어의 정원이라고 부르고 싶구나. 그 구성원이 된 것이 자랑스러워. 내가 이 학교를 대표하는 학생이라는 거 아니?" 그가 댄을 향해 몸을 돌리며 능숙하게 주제를 바꿨다. 그는 자신이 베푼 호의에 대한 감사를 받는 것이 부끄러웠다.

"전 프란츠가 이 학교의 대표학생인 줄 알았어요!" 댄이 그의 말이 무슨 의미인지 궁금해하며 대답했다.

"아니, 세상에 아니야! 내가 조 부인이 보살펴준 첫 번째 소년이야. 난 아주 고약해서 그녀가 아직도 날 졸업시키지 못했지. 그래서 수년간 나를 가르쳐주고 있단다."

"그러면 부인은 정말 나이가 많나 봐!" 순진한 네트가 말했다.

"부인은 일찍 이 일을 시작했단다. 가여운 사람! 날 데려왔을 때 겨우 열다섯이었고 내가 그녀의 인생을 힘들게 했어. 그런데도 주름이 생기거나 흰머리가 나고 꽤 지치지 않은 것이 놀랍지." 로리 씨가 웃으면서 부인을 쳐다보았다.

"테디, 그러지 마. 난 네가 자학하는 꼴을 못 보겠어." 조 부인이 자기 무릎에 누운 검은 곱슬머리를 애정을 담아 만졌다. 무슨 일이 있든 간에 테디는 여전히 그녀에게 소년이었다.

"네가 아니었다면 플럼필드는 없었을 거야. 네가 날 성공시킨 거지. 네 덕분에 나의 작은 계획이 이루어졌어. 그래서 소년들은 네게 감사할 거고 새로운 협회를 그 설립자의 이름을 따서 '로런스 박물관'이라고 부를 거야, 안 그러니 애들아?" 조가 예전의 생기발랄한 모습으로 덧붙였다.

"맞아요, 그럴 거예요!" 아이들이 소리치며 모자를 던졌다. 원래 규칙대로라면 집 안으로 들어오면서 모자를 벗어야 하는데 다들 서두르느라 모자를 벗어 걸어놓을 시간이 없었다.

"난 엄청 배가 고파. 쿠키를 좀 먹을 수 있을까?" 함성이 잦아들자 로리가 근사한 인사로 고마움을 답한 뒤에 말했다.

"가서 아시아에게 진저브레드 상자를 달라고 하렴, 데미. 간식을 먹는 건 규칙에 어긋나지만 오늘처럼 좋은 날엔 괜찮으니 모두 쿠키를 먹자." 조 부인이 말했다. 쿠키 상자가 도착하자 그녀는 모두에게 나누어주었고 다들 빙 둘러 앉아서 쿠키를 씹었다.

쿠키를 먹는 와중에 갑자기 로리 씨가 소리쳤다. "맙소사, 할머니가 보내준 꾸러미를 깜박했어!" 그는 마차를 향해 뛰어가더니 신기한 흰 꾸러미를 가지고 돌아왔다. 풀어보니 작은 동물, 새 그리고 먹음직스럽게 구운 바삭한 설탕 쿠키가 나왔다.

"각자 하나씩이고 어느 것이 누구 건지 글자가 적혀 있어. 할머니와 해나가 만들었단다. 이걸 까먹고 그냥 돌아갔으면 어떤 일이 벌어질지 생각만 해도 끔찍해."

그렇게 한참 웃고 즐기는 가운데서 선물을 나누어주었다. 댄은 물고기 모양을, 네트는 바이올린을, 데미는 책을, 토미는 원숭이를, 데이지는 꽃을, 낸은 굴렁쇠 모양의 쿠키를 받아서 두 번 연속 돌리는 데 성공했고, 에밀은 별자리를 공부하기에 별을 받아 잘난 체를 했고, 무엇보다 프란츠는 마차를 받았는데 그는 가족 버스를 몰기에 엄청 기뻐했다. 스터피는 살찐 돼지를, 어린아이들은 블랙 커런트 눈이 달린 새와 고양이와 토끼를 받았다.

"이제 난 가봐야겠어. 우리 금발미녀는 어디 있어? 빨리 돌아가지 않으면 애 엄마가 그 애를 잡으러 날아올 거야." 테디 이모부가 엄청난 속도로 마지막 조각까지 다 먹어치우고 말했다.

꼬마 숙녀들이 정원에서 프란츠가 데리러 오길 기다리는 동안 조와 로리는 문 앞에 서서 이야기를 나누었다.

"어린 말괄량이는 어때?" 낸의 장난에 엄청 놀란 그가 물었다.

"잘하고 있어. 꽤 예의범절을 익혔고 자신의 거친 방식이 잘못되었다는 점을 알아가기 시작했어."

"남자애들이 장난을 부추기진 않고?"

"그렇긴 해. 하지만 내가 계속 말해준 덕분에, 최근에는 행동을 많이 고쳤어. 아주 예쁘장하게 너와 악수를 나누고 베스에게도 얼마나 자상하게 대하는지 봤잖아. 데이지를 본받는 것이 효과가 있었던 것 같아. 난 몇 달 안에 그 애가 확 바뀔 거라고 확신해."

이때 조 부인의 말이 짧아졌는데, 낸이 정신없는 속도로 모퉁이에서 뛰쳐나와 활기찬 네 소년을 이끌고 오는 모습을 보았기 때문이다. 그 뒤로 데이지가 외바퀴 손수레에 베스를 태우고 터덜터덜 걸었다. 모자가 벗겨져 머리가 아무렇게나 흩날렸다. 채찍을 마구 휘두르며 손수레와 함께 한 무리가 먼지바람을 일으키며 다가와 어린 말괄량이들의 괄괄한 모습을 그대로 보여주었다.

"그러니까 저들이 표본이 되는 아이들이란 말이지? 도덕성과 예의를 키우는 너희 학교를 보여주러 커티스 부인을 데려오지 않은 것이 다행이야. 그녀가 이 광경을 봤으면 절대 충격에서 헤어나오지 못할 거야." 로리 씨가 낸이 좋아졌다고 성급하게 기뻐한 조를 비웃었다.

"실컷 웃어. 아직은 아니지만 난 성공할 거야. 네가 대학에 다닐 때 어떤 교수의 말을 인용했잖아. '실험은 실패했지만 원칙은 그대로다'라고." 베어 부인이 유쾌하게 말했다.

"안타깝지만 데이지가 낸을 본받고 있는 반대상황이 벌어진 것 같아. 내 어린 공주님을 좀 봐! 그 애는 우아함은 완전히 잊어버리고 다른 아이들처럼 고래고래 소리를 치고 있어. 어린 숙녀들, 이게 무슨 일이니?" 로리가 곧 닥칠 파멸에서 어린 딸을 구해내며 말했다. 말 네 마리가 미친 듯이 주변으로 달려왔고, 그 애는 양손에 커다란 채찍을 휘두르며 앉아 있었다.

"우리는 경주를 하고 있어요. 제가 이겼어요!" 낸이 소리쳤다.

"난 더 빨리 달릴 수 있었는데 베스가 떨어질까 봐 그러지 못했어!" 데이지가 소리쳤다.

"맞아! 계속해!" 공주가 소리치며 채찍을 휘두르자 말들이 달리기 시작했고 모두 금세 시야에서 사라졌다.

"내 소중한 아이가! 더 잘못되기 전에 저 예의 없는 애들한테서 벗어나야겠구나. 잘 있어, 조! 다음번에 올 땐 남자애들이 바느질을 하는 걸 보고 싶어."

"그런다고 다치지 않아. 난 포기하지 않는다는 것만 알아둬. 내 실험은 항상 성공하기 전에 몇 차례 실패를 거쳤어. 에이미와 어머니에게 안부를 전해줘." 마차가 떠날 때 조 부인이 외쳤다. 마지막으로 로리가 조를 보았을 때 그녀는 손수레 달리기에서 진 데이지를 위로하며 즐거워하는 듯 보였다.

차고를 수리하는 일로 일주일 내내 다들 들떴다. 아이들은 쉴 새 없이 질문하고 조언하고 간섭했지만 순조롭게 진행되었다. 늙은 깁스가 그 모든 소란에 거의 폭발할 뻔했지만 그럭저럭 일은 잘 진행되었다. 금요일 밤이 되자 지붕 수리를 마치고 선반이 달리고 벽은 백색 도료로 덮이고 뒤쪽에는 커다란 창문이 나서 햇살이 가득 들어오고 근사한 개울과 초원 멀리 있는 언덕까지 잘 보여 차고는 박물관으로서 완전한 형태를 갖추었다. 그리고 근사한 문 위에는 붉은 페인트로 '로런스 박물관'이라는 명패가 달렸다.

토요일 아침마다 소년들은 어떻게 이곳을 꾸밀지 계획을 세웠다. 로리 씨가 에이미 부인이 이제 지겹다고 한 수족관을 가지고 왔을 때 아이들은 엄청나게 황홀해했다.

오후에는 다들 물건들을 정리하며 보냈다. 달리고 끌고 망치질까지 다 끝났을 때 숙녀들은 박물관을 구경하러 오라는 초대를 받았다.

바람이 잘 통하고 깨끗하고 밝은, 확실히 근사한 곳이었다. 열린 창문 주변으로 홉 덩굴이 푸른 잎사귀를 흔들었고 실내 한가운데는 아름다운 수족관이 놓여 물 위로 근사한 수생식물이 떠 있고 금붕어들은 이리저리 헤엄치면서 화려한 색을 뽐냈다. 창가 양옆으로 선반들이 여러 열로 놓여서 아직 발견되지 않은 진기한 소장품을 맞이할 준비를 마쳤다.

댄의 커다란 캐비닛이 꽉 잠긴 큰 문 뒤에 세워졌고, 다들 작은 문을 드나드는 용도로 사용했다. 캐비닛 위에는 아주 못생겼지만 흥미로운 진귀한 인디언 인형이 놓였다. 방 가운데 긴 테이블 위 눈에 잘 띄는 곳에는 로런스 할아버지가 보내준 돛을 세운 근사한 중국산 골동품이 자리 잡았다. 그 위로 살아 있는 것처럼 박제된 앵무새 폴리가 매달려 있었는데, 조 부인이 기증한 건 아니었다.

벽은 온갖 용품들로 장식되었다. 뱀 가죽, 커다란 말벌집, 자작나무껍질로 만든 카누, 줄로 엮은 새알, 남부지방의 회색 이끼로 만든 화관, 목화껍질 한 아름이 놓였다. 죽은 박쥐도 자리를 잡았고 커다란 거북이 등딱지, 타조 알은 데미가 자랑스럽게 내놓은 물품으로 그는 손님들이 좋아하면 자청해서 이 진귀한 것들을 설명해주었다. 돌은 너무 많아서 모두 수용하기 불가능해 그중에 제일 진귀한 몇 개만 선반 위에 껍데기들과 함께 놓았고 나머지는 한 모퉁이에 쌓아 댄이 즐겁게 살폈다.

모두가 무언가를 내놓고 싶어 했고 심지어 사일러스조차 집으로 가서 젊은 시절에 자신이 잡은 야생 고양이 박제품을 가져왔다. 좀이 슬고 낡았지만 높은 받침대에 놓인 옆얼굴이 아주 근사해 노란 눈을 번뜩이고 입은 자연스럽게 으르렁거리는 듯했다. 테디는 자신의 가장 귀한 보물인 고치 하나를 가지고 와서 과학의 신전 앞에 놓다가 그걸 보고 놀라 작은 발을 마구 흔들었다.

"아름답지 않아? 우리에게 이렇게 신기한 것이 많은 줄 몰랐어. 난 이걸 낼 거야. 근사하지? 우리는 여길 구경 오는 사람에게 돈을 받아서 부자가 될 수 있어."

잭의 마지막 제안에 다들 전시관을 둘러보며 술렁거렸다.

"여긴 무료 박물관이야. 그런 투기가 일어난다면 난 문 위에 적힌 내 이름을 지워버릴 거야." 로리가 아주 재빨리 몸을 돌려 이렇게 반박하자 잭은 자신이 한 말을 도로 주워 담고 싶었다.

"옳소! 옳소!" 베어 씨가 소리쳤다.

"기념으로 한마디 해! 어서!" 조가 부추겼다.

"안 돼. 난 너무 부끄러워. 넌 아이들한테 수업을 하니까 익숙하겠지만." 로리가 이렇게 대답하고 도망치려는 듯 창가 쪽으로 뒷걸음질 쳤다. 그러나 조가 재빨리 그를 붙잡고 주변의 열두 쌍의 더러운 손들을 보고 웃음을 터트렸다.

"내가 수업을 한다면 그건 비누의 화학물질과 정화성분에 관한 걸 거야. 어서 와. 이 박물관의 설립자로서 넌 정말로 우리에게 몇 마디 좋은 말을 해야 해. 우리는 엄청나게 큰 박수로 화답할 거야."

도망칠 곳이 없다는 것을 알고 로리 씨는 우수한 늙은 새에게서 조언을 찾으려는 듯 머리 위에 매달려 있는 폴리를 쳐다본 다음 테이블 앞에 앉아서 기쁜 목소리로 말했다.

"내가 제안하고 싶은 건 한 가지란다, 애들아. 이곳 박물관 말고도 다른 곳에서 그만큼 즐거움을 찾고 좋은 걸 얻으라는 거야. 그저 신기하거나 예쁜 것들을 여기 가져다둔다고 해서 다가 아니야. 여기 전시품들에 관한 책을 읽고 누군가 질문을 했을 때 대답을 하고 그 문제를 이해할 수 있어야 해. 나도 이런 걸 좋아해서 지금은 알던 것도 다 잊어먹었지만 다시 잘 들을 수 있을 것 같아. 이 정도면 너무 한 건 아니지, 조? 여기 있는 댄은 새, 곤충에 대해 많이 알고 있어. 그가 박물관을 관리할 수 있게 하고 일주일에 한 번 너희들이 돌아가면서 관련된 책을 읽거나 동물, 광물, 식물에 대해 발표하는 거야. 우리 모두 그렇게 해야 하고 머릿속에 아주 유용한 지식을 넣는 일이라고 생각해. 어떠세요, 교수님?"

"아주 마음에 들고 최대한 아이들을 도울 겁니다. 하지만 이 새로운 주제에 대해 읽을 책이 필요하고 우리에겐 그리 많지 않아서 걱정이군요." 베어 씨가 입을 열었고 그는 한층 기뻐하면서 자신이 좋아하는 지질학에 대해 근사한 수업을 할 계획을 세웠다. "우린 특별한 용도의 도서관이 있어야 할 것 같아요."

"저게 유용한 책이니, 댄?" 로리 씨가 캐비닛 위에 펼쳐져 있는 책을 가리키며 물었다.

"네, 맞아요! 저 책에 곤충에 대해 제가 알고 싶은 모든 것이 적혀 있어요. 전 나비를 제대로 고정하는 법을 보려고 여기 놔뒀어요. 책이 상할까 봐 표지도 입혔어요." 댄이 책을 빌려준 사람이 그가 부주의하다고 생각할까 싶어 걱정하면서 책을 집어 들었다.

"잠시만 줘보렴." 로리 씨는 연필을 꺼내서 책 위에 댄의 이름을 쓰고 꼬리가 없는 새 박제품만 덩그러니 놓인 모퉁이 선반 한곳에 책을 올려놓으며 말했다. "여기가 박물관 도서관의 시작인 거야. 내가 책을 더 가져올 거니까 데미가 그걸 순서대로 정리하렴. 우리가 즐겁게 읽던 그 책들은 다 어디 있어, 조? 《곤충 건축학(Insect Architecture)》인가 뭔가 하는 이름이고, 개미가 전투를 하고 벌들이 여왕벌을 차지하고 귀뚜라미가 우리 옷에 구멍을 내고 우유를 훔쳐 가는 뭐 그런 종류의 이야기가 적힌 책 말이야."

"우리 집 다락에 있어. 내가 그 책들을 꺼내면 자유롭게 자연사에 뛰어들 수 있을 거야." 조가 무엇이든 할 준비가 된 채로 말했다.

“그런 주제로 글을 쓰는 건 어렵지 않을까요?” 작문을 싫어하는 네트가 말했다.

“아마 처음에는 그렇겠지. 하지만 넌 곧 좋아하게 될 거야. 어렵다고 생각한다면 이 주제를 열세 살 소녀에게 주어진 거라고 여기면 어떨까. 테미스토클레스, 아리스테이데스, 페리클레스가 델로스섬 연맹의 충당기금으로 아테네를 치장하자는 대화를 나누는 걸로?” 조 부인이 말했다.

남자아이들은 긴 이름들이 나오자 한탄했고 신사들은 터무니없는 소리에 웃었다.

“소녀가 쓴 글이 그거예요?” 데미가 두려워진 목소리로 물었다.

“맞아. 하지만 넌 그 애가 어떤 작품을 썼는지 상상할 수 있을 거야. 당연히 꽤 똑똑한 소녀였어.”

“난 한 번 보고 싶군요.” 베어 씨가 말했다.

“당신을 위해 찾아줄 수 있을지도 몰라요. 그녀와 함께 학교를 다녔거든요.” 조 부인이 아주 사악한 표정을 지어서 모두가 그 소녀가 누구인지 알았다.

글짓기에 관한 이 두려운 주제를 듣고 나서 소년들은 익숙한 대상에 대한 글쓰기를 받아들이게 되었다. 수요일 오후가 강의 시간이었고 일부는 글로 적는 것보다 말로 하는 방법을 택했다. 베어 씨는 글을 포트폴리오로 보관할 거라고 알렸고 베어 부인은 아주 기쁜 마음으로 강의에 참석하겠다고 밝혔다.

그 직후 다들 더러워진 손을 씻으러 갔고 베어 교수도 그 뒤를 따라가 모든 물에 보이지 않는 올챙이들이 잔뜩 들었다는 토미의 말을 듣고 불안해하는 로브를 달랬다.

"난 네 계획이 아주 마음에 들어. 다만 너무 호의를 베풀지는 마, 테디." 둘만 남았을 때 베어 부인이 말했다. "알다시피 저 소년들 다수가 우리를 떠났을 때 스스로의 힘으로 일어서야 하고 너무 호화롭게 자라면 그렇게 되지 못하거든."

"내가 적당히 조절할게. 대신 나도 좀 즐거움을 누리게 해줘. 가끔 정말로 사업이 지긋지긋하고 너희 소년들과 재미난 장난을 치는 것만큼 생기 있게 만들어주는 일이 없어. 난 댄이 아주 마음에 들어, 조. 그 애는 노골적이지 않아. 하지만 매의 눈을 가졌고 네가 조금 더 길들이면 분명 네 명예를 세워줄 거야."

"네가 그렇게 생각한다니 너무 기뻐. 그 애한테 친절을 베풀어줘서 고마워. 특히 이 박물관 일 말이야. 덕분에 다리가 아픈 와중에도 그 애는 행복하게 지낼 수 있었어. 그리고 나에게는 이 가엽고 거친 아이를 한층 부드럽고 순하게 만들 기회가 되었고 그 애가 우리를 사랑하도록 만들 수 있을 것 같아. 어디서 이렇게 아름답고 도움이 되는 아이디어를 얻었어, 테디?" 베어 부인이 자리를 뜨려고 박물관 안을 둘러보며 물었다.

로리가 그녀의 손을 잡고 대답했고 그 표정에 조의 눈에 행복한 눈물이 가득 차올랐다.

"당연히 조 너야! 난 어머니가 없는 소년이 어떤지 잘 알고, 너와 네 가족이 그 오랜 세월 동안 내게 얼마나 잘 해주었는지 절대 잊지 못해."

12. 월귤 열매 소동

양철통이 부딪히는 소리, 이리저리 뛰어다니는 발소리, 먹을 것을 달라는 아우성이 빈번한 8월의 어느 오후에 소년들은 월귤 열매를 따러 갔고 북서항로를 찾으러 떠나는 탐험대처럼 마냥 들떴다.

"자, 얘들아, 마침 로브가 다른 곳에 있어 너희를 볼 수 없을 테니 최대한 조용히 가렴." 베어 부인은 데이지의 챙이 넓은 모자 끈을 묶어주고 낸의 파란색 긴 앞치마 매무새를 다듬어주며 말했다.

하지만 로브가 부산한 소리를 듣고 자기도 따라가겠다며 전혀 실망한 기색 없이 준비를 시작하는 바람에 계획은 성공하지 못했다. 무리가 서둘러 출발하는데 로브가 가장 아끼는 모자를 쓰고 손에 밝은색 양철통을 들고 만족한 얼굴로 아래층으로 내려왔다.

"이런, 맙소사! 딱 걸려버렸네." 베어 부인은 큰아들이 가끔은 다루기 아주 힘들다는 점을 발견하며 한숨을 쉬었다.

"저도 준비가 되었어요." 로브가 자신의 실수를 전혀 인식하지 못하고 무리 속으로 들어가서 그에게 진실을 알려주기란 어려웠다.

"너무 먼 거리라고 생각되면 넌 여기 남아서 혼자 있을 나를 돌봐주렴." 조가 아들을 달랬다.

"어머니한테는 테디가 있잖아요. 전 다 컸으니 갈 수 있어요. 전에 제가 더 크면 갈 수 있다고 했는데, 전 이제 다 자랐어요." 환한 얼굴에 그늘이 지며 로브가 떼를 썼다.

"우리는 넓은 초원으로 올라갈 거야. 그렇게 멀리 가는 적은 이번이 처음이라 네가 뒤처지는 걸 원치 않아." 어린아이를 별로 좋아하지 않는 잭이 소리쳤다.

"난 뒤처지지 않아. 달려서라도 속도를 맞출 거야. 아, 어머니! 절 보내주세요! 새로 산 제 양철통을 가득 채우고 싶어요. 전부 어머니에게 가져다줄게요. 제발 부탁이에요. 말썽 피우지 않고 잘할게요!" 로브는 조 부인을 올려다보며 애원했다. 너무 실망하고 슬퍼하는 모습에 그녀의 가슴이 녹아내렸다.

"하지만 우리 아들, 넌 금방 지치고 더워서 재미있게 놀지 못할 거야. 내가 같이 갈 수 있을 때까지 기다리렴. 그때 하루 종일 초원에 있으면서 네가 원하는 만큼 열매를 많이 따면 돼."

"어머닌 절대 안 갈 거잖아요. 늘 아주 바쁘고 전 기다리기 지쳤어요. 제가 직접 가서 어머니를 위해 열매를 따올래요. 열매를 따고 싶고 새로 산 양철통을 가득 채울 거란 말이에요." 로브가 흐느꼈다.

눈물이 새 양철통으로 뚝뚝 떨어지며 월귤 열매 대신 소금물로 채워질 위험이 닥치자 이 애처로운 상황을 보고 모든 숙녀의 마음이 움직였다. 그의 어머니는 우는 아이의 등을 두드렸다. 데이지는 같이 집에 남겠다고 했고 낸은 단호한 목소리로 이렇게 말했다.

"데려가자. 내가 로브를 보살필게."

"프란츠가 간다면 그 애가 아주 잘 돌볼 테니 걱정 안 하겠지만 지금 그 애는 아버지와 함께 건초 작업을 하고 있고 난 너희들을 확실히 못 믿겠구나." 베어 부인이 말했다.

"거기까진 거리가 멀어요." 잭이 말을 보탰다.

"제가 데려갈 수 있으면 좋을 텐데요." 댄이 한숨을 쉬었다.

"고맙구나. 하지만 넌 발을 조심해야지. 나도 가고 싶단다. 잠시만. 좋은 방법이 있어." 이렇게 말하고 베어 부인은 앞치마를 펄럭이며 계단을 뛰어 올라갔다.

사일러스가 막 건초 수레를 몰고 가다가 돌아보았고 조 부인이 그에게 아이들을 데리고 초원으로 가서 5시까지 놀게 놔두라고 했을 때 곧바로 동의했다.

"이걸로 당신 일이 조금 지연되겠지만 걱정 말아요. 우리가 월귤 열매로 맛있는 파이를 만들어줄게요." 조 부인이 사일러스의 약점을 공략했다.

거친 갈색 얼굴이 환해지면서 그가 신나서 소리쳤다. "앗싸! 너무 좋아요! 베어 부인이 그렇게 말씀하시니 곧바로 갈게요."

"자, 얘들아. 내가 문제를 해결했으니 너희 모두 가도 좋아." 베어 부인이 한층 안심한 표정으로 다시 뛰어왔다. 그녀는 아이들을 행복하게 하는 일이 좋았고 어린아이의 평온함이 깨지는 모습을 볼 때면 늘 마음이 아팠다. 그녀는 아이들의 작은 희망과 계획과 즐거움이 어른들에게 존중받고 결코 무례하게 거절하거나 터무니없는 일로 치부돼서는 안 된다고 믿었다.

"저도 가도 돼요?" 댄이 기뻐하며 말했다.

"특별히 네가 걱정되어서 사일러스에게 부탁한 거야. 조심하고 열매 걱정은 하지 말고 널 채워주는 사랑스러운 자연을 실컷 보고 즐기다 오렴." 베어 부인은 자신에게 친절한 제안을 해준 소년에게 다정하게 말했다.

"저도 갈래요! 저도요!" 로브가 소중한 양철통을 캐스터네츠처럼 두드리며 신나서 춤을 췄다.

"그래, 데이지와 낸이 널 돌봐줄 거야. 울타리 앞에 5시까지 모여 있으면 사일러스가 너희를 데리러 갈 거야."

로브는 고마워서 어머니에게 포옹하며 자기가 딴 열매를 하나도 안 먹고 가져다주겠다고 약속했다. 그리고 그들은 모두 건초 수레에 올라타고 덜그럭거리며 출발했고 열두 아이들 중에서 임시 엄마 두 사람 사이에 앉은 로브가 가장 표정이 밝았다. 그의 얼굴은 온 세상을 밝힐 듯 환하게 빛났고 제일 좋은 모자를 힘껏 흔들었다. 너그러운 어머니는 오늘이 아들에게는 축제와 같아 서로 떨어져야 하는 섭섭함을 느끼지 않았다.

아이들은 아주 행복한 오후를 보냈지만 이런 원정에는 항상 작은 사고가 생기기 마련이다! 당연히 토미가 그 대상으로 말벌집으로 넘어졌다가 벌에 찔렸다. 그러나 이런 일에 익숙한 듯 그는 남자답게 잘 참았고 댄이 축축한 흙을 덮으면 고통을 줄여줄 거라고 알려주었다. 데이지는 뱀을 보고 놀란 나머지 딴 열매의 절반을 흘리고 말았다. 그러나 데미가 다시 양철통을 채울 수 있게 도와주었고 그동안 파충류에 대해 학구적으로 알려주었다. 네드는 나무에서 떨어졌고 재킷 등 부분이 찢어졌지만 다른 곳은 다치지 않았다. 에밀과 잭은 경쟁하듯 열매가 울창한 곳을 찾겠다고 나섰고 그들이 옥신각신하는 동안 스터피는 재빨리 조용히 덤불에서 열매를 따고 엄청나게 즐기고 있는 댄을 보호하러 뛰어갔다. 더 이상 목발이 필요하지 않은 댄은 드넓은 초원을 돌아다닐 때 발로 느껴지는 단단한 감촉과 흥미로운 돌과 그루터기, 풀 속의 친숙한 작은 생명들과 공중에서 날아다니는 잘 아는 곤충들을 보고 기뻐했다.

이날 오후에 일어난 모든 사고 중 가장 큰 건 낸과 로브에게 벌어졌다. 그 일은 플럼필드에서 두고두고 기억되었다. 초원을 어느 정도 누비며 옷이 세 군데가 찢어지고 매자나무 가지에 얼굴이 긁히면서 낸은 낮은 녹색 덤불에서 크고 검은 구슬처럼 반짝이는 열매를 따기 시작했다. 민첩한 손가락이 빠르게 움직였지만 여전히 원하는 만큼 빨리 양철통이 채워지지 않자 그녀는 더 나은 곳을 찾아 돌아다녔다. 한곳에 가만히 앉아서 집중적으로 열매를 따는 데이지와 대조를 이루었다. 로브는 인내심이 많은 사촌보다 활달한 낸이 더 좋아 그녀를 따라다녔고 그도 마찬가지로 어머니에게 줄 가장 크고 좋은 열매를 따려는 마음에 조급했다.

“계속 따고 있는데 양철통이 가득 차지 않고 너무 피곤해.” 로브가 짧은 다리를 잠시 쉬려고 멈추었고 월귤 열매가 상상하던 것만큼 마음에 들지 않는다고 생각하기 시작했다. 햇살이 뜨거웠고 낸은 메뚜기처럼 이리저리 뛰었고 그 뒤를 따라다니는 로브는 아무리 빨리 열매를 담아도 덤불을 지나다니는 데 어려움을 겪고 종종 넘어지기도 해서 담은 열매를 거의 다 흘렸다.

“지난번 왔을 때는 저 돌담 너머가 훨씬 울창했고 남자애들이 불을 피우던 동굴이 있었어. 그곳으로 가서 얼른 양철통을 채운 다음 동굴에 숨어서 다른 아이들이 우리를 찾게 만들자.”

모험에 목마른 낸이 제안했다.

로브도 동의했다. 둘은 돌담을 타고 올라 반대편 언덕을 향해 뛴 다음 바위와 덤불 틈으로 몸을 숨겼다. 그곳의 월귤 열매는 알이 컸고 마침내 양철통이 가득 찼다. 그늘지고 서늘한 장소인 데다 작은 개울이 있어 목마른 아이들은 이끼 컵에 담긴 신선한 물로 목을 축였다.

"이제 우리 동굴에 가서 쉬고 점심을 먹자." 지금까지의 성공에 크게 만족하며 낸이 말했다.

"길을 알아?" 로브가 물었다.

"당연히 알지. 한번 와본 곳은 난 늘 기억해. 내가 전에 혼자서 역에 가서 짐을 찾아온 거 생각 안 나?"

로브는 그 말을 믿고 무작정 낸을 따라갔고 한참을 정처 없이 걸은 뒤 움푹 들어간 바위 동굴에 도착했다. 검게 그을린 바위로 불을 피웠던 흔적이 남아 있었다.

"봐, 근사하지?" 낸이 이렇게 말하고는 주머니에서 못, 낚싯바늘, 돌멩이와 다른 이질적인 물질과 섞여 꽤 망가진 빵과 버터를 조금 꺼냈다.

"응, 다들 우리를 곧 찾을 수 있을까?" 어두운 협곡이 꽤 따분해서 사람이 더 많이 있으면 좋겠다고 생각하며 로브가 말했다.

"아니, 그러지 못할 거야. 그 애들이 오는 소리를 들으면 난 숨을 거거든. 그래서 날 찾도록 만들어야지."

"다들 안 올지도 모르잖아."

"걱정 마. 내가 알아서 집을 찾아갈 수 있어."

"그게 좋은 거야?" 로브는 오래 걸어서 다리가 긁히고 물에 젖은 뭉툭한 부츠를 내려다보았다.

"9.6킬로미터쯤 될 거야." 낸은 거리 감각은 떨어지고 자기 역량에 대한 믿음은 강했다.

"이제 그만 돌아가는 편이 좋겠어." 로브가 말했다.

"내 열매를 따기 전까지는 못 가." 낸의 말이 로브에게는 끝내지 못할 과제처럼 들렸다.

"이런, 맙소사! 넌 날 잘 돌봐주겠다고 했잖아." 갑자기 해가 언덕 너머로 사라지자 로브가 한숨을 쉬었다.

"난 최선을 다해서 널 돌보고 있어. 그러니 화내지 마. 곧 출발할 거야." 낸은 다섯 살 난 로브를 자신과 비교해 신생아 정도로 여겼다.

어린 로브는 불안하게 앉아서 기다렸고 의구심이 생겼지만 낸이 엄청난 자신감을 보여서 따를 수밖에 없었다.

"곧 밤이 될 것 같아." 그는 모기가 물고 주변 늪지의 개구리들이 저녁 콘서트를 준비하기 시작하자 혼잣말처럼 중얼거렸다.

"어머, 세상에! 그래 맞아. 어서 가자. 안 그러면 다들 가버릴 거야." 낸이 열매를 따다 말고 고개를 들어 갑자기 해가 진 것을 알아차리고 외쳤다.

"한 시간 전에 뿔피리 소리를 들었어. 어쩌면 우리를 찾고 있는지 몰라." 가파른 언덕을 오르는 보호자의 뒤를 터벅터벅 걸으며 로브가 말했다.

"어디서?" 낸이 잠시 멈추더니 물었다.

"저쪽이야." 로브는 먼지가 묻은 작은 손가락으로 완전히 다른 방향을 가리켰다.

"그럼 그쪽으로 가서 그들과 만나자." 낸이 속도를 내고 덤불 사이를 이리저리 헤치며 살짝 불안함을 느꼈다. 소 발자국이 너무 많아서 그녀는 어디로 왔는지 기억이 나지 않았다.

다시 바위를 넘고 둘은 간간이 서서 뿔피리 소리가 나는지 들었지만 더는 들리지 않았고 집으로 돌아가는 소의 음매 하는 울음소리만 들렸다.

"돌이 가득 쌓인 곳이 보였던 거 생각 안 나?" 낸이 돌담에 앉아 잠시 쉬면서 사방을 살폈다.

"난 아무것도 기억 안 나. 그냥 집에 가고 싶어." 로브의 목소리가 살짝 떨려 낸은 로브에게 팔을 두르고 그를 살짝 들어 바닥에 내려주며 최대한 친절하게 말했다.

"난 최선을 다해 빨리 가고 있어. 울지 마. 도로에 도착하면 내가 업어줄게."

"도로가 어디야?" 로브가 눈물을 닦으며 도로를 찾았다.

"저기 큰 나무 너머야. 네드가 떨어졌던 거 기억 안 나?"

"기억나. 아마 거기서 우리를 기다리고 있을지도 몰라. 난 수레를 타고 집에 갈 거야. 넌?" 그리고 로브는 얼굴이 밝아지며 넓은 초원의 끝을 향해 꿋꿋하게 걸었다.

"아니, 난 걸어갈 거야." 낸은 자신이 그래야 한다고 확신하며 마음의 준비를 하고 대답했다.

빠르게 밤이 찾아오는 동안 다시 긴 걸음을 옮겼지만 또 다른 실망이 나타났다. 그들이 나무에 도착해보니 그 나무는 네드가 올랐던 나무가 아니었고 도로는 어디서도 보이지 않았다.

"우리 길을 잃은 거야?" 로브가 절망하며 양철통을 꽉 껴안고 떨리는 목소리로 물었다.

"아니야. 그저 어느 쪽으로 가야 할지 안 보여서 그래. 소리를 질러보는 것이 좋겠어."

그래서 둘은 목이 쉴 때까지 고함을 쳤지만 큰 소리로 울어대는 개구리 말고는 아무것도 들리지 않았다.

"저기 커다란 나무가 한 그루 더 있으니 어쩌면 저건지도 몰라." 심장이 내려앉았지만 여전히 용감하게 낸이 말했다.

"난 더 걸을 수 없을 것 같아. 부츠가 너무 무거워서 끌 수가 없어." 많이 지친 로브가 돌 위에 주저앉았다.

"그렇다면 우린 여기서 밤을 보낼 수밖에 없어. 뱀만 나오지 않는다면 난 상관없어."

"난 뱀이 무서워. 그리고 여기서 밤을 샐 수 없어. 세상에! 난

길 잃은 아이가 되고 싶지 않아." 로브는 울려고 얼굴을 찌푸리다가 갑자기 어떤 생각이 들었다. 로브가 완전 자신 있는 목소리로 말했다.

"어머니는 내가 어디에 있든 날 찾아냈어. 그러니 겁내지 않을 거야."

"너희 어머니는 우리가 어디에 있는지 몰라."

"어머니는 내가 얼음창고에 갇혀 있는 걸 몰랐는데도 날 찾아냈어. 그러니 이번에도 올 거야." 로브가 아주 믿음직하게 대답해서 낸은 안도했고 그 아이 옆에 앉아서 후회하듯 한숨을 쉬었다.

"우리끼리만 멀리 오지 말걸 그랬어."

"너 때문이야. 하지만 어머니가 전과 같이 날 사랑하실 테니 걱정 안 해." 로브가 다른 모든 희망이 사라졌을 때 하는 말을 꺼냈다.

"난 너무 배가 고파. 우리 열매를 까먹자." 낸이 그렇게 말하자 잠시 뒤 로브가 고개를 끄덕였다.

"나도 배고파. 하지만 내 것을 먹을 수는 없어. 어머니한테 전부 가져다주겠다고 말했거든."

"누구도 우릴 구하러 오지 않으면 먹어야 해." 그제야 모든 것이 모순이라는 사실을 느낀 낸이 말했다. "우리가 여기 여러 날을 머물러야 한다면 들판에 있는 모든 열매를 딸 거고, 그다음에는 굶주리게 되겠지." 그녀가 험악하게 덧붙였다.

"그러면 사사프라스를 먹을 거야. 그 커다란 나무를 알아. 댄이 다람쥐가 그 뿌리를 캐서 먹는다고 알려줬고 난 땅 파는 게 좋아." 로브는 굶주리는 상황에도 걱정하지 않고 말했다.

"그래. 우린 개구리를 잡아서 익혀 먹어도 돼. 우리 아버지가 개구리를 먹은 적이 있는데 아주 맛있다고 했어." 월귤 열매 밭에서 길을 잃은 상황에서도 낸은 희망 사항을 밝혔다.

"개구리를 어떻게 익혀 먹어? 우린 불이 없잖아."

"나도 몰라. 다음번엔 주머니에 성냥을 챙겨와야겠어." 개구리 요리라는 실험에 이런 장애물이 생긴 것에 꽤 침울해하며 낸이 말했다.

"반딧불이로 불을 피울 수 없을까?" 날개 달린 불꽃처럼 이리저리 날아다니는 반딧불이를 보며 로브가 희망에 차서 물었다.

"한번 해보자." 몇 분간 아이들은 반딧불이를 잡으며 즐겁게 지냈고 그것들로 푸른 나뭇가지에 불을 붙여보려고 했다. "이것들에게 불이 없으니 반딧불이라고 부르는 건 거짓말이야." 이 불행한 곤충은 최선을 다해 불을 밝히고 순진한 어린 실험자들을 만족시키려고 가지 위를 열심히 왔다 갔다 했지만 낸에게 멸시를 당하며 내동댕이쳐졌다.

"어머니가 늦으시네." 로브가 머리 위에 뜬 별을 바라보며 한참 뒤에 말했고 그사이 그는 발아래서 양치식물의 달콤한 향기를 맡고 귀뚜라미의 울음소리를 감상했다.

"하느님은 왜 밤을 만드셨는지 몰라. 낮이 훨씬 더 재밌는데." 낸이 생각에 잠기며 말했다.

"잠을 자라고 만드신 거야." 로브가 하품을 하며 대답했다.

"그럼 자면 되겠네." 낸이 심통을 부렸다.

"난 침대에서 자고 싶어. 아, 테디가 보고 싶어!" 어린 새가 작은 둥지에서 안전한 것처럼 안락한 보금자리를 고통스럽게 떠올리며 로브가 소리쳤다.

"너희 어머니가 우릴 찾을 것 같지 않아." 절박해진 낸이 말했다. 그녀는 참을성 있게 기다리는 걸 정말 싫어했다. "너무 어두워서 우리를 볼 수 없잖아."

"얼음창고도 완전히 어두웠어. 난 너무 겁이 나서 어머니를 부르지 못했지만 어머니가 날 봤어. 그리고 얼마나 어둡든 상관없이 날 찾을 거야." 자신감 넘치는 로브가 자신을 한 번도 실망 시키지 않은 어머니가 오는지 보려고 어둠 속을 뚫어지게 응시하며 자리에서 일어났다.

"어머니야! 어머니가 보여!" 그는 소리치고 천천히 다가오는 어두운 형체를 향해 지친 다리를 최대한 빨리 움직이며 달렸다. 그런데 갑자기 멈추고 몸을 돌리고는 겁에 질려 휘청거리며 소리쳤다.

"아니, 곰이야! 아주 큰 검은 곰이라고!" 그러고는 낸의 치맛

자락에 얼굴을 묻었다.

잠깐 낸은 겁을 먹었다. 진짜 곰을 본다는 생각에 용기가 사라졌고 몸을 돌리고 도망치려는데 온순하게 "음매!" 하는 소리가 그녀의 두려움을 즐거움으로 바꿔놓았다. 낸은 웃음을 터트렸다.

"저건 소야, 로브! 우리가 오후에 본 근사한 검은 소라고."

소는 어둠이 내린 뒤 자신의 초원에서 어린 두 사람을 만난 것이 단순한 일이 아니라고 느꼈는지, 잠시 멈춰서 무슨 일인지 살폈다. 소는 아이들의 손길에 가만히 있었고 순한 눈망울로 그들 옆에 있던 터라 곰 말고 어떤 동물도 두려워하지 않는 낸은 젖을 짜고픈 욕망이 생겼다.

"사일러스가 어떻게 하는지 가르쳐줬어. 열매와 우유를 같이 먹으면 좋을 거야." 낸은 자기 양철통에 든 내용물을 모자로 옮기고 대담하게 새로운 과제에 도전했다. 그사이 로브는 옆에서 그녀의 명령에 따라 어미 거위의 시를 반복해서 외웠다.

순하고 아리따운 젖소야 내려와 내게 젖을 주렴.
내려와 내게 젖을 주렴.
난 네게 실크 가운을 줄게.
실크 가운과 은 장식을.

그러나 불멸의 자장가는 전혀 효과가 없었다. 자애로운 소는 이미 우유를 짰기 때문에 목마른 아이들에게 줄 건 60밀리리터도 채 남아 있지 않았다.

"훠이! 저리 가! 늙고 잘 토라지는 소야." 낸이 은혜도 모르고 외쳤다. 그녀는 절망에 빠져 포기했다. 가여운 소는 놀라고 책망하는 소리에 끄르륵거리며 지나갔다.

"우린 살짝 목을 축인 다음 걸어야 해. 걷지 않으면 잠들고 말 거야. 그리고 길 잃은 사람들은 잠이 들어서는 안 돼. 동화책에서 해나 리가 눈 속에서 자다가 얼어 죽은 거 모르니?"

"하지만 지금은 눈이 내리지 않고 날이 좋잖아." 낸처럼 상상력이 풍부하지 않은 로브가 말했다.

"아무튼 우리는 좀 더 돌아다니고 소리도 쳐봐야 해. 그런 다음 아무도 오지 않으면 덤불 아래 몸을 숨기자. 엄지 동자와 그 형제들 이야기처럼 말이야."

그러나 로브가 너무 졸려 더는 가기 힘들어 자꾸 넘어지는 바람에 별로 걷지 못했고 낸은 자신이 짊어져야 하는 책임감에 반쯤 정신이 팔려 완전히 인내력을 상실했다.

"한 번만 더 넘어지면 널 마구 흔들어줄 거야." 그러고는 낸은 어린 소년을 아주 친절하게 들어 올렸다. 그러나 낸의 호통은 깨무는 것보다 더 끔찍했다.

"제발 그러지 마. 부츠 때문에 자꾸 미끄러져서 그래." 로브는 눈물이 터져 나오려는 걸 남자답게 참았다. 로브의 애처로운 인내심이 낸의 마음을 감동시켰다. "모기들이 날 물지 않는다면 어머니가 올 때까지 잘 수 있어."

"내 무릎을 베고 누우면 내가 앞치마로 널 덮어줄게. 난 밤이 두렵지 않아." 낸이 이렇게 말하고 자리에 앉아 자신은 어둠도, 주변의 알 수 없는 부스럭거리는 소리도 다 무섭지 않다고 스스로를 타일렀다.

"어머니가 오면 깨워줘." 그리고 로브는 낸의 무릎에 머리를 대고 앞치마를 덮고 누운 지 5분도 안 되어 곯아떨어졌다.

어린 소녀는 15분 정도 가만히 앉아서 불안한 눈길로 주변을 살폈고 매 초가 한 시간처럼 길게 느껴졌다. 그러다 약한 불빛이 언덕 꼭대기에서 반짝이는 것을 보고 스스로에게 말했다.

"밤이 지나가고 아침이 오나 봐. 난 해가 뜨는 것을 보고 싶으니 지켜볼 거고 해가 떠오르면 우리는 집으로 가는 길을 찾을 수 있어."

그러나 달이 둥근 얼굴을 언덕 위로 내밀며 그녀의 희망을 꺾어놓기 전에 낸은 잠이 들었고 키 큰 양치식물이 만든 작은 그늘에 등을 기대고 반딧불이와 푸른 앞치마, 월귤 열매 사이에서 한여름밤의 꿈속으로 깊이 빠져들었다. 로브는 꿈속에서 "집에 가고 싶어! 집에 가고 싶어!" 하고 흐느끼는 검은 소의 눈물을 닦아주었다.

아이들이 근처 모기 떼들의 나른한 윙윙거리는 소리를 자장가 삼아 고요하게 잠들어 있는 동안 집 안의 가족들은 엄청난 불안에 휩싸였다. 건초 수레가 5시에 도착했지만 잭, 에밀, 낸, 로브가 나와 있지 않았기 때문이다. 프란츠가 사일러스 대신 수레를 몰고 왔고 소년들은 다른 아이들이 숲을 통해 집에 갔다고 하자 프란츠가 걱정하며 말했다. "로브는 태워가게 놔뒀어야지. 그 애는 오래 걸어서 피곤할 거란 말이야."

"걸어가는 편이 더 빨라. 다른 애들이 로브를 안고 갔을 거야." 밥을 먹기 위해 마음이 급한 스터피가 말했다.

"로브와 낸이 집에 간 것이 확실해?"

"당연하지. 둘이서 돌담을 넘는 걸 봤고 5시가 되었을 때 이름을 부르니 잭이 걸어서 간다고 대답했어." 토미가 설명했다.

"알았어. 그럼 얼른 타." 지친 아이들과 가득 찬 양철통을 실은 수레가 출발했다.

조 부인은 아이들이 나뉘었다는 소리를 듣고 정신이 번쩍 들었고 프란츠를 토비와 함께 보내 어린 애들을 집으로 데려오라고 했다. 식사가 끝났고 가족들이 언제나처럼 시원한 복도에 모였을 때 프란츠가 땀과 먼지를 뒤집어쓰고 걱정스러운 모습으로 빠르게 걸어 들어왔다.

"아이들이 집에 왔어요?" 반쯤 들어왔을 때 그가 소리쳤다.

"아니!" 조 부인이 놀라 부리나케 자리에서 일어났다. 모두가 벌떡 일어나 프란츠 주위로 몰려들었다.

"어디서도 아이들을 찾을 수 없었어요." 그가 입을 열었다. 그러나 그 말은 모두를 놀라게 한 "여기야!" 하는 큰 소리에 묻혔고 이내 잭과 에밀이 나타났다.

"낸과 로브는 어디 있니?" 조 부인이 에밀을 꽉 붙들고 물었다. 작은어머니는 갑자기 제정신이 아닌 것처럼 보였다.

"전 몰라요. 다른 애들이랑 오지 않았어요?" 에밀이 얼른 대답했다.

"아니, 조지와 토미가 너희와 같이 갔다고 했는데."

"아니에요. 그 둘은 보지 못했어요. 저희는 연못에서 수영을 하고 숲으로 걸어왔어요." 잭이 놀라서 대답했다.

"베어 씨를 부르고 가서 손전등을 가져와. 그리고 사일러스에게 내가 찾는다고 전해."

조 부인이 한 말은 그것뿐이었지만 모두가 무슨 뜻인지 알아듣고 재빠르게 움직였다. 10분 안에 베어 씨와 사일러스가 숲으로 갔고 프란츠는 늙은 앤디를 타고 길을 달리며 푸른 초원을 누볐다. 조 부인은 테이블에서 음식을 좀 챙기고 약장에 있던 작은 브랜디 병을 꺼냈다. 그러고는 손전등을 들고 잭과 에밀에게 같이 가자고 했고 나머지는 동요하지 않았다. 부인은 토비를 타고 모자도 숄도 없이 나갔다. 그녀는 뒤에서 누군가 뛰어오는 소리를 들었지만 아무 말도 하지 않다가 댄의 얼굴이 보인 뒤에야 멈춰 서서 말했다.

"넌 여기 있어! 난 잭에게 같이 가자고 했어." 도움이 필요한 상황인지라 거절하는 게 마음이 내키지 않았지만 조는 댄을 돌려보내려 했다.

"잭을 보낼 순 없어요. 그 애와 에밀은 아직 밥을 못 먹었고 전 그 애들보다 더 가고 싶은 마음이 커요." 댄이 이렇게 말하며 그녀에게서 손전등을 받아 눈앞에서 단호한 눈빛으로 웃어 보였다. 조는 그런 아이라면 자신이 의지할 수 있다고 생각했다.

그녀가 말에서 내려와선 걸어가겠다는 댄한테 토비에게 올라타라고 했다. 그렇게 둘은 먼지 낀 고요한 길을 따라 걸으며 간혹 멈춰서 어린 목소리들이 응답해주지 않을까 애타게 불러보았다.

초원에 도착했을 때 다른 불빛들이 이미 엄지동자처럼 이리저리 움직이고 있었다. 베어 씨가 초원 사방에서 외치는 소리가 들렸다. "낸! 로브! 로브! 낸!" 사일러스는 휘파람을 불고 소리를 쳤고 댄은 토비를 타고 이곳저곳을 쑤셨다. 토비는 상황을 이해한 듯 특별히 유순하게 거친 곳을 다녔다. 종종 조 부인이 모두에게 조용히 하라고 시킨 다음 흐느끼는 목소리로 말했다. "시끄러운 소리에 어쩌면 아이들이 겁을 낼 수 있으니 내가 불러볼게요. 로브는 내 목소리를 알아차릴 거예요." 그녀는 아주 다정하게 사랑하는 아이의 이름을 불렀고 그 메아리가 부드럽게 퍼지고 바람이 기꺼이 그 소리를 퍼트려주는 것 같았다. 그러나 여전히 대답은 없었다.

하늘이 이미 흐려지고 달이 드문드문 모습을 드러냈으며 어두운 구름 사이로 마른번개가 쳤고 멀리서 들리는 희미한 천둥소리가 여름 폭우가 오고 있다고 알려주었다.

"오, 우리 로브! 내 사랑 로브!" 가여운 조 부인은 창백한 유령처럼 사방을 돌아다니며 애처롭게 외쳤고 댄은 충실한 반딧불이처럼 그녀 옆을 지켰다. "그 애가 잘못되면 아이 아버지에게 뭐라고 하지? 왜 내가 아이들을 이렇게 멀리까지 가도록 허락했을까? 프리츠, 무슨 소리가 들려요?" 애석한 목소리로 "아니."라는 대답이 돌아오자 부인은 아주 절박하게 손을 마구 비벼댔다. 댄이 토비의 등에서 내려와 굴레를 울타리에 묶고 단호한 목소리로 말했다.

"아마도 개울을 따라 내려갔을 테니 제가 가서 보고 올게요."

댄은 돌담을 넘고 아주 빨리 움직였다. 조가 그 장소에 도착해보니 댄이 손전등을 아래로 내리고 개울 주변의 부드러운 흙에 난 작은 발자국들을 보여주었다. 조는 무릎을 구부리고 앉아 발자국이 지나간 길을 살피고는 얼른 일어나 진지하게 말했다.

"그래. 이건 우리 로브의 작은 부츠 자국이야! 이쪽으로 가자. 분명 이리로 지나갔을 거야."

탐색은 참으로 지치는 여정이었다! 그러나 설명할 수 없는 본능이 불안한 어머니를 이끌었고 이내 댄이 탄성을 지르며 길에 떨어져 있던 작고 반짝이는 물건을 집어 들었다. 그건 새 양철통의 덮개였다. 길을 잃은 아이들이 지나갔다고 알려주는 첫 번째 징조였다. 조 부인은 덮개가 마치 살아 있는 생명인 마냥 껴안고 입을 맞췄다. 그리고 댄이 다른 것들을 가져와서 큰 소리로 말하려는데 그녀가 멈추게 하고는 서둘러 말했다. "아니, 내가 찾도록 해줘. 난 로브가 간 길을 따라서 그 애 아버지한테 직접 아이를 데려다주고 싶어."

조금 더 가니 낸의 모자가 나타났다. 그리고 그들은 마침내 숲속에서 잠들어 있던 아이들을 찾아냈다. 댄은 그날 밤 자신의 손전등이 비춘 불빛에 드러난 작은 광경을 결코 잊지 못했다. 그는 조 부인이 울음을 터트릴 거라고 생각했지만 그녀는 낮은 목소리로 "쉬잇!"이라고만 하고는 부드럽게 앞치마를 들어 올리고는 그 아래 발그레한 얼굴을 보았다. 열매 얼룩이 진 입술이 반쯤 열려 곤히 숨을 쉬었고 노란 머리카락은 뜨거운 이마 위로 축축이 젖어 있었으며 포동포동한 양손은 아직 가득 차 있는 작은 양철통을 꽉 움켜쥐고 있었다.

어머니를 위해 갖은 고생 끝에 얻은 보물을 수확한 아이의 모습이 조 부인에게 감동을 선사했다. 갑자기 그녀는 아들을 부여잡고 눈물을 흘렸다. 아주 부드럽게, 그렇지만 정을 가득 담아서 그렇게 했다. 아이는 잠에서 깨어 처음에는 놀란 듯 보

였다. 그러다 정신을 차리고 어머니를 꼭 껴안으며 환호성을 질렀다.

"어머니가 올 줄 알았어요! 우리 어머니! 와주길 바랐어요!" 잠시 동안 둘은 주변은 아랑곳하지 않고 입을 맞추고 서로 부둥켜안았다. 정처 없이 헤매느라 때가 묻고 지친 아들이지만, 어머니는 모든 것을 다 잊고 품 안에 아이를 안았다. 아들은 어머니에 대한 믿음이 바뀌지 않아서 행복했고 이 힘든 여정을 겪어낸 뒤로 어머니의 용기 있고 자상한 사랑의 징표를 가슴에 새겼다.

그사이 댄은 덤불에서 낸을 일으켜 세웠다. 그리고 테디만 볼 수 있었던 다정한 손길로 갑작스럽게 잠에서 깬 그 애가 놀라지 않게 달래고 눈물을 닦아주었다. 낸 또한 기뻐서 눈물을 흘렸다. 오랜 외로움과 두려움 뒤에 마침내 친절한 얼굴과 강인한 팔이 안아주는 기분은 아주 좋았다.

"가여운 낸, 울지 마! 넌 이제 안전하고 아무도 오늘 일을 탓하지 않을 거야." 조 부인이 낸을 자신의 넓은 품 안으로 데려가서 두 아이를 마치 암탉이 잃어버린 새끼를 날개 아래에 품듯 꼭 껴안았다.

"제 잘못이에요. 정말 잘못했어요. 전 로브를 잘 보살피려고 애썼고 앞치마로 덮어서 재웠어요. 배가 아주 고팠지만 그 애가 딴 월귤 열매는 건드리지 않았어요. 정말 다시는 이런 짓을 하지 않을게요, 절대로. 약속해요." 낸은 뉘우침과 감사의 물결에 빠져 흐느꼈다.

"사람들을 불러. 이제 집에 가자." 조 부인이 말했고 댄은 담을 넘어 신나게 "찾았어요!"라고 초원을 향해 소리쳤다.

사방에서 불빛들이 춤을 추고 사람들이 달콤한 양치식물 가지 앞에 모였다. 포옹과 입맞춤, 대화와 울음이 이어져 반딧불이 유충은 분명 놀랐을 테고 당연히 모기들은 기뻐하며 미친 듯이 윙윙거렸고 작은 나방이 떼로 모여들었고 개구리들은 자신들이 얼마나 만족하는지 충분히 표현하지 못한 듯 큰 소리로 울어댔다.

그리고 모두가 집을 향해 나섰고 프란츠가 소식을 전하려고 당나귀에 올라탔고 댄과 토비가 앞장을 섰다. 그 뒤로 낸이 사일러스의 튼튼한 품에 안겼고 그는 소녀를 '자신이 본 가장 똑똑한 어린 사고뭉치'라고 생각하며 집에 가는 내내 낸의 장난을 놀려댔다. 베어 부인은 로브가 스스로 걷는 것이 아니면 누구에게도 아이를 맡기지 않았고 어린아이는 잠을 자서 원기가 충전되어 자리에서 일어났고 자신이 영웅이 된 것을 느끼며 신나게 떠들었다. 그사이 아이의 어머니는 옆에서 어리고 소중한 몸을 잡고 아이가 "어머니가 올 줄 알았어요." 하는 말을 지치지 않고 들어주거나 그가 자신에게 몸을 기대 입을 맞추고 불룩한 열매를 입속에 넣어주며 '전부 어머니를 위해 딴 것'이라고 보여주도록 놔두었다.

그들이 집 앞에 도착했을 때 달이 환히 빛났고 모두가 그들을 맞이하러 뛰어나왔기에 그렇게 잃어버린 양은 무사히 집으로 돌아왔고 다이닝 룸에 안착해 낭만적이지 않은 아이들은 입맞춤과 보살핌보다 먹을 것이 더 급했다. 그들은 앉아서 빵과 우유를 먹었고 집 안 식구들 모두가 둘러서서 구경했다. 낸은 이내 정신을 회복했고 이제 다 끝난 일이 된 자신의 여정이 얼마나 위험했는지 생각해보았다. 로브는 음식을 가득 입안으로 밀어 넣는 것 같았지만 갑자기 숟가락을 내려놓고 애절하게 소리쳤다.

"우리 아기, 왜 우니?" 여전히 아이 곁에 있던 어머니가 물었다.

"제가 길을 잃어서 우는 거예요." 로브는 눈물을 짜내려고 애썼지만 실패했다.

"하지만 지금 넌 집에 왔잖니. 낸이 넌 초원에서도 울지 않았다고 했어. 난 네가 용감한 아이라서 너무 기쁘단다."

"겁이 나서 울 시간이 없었어요. 하지만 지금 울고 싶어요. 왜냐면 전 길을 잃었으니까요." 로브가 이렇게 설명하고는 잠과 슬픈 감정, 입안에 가득 든 빵과 우유와 씨름했다.

소년들은 잃어버린 시간을 보충하는 이 재미있는 방식에 웃음을 터트렸고 그러자 로브가 울음을 멈추고 그들을 쳐다보았다. 쾌활함은 아주 전염성이 강해서 그도 이내 신나서 "하, 하!"

하고는 그 농담에 아주 만족한다는 듯 숟가락으로 테이블을 두드렸다.

"이제 10시니 너희 모두 자러 가야지." 베어 씨가 손목시계를 확인하고 말했다.

"그리고 하느님 감사합니다! 오늘 한 명도 빠지지 않고 무사히 집으로 돌아왔어요." 베어 부인이 이렇게 덧붙였다. 그녀는 로브가 아버지의 품에 안기고 낸이 이번 일에서 가장 흥미로운 여주인공이라고 여기는 데이지와 데미의 호위를 받으며 올라가는 모습을 지켜보았다.

"가여운 작은어머니는 너무 지쳐서 부축해드려야 해." 신사적인 프란츠가 말하고 겁에 질리고 오랫동안 걸어서 상당히 지쳐 층계참에서 잠시 서서 쉬는 조에게 다가가 자신의 팔을 둘렀다.

"안락의자를 만들자." 토미가 제안했다.

"됐어, 얘들아. 하지만 누가 기댈 어깨를 좀 빌려줄래?" 조 부인이 물었다.

"저요! 저요!" 여섯 아이가 서로 나섰고 창백한 어머니의 얼굴이 둥근 재킷 아래 따뜻한 가슴에 닿는 건 특별한 경험이기 때문에 모두가 뽑히고 싶어 했다.

그 일을 명예로 여기는 걸 알고 조 부인은 그럴 만한 아이를 골랐고, 그녀가 댄의 넓은 어깨에 팔을 올렸을 때 아무도 투덜거리지 않았다. 그리고 조가 이렇게 말하자 댄이 뿌듯함과 기쁨에 얼굴이 달아올랐다.

"댄이 아이들을 찾았단다. 그러니 네가 날 도와줘야 해."

댄은 저녁에 자신이 노력한 일을 충분히 보상받았다. 그는 자랑스럽게 램프를 들었을 뿐 아니라 그가 자리를 뜰 때 조 부인이 진심으로 말했다. "잘 자, 우리 아들! 하느님의 축복이 있기를!"

"저도 부인의 아들이면 좋겠어요." 위험과 문제가 자신을 조 부인과 최대한 가깝게 해준 거라고 느끼며 댄이 말했다.

"넌 내 첫째 아들이야." 그녀가 입맞춤으로 약속을 하며 댄을 완전히 자기 자식으로 만들었다.

어린 로브는 다음 날 괜찮았지만 낸은 두통이 있었고 마더 베어의 소파에 누워 긁힌 얼굴에 차가운 연고를 발랐다. 낸의 후회는 곧 사라졌고 길을 잃는 건 분명 재미있는 놀이라고 생각했다. 조 부인은 이런 생각이 마음에 들지 않았고 아이들이 미덕의 길에서 벗어나거나 제자들이 아무렇게나 월귤나무 들판에 누워 있길 바라지 않았다. 그래서 진지하게 낸에게 이야기를 하고 자유와 허락의 차이를 이해하도록 애썼고 여러 사례를 통해 자신이 하고자 하는 말을 전했다. 그녀는 낸에게 어떤 벌을 줄지 결정하지 못했고 비슷한 이야기들이 전혀 방법을 알려주지 않아서 특이한 벌칙을 좋아하는 그녀는 그렇게 해보기로 했다.

"아이들은 다 제멋대로 돌아다녀요." 낸은 홍역이나 백일해처럼 자연스럽고 꼭 거쳐야 하는 일처럼 말했다.

"전부는 아니고 일부는 그렇게 다니다 결코 다시 돌아오지 못했어." 조 부인이 대답했다.

"어릴 때 그래 본 적이 없나요?" 호기심 어린 작은 눈이 자기 앞에서 차분하게 바느질을 하고 있는 진지한 숙녀의 영혼에 남은 흔적을 보고 물었다.

조 부인이 웃음을 터트리고 그랬다고 말했다.

"그 이야기를 해주세요." 낸은 자신이 이 대화에서 유리한 고지에 올랐다고 느꼈다.

조 부인은 그 점을 알아차리고 곧바로 진지해져서 후회하듯 고개를 저으며 말했다.

"난 여러 번 그랬고 가여운 우리 어머니는 내 장난 때문에 많이 힘들어하시며 날 단속하느라 애쓰셨단다."

"어떻게요?" 낸의 얼굴이 금방 흥미로 가득 찼다.

"한번은 새 신발을 받았고 그걸 자랑하고 싶었지. 그래서 정원에서 벗어나지 말라는 소리를 들었지만 난 제멋대로 나와서 하루 종일 돌아다녔어. 시내에 갔고 내가 어쩌다 무사했는지 나도 몰라. 난 그런 시절을 보냈어. 공원에서 개와 장난을 치고 처음 보는 남자애들과 백 베이에서 보트를 타고 어린 아일랜드

거지 소녀와 소금에 절인 물고기와 감자를 함께 먹고 마침내 커다란 개를 품에 안고 문 앞에서 잠든 채로 발견됐어. 늦은 밤이었고 난 새끼 돼지처럼 진흙투성이였고 내가 너무 멀리까지 간 탓에 새 구두는 다 닳아버렸단다."

"정말 근사해요!" 낸은 자신이 직접 그렇게 할 준비가 된 듯 소리쳤다.

"다음 날은 근사하지 않았어." 조가 자신의 어릴 적 무분별한 행동에 대한 기억을 즐기지 않으려고 노력하면서 말했다.

"어머니한테 매를 맞았나요?" 낸이 호기심에 물었다.

"어머니는 딱 한 번 날 때렸고 그런 다음 내게 용서를 구했지만 난 그럴 생각이 없었어. 아주 많이 상처를 받았거든."

"왜 어머니가 용서를 구해요? 우리 아버지는 안 그러는데."

"왜냐하면 어머니가 내게 매를 들었을 때 난 몸을 돌리고 이렇게 말했어. '어머니는 스스로에게 화가 났고 날 그만큼 때려야 해요.' 그러자 어머니가 잠시 날 쳐다보더니 화가 전부 사라졌고 부끄럽다는 듯 말씀하셨어. '네 말이 맞아, 조. 난 화가 났어. 그리고 내가 그런 안 좋은 표본을 보이면서 널 벌줄 이유가 있을까? 용서해주렴. 우리 서로를 더 나은 방식으로 돕도록 해보자.' 난 그 말을 절대로 잊지 않았고 그건 열두 회초리보다 더 좋은 약이 되었어."

낸은 작은 연고 통을 돌리며 잠시 생각에 잠겼고 조 부인은 아무 말도 하지 않았지만 어린 마음으로 그 생각이 빠르게 흘러 들어가 어떤 의미로 자리 잡는지 볼 수 있었다.

"마음에 들어요." 낸이 곧 대답했고 날카로운 눈동자와 호기심 어린 코, 짓궂은 입매가 부드러워져 얼굴에서 장난기가 많이 사라졌다. "그때 부인이 제멋대로 굴 때 어머니께서는 어떻게 하셨어요?"

"긴 줄로 날 침대 기둥에 매어두고 방 밖으로 나가지 못하게 하셔서 난 하루 종일 내 코앞에 매달린 닳아빠진 신발을 보며 잘못을 반성했단다."

"그런 방법이라면 누구도 치료할 수 있겠어요." 무엇보다도 자유를 중요시하는 낸이 외쳤다.

"그 방법이 날 치료했다면 너한테도 될 것 같아서 시도해보려고 해." 조 부인이 갑자기 작업 테이블 서랍에서 튼튼한 노끈 한 뭉치를 꺼냈다.

낸은 이제 자신이 난처한 상황에 처한 것을 알게 되었고 조 부인이 노끈 한 귀퉁이를 낸의 허리에 감고 다른 쪽을 소파 팔걸이에 감고 말할 때 크게 의기소침해졌다.

"장난을 잘 치는 어린 강아지처럼 매어두고 싶지 않지만 네가 개보다 기억력이 떨어진다면 그렇게 할 수밖에 없어."

"저는 개가 되는 놀이를 좋아하니까 기꺼이 묶여 있겠어요." 그리고 낸은 상관없다는 얼굴을 하고 바닥에서 으르렁거리고 기어 다녔다.

조 부인은 무시하고 책을 한두 권 읽고 손수건 가장자리를 바느질한 뒤 자리를 비우면서 낸이 자기 마음대로 하게 놔두었다. 자기 방식이 통하지 않자 낸은 한동안 앉아 있다가 줄을 풀려고 했다. 하지만 줄은 앞치마 뒤쪽 벨트에 단단히 묶여 있어 그녀는 반대쪽 매듭을 풀기 시작했다. 이내 끈이 헐렁해져 줄을 푼 다음 낸이 창문 밖으로 도망치려는데 조 부인이 복도를 지나가며 누군가에게 하는 말소리가 들렸다.

"아니, 그 애는 지금 도망치지 않을 거야. 아주 명예로운 소녀고 내가 도와주려고 그랬다는 걸 아니까."

곧바로 낸은 자리로 돌아와 자신을 묶어두고 무작정 바느질을 시작했다. 로브가 잠시 뒤에 들어왔고 새로운 벌칙에 아주 매료되었다. 로브는 줄넘기를 가지고 와서 예의를 갖추며 소파의 반대쪽 팔걸이에 앉았다.

"저도 길을 잃었어요. 그러니 낸처럼 매여 있어야 해요." 조가 새로운 포로를 봤을 때 아이가 어머니에게 설명했다.

"네가 그 벌을 받아야 하는지 모르겠구나. 넌 다른 사람들에게서 멀리 떨어지면 안 된다는 걸 알고 있었잖니."

"낸이 절 데려갔어요." 로브는 이 특별한 벌칙은 기꺼이 받고 싶지만 비난은 받고 싶지 않았다.

"넌 갈 필요가 없었어. 네가 어린아이라고 해도 너도 양심이 있으니 그 점을 꼭 마음에 새기도록 해."

"그게, 제 양심은 낸이 '돌담을 넘자'고 말했을 때 조금도 따끔하지 않았어요." 로브가 데미의 표현을 따라했다.

"양심이 따끔했으면 그만두었을 거니?"

"아니요."

"그럼 넌 말할 필요가 없단다."

"양심이 너무 작아서 제가 느낄 만큼 세게 따끔하지 않은 것 같아요." 로브가 한참을 생각한 뒤에 말했다.

"우리는 양심을 잘 단련해야 해. 무딘 양심을 가진 건 나쁜 일이란다. 그러니 너도 식사시간이 될 때까지 여기에 있으면서 낸과 이야기를 나누렴. 내가 지시할 때까지 너희 둘이 끈을 풀지 않을 거라고 믿어."

"네, 저희는 안 그래요." 둘 다 스스로에게 벌을 주는 미덕의 힘을 느끼며 말했다.

한 시간 동안 그들은 잘 있었지만 그 이후로는 한곳에 있기 지루해 밖으로 나가고 싶어졌다. 복도가 그렇게 매력적으로 보이는 건 처음이었다. 작은 침실조차 갑자기 흥미롭게 보였고 둘이 기꺼이 그리 가서 제일 좋은 침대 위에 커튼으로 텐트를 치고 놀고 싶었다. 열린 창문은 닿을 수 없기에 그들을 미치게 했고 바깥세상이 아주 아름답게 느껴져 둘은 왜 그곳이 지루하다고 생각했는지 궁금해졌다. 낸은 잔디에서 뛰어놀고 싶었고 로브는 아침에 강아지에게 밥을 주지 않은 점을 기억하고 실망했고 가엾은 폴룩스가 어쩌고 있는지 궁금했다. 둘은 시계를 쳐다보았고 낸은 분과 초로 근사한 계산을 했고 그러는 동안 로브는 8시부터 1시까지 시간을 말하는 법을 제대로 배워서 절대 잊지 않게 되었다. 음식 냄새가 나서 옥수수 콩 요리와 월귤 열매로 만든 푸딩이 식사 요리로 나오는 걸 알게 되자 미칠 것 같았고 둘 다 구경하러 그 자리에 가지 못하는 처지를 슬퍼했다. 메리 앤이 테이블을 차릴 때 그들은 어떤 고기가 올라와 있는지 보려고 줄을 자를 뻔했다. 그리고 낸이 '자기 푸딩에 소스가 많이 올라간' 걸 볼 수 있다면 침대 정리를 돕겠다고 제안했다.

소년들이 수업을 마치고 나왔을 때 두 아이가 가만히 있지 못하는 망아지 한 쌍처럼 고삐를 당기고 있는 것을 보았고 지난밤의 흥미진진한 모험담의 속편을 보면서 한층 교화되고 즐거웠다.

"어머니 저를 어서 풀어주세요. 제 양심이 다음번에는 핀처럼 따끔할 거예요. 분명 그럴 거예요." 식사시간을 알리는 종이 울리자 로브가 말했고 테디는 슬프고 놀라워하며 형을 보러 왔다.

"두고 보자꾸나." 어머니는 그렇게 말하고 그를 풀어주었다. 로브는 얼른 복도를 뛰어가다 다이닝 룸에서 돌아와 뿌듯한 표정으로 낸 옆에 섰다.

"제가 낸에게 식사를 가져다줘도 될까요?" 그는 동료 죄수를 가엾게 여기며 물었다.

"역시 우리 아들답구나! 그래, 테이블과 의자를 가져올게." 조 부인이 서둘러 다른 아이들의 열정을 제압하러 나섰다. 아이들은 항상 정오가 되면 식욕이 엄청나게 왕성했다.

낸은 홀로 식사를 하고 긴 오후를 소파에 묶여 보냈다. 베어 부인은 낸이 창문 밖을 내다볼 수 있도록 줄을 늘여주었다. 낸은 거기서 남자아이들이 노는 걸 구경했고 모든 작은 여름 생명체들이 각자의 자유를 한껏 누리는 광경을 보았다. 데이지는 인형들과 잔디로 소풍을 나와서 낸이 오지 못하니 보고 즐길 수 있도록 해주었다. 토미는 낸을 달래주려고 최고로 멋진 공중제비를 보여주었다. 데미는 계단에 앉아 큰 소리로 책을 읽어 낸을 아주 기쁘게 했다. 그리고 댄은 자신이 할 수 있는 장기를 발휘해 작은 청개구리를 데려와 그녀에게 보여주었다.

그러나 아무것도 자유를 잃은 점을 잊게 해주지 못했고 몇 시간 동안 갇혀 있으면서 낸은 자유가 얼마나 소중한지 배웠다. 아이들이 전부 에밀이 새 배를 띄우는 모습을 보려고 개울로 가서 조용한 몇 시간 동안, 창틀에 누워 있는 아이의 작은 머릿속에선 많은 좋은 생각들이 흘러나왔다. 그녀는 베어 부인을 기리는 의미로 그 배에 조세핀이라는 이름을 붙이고 뱃머리에 작은 커런트 와인 병을 던져 깨트리려고 생각했다. 하지만 지금 기회를 잃었고 데이지는 자신의 절반만큼도 잘 하지 않을 것이

다. 이게 다 스스로의 잘못이라는 점을 기억하니 낸의 눈에서 눈물이 샘솟았다. 그녀는 창가 바로 아래 장미꽃의 노란 심장부 주변으로 돌아다니는 통통한 꿀벌에게 큰 소리로 말했다.

"네 마음대로 다닐 거면 차라리 집으로 돌아가는 편이 나아. 그리고 너희 어머니에게 미안하다고 다시는 그렇게 하지 않겠다고 말해."

"네가 꿀벌에게 그렇게 좋은 조언을 해주는 것을 들으니 기쁘고 꿀벌도 알아들은 것 같구나." 꿀벌이 먼지 낀 날개를 펴고 날아가는 모습을 보고 조 부인이 웃으며 말했다.

낸은 창틀로 반짝이는 물방울 두 개를 털어냈고 조는 무릎 위에 그 애를 앉히고 작은 물방울을 보고 그것이 무슨 의미인지 알았다.

"우리 어머니의 제멋대로 굴기에 대한 처방이 좋은 것 같니?"

"네, 부인." 낸은 하루를 조용히 보내서 기분이 꽤 가라앉았다.

"다시는 이 방법을 쓰지 않게 되길 바란단다."

"저도 그래요." 낸은 진심 어린 얼굴로 조를 쳐다보아 그녀는 만족했고 더 이상 아무 말도 하지 않았다. 자신의 벌칙이 제대로 작용했고 너무 많은 설교로 그 효과를 줄이고 싶지 않았다.

그때 로브가 아시아가 접시 위에 놓고 구웠다고 해서 '접시 파이'라고 부르는 음식을 소중히 안고 나타났다.

"내가 따온 월귤 열매를 넣어서 만든 거야. 나머지 반은 저녁 식사 때 줄게." 그가 과장된 동작으로 말했다.

"내가 장난을 많이 쳐서 넌 힘들었는데 왜 이러는 거야?" 낸이 멋쩍어하며 물었다.

"우린 같이 길을 잃었으니까. 낸은 다시는 제멋대로 굴지 않을 거지?"

"절대 안 그래." 낸이 큰 결심을 했다.

"와, 잘됐다! 이제 가서 메리 앤한테 이걸 우리가 먹을 수 있게 잘라달라고 하자. 차 마실 시간이 다 됐어." 로브가 먹음직스러운 작은 파이로 유혹했다.

낸이 따라가다가 멈추고 말했다.

"깜박했어. 난 못가."

"가도 되는지 시험해보렴." 아이가 이야기를 하는 동안 조용히 줄을 풀어둔 베어 부인이 말했다.

낸은 자신이 자유로워졌다는 것을 알았고 조 부인에게 열렬한 입맞춤을 한 뒤 벌새처럼 잽싸게 뛰었다. 로브는 낸을 뒤쫓으며 월귤즙을 줄줄 흘렸다.

13. 금발미녀의 방문

신나는 평화가 플럼필드에 자리 잡고 몇 주 동안 깨지지 않은 상태에서, 나이 든 소년들은 낸과 로브가 자신들을 찾아오지 않는 것을 안타까워하면서 모두가 부성애를 발휘해 더욱 친절하게 대하느라 꽤나 지쳤다. 반면에 어린아이들은 낸의 위험한 모험 이야기를 너무 많이 들어서 길을 잃는 건 엄청나게 잘못된 행동이고 밤이 갑자기 찾아오고 유령 같은 검은 소가 어둠 속에서 나타날까 봐 감히 정문 밖으로 나갈 생각을 하지 못했다.

"너무 오랫동안 잠잠한 게 이상한데." 조 부인이 말했다. 현명하지 못한 여성이라면 소년들이 확실히 철이 들었다고 생각하며 기뻐할 테지만 수년 동안 소년들의 문화를 경험해서 그녀는 이런 잠잠한 시기에 항상 뭔가 큰일이 터지며 평화가 깨진다는 것을 알았다. 그래서 갑작스러운 화산 폭발에 대비해 긴장을 늦추지 않았다.

이 환영할 만한 고요함의 이유 중 하나는 어린 베스의 방문 때문이었다. 베스의 부모님이 몸이 아픈 로런스 할아버지에게 가 있는 일주일간 아이를 맡겼다. 소년들은 이 금발미녀를 어린아이와 천사, 요정이 혼합한 상태라고 생각했다. 베스는 아주 사랑스러운 어린 소녀인 데다 어머니에게서 물려받은 금발 머리카락을 반짝이는 베일처럼 두르고 있고 고마움을 느낄 때면 자신의 숭배자들을 향해 미소를 날려주고 상처를 받았을 때는 표정을 숨겼다. 아버지가 아이 머리카락을 자르지 않아 금발이 허리까지 내려와 아주 부드럽고 근사하게 반짝였고 그래서 데미는 고치에서 짠 실크가 분명하다고 주장했다. 모두가 어린 공주님을 칭송했지만 아이는 예의가 발랐고, 그저 자신의 존재가 햇살을 불러오고 자신의 미소가 다른 이도 미소 짓게 하고 자신의 슬픔이 모두의 가슴에 연민을 불러일으킨다는 점만 배웠다.

자기도 모르게 베스는 많은 실제 군주보다 어린 아이들에게 더 좋은 영향력을 끼쳤다. 그녀의 통치는 아주 온화하고 권력을 보여주기보다는 느끼게 하는 쪽이었다. 모든 면에서 앙증맞고 자연스럽게 품위를 보여주어 자신에게 부주의한 남자아이들에게 좋은 영향을 미쳤다. 그녀는 누구도 자신을 거칠게 대하거나 혹은 씻지 않은 손으로 만지지 못하게 했고 그래서 베스가 머무는 동안 다른 어느 때보다 비누 사용량이 많아졌다. 소녀들은 여왕을 모시는 영광을 누리려면 손을 씻어야 한다고 생각했고 "저리 가. 더러운 애야!"라는 경멸 어린 말을 듣는 것을 가장 큰 수치로 여겼다.

그녀는 낮게 깐 목소리를 싫어하고 시끄러운 대화에도 겁을 먹어서 그녀에게 말을 할 때 소년들의 걸걸한 목소리는 한층 부드러워졌고 그녀가 있을 때는 옥신각신하는 싸움도 즉시 멈췄다. 구경꾼들은 원칙도 제어하지 못하는 아이들을 그녀가 굴복시켰다고 생각했다. 그녀는 기다리는 것을 좋아하고 덩치 큰 소년들은 그녀가 시키는 소소한 심부름을 군말 없이 해주었으며 어린아이들은 그녀의 충실한 노예가 되었다. 그들은 그녀의 마차를 끌게 해달라고, 열매를 따는 바구니를 들게 해달라고 혹은 테이블에 그녀의 접시를 놓게 해달라고 애원했다. 그 어느 것도 중요하지 않은 건 없어서 토미와 네드는 그녀의 작은 부츠를 닦는 일을 두고 말다툼을 벌였다.

아주 어린 아이긴 하지만 잘 자란 숙녀가 있는 한 주 동안 낸은 특히 좋은 영향을 많이 받았다. 말괄량이의 비명과 법석이 들리면 베스는 커다란 푸른 눈동자에 놀라움과 두려움을 담아 쳐다보았다. 그녀는 낸을 일종의 야생 동물처럼 생각하고 거리를 두려고 했다. 마음이 따뜻한 낸은 이때 크게 깨달았다. 처음에는 "치! 상관 안 해!"라고 말했지만 사실 마음이 쓰였고 베스가 "난 내 사촌이 제일 좋아. 그 애는 조용하니까."라고 말했을 때 아주 상처를 받았다. 낸은 가여운 데이지의 치아가 덜덜거리는 소리가 머릿속을 마구 울릴 때까지 흔들어대다가 헛간으로 뛰어가 실망의 눈물을 흘렸다. 동요한 영혼은 안식처에서 다른 것들로부터 위로를 받았다. 어쩌면 진흙으로 둥지를 지은 제비들이 우아함의 미덕에 대해 짹짹거리며 알려주었는지도 모른다. 그렇다고 해도 그녀는 꽤 우울해하면서 베스가 좋아하는, 풋사과의 일종으로 붉은빛이 도는 작고 달콤한 사과를 찾아 과수원을 배회했다. 이 화해의 선물을 들고 낸은 어린 공주님에게 다가가 공손하게 선물을 건넸다. 그녀가 아주 고맙게 받자 낸은 너무 기뻤고 데이지가 낸에게 용서의 입맞춤을 해주자 베스도 자신이 너무 가혹하게 굴었다고 느껴 사과하고 싶은 마음이 들었는지 그렇게 했다. 그런 다음 셋이서 즐겁게 놀았고 낸은 며칠 동안 왕족의 호의를 누렸다.

낸은 처음에는 예쁜 새장의 작은 야생 새처럼 굴었고 간간이 빠져나와 오랜 비행을 하며 날개를 펴거나 포동포동한 멧비둘기 같은 데이지나 앙증맞은 황금 카나리아인 베스에게 방해받지 않는 곳에서 목소리를 높여 노래를 불렀다. 그건 그녀에게 좋은 일이었다. 모두가 어린 공주님의 작은 은총과 미덕을 사랑하는 것을 보면서 낸도 사랑을 가득 받고자 열심히 베스를 따라 하기 시작했다.

집 안의 모든 소년이 아름다운 아이의 영향력을 느꼈고 정확히 어떤 식으로 혹은 그 이유를 알지 못한 채 행동이 나아졌고 가슴속에서 이런 기적을 즐겼다.

가여운 빌리는 베스를 바라보는 것만으로도 순전히 만족을 느꼈다. 베스는 빌리가 뚫어지게 쳐다보는 것이 마음에 들지 않았지만 그가 다른 소년들과 많이 다르다는 점을 이해한 뒤로는 찡그리지 않고 허락했고 이후 더 친절하게 대했다. 딕과 돌리는 그들이 유일하게 만들 수 있는 버들피리로 베스에게 감동을 주었지만 그 애는 받은 선물을 한 번도 쓰지 않았다. 로브는 베스를 어린 연인처럼 떠받들고 테디는 강아지처럼 그 애 뒤꽁무니를 쫓아다녔다. 잭은 손에 사마귀가 많이 나고 쉰 목소리를 내서 베스가 좋아하지 않았다. 스터피는 교양 있게 먹지 않는다는 이유로 미움을 샀기에 게걸스러운 소리를 내지 않으려고 엄청나게 노력하면서 자기 맞은편에 앉은 작은 숙녀의 신경을 거슬리지 않으려고 애썼다. 네드는 불쌍한 들쥐를 못살게 구는 게 발각되면서 체면이 깎인 채 궁정에서 추방되었다. 금발미녀는 슬픈 광경을 결코 잊지 못했고 네드가 다가오면 베일 뒤로 숨으며 그에게 도도한 작은 손길로 저리 가라고 휘두르며 슬픔과 분노가 섞인 목소리로 외쳤다.

"난 네가 마음에 들지 않아. 너는 가여운 쥐의 꼬리를 잘랐고 쥐들이 비명을 질렀어!"

데이지는 베스가 왔을 때 곧장 왕좌에서 물러나 주방장이라는 초라한 자리를 맡았다. 낸은 첫 들러리가 되었고 에밀은 재무장관이 되어 9펜스나 하는 안경을 사는 데 공금을 다 썼다. 프란츠는 수상으로 그녀에게 곧장 국정을 보고하고 왕국 전역의 진척상황을 살피고 외세를 막아내는 데 노력했다. 데미는 그녀의 철학자가 되어 왕관을 쓴 인물들 사이에서 다른 신사들보다 더 후한 대우를 받았다. 댄은 상비군으로 터전을 용감하게 지켰고 토미는 궁정 어릿광대로, 네트는 이 순진한 어린 메리 1세를 위해 아름다운 선율을 연주하는 리치오(Rizzio)*로 변신했다.

프리츠와 조는 이 평화로운 사건을 즐겼고 어린아이들이 무의식적으로 본받는 모습을 살피며 더 큰 무대에서 드라마가 펼쳐지는 것을 막고자 아무런 조치도 취하지 않았다.

"아이들은 우리가 가르쳐주는 만큼 우리에게 가르침을 주고 있어요." 프리츠가 말했다.

"저들에게 축복을! 스스로 더 나은 사람이 되려고 노력 중이라는 걸 모르고 있잖아요." 조가 대답했다.

"남자애들 사이에 여자애들을 두는 좋은 효과에 대해서 당신

---

* 이탈리아의 음악가로 영국 여왕 메리 1세의 심복.

이 한 말이 옳았어요. 낸은 데이지를 흔들어놓았고 베스는 어린 곰에게 더 잘 행동하는 법을 우리보다 잘 가르쳤어요. 이 혁명이 처음 시작만큼 계속된다면 난 얼마 못 가 어린 신사들을 대상으로 실험을 한 블림버 박사(Dr. Blimber)가 된 것 같은 기분을 느낄 것 같아요." 프리츠는 공주가 흔들 목마를 타고 있고 로브와 테디가 그 옆 의자에 앉아서 최선을 다해 용맹한 기사 역할을 하며, 토미가 복도로 들어서자마자 자기 모자뿐 아니라 네드의 것까지 벗기는 광경을 보고 웃었다.

"당신은 절대 블림버 박사가 될 수 없어요, 프리츠. 지친다고 그렇게 해서는 안 돼요. 우리 아이들을 그 유명한 온상으로 억지로 데려갈 수는 없어요. 그들이 너무 우아해질까 봐 걱정되지도 않고요. 미국 아이들은 자유를 너무 좋아하잖아요. 하지만 훌륭한 예의범절은 꼭 갖춰야 하고, 우리가 그들에게 가장 단순한 태도를 통해 친절한 정신을 빛나게 한다면 당신처럼 정중함과 솔직함을 키울 수 있을 거예요."

"쯧! 쯧! 우리는 칭찬을 하면 안 돼요. 내가 시작하면 당신이 도망칠 테고, 난 이 행복한 30분이 끝나기 전까진 즐기고 싶어요." 그러나 베어 씨는 칭찬에 즐거워하는 듯 보였고 어쨌든 그 말은 사실이었다. 조 부인은 그가 진정한 휴식과 행복이 그녀와 함께 있다고 말했기에 남편에게 받을 수 있는 최고의 찬사를 들었다고 느꼈다.

"다시 아이들 이야기로 돌아가면 내가 금발미녀의 좋은 영향력을 또다시 입증한 거예요." 조 부인이 자신의 의자를 남편이 누워 있는 소파로 옮기며 말했다. 베어 씨는 여러 정원 일을 하느라 지쳐서 소파에 누워 쉬고 있었다. "낸은 바느질을 싫어하지만 베스에 대한 애정 때문에 오후의 절반을 꾸역꾸역 일해서 근사한 가방을 만들어 우리가 아끼는 사과 열두 개를 넣어 자기 우상에게 주었어요. 난 낸을 칭찬해줬고 그러자 낸이 재빨리 이렇게 말했어요. '전 다른 사람을 위해 바느질을 하는 것이 좋아요. 저 자신을 위해 하는 건 바보 같아요.' 난 거기서 영감을 얻어서 그 애에게 카니 부인의 아이들에게 줄 작은 셔츠와 앞치마를 만들어달라고 할 거예요. 그 아이는 아주 관대하니 손가락이 아플 때까지 바느질할 테고 그러면 난 다른 숙제를 낼 필요가 없잖아요."

"하지만 바느질은 근사한 업적이 아니잖아요, 여보."

"유감이네요. 우리 소녀들은 내가 가르쳐주는 모든 바느질을 배워야 해요. 요즘 소녀들의 가여운 뇌에 꼭 집어넣어야 하는 라틴어, 대수학 및 각종 관념들을 포기하는 한이 있더라도요. 에이미는 베스를 제대로 된 여성으로 키우고 싶어 하지만 그 어린 집게손가락은 이미 바늘에 찔리고 있어요. 그 애의 어머니는 찰흙으로 부리가 없는 새를 만드는 것보다 여러 가지 바느질 작품을 내놓는 걸 더 중요하게 생각하거든요. 로리가 그걸 보고 아주 뿌듯해하죠."

"나 또한 공주님의 영향력을 입증할 증거가 있어요." 베어 씨는 조 부인이 고상한 교육 체계에 대해 코웃음을 치며 단추를 다는 것을 지켜본 뒤에 말했다. "잭은 스터피와 네드와 함께 베스에게 찍힌 무리에 속한 걸 못 견뎌해서 얼마 전에 날 찾아와 자기 손에 난 사마귀를 없애달라고 했어요. 내가 자주 그 제안을 했지만 그 애는 한 번도 동의한 적이 없었어요. 그런데 지금 잭은 앞으로 호감을 얻을 거라는 희망에 현재의 불편을 감수하며 남자답게 고통을 견디고 깔끔한 공주에게 부드러운 손을 보여주려 해요."

그 소리에 조 부인이 웃었고, 바로 그때 스터피가 들어와 금발미녀에게 자기 어머니가 보내준 봉봉 사탕을 줘도 되는지 물었다.

"베스는 아직 단것을 먹으면 안 된단다. 하지만 예쁜 상자에 설탕으로 만든 분홍 장미를 넣어서 주면 아주 좋아할 거야." 조 부인은 '뚱뚱한 소년'이 자기 사탕을 좀처럼 나눠주지 않는데 이런 특이한 선행을 보이는 걸 망치고 싶지 않아서 말했다.

"그걸 먹지 않을까요? 그 애를 아프게 하고 싶지 않아요." 스터피가 맛있는 사탕을 애정 어린 눈길로 바라보면서 상자에 넣었다.

"아니, 아니야. 그 애는 만지지 않을 거야. 장식용이라고 네가 알려주렴. 몇 주 동안 가지고 있으면서 절대로 맛볼 생각을 하지 않을 거야. 그렇게 할 수 있겠니?"

"할 수 있어요! 전 그 애보다 한참 나이가 많으니까요." 스터피가 자신 있게 소리쳤다.

"그렇다면 우리 한번 노력해보자. 자, 네 사탕을 이 봉지에 넣고 네가 얼마나 오래 가지고 있는지 보자꾸나. 하트 두 개, 붉은 물고기 네 개, 보리 설탕 말 세 개, 아몬드 아홉 개, 초콜릿이 들어간 사탕 열두 개가 있구나. 너도 동의하니?" 조 부인이 얼른 작은 봉투에 사탕을 집어넣으며 말했다.

"네." 스터피가 한숨을 쉬면서 대답했다. 그리고 금단의 열매를 주머니에 넣고 베스에게 선물을 주러 갔고 공주님의 미소를 얻어내고 정원을 산책할 때 안내를 해도 좋다는 허락을 받았다.

"가여운 스터피의 가슴이 마침내 위장보다 우선순위가 되었네요. 베스가 그에게 준 선물로 노력할 더 큰 용기를 얻을 거예요." 조 부인이 말했다.

"유혹을 주머니에 집어넣고 아주 어리고 다정한 선생님에게서 참을성을 배우는 소년은 참 행복하지!" 아이들이 창가를 지나갈 때 스터피의 포동한 얼굴이 완전한 만족감으로 가득 차 있고 금발미녀가 '아름다운 향기'가 나는 진짜 꽃을 더 좋아하지만 그래도 설탕 장미를 우아하게 쳐다보는 모습을 살피며 베어 씨가 이렇게 덧붙였다.

베스의 아버지가 데리러 왔을 때 모두가 슬퍼했고 이별의 선물이 너무 많아 로리 씨는 큰 마차를 불러 시내로 타고 가야겠다고 말했다. 모두가 베스에게 선물을 주었고, 흰 쥐, 케이크, 조개껍데기 꾸러미, 사과, 가방 속에서 미친 듯이 발길질을 하는 토끼, 원기회복을 위한 커다란 양배추, 피라미가 든 병, 커다란 부케를 챙겨가기란 수월하지 않았다. 작별의 시간이 왔다. 공주는 백성들에게 둘러싸인 채 복도 탁자 앞에 앉았다. 그녀는 사촌들에게 입을 맞추고 다른 소년들에게 악수를 청했다. 그들은 감정을 보이는 것이 부끄러운 일이 아니라고 배웠기에 모두 점잖게 악수를 하며 여러 가지 부드러운 말을 건넸다.

"곧 다시 와." 댄이 가장 아끼는 녹색과 금색 딱정벌레를 베스의 모자에 달아주며 속삭였다.

"뭘 하든지 날 잊지 말아줘, 공주님." 토미가 아름다운 머리카락을 마지막으로 쓰다듬으며 말했다.

"다음 주에 너희 집에 가니 그때 보자, 베스." 그 생각을 하니 위안이 된다는 듯 네트가 덧붙였다.

"이제 악수를 할 수 있어." 잭이 부드러운 손바닥을 보여주었다.

"우리를 기억할 근사한 새 선물을 두 개 준비했어." 딕과 돌리가 새로 만든 호루라기를 주었는데, 그들은 일곱 개의 낡은 호루라기가 몰래 주방 난로 속에 던져졌다는 사실을 알지 못했다.

"우리 작은 공주님! 난 네게 줄 책갈피를 만들 거니 항상 가지고 다녀야 해." 낸이 따뜻하게 포옹하며 말했다.

이 모든 작별 인사 중에서 가여운 빌리가 제일 보기 안타까웠다. 진짜로 베스가 간다는 생각에 참을 수 없어서 빌리는 그 애 앞에 몸을 내던지고 작은 푸른 부츠를 껴안고 절망에 빠져 엉엉 울었다. "가지 마! 안 돼!" 금발미녀는 이 북받친 감정에 큰 감동을 받아 몸을 구부려 가여운 아이의 머리를 들어 올리고는 부드럽게 작은 목소리로 말했다.

"울지 마, 가여운 빌리! 네가 보고 싶을 거고 곧 다시 올게."

이 약속이 빌리를 위로했다. 그는 자신에게 내려진 특별한 영광에 뿌듯해하며 뒤로 물러났다.

"나도 해줘! 나도!" 딕과 돌리는 자신들의 헌신에 대한 대가를 받고 싶다고 느끼며 소리쳤다. 다른 아이들도 울고 싶다는 표정을 지었다. 그리고 친절하고 유쾌한 얼굴들이 공주의 마음을 움직여서 그녀가 팔을 벌리고 신중하지 못하게 행동했다.

"난 모두가 보고 싶을 거야!"

향기로운 꽃에 모여드는 벌떼처럼 애정 어린 소년들이 아름다운 소녀 주변으로 모여서 잠시 왕관만 보일 정도로 아주 열정적으로 대신 거칠지 않게 어린 장미꽃에 입을 맞췄다. 그런 다음 아버지가 딸을 구했다. 그녀는 길을 떠나면서 계속 미소를 짓고 손을 흔들었고 소년들은 울타리에 앉아 뿔닭 무리처럼 그녀가 보이지 않을 때까지 소리를 질러댔다. "다시 돌아와! 꼭 다시 돌아와줘!"

그들 모두가 베스를 그리워했다. 각자 그렇게 아름답고 섬세하고 다정한 사람을 아는 것이 좋은 일이라고 어렴풋이 느꼈다. 어린 베스는 부드러운 존경으로 사랑하고 존중하고 보호해주어야 하는 대상에 대한 소년의 예의 바른 본능을 끌어내주었다. 많은 아이들의 가슴속에 한 아름다운 소녀가 자리를 만들고 순수함이라는 가장 단순한 마법으로 그녀에 대한 기억을 생생하게 남겼다. 이 작은 신사들은 이제 막 그 힘을 느끼고 잔잔한 영향력을 사랑하는 법을 배웠고 작은 손이 그들을 이끄는 것과 아직 피지 않은 꽃봉오리라고 할지라도 여성에게 충성을 보이는 행동을 부끄러워하지 않게 되었다.

14. 다몬과 피디아스

베어 부인이 옳았다. 평화는 잠시뿐인 정적이었다. 폭풍우의 전조가 생기고 베스가 떠나고 이틀 뒤 도덕성을 둘러싼 지진이 플럼필드의 중심을 세게 흔들어놓았다.

문제의 발단은 토미의 암탉들이었다. 그들이 그렇게 많은 알을 낳지 않았다면 토미가 그 알들을 팔아 엄청난 돈을 벌지 않았을 것이다. 돈은 모든 악의 근원이지만 우리가 감자 없이 사는 것보다 돈 없이 사는 것이 더 힘들 만큼 인생에서 중요한 요인이기도 하다. 토미는 확실히 돈 없이 살 수 없어서 무신경하게 써버리기에 베어 씨가 저축을 하도록 강제하고 깡통 저금통을 주었다. 커다란 굴뚝이 있는 저금통 문에는 그의 이름이 적혀 있고 굴뚝을 타고 동전이 아래로 내려가 바닥에 있는 작은 문을 열지 않는 한 그 속에서 유혹적으로 짤랑거리며 남았다.

그 저금통 집이 급격하게 무거워지자 토미는 이내 자신의 투자에 만족하고 자본을 동원해 새로운 보물을 사기로 마음먹었다. 그는 계속 총액을 기록하고 돈을 현명하게 쓰겠다는 조건으로 5달러가 모이는 즉시 저금통을 열겠다고 약속했다. 이제 1달러만 더 모으면 되었고 그날 조 부인이 48개의 달걀값을 지불해서 토미는 아주 기뻐하며 헛간으로 뛰어가 오랫동안 바이올린을 사고 싶어서 돈을 모으던 네트에게 밝은 25센트짜리 동전을 보여주었다.

"그 돈에 내가 가진 3달러를 보태면 난 곧바로 바이올린을 살 수 있을 텐데." 네트가 돈을 보고 탐내듯 말했다.

"내가 좀 빌려줄 수 있어. 아직 내 돈으로 무얼 할지 결정하지 않았거든." 토미가 동전을 던지고 받으면서 말했다.

"저기, 얘들아! 개울로 와서 댄이 잡은 엄청나게 큰 뱀을 구경해!" 한 목소리가 헛간 뒤에서 말했다.

"가보자." 토미가 말하고 자기 돈을 낡은 탈곡기 위에 놓고 뛰어갔고 네트도 뒤를 따랐다.

뱀은 아주 흥미로웠고 절뚝거리는 까마귀를 한참 쫓아다니며 잡느라 토미는 마음과 시간을 모두 써버렸다. 그래서 자신의 돈을 그날 밤 안전하게 침대에 넣을 생각을 하지 못했다.

"걱정 마, 네트 빼고 아무도 돈이 어디 있는지 모르니까." 느긋한 소년은 이렇게 말하며 자기 자산에 대해 불안해하지 않고 잠이 들었다.

다음 날 아침, 소년들이 수업하러 모였을 때 토미가 교실로 헐레벌떡 뛰어 들어와 소리쳤다.

"누가 내 돈을 가져갔어?"

"무슨 소릴 하는 거야?" 프란츠가 물었다.

토미는 설명을 했고 네트가 그 말을 입증해주었다.

모두가 자기들은 아무것도 모른다고 말했고 의심스러운 듯 네트를 쳐다보았다. 그는 부인하면서 점점 더 두려워했고 혼란에 빠졌다.

"분명 누군가 가져간 거야." 프란츠가 말하자 토미가 모두를 향해 주먹을 쥐고 화를 내며 소리쳤다.

"이런 천둥거북이 같으니라고! 난 도둑을 잡으면 결코 잊지 못할 선물을 줄 거야."

"침착해, 토미. 우리가 찾아보자. 도둑은 항상 밝혀지게 되어 있어." 그 문제에 대해 잘 아는 댄이 말했다.

"어쩌면 부랑자가 헛간에 들어와 잠을 자고 가져갔을 수도 있잖아." 네드가 의견을 냈다.

"아니, 사일러스가 있어서 절대 그럴 수 없어. 게다가 부랑자는 돈을 찾아 낡은 탈곡기를 뒤지지 않아." 에밀이 멸시하는 말투로 말했다.

"사일러스가 그런 게 아닐까?" 잭이 물었다.

"그건 아니야! 늙은 사일러스는 햇살처럼 정직한 사람이야. 그가 우리 돈에 손대는 걸 절대 보지 못할 거야." 토미는 자신이 가장 존경하는 인물이 의심받는 걸 제대로 방어해냈다.

"누가 그랬든 간에 들키기 전에 빨리 말하는 편이 좋을 거야." 데미가 말하고 가족들에게 끔찍한 불운이 닥친 표정을 지었다.

"내가 그랬다고 네가 생각하는 거 알아." 네트가 얼굴이 빨개져서 흥분하며 말했다.

"돈이 어디에 있는지 아는 유일한 사람은 너잖아." 프란츠가 말했다.

"난 안 가져갔어. 안 가져갔다고 했잖아!" 네트가 절망하며 소리쳤다.

"다들 진정해, 진정하라고! 대체 이게 무슨 소란이니?" 베어 씨가 무리로 다가왔다.

토미가 돈을 잃어버린 이야기를 다시 했고 베어 씨는 그 이야기를 들으면서 점점 심각해졌다. 이것이 사실이라면 그들의 잘못이자 결점이 될 터였다. 아이들은 지금껏 쭉 정직했다.

"자리에 앉아라." 베어 씨가 말했다. 모두 자리에 앉자 그는 진지한 표정으로 한 명씩 아이들의 얼굴을 살폈고 그건 잔소리 폭풍보다 더 견디기 힘들었다. 그리고 그가 천천히 덧붙였다.

"자, 얘들아. 너희 모두에게 한 가지씩 질문할 테니 솔직하게 대답해주렴. 난 겁을 주거나 구슬리거나 너희에게서 나온 진실에 놀라지 않을 거야. 너희 모두에게는 양심이 있고 그게 무엇인지 알지. 자, 이제 토미에게 한 잘못을 되돌릴 시간이야. 모두 앞에서 정직해지렴. 날 속이는 것보다 갑작스러운 유혹에 굴복한 점이 더 용서하기 쉽단다. 도둑질에 거짓말을 더하지 말고 솔직하게 고백하면 우리 모두가 그 일을 잊고 용서하도록 도와줄 거야."

베어 씨가 잠시 말을 멈추자 교실은 쥐죽은 듯 조용해졌다. 그리고 천천히 강렬하게 그는 모두에게 각각 질문하고 여러 목소리로 같은 대답을 들었다. 모든 얼굴들이 흥분하고 벌겋게 달아올라서 베어 씨는 얼굴색을 증거로 여길 수 없었고 어린아이들은 아주 겁을 먹어서 마치 죄를 지은 것처럼 짧은 두 마디를 더듬거리며 말했지만 그들이 이 일을 저지르지 않은 건 분명했다. 네트의 차례가 되자 베어 씨의 목소리가 누그러졌고 가여운 아이가 너무 비참해하는 것이 보여 그는 마음이 좋지 않았다. 베어 씨는 네트가 범인이라고 믿었고 소년이 두려워하지 않고 진실을 말해서 또 다른 거짓말로부터 아이를 구원하고 싶었다.

"자, 아들아. 내게 솔직하게 대답해주렴. 네가 돈을 가져갔니?"

"아니요!" 네트는 애원하듯 그를 쳐다보았다.

그의 떨리는 입술에서 말이 나오자 누군가 씩씩거렸다.

"그만두지 못해!" 베어 씨가 책상을 쿵 치며 그 소리가 나온 모퉁이 쪽을 노려보았다.

네드, 잭, 에밀이 거기 앉아 있었다. 네드와 잭은 부끄러워했지만 에밀은 이렇게 말했다.

“제가 한 게 아니에요, 작은아버지! 전 넘어진 동료를 때리는 그런 비열한 인간이 아니라고요.”

“참 잘났어!” 자신의 불운한 돈이 만들어낸 문제에 슬퍼진 토미가 말했다.

“다들 조용히 해!” 베어 씨가 이렇게 소리치고 모두 조용해지자 다시 냉정하게 말했다.

“정말 유감이구나, 네트. 하지만 증거가 널 가리키고 있어. 네 예전 잘못 때문에 우리가 더 널 의심할 수밖에 없구나. 한 번도 거짓말을 하지 않는 아이들을 믿듯 널 믿을 수 있으면 좋겠어. 하지만 난 너를 이 일의 범인으로 몰지 않아. 내게 확신이 생길 때까지 널 벌주지 않을 거고 더 이상 그 돈에 대해서 묻지도 않을 거야. 네 양심이 알아서 하도록 놔둘 거란다. 네가 죄책감을 느낀다면 낮이건 밤이건 언제든 날 찾아와서 고백하렴. 그러면 널 용서하고 일을 수습하도록 도와줄 거야. 네가 무죄라면 진실은 곧 밝혀질 거고 그 즉시 내가 제일 먼저 널 의심한 일에 대해 용서를 구하고 아주 기쁜 마음으로 최선을 다해 우리 모두에게 네가 혐의가 없다는 것을 밝힐 거란다.”

“전 훔치지 않았어요! 제가 안 그랬다고요!” 네트는 자신을 향한 눈초리 속에 담긴 불신과 혐오를 견딜 수 없어서 팔에 엎드린 채 흐느꼈다.

"나도 네가 아니길 바라." 베어 씨가 잠시 뒤에 입을 열었다. 그는 범인이 누구든지 한 번 더 기회를 주려는 것 같았다. 그러나 아무도 입을 열지 않았고 어린아이들 틈에서 동정 어린 훌쩍거림만이 들렸다. 베어 씨는 고개를 저은 뒤 후회하는 목소리로 말했다.

"그렇다면 더 이상 묻지 않겠지만 한 가지는 말하고 싶구나. 이 일을 다시는 거론하지 않을 테니 너희도 내 말대로 따라주길 바라. 누구를 의심하든 간에 그를 전과 같이 친절하게 대하고 어떤 방식으로든 의심받는 사람에게 고통을 주지 않도록 해. 그렇게 하지 않아도 그 애는 충분히 힘이 들 테니까. 자, 이제 수업을 시작하자꾸나."

"아버지 베어가 네트를 너무 쉽게 풀어주셨어." 교과서를 꺼낼 때 네드가 에밀에게 투덜거렸다.

"말조심해." 이 사건이 가족의 명예에 흠집을 냈다고 느낀 에밀이 발끈했다.

많은 소년이 네드의 말에 동의했지만 그럼에도 베어 씨의 판단이 옳았다. 네트는 차라리 그 자리에서 죄를 고백하고 넘어가는 편이 더 현명했을 거라고 생각했다. 친아버지에게 가장 심하게 두들겨 맞았던 때가 이처럼 차가운 얼굴들과 회피, 주변의 모든 의혹의 눈초리를 견디는 것보다 한층 쉬웠을 터였다. 코번트리의 요양원으로 보내져 그곳에 머물러야 하는 사람이 있다면 그건 바로 가여운 네트다. 그를 때리려는 손 하나 올라오지 않았고 어떤 말도 나오지 않았지만 그는 천천히 고문을 당하며 일주일을 보냈다.

정말 끔찍한 일이었다. 차라리 대놓고 말을 하거나 주변에서 돌팔매를 맞아도 이런 끔찍한 불신의 얼굴들을 침묵 속에서 마주하는 것보다 나으리라. 베어 부인은 전처럼 친절하게 그를 대했지만 그녀마저도 그런 낌새를 보였다. 그러나 아버지 베어의 눈동자에 담긴 슬픈 불안감이 네트를 가장 마음 아프게 했고 자신의 스승을 정말로 좋아했기에 이 갑절의 죄로 그를 완전히 실망시켰다는 사실을 알았다.

이 집에서 유일하게 네트를 전적으로 믿고 나머지 사람들로부터 강건하게 그를 대변한 인물이 있었는데 바로 데이지다. 모든 정황에도 왜 그를 믿는지 데이지는 설명할 수 없었지만 그가 의심스럽지 않고 그녀의 따뜻한 마음이 그의 편을 들게 만들었다. 그녀는 누구에게도 네트를 비방하는 말을 듣지 않았고 실제로 사랑하는 데미 오빠가 분명 네트가 저지른 일이라고, 그 말고는 누구도 돈의 행방을 몰랐다며 설득하려고 할 때도 오빠의 뺨을 때렸다.

"아마 암탉들이 먹었겠지. 늙은 닭들은 아주 식탐이 많잖아."

데이지가 말했다. 그 말에 데미가 웃음을 터트리자 데이지는 화가 나 웃고 있던 오빠의 뺨을 때리고는 눈물을 흘리며 뛰쳐나가면서 소리쳤다. "네트가 그런 게 아니야! 안 그랬다고! 아니라고!"

이모나 이모부 어느 쪽도 친구에 대한 아이의 믿음을 흔들려고 하지 않았지만 데이지의 순수한 본능이 확신을 주고 더 나은 방향으로 그 애를 사랑해주길 바랐다. 네트는 그 일이 있고 난 뒤 데이지가 없었다면 견디지 못했을 거라고 종종 말했다. 다른 아이들이 그를 피할 때도 데이지는 전보다 더 네트에게 가까이 있으면서 나머지 아이들에게 등을 돌렸다. 이제 데이지는 네트가 낡은 바이올린으로 스스로를 위로할 때 계단에 앉아 있지 않고 그의 옆에서 자신감과 애정이 가득한 얼굴로 들어주어 네트는 잠시 수치스러움을 잊어버리고 행복했다. 데이지는 자신의 공부를 도와달라고 그에게 부탁하고 자기 주방에서 엄청 엉망인 요리를 해주었지만 그는 무슨 요리든 남자답게 먹었다. 그녀에 대한 고마움이 가장 맛없는 요리도 달달하게 만들어주었기 때문이다. 데이지는 네트가 다른 남자아이들과 어울려 놀지 못하는 것을 보고 크리켓이나 야구 같은 불가능한 놀이를 하자고 제안했다. 또한 자기 정원에서 따온 꽃으로 만든 작은 다발을 그의 책상에 놔두고 자신이 형편이 좋을 때만 친한 척하는 사람이 아니라 힘들 때도 같이 있어주는 충실한 친구라는 점을 보여주었다. 낸도 이제 데이지를 본받아 네트에게 친절하게 굴었다. 신랄한 비난은 접어두고 의심이나 혐오의 대상을 향해 치켜세우던 코를 낮추어서 말괄량이 부인에게는 좋은 일이었는데, 낸은 네트가 돈을 가져갔다고 굳게 믿는 쪽이었기 때문이다.

소년들이 대부분 그를 가혹하게 홀로 내버려두었지만 댄은 겁쟁이를 싫어한다고 말하긴 했어도 단호하게 그를 보호하며 지켜보았고 자신의 친구를 괴롭히거나 위협하려는 아이가 있으면 제대로 막았다. 그가 생각하는 우정은 데이지의 우정만큼이나 고귀했고 그만의 거친 방식으로 자신의 충실함을 보였다.

어느 오후, 개울가에 앉아 물거미의 습성에 대해 열심히 공부하고 있는데 벽 맞은편에서 나누는 대화가 들렸다. 엄청나게 호기심이 많은 네드는 그동안 누가 범인인지 알고 싶어 몸이 근질근질했다. 나중에 한두 소년이 자신들이 틀렸다고 생각하기 시작했고 네트는 변함없이 자신이 하지 않았다고 부정하며 그들의 무시를 잘 견뎌냈다. 그 의구심에 네드는 견딜 수가 없어서 베어 씨의 지시도 무시하고 개인적으로 네트에게 여러 차례 물었다. 벽 한쪽 그늘 아래서 책을 읽는 네트를 보고 네드는 금지된 주제에 대해 이야기하고 싶은 욕망을 억누르지 못했다. 그는 십여 분간 네트를 힘들게 했고, 댄이 도착했을 때 거미를 좋아하는 그가 처음 들은 말은 참고 간청하는 네트의 목소리였다.

"그러지 마, 네드! 아, 안 돼! 난 모르니까 말해줄 수 없어. 아버지 베어가 날 괴롭히지 말라고 하셨는데 넌 은근슬쩍 계속 날 괴롭히고 있잖아. 댄이 있었다면 감히 이러지 못했겠지."

"난 댄이 두렵지 않아. 댄은 그저 나이가 많은 말썽꾸러기일 뿐이야. 그가 토미의 돈을 가져간 거잖아. 넌 알고 있지. 그래서 말하지 않는 거야. 자, 어서 말하라고!"

"댄이 그러지 않았어. 그렇지만 그가 그랬다고 해도 난 댄의 편에 설 거야. 나한테 늘 잘해줬단 말이야." 네트가 진심으로 말하자 댄은 거미도 잊어버리고 재빨리 일어나 고마움을 전하려고 했다. 그런데 네드의 다음 말이 그의 발목을 잡았다.

"난 댄이 훔친 다음 너한테 돈을 줬다는 걸 알아. 댄이 여기 오기 전에 소매치기였던 건 당연하고, 그 아이의 정체는 너 말고 아무도 모르니까." 네드는 자신이 한 말을 믿지 않았지만 네트를 화나게 만들어 진실을 얻어내려고 했다.

네트가 화를 내며 이렇게 말하는 통에 그는 비열한 소망을 일부 성취했다.

"그 말을 한 번만 더 했다간 난 베어 씨에게 가서 전부 다 알릴 거야. 고자질은 싫지만, 맙소사! 네가 댄을 가만히 안 놔두면 그럴 거야."

"그러면 넌 거짓말쟁이에다가 도둑에다가 비열하기까지 한 거네." 네드가 조롱했고 네트는 모욕에 소심하게 발끈했기에 그는 네트가 댄을 위해 감히 스승을 찾아갈 거라고 믿지 않았다.

네드가 넌 말하지 못할 거라고 덧붙이려는데 그 말이 입 밖으로 나오기도 전에 등 뒤에서 긴 팔이 그의 목덜미를 움켜쥐고 아주 거칠게 벽으로 던져 그는 개울 한가운데로 나동그라졌다.

"그 말을 한 번만 더 했다가는 네 눈이 보이지 않을 때까지 머리통을 물에 처박을 줄 알아!" 댄이 로도스의 거상처럼 좁은 개울 양쪽에 발을 디디고 서서 물속에서 당황한 아이를 노려보았다.

"난 재미 삼아 그런 거야." 네드가 말했다.

"넌 네트를 궁지에 몰아넣으면서 비열한 짓을 저질렀어. 다시 내 눈에 띄면 다음번에는 강에 던져버릴 거야. 일어나서 어서 썩 꺼져!" 댄이 분노에 차 고래고래 소리를 질렀다.

네드는 물을 뚝뚝 흘리며 도망쳤다. 그의 즉흥적인 목욕은 분명 도움이 되어 다음부터 그는 개울에 호기심을 다 떠내려 보낸 듯 두 소년에게 깍듯하게 굴었다. 댄에게 벽으로 던져지고 네트의 거짓말을 알아내서 문제를 다 해결해 지친 듯 보였다.

"그 애는 다시 널 괴롭히지 않을 거야. 또 그러면 나한테 말해. 내가 해결할 테니까." 댄이 열을 식히며 말했다.

"네드가 나에 대해 뭐라고 떠들든 신경 안 써. 이미 익숙해졌거든." 네트가 슬프게 대답했다. "하지만 널 비방하는 건 못 참아."

"그 애의 말이 거짓인 걸 네가 어떻게 알아?" 댄이 고개를 돌

리며 물었다.

"뭘, 돈 말이야?" 네트가 놀라 고개를 들었다.

"그래."

"그냥 알아. 넌 돈은 신경 안 쓰잖아. 네가 원하는 건 쓸모없는 곤충 같은 것들뿐이잖아." 네트가 못 믿겠다는 듯 웃었다.

"네가 바이올린을 사고 싶듯 나도 나비 채를 가지고 싶어. 내가 너처럼 돈을 훔치지 않을 거라는 보장이 있어?" 댄은 여전히 고개를 돌린 채 막대기로 토탄*에 바쁘게 구멍을 뚫었다.

"네가 그랬을 거라 생각하지 않아. 넌 싸움을 좋아해서 가끔 사람들을 쓰러뜨리지만 거짓말은 하지 않고 난 네가 훔쳤다고 믿지 않아." 그리고 네트는 단호하게 고개를 저었다.

"난 둘 다 했어. 거짓말을 밥 먹듯이 했다고. 지금 그게 아주 큰 문제가 되고 있지. 그리고 난 페이지 씨에게서 도망칠 때 텃밭에서 먹을 걸 훔쳤어. 그러니 이제 내가 나쁘다는 걸 알겠지." 댄이 최근 그만둔 거칠고 난폭한 말투를 다시 꺼냈다.

"제발 댄! 네가 그랬다고 하지 마! 차라리 다른 아이가 그랬다는 소리를 듣고 싶어." 네트가 너무 괴로운 목소리라 댄은 기뻤고 자신이 거짓말에 성공했다는 걸 보여주려고 괴상한 표정을 지으며 몸을 돌리고 이렇게 대답했다.

---

* 땅속에 묻힌 시간이 오래되지 않아 완전히 탄화하지 못한 석탄. 발열량이 적으며, 비료나 연탄의 원료로 쓰인다.

"난 돈에 대해서는 아무 말도 하지 않았어. 하지만 조바심내지 마. 우린 이 문제를 잘 해결해나갈 테니까."

그의 표정과 태도에 네트는 새로운 생각이 떠올라서 두 손을 꽉 모으고 호소하듯 말했다.

"넌 누가 그랬는지 알고 있구나. 그렇다면 제발 말해줘, 댄. 모두가 이유 없이 날 미워하는 것이 너무 힘들어. 이제 더는 못 견딜 것 같아. 플럼필드를 정말 사랑하지만 갈 곳이 있다면 난 도망쳤을 거야. 하지만 난 너처럼 용감하거나 강하지 않아서 이곳에 머물며 누군가가 내가 거짓말을 하지 않았다는 것을 보여줄 때까지 버텨야 해."

그 말을 하는 네트가 아주 절박하고 상심한 듯 보여 댄은 견딜 수 없어 쉰 목소리로 웅얼거렸다.

"그리 오래 걸리지 않을 거야." 그 말을 남기고 그는 급히 사라졌고 몇 시간 동안 나타나지 않았다.

"댄에게 무슨 일이 있어?" 결코 끝나지 않을 것 같던 한 주의 끝인 일요일에 소년들은 여러 차례 서로에게 물었다. 댄은 자주 기분이 오락가락했지만 그날 그는 아주 진지하고 조용해서 아무도 그에게서 어떤 얘기도 듣지 못했다. 다 같이 산책을 갔을 때 그는 무리에서 떨어져 걸었고 혼자 늦게 집에 왔다. 그는 저녁 대화에도 참여하지 않고 구석에 앉아 자신만의 생각에 잠겨 무슨 대화가 오가는지 전혀 듣지 않았다. 조 부인이 양심 책에서 특별히 좋은 보고서를 그에게 보여주었을 때도 그는 웃음기 없이 쳐다보더니 애석하게 말했다.

"제가 잘하고 있다고 생각하시는 거죠?"

"엄청 잘하고 있어, 댄! 난 너무 기쁘단다. 항상 널 조금만 도와주면 근사한 소년이 될 거라고 생각하거든."

그는 고개를 들어 자부심과 애정과 슬픔이 뒤섞인 검은 눈동자로 그녀를 응시했다. 부인은 그땐 이해할 수 없었지만 이후에 알게 되었다.

"실망하실까 봐 두렵지만 전 노력하고 있어요." 평소에는 아주 기뻐하며 읽고 또 읽고 이야기를 했던 것과 달리 댄은 조금도 즐거운 티를 내지 않고 책을 덮어버렸다.

"어디가 아프니?" 조 부인이 그의 어깨에 손을 올리며 물었다.

"발이 좀 쑤셔서요. 그만 자러 가야겠어요. 안녕히 주무세요, 어머니." 그는 이렇게 말하고 그녀의 손을 들어 자기 뺨에 잠깐 댄 뒤 아끼는 사람에게 작별 인사를 하듯 가버렸다.

"가엾은 댄! 네트가 망신을 당한 일로 슬퍼하고 있어. 참 특이한 아이야. 내가 저 아이를 완전히 이해할 수 있을까?" 조 부인은 혼잣말을 하며 최근에 댄이 아주 좋아진 걸 진심으로 기뻐했지만 처음 생각한 것보다 해결할 문제가 많이 남아 있다고 느꼈다.

네트가 가장 상처받은 것 중 하나는 토미의 행동인데 돈을 잃어버린 후로 토미는 친절하지만 단호하게 말했다.

"난 네게 상처를 주고 싶지 않아, 네트. 하지만 알다시피 난 돈을 잃어버려서 이제 형편이 안 되니 우리는 더 이상 사업 파트너가 아니야." 그 말과 함께 토미는 '토미 뱅스 합작회사'라고 적힌 회사 이름을 지워버렸다.

네트는 그 '합작회사'라는 부분에 큰 자부심을 품고 열심히 달걀을 찾아서 제대로 장부에 기록하고 거래를 통해 받은 수익의 일부를 챙겨서 자산을 착실히 모아왔다.

"세상에, 토미! 꼭 그래야 해?" 이렇게 되면 그는 자신이 영원히 사업을 하지 못할 거라고 느꼈다.

"반드시 그래야 해." 토미가 단호하게 대꾸했다. "에밀이 한쪽이 회사의 자산을 황령(횡령, 그는 이 단어가 돈을 가로채 간 것을 의미한다고 믿었다)하면 다른 쪽이 그를 고소하거나 때릴 수 있다고 그랬고 더 이상 같이 일할 수 없다고 했어. 지금 네가 내 자산을 황령했으니 난 널 고소하지 않을 거고 널 때리지도 않을 거지만 너와 관계를 끊을 거야. 난 널 믿을 수 없고 실패하고 싶지도 않거든."

"네가 날 믿게 만들 수 없고 넌 내 돈을 가져갈 수 없지만, 내가 네 돈을 훔친 게 아니라고 생각한다고 말해준다면 내가 저축한 걸 기꺼이 다 줄게. 계속 달걀을 찾는 일을 하게 해줘. 돈을 달라고 하지 않을 거고 공짜로 일할게. 난 알들이 어디에 있는지 잘 알고 그 일이 좋아." 네트가 간청했다.

그러나 토미는 고개를 저었고 유쾌한 둥근 얼굴은 의심과 무정함으로 가득 차서 이렇게 말했다. "그럴 수 없어. 네가 알이 어디 있는지 몰랐으면 좋겠어. 은근슬쩍 알을 주우러 가서 빼돌릴 생각 하지 마."

가여운 네트는 너무 상처를 받아 회복할 수 없는 지경에 이르렀다. 그는 사업 파트너이자 후원자를 잃었고 불명예스럽게 파산을 했고 사업 모임에서 추방되었다. 그는 과거의 거짓말을 만회하려고 애썼지만 그에게서 나온 것이라면 글이건 말이건 아무도 믿어주지 않았다. 간판이 내려지고 회사는 파산했고 그는 망가졌다. 소년들의 월 스트리트인 헛간은 더 이상 그의 공간이 아니었다. 코클탑과 다른 암탉들이 무심하게 울면서 그의 불행을 슬퍼했고 달걀의 수는 줄어들었고 일부는 혐오하며 새로운 둥지로 자리를 옮겨 토미는 알을 찾을 수가 없었다.

"닭들은 날 믿어." 그 소리를 들었을 때 네트가 말했다. 그 이야기를 소년들이 떠들어대자 네트는 편안함을 느꼈고 비록 세상에서 무시를 받고 있지만 얼룩덜룩한 암탉들이 보여준 확신이 그에게 가장 큰 위로가 되었다.

그러나 토미의 마음에는 불신이 자리 잡았고 한때 자신감 넘치던 영혼의 평화가 깨져서 새로운 파트너를 찾지 않았다. 네드가 하겠다고 나섰지만 토미가 거절하고 정의를 중요시하듯 말했다.

"어쩌면 네트가 돈을 가져가지 않았을 수도 있고 그러면 우리는 다시 파트너가 될 거야. 그런 일이 벌어질 거라고 생각하지 않지만 난 그에게 기회를 줄 거고 좀 더 지켜볼래."

빌리는 토미가 유일하게 믿는 사람으로 달걀을 찾는 일에 익숙해서 깨지지 않은 달걀을 건네주고 사과나 알사탕을 봉급으로 받으며 꽤 만족했다. 댄의 우울한 일요일이 지난 다음 날 아침 빌리가 자신의 고용주에게 오랜 달걀 찾기의 결과물을 보여주며 말했다.

"두 개밖에 없어."

"점점 더 힘들어지는구나. 이렇게 반항하는 암탉은 처음이야." 토미가 신경질을 내며 여섯 개씩 알을 받으며 크게 기뻐하던 날들을 떠올렸다. "그것들은 내 모자에 넣고 내게 분필을 줘. 어쨌든 수량을 표시해야 하니까."

빌리가 탈곡기 위로 올라가서 토미가 장부를 놔두는 기계 꼭대기를 쳐다보았다.

"여기 돈이 아주 많이 있어." 빌리가 말했다.

"아니, 거기 없어. 난 다시는 돈을 아무 데나 놔두지 않을 거야." 토미가 말했다.

"보이는걸. 하나, 넷, 여덟, 2달러야." 아직 숫자를 정확하게 세지 못하는 빌리가 말했다.

"무슨 소리를 하는 거야!" 토미가 직접 분필을 챙기려고 올라갔다가 거의 떨어질 뻔했다. 실제로 거기엔 밝은 25센트 동전이 일렬로 놓여 있고 '토미 뱅스'라고 적힌 종이쪽지가 같이 있었다. 틀림없이 그의 돈이었다.

"이런 천둥거북이 같으니라고!" 토미가 소리치며 그 돈을 들고 집으로 뛰어 들어가 흥분해서 소리를 질렀다. "이제 다 해결됐어! 내 돈을 찾았어! 네트는 어디 있어?"

아이들은 곧 네트를 찾았고, 그의 놀라움과 기쁨은 진심이 가득해서 돈을 훔치지 않았다고 했던 그 말을 지금 의심하는 사람은 거의 없었다.

"내가 가져가지도 않았는데 어떻게 돌려놓을 수 있겠어? 이제 날 믿어줘. 그리고 다시 내게 잘 대해줘." 그가 너무 애원하자 에밀이 그의 등을 찰싹 때리며 그렇게 하겠다는 뜻을 보였다.

"난 네가 훔친 게 아니라서 너무 기뻐. 그렇다면 범인은 누굴까?" 토미가 네트와 진심으로 악수를 한 뒤에 말했다.

"돈을 찾았으니 상관없잖아." 댄이 네트의 행복한 얼굴을 쳐다보며 말했다.

"그래, 뭐 어때! 난 이제 내 물건을 아무 데나 두지 않을 거고 저글링 묘기를 부리는 사람처럼 늘 챙겨 다닐 거야." 토미가 소리치고 혹시 마법으로 돈이 다시 나타난 것이 아닌가 싶어 쳐다보았다.

"어쨌든 우린 범인을 찾아야 해. 물론 범인은 아주 교활해서 자신의 필체가 드러나지 않으려고 글씨를 인쇄했어." 프란츠가 종이를 유심히 살피며 말했다.

"인쇄라면 데미가 첫 번째야." 지금 무슨 사달이 났는지 정확히 알지 못한 채로 로브가 말했다.

"잘 알지도 못하면서 데미가 그랬다고 믿게 만들지 마." 토미가 그렇게 말했고 다른 아이들도 터무니없다는 듯 콧방귀를 뀌었다. 소년들이 데미를 어린 부제(副祭)*로 부르는 만큼 의심의 대상이 될 수 없었다.

네트는 데미와 자신을 두고 이야기하는 소년들의 방식에 차이가 있다는 걸 느끼고, 가진 전부를 걸어 신뢰를 얻거나 그런 대상이 되고 싶다고 바랐다. 다른 사람에게서 신뢰를 잃는 일은 매우 쉽지만 다시 찾는 일은 정말로 어렵다는 점을 그는 배웠고 무시를 당하면서 고통받은 뒤로 진실은 그에게 아주 소중한 것이 되었다.

베어 씨는 올바른 방향으로 한 단계 나아간 것을 아주 기뻐했고 더 많은 진실이 알려지기를 바라며 기다렸다. 실상은 예상한 것보다 빨리 찾아와 그를 아주 놀라고 슬프게 했다. 그날 저녁 식사를 하려고 모였을 때 사각형 소포 하나가 이웃의 베

* 부제품을 받은 성직자. 미사 전례를 도울 수 있는 권한과 강론을 하고 성체를 주는 권한이 부여된다.

이츠 부인으로부터 베어 부인에게 전달되었다. 소포에는 메모가 적혀 있고 베어 씨가 읽는 동안 데미가 끈을 풀고 그 속에 든 것을 보고 놀라 외쳤다.

"세상에, 테디 이모부가 댄에게 준 책이에요!"

"빌어먹을!" 댄은 아주 열심히 노력했지만 아직 욕을 하는 버릇을 완전히 고치지 못했다.

베어 씨는 그 소리에 재빨리 고개를 들었다. 댄은 그와 눈을 마주하려고 했지만 그럴 수 없었다. 자신의 잘못이고 그래서 입술을 깨물고 앉아 수치스러움에 얼굴이 점점 더 붉게 타올랐다.

"이게 뭐니?" 베어 부인이 불안해하며 물었다.

"난 이 일을 개인적으로 이야기하고 싶었지만 데미가 계획을 망쳤으니 지금 해야겠구나." 베어 씨가 아이들이 잘못하거나 속임수를 써서 벌을 줄 때처럼 단호한 표정을 지었다.

"메모는 베이츠 부인이 보냈는데 자기 아들 지미가 이 책을 지난 토요일 댄에게서 샀다고 하는구나. 1달러 이상의 가치가 있는 책처럼 보여 뭔가 착오가 있는 것 같아 돌려보낸다고 하셨어. 이 책을 팔았니, 댄?"

"네." 천천히 대답이 나왔다.

"왜 그랬지?"

"돈이 필요해서요."

"무엇 때문에?"

"누군가에게 갚아주려고요."

"누구한테 돈을 빌렸니?"

"토미요."

"저한테 돈을 빌려 간 적이 없어요." 두려운 얼굴의 토미는 다음에 나올 말이 무엇인지 추측했고 댄을 너무 좋아했기에 이 모든 사건이 그냥 마법으로 벌어진 것이길 빌었다.

"그가 가져갔겠지." 물에 처박힌 일로 댄에게 원한을 품고 있던 네드가 말했고 도덕심이 강한 그는 대가를 치르길 바랐다.

"오, 댄!" 네트가 손에 빵과 버터를 든 것을 아랑곳하지 않고 그의 손의 잡았다.

"너무 힘들었지만 이 문제를 해결해야겠구나. 서로를 의심하듯 쳐다보는 모습을 볼 수 없고 학교 전체가 이 일로 고통스러워하니까. 그 돈을 오늘 아침에 헛간에 놔둔 거니?" 베어 씨가 물었다.

댄은 곧장 그의 얼굴을 쳐다보고 침착하게 대답했다. "네, 그랬어요."

테이블 주변으로 아이들이 웅성거렸고 토미는 놀라 머그잔을 떨어뜨려 깨트렸다. 데이지는 "네트가 범인이 아닐 줄 알았어!"라고 소리쳤고 낸은 울음을 터트렸고 조 부인은 아주 실망하고 유감스럽고 부끄러운 표정으로 식당을 나서서 댄은 견딜 수가 없었다. 그는 잠시 두 손으로 얼굴을 가렸다가 고개를 들고 더 많은 짐을 진 것처럼 어깨를 편 다음 완강한 표정으로 반은 확고하고 반은 난폭한 목소리로 처음 왔을 때처럼 말했다.

"제가 그랬어요. 이제 바라는 대로 하세요. 하지만 전 더 이상 아무 말도 하지 않을 거예요."

"미안하다는 말도 하지 않을 거니?" 그의 바뀐 태도에 안타까워하며 베어 씨가 물었다.

"미안하지 않아요."

"순순히 그를 용서할게요." 토미는 소극적인 네트보다 용감한 댄을 불명예스럽게 만드는 일이 더 힘들다고 느끼며 말했다.

"용서 같은 건 필요 없어." 댄이 퉁명스럽게 대꾸했다.

"스스로 조용히 생각해보면 미안하다고 느낄 수도 있어. 난 지금 얼마나 놀랍고 실망했는지 말하지 않겠지만 곧 네 방으로 가서 이야기를 할 거야."

"그런다고 달라지는 것은 없어요." 댄은 반항적으로 말하려고 애썼지만 베어 씨의 슬픈 얼굴을 보니 그러지 못했다. 그리고 그 말을 그만 돌아가라는 뜻으로 받아들여서 댄은 더 이상 못 있겠다는 듯 다이닝 룸을 나섰다.

댄이 그 자리에 있었다면 더 좋았을 것이다. 소년들은 진심으로 후회와 동정, 놀라움으로 이 일을 이야기했고, 거기에 그가 감동해서 용서를 구했을지도 모르기 때문이다. 누구도 그가 범인이라는 사실을 기뻐하지 않았고 네트조차도 그랬다. 많은 결점이 있지만 다수가, 아니 모두가 지금은 댄을 좋아했다. 그건 그의 거친 외모 속에 모두가 동경하고 사랑하는 남자다운 미덕이 숨어 있었기 때문이다. 조 부인이 댄의 지주이자 양육자였기에 그녀는 자신의 마지막이자 가장 흥미가 있는 소년이 아주 많이 엇나가버린 것에 가슴이 무너졌다. 도둑질은 나쁘지만 거짓말을 하고 다른 이가 부당한 의심으로 엄청난 고통을 겪게 한 일이 더 끔찍했다. 그리고 가장 실망스러운 건 부정직한 방식으로 돈을 돌려놓으려 한 시도였는데, 비겁한 행동이고 속임수를 부린 건 미래에 아주 안 좋은 영향을 미치기 때문이다. 게다가 그 문제에 대해 이야기하는 것도, 용서를 구하거나 후회하는 태도를 보이는 것도 계속 거부하고 있었다. 며칠이 지났고 댄은 계속 수업을 듣고 일을 하고 침묵하고 우울하고 뉘우칠 줄 몰랐다. 네트에 대한 대우를 통해 경고를 받은 듯 그는 누구에게도 동정을 구하지 않았고 소년들과의 놀이에도 참여하지 않고 휴식시간에 들과 숲속을 돌아다니며 보냈고 새와 짐승들과 놀고 다른 소년들보다 더 잘 동물들과 친구가 되었다. 그가 동물들을 아주 잘 알고 사랑하기 때문에 가능한 일이었다.

"이런 상태가 오래가면 저 애가 못 견디고 다시 도망을 칠까 걱정이에요." 베어 씨가 자신의 노력이 실패하자 꽤 낙담하며 말했다.

"얼마 전까지만 해도 전 그 애를 유혹할 만한 건 아무것도 없다고 장담했는데 지금은 전혀 그렇지 못해요. 댄이 너무 달라졌으니까요." 가여운 조 부인은 애통해했고 결코 마음이 편해질 수가 없었다. 조용히 둘만 이야기하려고 할 때면 댄은 얼른 그녀를 피했고 덫에 걸린 야생 동물처럼 반은 매섭고 반은 애원하는 듯한 눈빛으로 그녀를 물끄러미 쳐다보기만 했기 때문이다.

네트는 그림자처럼 댄을 쫓아다녔고 댄은 다른 아이들한테처럼 무례하게 그를 내치지 않았지만 퉁명스럽게 말했다. "넌 이제 괜찮아. 내 걱정은 하지 마. 난 너보다 더 잘 견딜 수 있어."

"하지만 난 네가 혼자 있는 게 싫어." 네트가 슬픈 목소리로 말했다.

"난 좋아." 그리고 댄은 성큼성큼 가버렸고 외로워서 이따금 한숨을 내쉬었다.

어느 날 자작나무 숲을 지나다가 그는 매끄럽고 탄성이 좋은 자작나무 가지로 미끄럼을 타며 재미있게 놀고 있는 여러 소년을 보았다. 댄은 잠시 아이들이 노는 모습을 구경했고 아무도 그에게 같이 하자고 하지 않았기에 가만히 서 있는데 마침 잭의 차례가 되었다. 불행히도 잭은 너무 큰 나무를 골랐다. 그가 가지를 타고 내려오려는데 가지가 조금만 구부러져서 위험한 높이에서 그대로 매달리고 말았다.

"다시 올라가. 거기선 할 수 없어!" 네드가 아래에서 소리쳤다.

잭은 다시 올라가려고 했지만 가지가 미끄러웠고 다리가 나무 몸통에 닿지 않았다. 그는 발길질하고 몸을 움직이며 붙들려고 애쓰다가 포기하고 거칠게 숨을 내쉬며 매달려 있다가 어쩔 수 없다는 듯 말했다.

"날 잡아줘! 도와줘! 난 떨어지고 말 거야!"

"그러면 넌 죽을 거야." 네드가 놀라서 소리쳤다.

"가만히 있어!" 댄이 외쳤다. 그리고 나무로 올라가 멋지게 잭 근처까지 다가갔고 잭은 두려움과 희망이 뒤섞인 표정으로 그를 쳐다보았다.

"너희 둘 다 내려와." 네드가 아래에서 신이 나서 춤을 추었고 네트는 나뭇가지가 부러질 것을 대비해 팔을 벌렸다.

"내가 바라는 게 그거야. 밑에 서 있는 거." 댄이 침착하게 말했다. 그러고는 자기 체중을 실어 나뭇가지를 땅에 더 가깝게 내렸다.

잭은 안전하게 내려왔다. 그러나 자작나무 가지는 무게가 절반으로 줄어들자 갑자기 쓱 올라가서 발부터 착지하려고 몸을 움직이던 댄은 그만 손을 놓치고 심하게 바닥으로 떨어졌다.

"난 안 다쳤어. 곧 괜찮아질 거야." 존경과 놀라움에 가득 찬 소년들이 주위로 몰려들자 댄이 살짝 창백하고 어지러운 채로 일어나서 말했다.

"넌 굉장해, 댄. 난 진짜 너한테 감탄했어." 잭이 고마워했다.

"아무것도 아닌걸." 댄이 웅얼거리며 천천히 일어났다.

"나도 대단하다고 생각해. 비록 너지만 악수하고 싶어." 네드가 말조심을 하면서 손을 내밀었고 그렇게 하는 것이 근사하다고 생각했다.

"하지만 난 비열한 인간과는 악수하지 않아." 댄이 경멸하는 표정으로 등을 돌려서 네드는 개울가의 일을 떠올리고 품위 없이 물러났다.

"집에 가자, 댄. 내가 부축해줄게." 네트가 그와 함께 걸었고 남은 아이들은 이 굉장한 사건에 대해 이야기하며 언제 댄이 '같이 놀아줄지' 궁금해했다. 그리고 다들 토미의 '빌어먹을 돈이 이런 사달을 만들기 전에 제자리에 있었으면 좋았을걸' 하고 바랐다.

다음 날 아침 베어 씨가 교실로 들어왔을 때 그는 아주 행복해 보여서 소년들은 무슨 일인지 궁금했다. 아이들은 베어 씨가 곧장 댄에게 가서 그의 두 손을 잡고 진심으로 흔들며 단숨에 말하는 것을 보고 정신이 나간 게 아닌가 생각했다.

"난 다 알았어. 그리고 네게 용서를 구할게. 너다운 행동이었고 네가 그렇게 해줘서 기쁘구나. 하지만 아무리 친구를 위해서라고 해도 거짓말을 하는 건 옳지 않아."

"무슨 일이에요?" 댄이 아무 말도 하지 않고 놀라서 고개를 들기만 해 네트가 물었다.

"댄이 토미의 돈을 가져간 것이 아니야." 베어 씨는 너무 기쁜 나머지 큰소리로 외쳤다.

"그럼 누가 그랬어요?" 소년들이 단체로 물었다.

베어 씨는 빈자리 한 곳을 가리켰고 모두의 눈이 그의 손길을 따라갔는데 너무 놀라서 한동안 아무 말도 하지 못했다.

"잭이 오늘 아침 일찍 집으로 가면서 이걸 남겼단다." 그리고 베어 씨는 아침에 일어났을 때 방문 손잡이에 꽂힌 메모를 조용해진 아이들에게 읽어주었다.

> 제가 토미의 돈을 훔쳤어요. 헛간 벽 틈을 통해서 그 애가 돈을 거기 놔두는 것을 봤어요. 말하고 싶었지만 너무 무서웠어요. 전 네트는 별로 신경 쓰이지 않았지만 댄은 훌륭한 아이라 더는 견딜 수가 없었어요. 그 돈은 한 푼도 쓰지 않았어요. 제 방 세면대 뒤쪽 카펫 아래에 있어요. 정말 죄송해요. 전 집으로 돌아갈 거고 다시 오지 않을 거예요. 그러니 댄에게 제 물건을 주세요.
>
> 잭으로부터.

그건 제대로 된 자백이 아니었고 마구 휘갈겨 쓰고 잉크 얼룩이 진 짧은 메모였다. 그렇지만 댄에게는 아주 값진 종이가 되었다. 베어 씨가 말을 멈추자 댄이 그에게 다가가 갈라진 목소리로, 하지만 눈물은 흘리지 않은 채 부부가 그에게 가르쳐 준 대로 예의를 갖추어 솔직하게 말했다.

"이제 죄송하다고 말할게요. 절 용서해주세요."

"친절한 거짓말이었어, 댄. 난 어쩔 수 없이 널 용서해야겠구나. 하지만 보다시피 그건 아무 소용이 없었어." 베어 씨가 손으로 댄의 어깨를 감싸고 안도와 애정이 담긴 얼굴로 말했다.

"네트가 아이들에게 따돌림을 받지 않게 하려고 그랬어요. 따돌림을 받아서 네트는 정말 힘들어했어요. 전 그런 일을 당해도 별로 신경 안 쓰니까요." 자신의 힘든 침묵을 이제야 말할 수 있다는 것이 기쁜 듯 댄이 설명했다.

"어떻게 그럴 수가 있어? 넌 항상 나한테 너무 잘해줘." 네트는 친구를 껴안고 울고 싶다는 강한 충동을 느끼며 더듬거리며 말했다. 여자아이 같은 네트의 그런 행동을 댄은 정말 질색했다.

"이제 괜찮아. 그러니까 바보처럼 굴지 마." 그는 이렇게 말하고 목구멍에서 올라오는 무언가를 삼켰고 몇 주간 참았던 웃음을 터트렸다. "베어 부인도 아세요?" 댄이 간절히 물었다.

"그래. 부인은 아주 기뻐해서 너한테 어떻게 할지 모르겠구나." 베어 씨가 입을 열었지만 더 이상은 말하지 못했다. 소년들이 기뻐하고 신기해하며 댄 주위로 몰려들어 소란을 피웠기 때문이다. 열두 질문에 대답하기 전에 한 목소리가 외쳤다.

"댄을 세 번 외치자!" 그리고 조 부인이 문 앞에서 행주를 흔들며 어릴 때 그랬듯이 신이 나서 춤을 추고 싶다는 표정을 지었다.

"자 그럼!" 베어 씨가 함성을 주도했고 그 소리에 주방에 있던 아시아가 깜짝 놀라고 지나다 들른 늙은 로버츠 씨가 고개를 저으며 말했다.

"내가 어릴 적에는 학교가 이렇진 않았는데!"

댄은 잠시 잘 서 있다가 조 부인이 기뻐하는 모습을 보자 감정이 북받쳐 갑자기 복도를 가로질러 뛰어가 응접실로 들어갔고, 그녀도 곧장 따라가서 둘은 30분간 모습을 보이지 않았다.

베어 씨는 신난 아이들을 진정시키느라 애를 먹었다. 그래서 수업을 하기 어렵다고 판단하고 서로에 대한 충실함으로 후세에 널리 이름을 날린 친구들의 이야기를 들려주며 아이들의 주의를 끌었다. 아이들은 그 이야기를 듣고 기억했으며 겸손한 두 친구의 우정에 감동을 받았다. 거짓은 잘못이지만 거짓을 이끌어낸 사랑과 침묵 속에서 불명예를 견딘 용기는 서로 통해서 댄은 그들의 눈에 영웅으로 보였다. 정직함과 명예는 이제 새로운 의미를 지녔다. 훌륭한 이름이 금보다 더 소중하다. 한번 잃어버린 돈으로 그걸 다시 살 수 없고 서로에 대한 믿음은 인생을 부드럽고 행복하게 해주고 다른 어떤 것도 그렇게 할 수 없다.

토미는 뿌듯해하며 다시 회사의 이름을 부활했다. 네트는 댄에게 헌신했다. 그리고 모든 소년이 의심하고 무시했던 일에 대해 속죄하려고 애썼다. 조 부인은 그런 아이들을 보며 기뻐했고 베어 씨는 자신의 어린 다몬과 피디아스* 이야기를 지치지 않고 언제나 들려주었다.

---

* 네트와 댄의 우정을 고대 그리스 시대 단짝 친구인 피디아스와 다몬에 비유했다. 폭군에게 옳은 말을 했다가 감옥에 갇혀 처형 날짜가 정해진 피디아스가 죽기 전에 부모님과 친구들을 만나고 싶어 하자, 다몬이 친구를 대신해 감옥에 들어가 그가 돌아오지 않으면 자신이 죽겠다고 했다. 처형 날이 되어 다몬이 사형장으로 끌려가는 순간 피디아스가 돌아왔고, 두 사람의 우정에 감동받은 폭군은 그들을 풀어주었다.

15. 버드나무에서

늙은 나무는 그해 여름 좋은 광경과 민음을 많이 보고 들었다. 아이들이 가장 좋아하는 휴식 장소라는 것을 버드나무도 즐기는 듯 언제나 즐겁게 아이들을 반겼고 버드나무의 품에서 조용한 시간을 보내는 것이 아이들 모두에게도 이로웠다. 어느 토요일 오후, 수많은 친구들이 다녀갔고 버드나무는 어린 새들이 지저귀는 소리를 듣고 그들에게 무슨 일이 있는지 알 수 있었다.

제일 먼저 낸과 데이지가 작은 욕조와 비누 조각을 들고 찾아왔다. 간혹 작은 숙녀들은 개울에서 모든 인형 옷을 빨며 부산스럽게 굴었다. 아시아는 그녀들이 주방에서 '어슬렁거리는' 걸 못하게 막았고 욕실은 낸이 수도꼭지 잠그는 걸 잊어버려 물이 넘쳐 천장으로 뚝뚝 떨어지게 된 이후로 사용을 금지했다. 데이지는 체계가 있어 흰옷을 먼저 빤 다음 색상 있는 옷을 빨고 제대로 헹군 다음 매자나무 가지에 맨 빨랫줄에 널고 네드가 준 작은 옷핀으로 날아가지 않게 집었다. 그러나 낸은 모든 인형 옷을 한 곳에 몰아넣고 인형 중 하나인 바빌론의 여왕 세미라미스를 위해 베개에 넣을 엉겅퀴 관모를 모으느라 세탁물은 까맣게 잊어버렸다. 관모를 모으는 데 시간이 좀 걸렸고 말괄량이 부인이 옷을 꺼내려고 보니 사방에 짙은 녹색 얼룩이 묻어 있었다. 녹색 실크 안감이 달린 망토를 깜박한 덕에 분홍과 파란 원피스, 작은 슈미즈 심지어 아주 근사한 주름 장식이 달린 페티코트에까지 녹색물이 스며들었다.

"세상에, 맙소사! 이게 무슨 난리람!" 낸이 한숨을 쉬었다.

"풀 위에 놓고 물이 빠지게 해봐." 데이지가 경험담을 일러주었다.

"그래야겠어. 그사이 우린 둥지에 앉아서 옷들이 바람에 날아가지 않는지 살피자."

바빌론 여왕의 옷장이 강둑에 쭉 펼쳐졌고 빨래통은 말리려고 뒤집어둔 채 어린 세탁부는 버드나무 둥지로 올라가서 가사노동에서 잠시 쉴 때 숙녀들이 그러듯 수다 삼매경에 빠졌다.

"내 새 베개에 어울리는 깃털 침대를 만들 거야." 낸이 엉겅퀴 관모를 주머니에서 꺼내 손수건으로 옮겼고 그 과정에서 절반을 흘렸다.

"난 안 만들래. 조 이모가 깃털 침대는 몸에 좋지 않다고 했어. 내 아이는 꼭 매트리스에서 재워야 해." 셰익스피어 스미스 부인이 단호하게 대꾸했다.

"난 상관없어. 내 아이들은 아주 강해서 바닥에서 종종 자기도 하고 별로 마음 쓰지도 않아." (그건 사실이다.) "난 매트리스를 아홉 개나 살 여유가 없으니 직접 침대를 만들어야 해."

"토미가 깃털값을 받을까?"

"아마 그럴 거야. 하지만 난 그에게 돈을 주지 않을 거고 그 애도 굳이 달라고 하지 않을 거야." 말괄량이 부인이 토미 뱅스의 착한 성품을 이용할 작정으로 말했다.

"녹색 얼룩보다 분홍색이 더 빨리 빠질 것 같아." 셰익스피어 스미스 부인이 자리에서 내려다보고 대화 주제를 바꿨다. 낸과 그녀의 관심사는 여러모로 달랐고 스미스 부인은 분별력 있는 여성이었다.

"상관없어. 난 인형 놀이가 지겨워서 전부 다 관두고 내 농장에 집중할 거야. 인형 집 놀이를 하는 것보다 그 편이 더 좋아." 낸이 무의식중에 자기 가정을 잘 건사하지 못하는 많은 나이 든 숙녀들처럼 욕망을 표출했다.

"하지만 인형들을 저렇게 놔두면 안 돼. 어머니가 없으면 다들 죽고 말 거야." 상냥한 스미스 부인이 말했다.

"그럼 죽게 놔두지 뭐. 난 아기를 데리고 달래는 데 지쳤고 남자애들과 놀고 싶어. 그들도 내 본모습을 볼 필요가 있고." 강인한 마음을 가진 숙녀가 말했다.

데이지는 여성의 권리에 대해 알지 못했다. 항상 조용한 방식으로 원하는 것을 전부 얻었고 아무도 그녀의 요구를 거절하지 않았다. 그녀는 감당할 수 없는 일을 벌이지 않고 무의식중에 자신이 영향을 미칠 수 있는 모든 권력을 활용해 다른 이들에게서 목적에 맞는 특권을 얻어냈다.

낸은 그 모든 것을 직접 시도하고 비참한 실패에도 굴하지 않고 남자아이들이 하는 모든 일에 참여하려고 맹렬하게 아우성쳤다. 소년들은 낸을 비웃고 쫓아내고 자신들의 일에 간섭하지 못하도록 막았다. 그러나 낸은 기죽지 않고 그 말을 듣지 않았고 강한 의지로 맹렬한 개혁가의 정신을 보여주었다.

베어 부인은 그런 그녀를 지지했지만, 완전한 자유를 얻으려는 광기 어린 욕망은 조금 억누르게 하려고 노력했고, 그래서 그녀에게 조금 기다리고 자제력을 익히며 자신의 자유를 요구하기 전에 누릴 준비를 하라고 알려주었다.

낸이 그렇게 하기로 합의한 뒤 온순하게 있자 점차 효과가 드러났다. 그녀는 더 이상 기관사나 대장장이가 되고 싶다고 말하지 않고 농경에 관심을 보이며 활동적인 작은 몸에 갇힌 에너지를 발산하는 통로로 이용했다. 그러나 농사일은 그녀를 크게 만족시키지 못했다. 그녀가 키우는 세이지(sage)와 스위트

마저럼(majoram)*은 말을 못하는 식물이라 돌봐준 감사를 직접 표현하지 않았다. 그녀는 사람처럼 아끼고 살피고 보호해줄 무언가를 원했고 어린 소년들이 손가락을 베이거나 머리를 부딪히거나 무릎에 멍이 들어 그녀에게 '수리해'달라고 하면 더할 나위 없이 기뻤다. 이 광경을 보고 조 부인은 그녀가 제대로 하는 법을 배워야 한다고 제안했고 보모가 붕대 감기, 반창고 붙이기, 습포제 바르는 방법을 알려주었다. 소년들은 이제 낸을 '말괄량이 의사 선생님'이라고 불렀고 그녀는 별명이 아주 마음에 들어 어느 날 조 부인이 남편에게 이렇게 말했다.

"프리츠, 낸을 위해 우리가 할 일이 뭔지 알겠어요. 그 애는 지금도 뭔가 생기 있는 일을 하고 싶어 해요. 그렇게 하지 못하면 아주 예민하고 강하고 불만투성이인 여성으로 자랄 거예요. 그 아이의 열정적인 품성을 무시하지 말고 최선을 다해 그 애가 좋아하는 일을 하게 해주고, 머지않아 그 애 아버지를 설득해 의학 공부를 하게 하면 좋겠어요. 낸은 용기가 있고 대담하고 부드러운 심성에 약하고 고통받는 사람에 대한 강한 사랑과 연민이 있으니 훌륭한 의사가 될 거예요."

베어 씨는 미소를 지으며 그러겠다고 동의하고 낸에게 허브 정원을 맡기고 그녀가 키울 식물들의 여러 가지 치료 효능에

* 오레가노속의 식물로 향기가 매우 강해 향료로 쓰며, 약재로도 사용한다.

대해 알려주었다. 그리고 간간이 자잘한 질병에 걸린 아이들에게 허브로 치료해줄 수 있게 허락했다. 낸은 빠르게 배우고 아주 잘 기억해서 베어 교수에게 자질을 충분히 보여주었고 베어 교수는 그녀가 어린아이라는 이유로 못하게 막지 않았다.

그날 버드나무에 앉아 있을 때 낸이 그 생각을 하고 있는데 데이지가 부드러운 목소리로 말했다.

"난 가정을 돌보고 우리가 커서 같이 살 때 데미를 위해 근사한 집을 꾸리고 싶어."

그러자 낸이 단호하게 대답했다.

"글쎄, 난 남자 형제가 없고 호들갑을 떨 집도 필요하지 않아. 수많은 병과 서랍과 막자*가 놓인 사무실을 열 거고 말과 마차를 몰고 다니면서 아픈 사람을 치료할 거야. 그럼 아주 재미있을 것 같아."

"우웩! 고약한 냄새와 끔찍한 가루약과 피마자기름과 센나**와 벌꿀 시럽을 어떻게 견디려고?" 데이지가 몸서리를 치며 물었다.

"난 아무것도 가져가지 않을 테니 걱정하지 마. 게다가 그것들은 사람을 낫게 해주는 약이고 난 사람을 치료하는 일이 좋아. 내가 탄 세이지 차가 마더 베어의 두통을 사라지게 하고 내 홉 열매가 네드의 치통을 다섯 시간 만에 낫게 한 거 알지? 맞

---

* 덩어리 약을 갈아 가루로 만드는 데 쓰는, 유리나 사기로 만든 작은 방망이.
** 콩과의 소관목으로 작은 잎 조각을 모아서 말린 것을 지사제로 쓴다.

잖아!"

"사람들에게 거머리를 놓고 다리를 자르고 치아를 뽑을 수 있겠어?" 그 생각만 해도 아찔해진 데이지가 물었다.

"그럼. 난 무엇이든 할 수 있어. 사람이 다 망가져서 다시 고쳐야 한다고 해도 상관없어. 우리 할아버지가 의사셨고 난 할아버지가 어떤 남성의 뺨에 난 큰 상처를 깁는 것을 봤어. 그때 옆에서 스펀지를 들고 있었는데 조금도 두려워하지 않아서 할아버지가 나더러 용감한 소녀라고 하셨어."

"어쩜 그럴 수 있어? 난 아픈 사람들이 가엾고 그들을 간호하는 건 좋지만 그런 일을 한다면 다리가 떨려서 도망쳐버릴 거야. 난 용기가 없거든." 데이지가 한숨을 쉬었다.

"네가 내 간호사가 되어 내가 환자들에게 약을 주고 다리를 자른 다음에 네가 돌봐주면 되잖아." 분명 대단한 일을 실천할 낸이 말했다.

"어이! 낸, 어디 있어?" 나무 아래서 어떤 목소리가 불렀다.

"우린 여기 있어."

"아야! 아야!" 크게 외치는 목소리가 들리고는 에밀이 고통스러운 듯 인상을 찌푸린 채 한 손으로 다른 손을 잡고 나타났다.

"세상에, 무슨 일이야?" 데이지가 불안해하며 물었다.

"빌어먹을 가시가 엄지손가락에 박혔어. 도통 빠지지 않아. 네가 좀 빼주겠어, 낸?"

"아주 깊이 박혔네. 난 지금 바늘이 없는걸." 더러워진 엄지손가락을 흥미롭게 살핀 뒤 낸이 말했다.

"핀을 써." 에밀이 서둘러 말했다.

"아니, 핀은 너무 크고 끝이 뾰족하지 않아."

이때 데이지가 주머니를 뒤지더니 바늘 네 개가 들어 있는 반짇고리를 꺼냈다.

"데이지, 넌 항상 우리가 원하는 걸 가지고 있구나." 에밀이 칭찬했고 낸은 그 이후로 항상 이런 일이 생기는 걸 감안해 자신도 바늘겨레를 가지고 다니기로 마음먹었다.

데이지가 눈을 감았다. 낸은 침착하게 상처를 살피고 가시를 뽑았고 그러는 동안 에밀이 의료 행위나 진료에 전혀 관계없는 쪽으로 지시를 내렸다.

"거기서 오른쪽으로! 거기야, 거기라고! 다시 한 번 찔러봐. 당겨 올려! 이제 나왔네!"

"엄지를 빨아." 의사가 숙련된 손길로 가시를 살피며 지시했다.

"너무 더럽잖아." 환자가 피가 흐르는 손을 흔들며 대답했다.

"잠깐만. 손수건 가진 게 있으면 내가 묶어줄게."

"없어. 바닥에 널브러진 저 천 쪼가리 중 하나를 써."

"맙소사! 그럴 순 없어. 저건 인형들의 옷이란 말이야." 데이지가 분개하며 소리쳤다.

"내 거 중 하나를 써. 내가 줄게." 낸이 말했다. 그러자 에밀은 내려가서 제일 처음 보이는 '천 쪼가리'를 집어 들었다. 어쩌다 보니 그건 주름 장식이 달린 치마였는데 낸은 상관하지 않고 뜯었고 여왕의 페티코트가 작은 붕대로 변하자 그녀는 환자에게 이렇게 말했다.

"촉촉하게 유지하고 건드리지 마. 그러면 곧 아물 테고 많이 아리진 않을 거야."

"대가로 뭘 받을 거야?" 해군준장이 웃으면서 물었다.

"됐어. 난 진료소를 운영하고 있어. 가난한 사람들이 무료로 의사를 만날 수 있는 곳이야." 낸이 자신만만하게 설명했다.

"고마워, 말괄량이 의사 선생님. 사고를 당하면 언제고 널 찾을게." 그 말과 함께 에밀은 떠났지만 이내 몸을 돌리고 다시금 감사의 말을 건넸다. "네 쓸모없는 물건들이 날 살렸어, 의사 선생님."

'쓸모없는 물건들'이라는 불손한 말은 잊고 숙녀들은 얼른 아래로 내려가 빨랫감을 챙긴 다음 작은 난로에 옷을 말리고 다림질을 하려고 집으로 향했다.

나무 둥지 속 아이들의 수다가 재미있다는 듯 한 줄기 바람에 늙은 버드나무가 웃는 것처럼 흔들렸고 다른 어린 새 한 쌍이 비밀스런 수다를 떨러 올 때까지 계속 가지를 흔들어댔다.

"자, 내가 비밀 하나를 알려줄게." 이제부터 할 이야기가 아주 중요하다는 듯 '거들먹거리며' 토미가 입을 열었다.

"말해 봐." 네트는 이곳이 너무 어둡고 조용해 바이올린을 가져왔으면 좋았겠다고 생각하며 대답했다.

"우리는 최근에 벌어진 흥미로운 사건의 정황 증거에 관해서 이야기를 나누었어." 토미는 클럽에서 프란츠가 한 말을 무작정 인용했다. "그리고 난 우리가 댄을 의심했던 일에 대해 만회하고 그를 존중한다고 보여줄 수 있는 무언가를 댄에게 주어야 한다고 의견을 모았어. 그 애가 늘 가지고 다니면서 뿌듯하게 생각할 근사하고 유용한 물건으로 말이야. 우리가 뭘 골라야 할까?"

"나비 채. 댄은 그걸 정말 갖고 싶어 해." 네트는 자신이 그걸 사주려고 했기에 살짝 실망한 표정으로 말했다.

"아니야. 현미경이어야 해. 진짜 확대가 잘 돼서 물속에 사는 것들도 보고, 별과 개미 알이랑 모든 세포를 다 볼 수 있는 그런 거 말이야. 그게 정말 좋은 선물이 되지 않을까?" 토미는 현미경과 망원경을 혼동하며 말했다.

"최고야! 난 너무 기뻐! 그런데 아주 비싸지 않을까?" 네트는 자신의 친구가 고마워할 것을 생각하며 말했다.

"당연히 그렇겠지. 하지만 우리 모두가 뭔가를 해줘야 해. 난 5달러가 있어. 그걸로 가능하다면 아주 좋겠지."

"뭐라고! 그 돈을 전부 다 쓰려고? 난 너처럼 인심 좋은 아이를 본 적이 없어." 네트가 진심으로 감탄한 눈빛으로 토미를 쳐다보았다.

“너도 알겠지만 난 돈 때문에 아주 힘들었고 이제 지쳤어. 더 이상 저축을 하지 않고 계속 쓸 거야. 그러면 아무도 날 질투하거나 내 돈을 훔치려고 하지 않을 거고, 난 친구들을 의심하거나 돈 때문에 걱정할 필요가 없어.” 백만장자가 지닌 불안과 걱정의 무게를 크게 느끼고 있는 토미가 말했다.

“베어 씨가 허락하실까?”

“베어 씨는 아주 좋은 계획이라고 생각하셨어. 가진 돈을 좋은 일에 쓰는 편이 죽고 난 뒤에 유산을 두고 다투는 것보다 낫다고 여기는 친구분 이야기를 들려주셨거든.”

“너희 아버지는 부자시지. 아버지도 그렇게 하시니?”

“잘 모르겠어. 항상 내가 원하는 대로 해주셔. 그건 알아. 집에 가면 그 문제에 대해 이야기해볼 거야. 아무튼 난 아버지를 본받을 거거든.” 토미는 아주 진지해서 네트는 웃을 엄두가 나지 않아 그의 생각을 존중해주며 말했다.

“돈을 가지고 할 수 있는 일이 많지 않아?”

“베어 씨도 그렇게 말씀하셨고 돈을 유용하게 쓰는 법을 알려주신다고 약속했어. 난 댄한테서부터 시작하려고 해. 그다음에 1달러 정도 생기면 딕에게 무언가를 해주고 싶어. 그 애는 아주 착하고 용돈으로 일주일에 1센트밖에 못 받는대. 그래서 돈을 많이 벌지 못해. 내가 한번 도와줄까 해.” 마음 착한 토미는 얼른 그러고 싶어 했다.

"참 좋은 계획 같고 나도 더 이상 바이올린을 사려고 하지 않을 거야. 난 댄에게 나비 채를 사줄 거고 그런 다음에도 돈이 남는다면 가여운 빌리를 즐겁게 해줄 뭔가를 할 거야. 그 애는 날 좋아하고 물론 가난하지 않지만 내게서 선물을 받으면 좋아할 거야. 난 너희보다 그 애가 원하는 걸 더 잘 찾을 수 있거든." 그리고 네트는 자신의 소중한 3달러에서 얼마나 많은 행복이 나올 수 있는지 궁금했다.

"나도 그럴 거야. 자, 어서 가서 베어 씨께 우리가 월요일 오후에 같이 시내에 나갈 수 있는지 여쭤보자. 그러면 넌 나비 채를 사고 난 현미경을 사면 되니까. 프란츠와 에밀도 간다고 했고 우리는 가게들을 돌아다니며 재미나게 보낼 수 있어."

두 소년은 팔짱을 끼고 아주 진지하게 새 계획을 의논하면서 걸었고 가난하고 도움이 필요한 사람에게 세속적인 섭리를 베풀고 도둑이 부수고 들어와 훔쳐 갈 정도로 쌓이기 전에 적은 돈이라도 자선이라는 고귀함으로 베푼다는 생각에 그 대상이 누구고 아무리 사소한 일이라고 할지라도 벌써 달콤한 만족감이 느껴지는 것 같았다.

"우리가 나뭇잎을 분류하는 동안 올라가서 좀 쉬자. 여긴 서늘하고 기분 좋은 곳이잖아." 숲속에서 오랜 시간 산책한 뒤 집으로 느긋하게 돌아가는 길에 데미가 댄에게 말했다.

“좋았어!” 말수가 적은 댄이 이렇게 대답하고 곧장 나무 위로 올라갔다.

“다른 나무보다 자작나무 잎사귀가 더 많이 떨리는 이유가 뭐야?” 호기심 많은 데미는 항상 댄이 대답을 알 거라고 확신하며 물었다.

“각자 다르게 매달려 있어서 그래. 잎사귀와 연결된 줄기가 한쪽으로 틀어져 있고 가지와 연결되는 부분은 다른 쪽으로 비틀어졌어. 그래서 바람이 조금만 불어도 잎사귀가 흔들리지만 느릅나무 잎은 곧게 매달려 튼튼한 거야.”

“진짜 신기하네! 이것도 그럴까?” 데미는 너무 예뻐 잔디 위에 서 있던 작은 나무에서 꺾어온 아카시아 잔가지를 들어 보이며 물었다.

“아니. 네가 손을 댔을 때 이미 죽었어. 잎사귀가 말렸는지 줄기 중앙을 손가락으로 만져봐.” 댄이 운모를 살피며 말했다.

데미가 만져보니 작은 잎사귀가 하나로 접혔고 작은 가지는 잎사귀 두 줄이 아니라 한 줄만 보였다.

“정말 재미있어. 다른 것들도 봐줘. 이건 어때?” 데미가 새 가지를 꺼내들었다.

“누에에게 줘. 누에는 뽕잎을 먹고 살고 스스로 몸에 실을 감아. 난 실크 공장에서 일한 적 있는데 잎사귀로 가득 찬 선반이 있는 방에서 누에들이 아주 빨리 잎을 먹느라 바스락거리는 소리를 내는 걸 들었어. 가끔 누에는 너무 많이 먹어서 죽기도 해. 그걸 스터피한테도 알려줘." 댄이 그 말을 하며 웃었고 이끼가 낀 돌 하나를 주워들었다.

"이 현삼과 잎사귀에 대해 한 가지는 알아. 요정들이 담요로 덮었다는 거." 데미는 숲속에 사는 요정들의 존재에 대한 신념을 아직 포기하지 않았다.

"나한테 현미경이 있다면 요정보다 더 예쁜 걸 보여줄 수 있을 텐데." 댄은 그렇게 갈망하는 보물을 평생 얻을 수 있을지 궁금해하며 말했다. "내가 아는 어떤 노부인은 안면신경통이 있어서 취침용 모자로 현삼과 잎사귀를 썼어. 잎사귀를 하나로 엮어서 늘 쓰고 다녔지."

"진짜 웃기는 이야기네! 너희 할머니시니?"

"난 할머니가 안 계셔. 부인은 아주 특이한 사람이었고 고양이 열아홉 마리랑 다 쓰러져가는 작은 집에 혼자 살았어. 사람들은 그녀를 마녀라고 불렀지만 아니야. 물론 자글자글하게 생기긴 했어도. 내가 거기 살 때 부인이 정말 잘해줬고 빈민원의 사람들이 내게 고약하게 굴 때도 그녀가 따뜻한 난로를 쓰게 해줬어."

"넌 빈민원에 살았어?"

"한동안. 거기 이야기를 하려던 건 아니었으니 신경 쓰지 마." 댄은 보기 드물게 수다스럽게 굴면서 말을 멈췄다.

"부탁인데 고양이에 대해 말해줘." 데미는 자신이 불쾌한 질문을 했다고 생각하고 미안해했다.

"딱히 할 이야긴 없어. 그저 부인이 고양이를 엄청나게 많이 키우고 밤에는 커다란 나무통에 넣어뒀다는 것뿐이야. 가끔 난 그 통을 넘어뜨렸고 그러면 고양이들이 나와서 집 사방을 돌아다니고 부인은 화를 내고 고양이들을 쫓아다니며 다시 잡아넣고 크게 화를 내면서 침을 뱉고 소리를 질렀어."

"부인이 고양이들에게 잘해줬어?" 데미가 어린아이처럼 즐겁게 웃으며 물었다.

"그랬던 것 같아. 가여운 사람! 그녀는 시내에 버려지고 아픈 모든 고양이를 거둬줬어. 고양이를 키우고 싶은 사람은 웨버 부인에게 갔고, 그녀는 그들이 원하는 종과 색을 고르게 한 뒤 9펜스만 받고 팔았어. 그녀는 고양이들이 좋은 집을 찾아서 기뻐했어."

"나도 웨버 부인을 보고 싶어. 그곳에 가면 볼 수 있을까?"

"그녀는 죽었어. 내가 아는 사람들도 전부." 댄이 간단히 설명했다.

"유감이야." 데미는 잠시 가만히 있으면서 이제 어떤 이야기를 꺼내야 댄이 기분 상하지 않을지 고민했다. 그는 고인이 된 부인에 대해 묻는 것이 좀 그랬지만 고양이에 대해서 너무 궁금해 참지 못하고 물었다.

“부인이 아픈 고양이를 치료해줬어?”

“가끔은. 다리가 부러진 애가 있었는데 부인이 부목을 대서 묶어뒀더니 나았어. 다른 고양이는 경련이 있었는데 그녀가 허브를 써서 낫게 해줬어. 하지만 일부는 죽었고 그러면 그녀가 묻어줬지. 그리고 절대 나을 수 없을 때는 편하게 죽여줬어.”

“어떻게?” 데미는 이 노부인에게서 이상한 매력을 느꼈다. 댄이 웃으며 말했기에 고양이 이야기가 농담처럼 들리기도 했다.

“고양이를 좋아하는 친절한 부인이 그녀에게 방법을 알려주고 약도 좀 줬지. 자신의 모든 새끼 고양이를 그렇게 죽여달라고 같이 보냈어. 부인은 젖은 스펀지에 에테르를 묻히고 낡은 부츠 바닥에 넣은 다음 새끼 고양이를 머리부터 거꾸로 집어넣었지. 에테르가 순간적으로 고양이를 잠들게 하면 새끼가 깨어나기 전에 따뜻한 물속에 익사시켰어.”

“고양이들이 고통을 못 느꼈길 바라. 데이지한테 말해줘야겠어. 넌 정말 신기한 걸 많이 알고 있구나?” 그리고 데미는 한 번 이상 도망치고 큰 도시에서 혼자 버틴 엄청난 경험을 한 소년에 대해 생각했다.

“가끔은 몰랐으면 좋겠어.”

“어째서? 그런 기억을 떠올리면 기분이 좋잖아?”

“아니.”

“마음을 다루는 일이 네게 그렇게 힘들다니 아주 신기한 일이야." 데미는 손으로 무릎을 감싸고 자신이 가장 좋아하는 주제가 거기 있는 것처럼 하늘을 올려다보았다.

"악마처럼 힘들어. 아니 그런 의미가 아니야." 댄이 해서는 안 되는 말이 입 밖으로 나온 것에 입술을 깨물었고 다른 소년들보다 특히 데미와 있을 때 더 조심해야겠다고 생각했다.

"난 못 들은 척할게." 데미가 대답했다. "그리고 넌 다신 그러지 않을 거야. 내가 장담해."

"어쩔 수 없지 뭐. 내가 정말로 기억하기 싫은 것 중 하나야. 계속 기억하지 않으려고 했지만 별로 소용이 없는 것 같아." 댄이 풀죽은 얼굴로 말했다.

"그렇지 않아. 넌 전보다 나쁜 말을 쓰는 횟수가 반 이상 줄었어. 그리고 조 이모는 그게 얼마나 고치기 힘든 버릇인지 안다고 하며 기뻐했어."

"부인이 그랬어?" 댄은 살짝 기분이 나아졌다.

"네 잘못을 넣어두는 서랍에 욕들을 치워버리고 잠가버려. 난 내 나쁜 버릇들을 그렇게 하고 있어."

"무슨 뜻이야?" 댄은 새로운 왕풍뎅이나 딱정벌레 종을 발견한 것처럼 즐거운 얼굴로 데미를 쳐다보았다.

"내가 혼자만 하는 놀이인데 너한테만 알려줄게. 그렇지만 네가 비웃을 것 같아." 데미는 마음에 드는 주제에 대해 이야기를 할 수 있게 되어 기뻤다. "난 내 마음이 둥근 방이라고 생각하고 내 영혼이 그 안에 사는 날개 달린 생명체라고 여겨. 벽에는 선반과 서랍장이 가득 들어서 있고 그곳에 난 내 생각들, 내 좋은 점과 나쁜 점 등을 전부 보관해. 좋은 점은 보이는 곳에 놔두고 나쁜 점은 못 보게 감춰놔. 하지만 나쁜 점이 밖으로 나오면 그것들을 붙잡아서 꽉 눌러야 해. 아주 강하거든. 나는 혼자 있을 때나 자기 전에 그런 놀이를 해. 내가 만들어내고 내 마음대로. 일요일마다 내 방을 정리하고 그곳에 사는 내 영혼과 대화를 나누고 할 일을 알려줘. 그는 가끔 아주 못되게 굴면서 날 무시해. 그러면 그를 꾸짖고 할아버지한테 데려가. 할아버지는 항상 그 애의 버릇을 바로잡아주고 잘못을 반성하게 해주시거든. 할아버지도 이 놀이를 좋아하셔. 서랍에 넣을 좋은 것들도 주시고 장난꾸러기들의 입을 막는 법도 알려주시지. 이 방식대로 해보면 어때? 아주 괜찮은 방법이야." 그리고 데미는 진심과 믿음이 가득 담긴 표정을 지어 댄은 그의 진기한 상상력을 비웃을 수가 없어서 진지하게 말했다.

"내 나쁜 점을 가둬둘 만큼 튼튼한 자물쇠는 없는 것 같아. 아무튼 내 방은 아주 어수선해서 어떻게 치워야 할지 모르겠어."

"넌 캐비닛에 네 서랍을 아주 근사하게 꾸며뒀잖아. 다른 서랍이라고 못할 거 있어?"

"난 그런 일에 익숙하지 않아. 어떻게 하는지 네가 보여줄래?" 그리고 댄은 영혼을 제대로 유지하는 데미의 어린아이 같은 방식을 시도해보려고 했다.

"나도 도와주고 싶은데 할아버지한테 이야기하는 거 말고는 어떻게 하는지 몰라. 할아버지처럼 잘할 수는 없지만 한번 해 볼게."

"아무한테도 말하지 마. 가끔 우리가 여기 와서 이야기를 나누고 그 대가로 내가 아는 모든 걸 너한테 말해줄게. 그럼 될까?" 댄이 크고 거친 손을 내밀었다.

데미는 부드럽고 작은 손으로 화답했고, 그렇게 연맹이 이루어졌다. 소년이 사는 행복하고 평화로운 세상에는 사자와 양이 함께 놀고 어린아이가 순진하게 어른을 가르친다.

"쉿!" 데미가 나쁜 점을 가라앉히고 계속 누르는 최고의 방법에 대해 또 다른 이야기를 막 꺼내려는데 댄이 집 쪽을 가리키며 말했다. 앉은 자리에서 살피니 조 부인이 책을 읽으며 천천히 길을 따라 걸었고 그 뒤로 테디가 작은 수레를 거꾸로 끌면서 쫓아오는 모습이 보였다.

"그들이 우리를 볼 때까지 기다리자." 데미가 속삭였고 둘은 가만히 있었다. 조 부인이 책에 너무 빠져 있어 근처까지 오지 못하고 개울가로 걸어가 테디가 그녀를 불러세웠다.

"엄마, 고기를 잡고 싶어요."

조 부인은 일주일 동안 읽고 있던 매력적인 책을 내려놓고 아무것도 없을 때 장난감으로 쓸 수 있는 낚싯대가 있는지 찾았다. 생울타리 하나를 꺾기 전에 날렵한 버드나무 가지가 그녀의 발아래로 떨어져 고개를 들어보니 소년들이 둥지에 앉아 웃고 있었다.

"위로! 위로!" 테디가 날아오르려는 듯 팔을 펴고 옷자락을 펄럭이며 소리쳤다.

"내가 내려갈 테니 네가 올라와. 난 이제 데이지한테 가볼게."

그리고 데미는 동생에게 신나는 부츠와 나무통 에피소드가 담긴 열아홉 마리 고양이 이야기를 들려주려고 떠났다.

테디가 재빨리 올라갔다. 댄이 웃으며 말했다. "이리 오세요. 여기 공간이 많아요. 제가 손을 잡아줄게요."

조 부인은 어깨너머로 슬쩍 보았지만 아무도 보이지 않았다. 그리고 그 농담이 마음에 들어서 웃으며 말했다. "네가 말하지 않았다면 벌써 했을 거야." 그리고 민첩한 두 걸음에 곧장 버드나무 위로 올라왔다.

"난 결혼한 뒤로 나무를 타본 적이 없어. 소녀 때는 나무 타는 걸 아주 좋아했지." 그녀는 자신의 그늘진 자리가 아주 마음에 드는 표정이었다.

"이제 마음껏 책을 보세요. 제가 테디를 돌볼게요." 댄이 안달하는 아기를 위해 낚싯대를 만들기 시작했다.

"지금 책을 볼 수 있을 것 같진 않아. 데미와 여기서 뭘 하고 있었니?" 조는 댄의 진지한 얼굴을 보고 마음에 걸리는 것이 있다고 생각하며 물었다.

“아! 우린 이야기를 했어요. 나뭇잎과 자연에 관해서 제가 말해주고 데미는 자기만 아는 신기한 놀이에 대해 알려줬어요. 자, 이제 물고기를 낚아보자.” 댄이 버드나무 낚싯줄 끝에 매달아둔 구부러진 핀에 커다란 푸른 참진드기를 달며 말했다.

테디가 나무에서 몸을 앞으로 숙이고 곧 물고기가 올 거라고 확신하며 대비했다. 댄은 테디가 개울로 ‘헤딩’을 하지 않도록 했고 아이의 페티코트를 붙잡았다. 이내 조 부인이 직접 하면서 다시 말했다.

“네가 데미와 ‘나뭇잎과 자연’에 대해 이야기했다니 기쁘구나. 그 애한테 꼭 필요한 거야. 그리고 네가 데미에게 많은 것을 가르쳐주고 산책을 갈 때 데리고 가주면 좋겠어.”

“그럴게요. 그 애는 아주 똑똑해요. 그런데.”

“그런데 왜?”

“부인이 절 믿지 않는 것 같아요.”

“어째서?”

“데미는 아주 소중하고 착한 아이고 전 아주 못된 놈이라 부인이 절 그 애와 떨어뜨려 놓을 거라고 생각했어요.”

“네 말처럼 넌 ‘못된 놈’이 아니야. 그리고 난 널 믿는단다, 댄. 전적으로. 넌 나은 사람이 되려고 성실하게 노력하고 있고 매주 점점 더 좋아지잖니.”

"정말요?" 댄이 의기소침한 표정을 걷어내며 고개를 들었다.

"그럼. 넌 못 느끼겠니?"

"그랬으면 좋겠지만 전 몰랐어요."

"난 계속 기다리고 조용히 지켜보았고 처음에 너한테 좋은 시도를 했다고 생각했어. 그리고 네가 버텨내면 난 가장 좋은 선물을 줄 거야. 넌 아주 잘하고 있어. 그리고 지금 난 데미뿐 아니라 내 아들인 너도 믿고 있단다. 넌 우리 누구보다 더 잘 무언가를 가르쳐줄 수 있잖니."

"제가요?" 그 말에 댄이 놀랐다.

"데미는 쭉 나이 많은 어른들 틈에서 살아서 지금 네가 가지고 있는 상식, 강인함, 용기가 필요해. 데미는 네가 세상에서 가장 용감한 소년이라고 생각하고 너만의 강한 일처리 방식을 존경하고 있어. 그리고 넌 자연에 대해 아주 많이 알고 있고 새와 꿀벌, 나뭇잎, 동물들에 대한 근사한 이야기들을 그 애가 가진 동화책보다 더 잘 알려줄 수 있잖아. 그런 사실들은 데미에게 공부가 되고 좋은 영향을 줄 거란다. 이제 네가 얼마나 그 애한테 도움이 되고 왜 내가 널 데미와 놀게 하는지 알겠니?"

"전 가끔 욕을 하고 어쩌면 잘못된 걸 알려줄지도 몰라요. 그럴 생각은 없지만 저도 모르게 그럴 수도 있어요. 몇 분 전에 '악마'라는 말을 내뱉은 것처럼요." 댄은 자신의 의무에 대해 불안해하고 자신의 단점을 그녀에게 알렸다.

"어린 친구에게 해가 되는 말이나 행동을 하지 않으려고 노력하는 걸 난 안단다. 그 부분은 데미가 널 도와줄 거야. 그 애는 아주 순진하고 현명해서 자기 방식대로 내가 너에게 주려고 했던 좋은 원칙들을 알려줄 거란다. 어린아이들에게 그런 원칙을 알려주고 새기게 하는 것에 이르고 늦은 때란 없단다. 넌 아직 소년이야. 너희들은 서로에게 스승이 될 수 있어. 데미는 무의식적으로 너의 도덕성을 강하게 해줄 거고 너는 그 아이의 상식을 높여주니 너희 둘에게 다 도움이 될 거라고 생각해."

이 자부심과 칭찬이 댄에게 얼마나 큰 기쁨이자 감동인지는 말로 설명할 수가 없다. 그전까지 누구도 그를 믿지 않았고 누구도 그에게서 좋은 점을 찾아 키워주려고 하지 않았다. 또한 누구도 버려진 소년의 가슴이 빠르게 무너지고 그러면서도 연민과 도움을 바라는 숨은 갈망이 얼마나 큰지 생각하지 않았다. 자신을 가장 존경하는 아이에게서 배움을 얻고 스스로 가진 얼마 안 되는 미덕을 가르쳐주는 권리가 얼마나 소중한지는 장차 지금 느끼는 기쁨의 곱절로 알게 될 것이다. 순진한 친구가 그의 보살핌을 받는 것은 힘든 제약으로 느껴지지 않았다. 댄은 이제 용기를 찾아서 조 부인에게 데미와 이미 계획한 일을 털어놓았고 그녀는 첫 단계가 아주 자연스럽게 이루어진 사실에 기뻐했다. 댄에게 모든 부분이 순조롭게 풀렸다. 힘든 과제로 보였던 그가 지금 부인에게 큰 기쁨을 주었다. 그보다 더 나이가 많고 끔찍한 대상을 변화시킬 가능성에 대한 굳은 믿음을 가지고 있기에 이 빠르고 희망찬 변화는 그녀에게 큰 용기를 심어주었다. 댄은 자신에게 친구가 생기고, 세상에서 살아가고 일할 곳이 있다고 믿었다. 댄은 별로 말을 하지 않았지만 힘든 경험으로 늙어버린 자신에게 사랑과 믿음이 가장 큰 선물이 되어 용감한 사람으로 변화시켰다고 스스로 느꼈다. 그러니 댄이 구제를 받은 건 확실하다.

갑자기 테디가 지르는 환호성에 그들은 대화를 멈췄다. 놀랍게도 테디는 수년간 송어가 보이지 않던 개울에서 송어를 낚아 올렸다. 아이는 엄청난 수확에 감탄하며 아시아가 저녁 식사로 요리하기 전에 온 가족에게 자랑해야 한다고 졸랐다. 그래서 세 사람은 나무에서 내려와 행복하게 집으로 갔고 모두 30분간의 휴식에 아주 만족했다.

버드나무에 찾아온 다음 손님은 네드인데 그는 아주 잠깐 그곳에 편하게 앉아 있다가 갔다. 그사이 딕과 돌리가 네드를 위해 들통 가득 메뚜기와 귀뚜라미를 잡았다. 네드는 토미에게 장난을 칠 계획을 세웠다. 잡은 곤충 몇 마리를 그의 침대에 집어넣어서 토미가 들어갔을 때 재빨리 침대 밖으로 나와 방을 돌며 '메뚜기'를 쫓느라 잠을 설치게 할 작정이었다. 사냥은 곧 끝났고 사냥꾼들에게 페퍼민트를 몇 조각 건네준 뒤 네드는 토미의 침대에 곤충을 집어넣으러 갔다.

한 시간 동안 늙은 버드나무는 혼자 한숨을 쉬고 노래를 부르고 개울과 이야기를 나누고 해가 저물며 길어진 어둠을 바라보았다. 첫 노을이 자신의 우아한 가지를 물들이기 시작할 때 한 소년이 길을 달려와 잔디를 가로지르고 개울 쪽에 서 있는 빌리를 쳐다보더니 그에게 다가가 조심스럽게 말했다.

"부탁인데 베어 씨에게 가서 내가 여기서 기다린다고 전해 줘. 아무도 알아서는 안 돼."

빌리는 고개를 끄덕이고 뛰어갔다. 그 소년은 얼른 나무로 올라와서 불안한 표정으로 앉았지만 분명 이 장소와 시간에 매혹된 것 같았다. 5분 뒤 베어 씨가 나타났고 울타리에 올라서서 둥지 안을 들여다보며 친절한 목소리로 말했다.

"널 다시 보게 돼서 기쁘구나, 잭. 그런데 왜 곧바로 집으로 들어와서 우리를 만나지 않는 거니?"

"선생님을 먼저 보고 싶었어요. 저희 작은아버지가 제게 이곳으로 돌아가라고 했어요. 전 아무것도 얻을 자격이 없다는 걸 알지만 다른 친구들이 제게 차갑게 대하지 않으면 좋겠어요."

가여운 잭은 미안해하고 부끄러워하는 것이 분명했고 최대한 편안하게 무리 속으로 돌아가길 원했다. 작은아버지는 잭을 매질하고 꾸짖었다. 잭은 돌려보내지 말아달라고 애원했지만 이 학교의 학비가 저렴해서 포드 씨는 완고했고, 그래서 소년은 최대한 조용히 돌아와 베어 씨에게 도움을 청한 것이었다.

"그러지 않길 바라지만 장담할 수는 없구나. 아이들은 부당하게 굴지는 않을 거야. 하지만 아무 잘못도 없는 댄과 네트가 아주 힘들었으니 너도 분명 죄책감을 느끼고 무언가를 겪게 되겠지. 안 그러니?" 베어 씨는 잭을 안타까워하면서도 그렇게 짧은 핑계만 대고 떠난 잘못은 처벌을 받아야 한다고 생각했다.

"그럴 것 같아요. 하지만 전 토미의 돈을 돌려줬고 미안하다고 했는데 그걸로 부족한가요?" 잭이 꽤 샐쭉해져서 물었다. 큰 잘못을 저지른 소년은 그에 따른 대가를 제대로 치를 만큼 용감하지 않았다.

"아니, 넌 세 소년에게 솔직하게 터놓고 용서를 구해야 해. 한동안 그들이 널 존중하고 신뢰할 거라고 기대해서도 안 돼. 그러나 네가 노력하면 이 수치스러운 일을 견딜 수 있을 거고 나도 도울 거란다. 도둑질과 거짓말은 혐오스러운 죄고 난 이번 일이 네게 교훈이 되길 바라. 네가 부끄러워한다니 그건 좋은 징조라서 참 기쁘구나. 인내를 가지고 견디고 최선을 다해 더 나은 평판을 얻도록 노력하렴."

"경매를 열어서 제 모든 물건을 아주 싸게 팔게요." 잭이 자신의 뉘우침을 가장 자기다운 방식으로 보여주었다.

"그것들을 다 버리고 새롭게 시작하는 편이 좋을 것 같구나. '정직이 최선이다'를 네 목표로 삼고 거기에 따라 말과 행동과 생각을 한다면 이번 여름에 네가 한 푼도 벌지 못해도 넌 가을에는 부유한 소년일 될 거야." 베어 씨가 진심으로 충고했다.

힘들었지만 잭은 동의했다. 그는 거짓말이 백해무익하다고 느끼며 친구들의 우정을 되찾고 싶었다. 그는 재물에 대한 애착이 강해서 소중한 것들을 포기하려고 생각하니 속이 쓰렸다. 공개적으로 용서를 구하는 일은 여기에 비하면 쉬웠다. 그러나 이후 그는 보이지는 않지만 가장 가치 있는 다른 것들이 칼, 낚싯바늘, 심지어 돈 그 자체보다 더 나은 자산이라는 점을 깨달았다. 그래서 비록 사고 팔 수 없는 품목이지만 비싼 값을 치러서라도 진실을 얻고, 친구들의 존중도 다시 찾아야겠다고 다짐했다.

"네, 그렇게 하겠어요." 그가 다짐한 듯 대답하자 베어 씨는 기뻤다.

"잘됐구나! 내가 네 편에 서주마. 지금 당장 시작하렴."

아버지 베어는 파산한 소년을 데리고 작은 세상으로 돌아갔다. 아이들은 처음에는 다들 잭을 차갑게 대했지만 이번 일로 교훈을 얻었다는 점을 보여주고 새로운 장사수단으로 더 나은 사업을 하려고 진심으로 노력하자 차츰 그에게 따뜻해졌다.

16. 수망아지 길들이기

“세상에, 저 애가 뭘 하는 거지?” 댄이 무슨 내기라도 하는 듯 0.8킬로미터 거리의 집 주변을 질주하는 모습을 보고 조 부인이 혼잣말을 했다. 댄 혼자뿐이었고 열을 내거나 힘껏 용을 쓰면서 달리고 싶은 강한 욕망에 사로잡힌 듯 보였다. 몇 바퀴 돌더니 그는 담장을 뛰어넘고 공중제비를 선보이고는 마침내 문 앞 잔디에 지친 듯 주저앉았다.

“무슨 경주에라도 나갈 준비를 하는 거니, 댄?” 조 부인이 창가에 앉아서 물었다.

그는 재빨리 고개를 들었고 헐떡거리던 숨을 멈추고 길게 한숨을 쉬고는 대답했다.

“아니요. 전 그냥 몸의 열기를 발산하는 중이에요.”

“좀 더 침착한 방법은 없는 거야? 이렇게 더운 날씨에 그렇게 열을 냈다가는 몸이 상할 거란다." 조 부인이 그에게 커다란 야자수 잎사귀 부채를 던져주며 웃었다.

"어쩔 수 없어요. 전 어디로든 뛰어야 해요." 댄이 지치지 않는 눈동자에 이상한 표정을 담아 말했고 조는 걱정이 되어 재빨리 물었다.

"플럼필드가 이제 너한테 너무 좁게 느껴지니?"

"조금 더 컸더라도 상관없어요. 어쨌든 이곳이 좋으니까요. 그저 가끔 제 안에 악마가 들어오면 전 망아지처럼 날뛰고 싶어져요."

댄의 의지와는 상관없이 튀어나온 말이라 그는 곧바로 안타까워했고, 자신이 혼이 나도 당연하다고 여기는 것 같았다. 그러나 조 부인은 댄의 감정을 이해했다. 직접 보게 되어 유감이긴 했지만 소년이 고백한 부분에 대해서는 비난하지 않았다. 그녀는 불안하게 댄을 쳐다보았고 아이가 얼마나 크고 튼튼하게 자랐는지 에너지를 가득 품은 얼굴과 갈망하는 눈동자, 단호한 입매를 살폈다. 그리고 몇 년 전 그 애가 완전한 자유를 누리던 시절을 떠올리니 예전의 무법자 같은 기질이 그를 흔들어 놓을 때면 이곳의 적당한 규제가 큰 부담이 될 거라고 느꼈다. 그녀는 자신에게 말했다. "내 야생 매한테는 더 큰 새장이 필요해. 그렇지만 내가 저 애를 놔주었다가 잃어버릴까 봐 두려워. 그를 안전하게 잡아둘 수 있는 강한 미끼를 찾아야 해."

그리고 댄에게 이렇게 말했다. "그래. 그런 마음에 대해 난 잘 알아. 그건 네가 말하는 '악마'가 아니라 자유를 원하는 모든 젊은이의 아주 자연스러운 욕망이란다. 나도 그런 감정을 느꼈고 한번은 정말로 망아지가 되고 싶다고 생각했어."

"그런데 왜 안 그러셨어요?" 댄은 이 주제에 대해 더 이야기하고 싶은 강렬한 열망에 낮은 창턱에 기대 물었다.

"그게 바보 같은 짓이란 걸 알았고 날 집에 잡아두는 어머니에 대한 애정 때문에 그러지 못했어."

"전 어머니가 없어요." 댄이 입을 열었다.

"난 지금 너한테 어머니가 있는 줄 알았는데." 그 말과 함께 조 부인이 댄의 뜨거운 이마로 흘러내린 성긴 머리카락을 부드럽게 넘겨주었다.

"부인은 제게 한없이 잘해주시고 전 아무리 감사하다고 말해도 모자랄 지경이에요. 그렇다고 어머니는 아니잖아요?" 댄이 갈망하는 표정으로 그녀를 쳐다보아 조는 마음이 아팠다.

"그래, 진짜 어머니는 아니고 그렇게 될 수도 없지. 친어머니가 있다면 너에게 아주 좋겠지. 하지만 그렇지 못하다면 넌 내가 그 자리를 채울 수 있도록 해줘야 해. 난 아직 모든 걸 다 해주지 못했어. 네가 싫어할까 걱정이란다." 조 부인이 슬픈 목소리로 말했다.

"아니에요, 해주세요!" 댄이 진심으로 외쳤다. "전 떠나고 싶지 않고 아무 데도 안 갈 거예요. 하지만 가끔은 저도 모르게 속에서 뭔가 튀어나와요. 어딘가로 무작정 뛰고 싶고 무언가를 부수거나 누굴 때리고 싶어요. 이유는 모르겠지만 그래요. 그게 다예요."

댄은 웃으면서 말했지만 검은 눈썹을 한데 모으고 주먹을 꽉 쥐고 세게 창턱을 치는 바람에 조 부인은 골무를 잔디 위로 떨어뜨렸다. 그가 주워다 주자 커다란 갈색 손을 잠시 잡으며 그 말이 큰 도움이 되었다는 표정으로 조 부인이 말했다.

"있잖니, 댄. 네가 꼭 뛰어야겠다면 아주 멀리 가지는 말아. 그리고 곧 나한테 돌아와. 난 네가 꼭 필요하단다."

그는 이 불량한 행동을 해도 좋다는 예상치 못한 허락에 꽤 놀랐고, 왠지 그러고 싶다는 욕구가 줄어들었다. 댄은 이유를 알지 못했지만 조 부인은 알았다. 조는 인간의 마음속 자연스런 괴팍함을 이해하고 그 점을 자신이 유리한 쪽으로 활용했다. 그녀는 본능적으로 소년을 억누르려고 할수록 더 삐뚤어질 것을 알았다. 하지만 그를 자유롭게 놔두면 자유에 대한 의식이 그를 충족시키고 가장 사랑하는 사람에게 그의 존재가 중요하다는 점을 알려줄 것이다. 이 작은 실험은 성공했고 댄은 잠시 가만히 있으면서 무의식적으로 부채를 집어 들어 잘게 찢어버리고는 마음속에서 고민을 지워버렸다. 그는 조 부인이 자신의 가슴과 명예에 호소했고, 제대로 이해했다는 점을 후회와 다짐이 뒤섞인 표정으로 알려주었다.

“전 아직 그렇게 되지 않았어요. 망아지가 되기 전에 알려드릴게요. 그럼 공평한 거죠?”

“그래, 우리 그렇게 하자. 자, 이제 네가 미친개처럼 사방을 뛰어다니고, 내 부채를 망가뜨리거나 아이들과 싸우는 것 말고도 더 나은 쪽으로 네 열기를 식힐 방법이 있는지 찾아볼게. 어떤 게 좋을까?” 댄이 조각난 부채를 수리하려고 애쓰는 동안 조 부인은 불량학생이 수업을 더 좋아하게 만드는 새로운 방법이 있는지 궁리했다.

“내 집배원이 되는 건 어떻겠니?” 갑자기 머릿속에 이런 생각이 떠올라 그녀가 말했다.

“시내에 나가서 심부름하는 거요?” 댄이 곧장 흥미를 보이며 물었다.

“맞아. 프란츠는 그 일을 지겨워하고 사일러스는 지금 시간을 낼 수 없고 베어 씨는 항상 바쁘단다. 늙은 앤디는 안전한 말이고 넌 좋은 운전자인 데다 진짜 집배원처럼 시내 길을 잘 알고 있잖니. 한번 해보고 한 달에 한 번 뛰쳐나가는 것과 일주일에 두세 번 마차를 몰고 나가는 일이 괜찮은지 보자꾸나.”

“정말 마음에 들어요. 다만 혼자 가서 제가 직접 하고 싶어요. 다른 사람들이 같이 가는 건 원하지 않아요.” 댄은 이 아이디어를 아주 즐겁게 받아들여 벌써 진지한 분위기를 풍기기 시작했다.

"베어 씨가 반대하지 않는다면 네가 혼자 하게 될 거야. 에밀이 투덜거리겠지만 그 애는 말을 잘 다루지 못하고 넌 잘하잖니. 그건 그렇고 내일이 장날이니 난 얼른 사들일 물건 목록을 작성해야겠구나. 넌 가서 마차가 제대로 되어 있는지 살피고 사일러스에게 어머니에게 줄 과일과 채소를 준비하라고 말해줘. 대신 일찍 일어나야 하고 수업시간 전까지 돌아와야 한단다. 그럴 수 있겠니?"

"전 항상 일찍 일어나니까 괜찮아요." 댄이 재빨리 재킷을 걸쳤다.

"일찍 일어나는 새가 먹이를 얻는다는 속담이 딱 맞아 떨어지는걸." 조 부인이 쾌활하게 말했다.

"게다가 아주 괜찮은 먹이를 얻을 거예요." 댄이 대답하고는 웃으면서 채찍을 살피고 마차를 씻고 사일러스에게 젊은 집배원의 중요한 할 일에 대해 알려주러 갔다.

"댄이 이 일을 지겨워하면서 다른 걸 다시 찾기 전에 준비를 해둬야 해." 조는 혼잣말을 한 뒤 자신의 소년들이 모두 댄과 같지 않은 것을 깊이 감사하며 구매 목록을 작성했다.

베어 씨는 새 계획에 전적으로 찬성하지는 않았지만 일단 시도해보는 것에 동의했고 그래서 댄의 왕성한 혈기를 잠재우고 자신만의 거친 계획을 포기해 새로운 채찍과 높은 언덕을 견딜 수 있길 바랐다. 댄은 다음 날 아침 일찍 일어나 길을 나섰고,

시내로 나가는 우유 배달원과 경주를 하고 싶다는 유혹을 잘 이겨냈다. 시내에 도착한 뒤 그는 신중하게 심부름을 마쳐서 베어 씨에게는 놀라움을, 조 부인에게는 엄청난 만족감을 안겨주었다. 해군준장은 댄이 그 자리를 꿰찬 것에 화가 났지만 자신의 새 보트 하우스에 쓸 근사한 자물쇠에 마음이 풀어졌고 마차를 몰고 가족들의 심부름을 하는 것보다 바다 사나이 쪽이 더 큰 명예가 있다고 생각했다. 그래서 댄은 새 역할을 잘해내고 몇 주 동안 만족했고 망아지 이야기는 더 꺼내지 않았다. 그러던 어느 날 베어 씨는 그가 무릎을 꿇고 용서해달라고 사정하는 잭을 계속 때리는 광경을 목격했다.

"왜 그러니, 댄? 난 네가 싸움을 그만둔 줄 알았는데." 잭을 구하러 가며 베어 씨가 말했다.

"우린 싸우는 게 아니에요. 그냥 레슬링을 하고 있어요." 댄이 어쩔 수 없이 떨어지며 대답했다.

"보기에도 느끼기에도 싸움 같은데, 안 그러니 잭?" 베어 씨는 자기 발로 일어나기 힘들어하는 패배한 신사에게 물었다.

"다시 그와 레슬링을 하게 해주세요. 댄이 제 머리를 땅에 꽂을 뻔했어요." 잭이 정말로 어깨가 빠진 사람처럼 몸을 부여잡고 말했다.

"사실 처음에는 재미로 시작했는데 제가 그를 쓰러뜨리니 어쩔 수 없이 때리게 되었어요. 널 다치게 해서 미안해, 친구." 댄은 스스로 많이 부끄러운 듯 말했다.

"잘 알겠구나. 누군가를 때리고 싶은 갈망이 너무 강해서 네가 저항하지 못했구나. 넌 용감한 전사 같아서 네트에게 음악이 필요하듯 네게도 싸울 무언가가 있어야 해." 조 부인과 댄 사이에 있었던 대화를 전부 알고 있는 베어 씨가 말했다.

"어쩔 수가 없어요. 그러니까 맞고 싶지 않으면 나한테서 떨어져." 댄이 검은 눈동자에 경고의 눈빛을 담아 쳐다봐서 잭은 얼른 물러났다.

"네가 누구와 씨름을 하고 싶다면 내가 잭보다 더 힘든 상대를 구해줄게." 베어 씨가 그를 목재 저장소로 데려가 봄에 파내서 쪼개려고 놔둔 나무뿌리를 가리켰다.

"저거야, 댄. 네가 소년들을 거칠게 다루고 싶은 생각이 들면 이리 와서 네 에너지를 여기에 쏟아부으렴. 그럼 난 정말 고맙겠어."

"그럴게요." 댄은 근처에 있던 도끼를 잡더니 거친 뿌리를 잡아당겼고 아주 정열적으로 도끼질을 했다. 나무토막이 사방으로 튀어 베어 씨는 재빨리 자리를 피했다.

놀랍게도 댄은 약속을 지켰고 종종 모자와 재킷을 벗고 얼굴이 빨갛게 달아오른 채 분노한 눈빛으로 볼품없는 뿌리들과 씨름을 했다. 상대에게 엄청난 분노를 쏟아붓고 그들을 정복할 때까지 욕을 퍼부으며 그는 열기를 발산했고 두 손 가득 오크 장작을 안고 뿌듯해하며 집으로 향했다. 그의 손에는 물집이 잡히고 허리가 아팠고 도끼날도 무뎌졌지만 그는 기분이 좋았다. 댄은 다른 것도 아닌 못생긴 나무뿌리에게서 아주 많은 위안을 얻었다. 매번 장작을 내리칠 때면 억눌렸던 힘이 밖으로 나왔다. 그렇지 않으면 그 힘은 더 해로운 방식으로 댄의 속에서 자랐을 것이다.

"이 과제가 끝나면 난 정말 어떻게 할지 모르겠어." 좋은 생각이 머리에 떠오르지 않고 이제 다른 방법들도 바닥이 나자 조 부인이 혼잣말을 했다.

그러나 댄은 직접 새 일을 찾았고 자신이 만족하는 근원을 누가 발견하기 전에 가끔 그 일을 즐겼다. 로리 씨가 그해 여름에 플럼필드에 맡겨둔 혈통 좋은 어린 말이 개울을 가로질러 넓은 초원을 마음껏 뛰었다. 소년들은 모두 이 근사하고 활력 넘치는 말에 흥미를 보였고, 한동안 말이 풍성한 꼬리를 휘날리고 멋진 갈기를 사방으로 보여주며 달리는 모습을 지켜보았다. 그러나 이내 흥미를 잃었고 찰리 왕자는 혼자 남겨졌다. 그러나 댄은 그 말을 쳐다보는 일이 전혀 지루하지 않았고 날마다 설탕 한 덩이, 빵 한 조각, 사과 등을 들고 찾아가서 말과 친해졌다. 찰리는 고마워하며 우정을 받아들였다. 둘은 설명할 수 없지만 강한 어떤 연결고리로 묶여 있는 것 같았다. 넓은 초원 어디에 있든 찰리는 댄이 울타리에서 휘파람을 불면 전속력으로 달려왔고 소년은 이 아름답고 자유로운 동물이 자기 어깨에 머리를 비비고 애정을 가득 담은 눈망울로 자신을 쳐다보는 것이 너무 좋았다.

"우리는 쓸데없는 말이 필요 없이 서로를 이해해, 안 그래 친구?" 댄은 말을 잘 다루는 것이 뿌듯해서 그렇게 말했지만, 누군가가 그 말에 질투할 것 같아 아무에게도 둘이 얼마나 친한지 말하지 않고 오로지 테디만 데리고 날마다 말을 보러 갔다.

로리 씨는 간간이 찾아와서 찰리가 어떻게 지내는지 살폈고 가을에 그에게 마구를 씌울 거라는 이야기를 했다.

"찰리는 별로 길들일 필요가 없고 아주 순종적이고 성품이 좋아. 언젠가 안장을 앉히고 내가 직접 타보고 싶어." 그는 방문했을 때 이렇게 말했다.

"찰리는 제가 고삐를 걸게 해주었지만, 로리 씨가 안장을 얹으면 못 견뎌할 것 같아요." 찰리와 그의 주인이 만날 때면 항상 옆에 있던 댄이 말했다.

"안장을 견디도록 구슬려야지. 그리고 처음에 몇 번 난리 치는 건 어쩔 수 없어. 한 번도 거칠게 다룬 적이 없으니 새로운 도전에 놀라겠지만 겁먹지는 않을 거야."

"찰리가 어떻게 나올지 궁금하네." 로리 씨가 베어 교수와 함께 자리를 비우자 댄이 혼잣말을 했다. 찰리는 다시 초원으로 돌아갔다.

댄은 실험을 해보고 싶다는 대담한 생각에 사로잡혀 가장 높은 난간에 앉아서 찰리의 등에 올라타려 했다. 위험할 거라는 생각은 전혀 없이 그는 충동에 굴복했다. 찰리가 댄이 들고 있던 사과를 아무 의심 없이 받아먹을 때 재빨리 말 위에 앉았다. 그러나 오래 버티지 못했고 놀란 콧소리와 함께 찰리가 뒷다리로 서자 댄은 바닥으로 떨어졌다. 토탄 바닥이 부드러워 다치지 않은 것이 다행이었다. 댄은 얼른 일어나 웃으며 말했다.

"아무튼 난 해냈어! 이리 와, 말썽쟁이야. 한 번 더 해보게."

그러나 찰리는 다가오지 않았고 댄은 그가 받아들일 시간을 주었다. 이런 식의 고통은 그에게 적절했다. 다음번에 댄은 고삐를 잡았고 그 상태로 있으면서 잠시 말과 놀아주고 말을 앞뒤로 끌고 조금 지칠 때까지 여러 가지 행동을 시켰다. 그런 다음 벽에 앉아 말에게 빵을 주고 기회를 노렸고 고삐를 잘 잡고 말의 등에 올라탔다. 찰리가 지난번처럼 그를 떨치려고 했지만 댄은 완강하게 버텼다. 자기 등에 올라탄 사람을 떨어뜨리려고 하는 토비와 연습을 해둔 덕분이었다. 찰리는 놀라고 동시에 화를 냈다. 잠시 날뛰더니 찰리는 내달렸고 댄은 머리부터 나동그라졌다. 그가 여러 위험을 경험하며 이리저리 다쳐보지 않았더라면 아마 목이 부러졌을 것이다. 하지만 댄은 맷집이 있었고 세게 떨어져서 정신을 차리려고 한동안 누워 있는 사이 찰리는 자신에게 올라타려던 사람의 실패가 즐거운 듯 머리를 흔들며 사방을 달렸다. 그러다 댄이 어딘가 잘못되었다고 생각했고 도량이 넓은 성품의 말은 어떤 상태인지 보러 돌아왔다. 댄은 말이 몇 분간 그의 냄새를 맡고 당혹해하도록 내버려 두었다. 그런 다음 말을 쳐다보며 사람 말을 이해할 수 있는 것처럼 이렇게 말했다.

"넌 네가 이겼다고 생각하겠지만 그건 오산이야. 내가 못 타는지 어디 보자고."

댄은 그날 더 이상은 도전하지 않았지만 이내 새로운 방식으로 도전해 찰리를 힘들게 했다. 댄은 찰리의 등에 접은 담요를 묶고, 말이 달리고 뒷발로 서고 뒹굴고 씩씩거려도 버텨보았다. 찰리는 몇 차례 반항기를 분출한 뒤 며칠이 지나 댄이 올라타게 해주었는데, 종종 잠시 뒤를 돌아보며 반은 인내하고 반은 비난하듯 이렇게 말하는 것 같았다. "난 이해가 안 가지만 네가 나에게 해를 끼치지 않으니 네 마음대로 할 수 있게 해줄게."

댄은 말을 쓰다듬고 칭찬해주면서 날마다 조금씩 시도했고, 자주 말에서 떨어졌지만 그럼에도 끈질기게 도전하고 안장과 굴레를 씌워보길 기대했다. 그렇지만 자신이 한 짓을 감히 고백할 수는 없었다. 그는 자신만의 소원이 있었다.

"그 애가 요즘 뭘 하는지 아세요?" 어느 날 저녁 사일러스가 베어 씨에게 말했다.

"누구 말인가?" 베어 씨가 뭔가 슬픈 예상을 하고 체념한 듯 물었다.

"댄이 망아지를 길들이고 있어요. 그 애가 그렇게 하지 않았다면 전 아마 죽었을 겁니다." 사일러스가 웃으면서 대답했다.

"그걸 자네가 어떻게 알았어?"

"전 어린아이들을 계속 살피고 있지요. 대부분은 자신들이 할 일을 잘하고 있어요. 그래서 댄이 계속 초원에 갔다가 멍이 들어서 집에 오는 것을 보고 무슨 일이 생겼다고 생각했죠. 전 아무 말도 하지 않고 몰래 마구간으로 갔고 거기서 그가 찰리를 길들이려고 온갖 노력을 하는 것을 봤어요. 세상에, 그 애는 날마다 시간을 들이고 짐짝처럼 내팽개쳐지죠. 그래도 그 녀석은 조금도 기죽지 않고 다시 덤비더라고요."

"사일러스, 그러다 그 애가 죽을지도 모르는데 자네가 말렸어야지." 베어 씨는 이 반항적인 소년이 다음번에는 무슨 사달을 벌일지 궁금했다.

"그래야 한다고 생각했지만 심각한 위험은 없었어요. 찰리는 잔꾀를 쓰지 않는, 제가 본 가장 온순한 말이에요. 사실 전 스포츠를 망치고 싶지 않고, 댄의 열정에 감탄했어요. 댄은 거기에 완전히 빠져 있어요. 지금 그 애는 안장을 올리고 싶어 하지만 아직 말은 전혀 허락하지 않아요. 그래서 전 이제 알릴 때라고 생각했고 어쩌면 베어 씨께서 그 애가 하려는 일을 허락해주실 거라고 생각했어요. 로리 씨는 상관 안 할 테고, 찰리는 그 편이 더 좋을 거고요."

"어디 한번 알아봐야지." 베어 씨가 그 문제를 살피러 갔다.

댄은 곧장 자백하고 자랑스럽게 사일러스의 말이 맞는다는 걸 인정하면서 찰리를 다루는 자신의 능력을 보여주었다. 엄청난 정성을 들여서 달래고, 수많은 당근을 주고 끝도 없이 인내한 뒤에 그는 정말로 고삐와 담요를 가지고 수망아지를 타는 데 성공했다. 로리 씨는 아주 즐거워했고 댄의 용기와 기술에 놀라며 그에게 향후 모든 것을 맡겼다. 그는 곧장 찰리의 교육에 몰두했고, 작은 망아지한테 지지 않을 거라고 말했다. 댄 덕분에 찰리는 한 번에 굴복해서 거부감 없이 안장과 마구를 받아들였다. 그리고 로리 씨가 다른 말을 훈련시키는 동안 댄은 찰리를 탈 수 있도록 허락을 받아 다른 소년들에게서 엄청난 부러움과 존경을 받았다.

"너무 근사하지 않아요? 저를 양처럼 생각하지 않을까요?" 하루는 댄이 찰리에게서 내려 말의 목에 팔을 두르고 이렇게 물었다.

"그래, 그리고 며칠이고 초원을 내달리고 울타리를 넘고 간간이 도망치는 야생 수망아지보다 더 유용하고 마음에 드는 동물이지 않니?" 베어 부인은 항상 댄이 찰리를 몰 때 계단참에 나와 지켜보았다.

"당연히 그렇죠. 보세요, 지금은 제가 잡고 있지 않아도 도망

치지 않고, 휘파람을 불면 곧바로 와요. 제가 길을 잘 들였죠?" 댄은 자랑스럽고 기쁜 표정을 지었다. 그도 그럴 것이 둘이서 함께 고생한 것을 아는지 찰리는 주인보다 그를 더 좋아했기 때문이다.

"나도 수망아지를 길들이고 있고 인내와 끈기를 가지고 노력 중이니 너처럼 성공할 것 같아." 조 부인이 아주 의미심장한 미소를 지으며 댄을 쳐다보았다. 댄은 그 말뜻을 이해하고 웃으며 정직하게 대답했다.

"우리는 울타리를 뛰어넘어 도망가지 않고 여기 머물며 근사하고 유용한 한 쌍이 될게요. 안 그래, 찰리?"

17. 글짓기 대회

"서둘러, 얘들아. 벌써 3시야. 프리츠 작은아버지는 시간 약속을 잘 지키길 바라시잖아." 어느 수요일 오후 종이 치자 프란츠가 말했다. 문학에 심취한 듯한 소년들이 책과 공책을 손에 끼고 박물관으로 향했다.

토미는 교실에서 자기 책상 위에 몸을 구부린 채 잉크를 덕지덕지 묻히고 영감에 취해 있었다. 언제나처럼 성격이 느긋한 그는 한 번도 마지막 순간까지 준비를 마친 적이 없었다. 프란츠가 문을 지나 굼벵이들을 쳐다보니 토미가 마지막으로 잉크 방울을 흘리고 서둘러 밖으로 나왔고 걸어가면서 자기 종이를 흔들어 말렸다. 그 뒤를 따라 걸어가는 낸은 진지한 표정으로 커다란 종이 뭉치를 손에 들고 있었다. 데미는 데이지를 호위하고 있었는데, 둘 다 분명 아주 근사한 비밀을 가진 듯했다.

박물관은 깔끔하게 정리되었고 홉 덩굴을 따라 햇살이 들어와 커다란 창문을 통해 바닥으로 아주 예쁜 그림자를 드리웠다. 한쪽 편에 베어 부부가 앉았고 반대편에는 작은 탁자가 있어 아이들이 자신이 쓴 글을 그 자리에 서서 발표할 예정이었다. 아이들은 커다란 반원으로 놓은 캠프 스툴에 둘러앉아 입을 다물고 있었고, 전체적으로 아무런 불편함도 없었다. 모두가 다 읽으려면 시간이 너무 많이 걸렸기 때문에, 각자 돌아가면서 발표했다. 이번 수요일에는 어린아이들이 주요 발표자로, 나이 든 소년들은 겸허하게 듣고 자유롭게 의견을 말했다.

"꼬마 숙녀분들부터 시작하자. 그래, 낸부터 해볼까." 스툴 소리와 부스럭거리는 공책 소리가 잠잠해지자 베어 씨가 말했다.

낸은 작은 테이블 앞에 자리를 잡고 살짝 웃음을 터트린 다음 흥미로운 글을 읽기 시작했다.

제목 : 스펀지.

내 친구 스펀지는 가장 유용하고 흥미로운 식물이다. 물속 바위에서 자라니 일종의 해초인 셈이다. 사람들은 스펀지를 따서 말리고 씻는데 그 표면에 난 구멍 속에 작은 물고기나 곤충이 살기 때문이다. 난 새로 딴 스펀지에서 조개껍데기와 모래를 찾았다. 어떤 건 아주 곱고 부드럽다. 아기들을 스펀지로 씻긴다. 스펀지는 여러 가지 용도가 있다. 나도 몇 가지로 사용하는데, 친구들이 내 말을 기억해줬으면 좋겠다. 첫 번째 용도는 얼굴을 씻는 것이다. 난 직접 하는 건 싫지만 깨끗해지고 싶어서 그렇게 한다. 얼굴을 씻지 않는 사람도 있는데 그들은 더럽다.

이때 글을 읽는 사람의 눈동자가 딕과 돌리에게 향했고 그 눈길에 겁을 먹은 둘은 곧바로 잘 씻기로 다짐했다. "또 다른 용도는 사람들을 깨우는 것이다. 난 특-히-나 남자애들에게 그렇게 하는 걸 좋아한다." 강조하는 말 뒤에 웃음이 번지자 다시 발표가 멈췄다. "어떤 애들은 제시간에 일어나지 않아서 메리 앤이 젖은 스펀지를 그들의 얼굴에 쥐어짜면 화를 내며 일어난다." 여기서 또 웃음이 터져 나왔다.

에밀은 자기 이야기인 것처럼 말했다. "넌 주제에서 벗어나고 있어."

"아니, 그렇지 않아. 우리는 채소나 동물에 대해 쓰기로 했고, 난 둘 다 하고 있어. 남자애들은 동물이잖아, 아니야?" 낸이 소리쳤다. 그리고 분개한 목소리로 "아니거든!"이 쏟아졌지만 그녀는 꿋꿋하게 글을 읽어 내려갔다.

스펀지에 한 가지 더 흥미로운 점이 있다면 그것은 의사들이 치아를 뽑을 때 에테르를 묻혀 사람의 코에 가져다 대는 것이다. 나도 더 크면 그렇게 할 거다. 아픈 이들에게 에테르를 주어 그들이 잠들어 내가 팔이나 다리를 자를 때 고통을 느끼지 않길 바란다.

"난 그 방식으로 고양이를 죽인 사람을 알고 있어." 데미가 그렇게 외쳤지만 곧바로 불편한 캠프용 스툴에 앉아 얼굴 위로 모자를 뒤집어쓴 댄의 눈치를 보았다.

"내 발표를 방해하지 마." 낸은 꼴사나운 끼어들기에 인상을 찌푸렸다. 명령이 곧바로 효력을 발휘해 꼬마 숙녀는 다음과 같은 말로 발표를 마무리했다.

"제 글짓기에는 세 가지 도덕적 교훈이 들어 있어요, 여러분." 누군가는 탄식했지만 그 모욕은 받아들여지지 않았다. "첫 번째는 얼굴을 깨끗이 씻는 것이고 두 번째는 일찍 일어나는 것, 세 번째는 에테르 스펀지가 코에 닿으면 숨을 깊이 들이쉬고 발로 차지 않아야 치아를 쉽게 뽑을 수 있다는 겁니다. 이것으로 발표를 마칩니다." 그리고 낸은 떠들썩한 박수를 받으며 자리에 앉았다.

"아주 인상적인 글이구나. 글의 논지도 좋고 유머도 들어 있어. 아주 잘했다, 낸. 자, 데이지 네 차례란다." 베어 씨가 웃으며 다른 꼬마 숙녀에게 손짓했다.

데이지는 앞으로 나서며 얼굴이 빨개졌고 평온한 작은 목소리로 말했다.

"제 글을 좋아하실지 모르겠어요. 낸처럼 근사하고 재미있지 않거든요. 하지만 더 잘 쓸 수가 없어요."

"우린 항상 네 글을 좋아한단다, 포지." 프리츠 이모부가 이렇게 말하고 남자아이들 사이에서 동의한다는 말이 잔잔히 흘러나왔다. 여기에 용기를 얻어 데이지가 작은 종이를 들고 집중해주는 청중을 향해 발표를 시작했다.

제목 : 고양이.

고양이는 다정한 동물이다. 난 그들을 아주 좋아한다. 고양이는 깔끔하고 예쁘고 쥐를 모조리 잡아먹고 친절한 사람이라면 쓰다듬을 수 있게 해주고 좋아한다. 고양이는 아주 똑똑해서 어디에서든 길을 찾을 수 있다. 키튼(kitten)이라 부르는 새끼 고양이는 아주 귀엽다. 나에게도 허즈와 버즈라는 두 새끼 고양이가 있고 어미는 눈동자가 노란색이어서 토파즈라고 부른다. 이모부가 내게 마호메트라는 남자의 근사한 이야기를 들려주셨다. 그는 멋진 고양이를 키웠고 고양이가 그의 소매 위에서 잠을 잘 때 그가 어딜 가야 해서 고양이가 깨지 않도록 소매를 자르고 갔다고 한다. 난 그 사람이 다정한 것 같다. 어떤 고양이는 물고기를 잡는다.

"나도 그래!" 테디가 자기 송어 이야기를 하고 싶어서 팔짝 뛰었다.

"쉿!" 질서를 중요시하는 데이지 역시 낸처럼 '방해받는 것'을 아주 싫어해 어머니가 그를 조용히 시키고 재빨리 자리에 앉혔다.

> 아주 교활하게 물고기를 잡는 고양이에 대해 읽은 적이 있다. 그래서 토파즈를 그렇게 훈련시키려고 했지만 그 애는 물을 싫어해서 날 할퀴었다. 토파즈는 차를 좋아하고 주방에서 놀 때 내가 따라줄 때까지 앞발로 찻주전자를 두드린다. 토파즈는 고상한 고양이고 사과 푸딩과 당밀을 먹는다. 고양이들은 대부분 그렇지 않다.

"정말 최고인데." 네트가 소리쳤다. 데이지는 친구들의 칭찬을 받아 기뻐하며 내려왔다.

"데미가 아주 안달하는 것 같으니 먼저 시키지 않으면 못 견딜 것 같구나." 프리츠 이모부가 이렇게 말하자 데미는 재빨리 나갔다.

"제 글은 시입니다!" 데미는 의기양양하게 밝히고 크고 위엄 있는 목소리로 첫 번째 노력의 결과물을 읽었다.

난 나비에 관해 글을 쓰고,

나비는 아름다운 곤충이라네.

새처럼 날아다니지만

노래하지 않네.

처음에는 작은 유충이었다가

그다음엔 근사한 노란 고치가 되고

그리고 나비가 되어

곧 사냥에 나서네.

나비는 이슬과 꿀을 먹고 살고

벌집이 없고

왕벌, 꿀벌, 말벌처럼 침을 쏘지도 않고

아주 착해서 우리가 본받아야 하네.

모두가 노랑, 파랑, 초록, 빨강이고

댄이 내 가여운 나비들의 작은 머리에 장뇌를 붓는 것이

난 마음에 들지 않네.

특별한 천재성을 표출한 시가 박물관을 사로잡아 데미는 다시 읽어야 했다. 다만 시에는 구두점이 없어서 좀 힘든 과제였고 어린 시인은 긴 시구를 끝맺기도 전에 숨을 헐떡였다.

"저 애는 장차 셰익스피어가 될 거야." 조는 숨이 넘어가듯 웃었고, 이 근사한 시가 열 살 때 자신이 쓴 우울한 구절로 시작하

는 시를 연상시켰다.

난 조용한 무덤을 갖길 바라네.
작은 실개천이 옆에 흐르고
새와 꿀벌과 나비가
언덕 위에서 노래 부르는 곳.

"자, 토미. 종이 밖으로 번진 것만큼 안에도 많이 썼다면 분명 긴 글이겠구나." 데미가 시를 마치고 자리에 앉자 베어 씨가 말했다.

"이건 글이 아니라 편지예요. 수업을 마칠 때까지 오늘이 제 차례인 걸 잊어버리고 있어서 뭘 써야 할지 모르겠고 읽어볼 시간도 없었어요. 그래서 괜찮다면 할머니에게 쓴 편지를 읽고 싶어요. 새에 관한 이야기도 들어 있으니 글의 주제에 맞는다고 생각해요."

장황한 핑계를 대고 토미는 잉크의 바다로 뛰어들어 간간이 자신만의 미사여구를 덧붙였다.

친애하는 할머니께.
잘 지내고 계시죠? 제임스 작은아버지가 휴대용 소총을 보내주셨어요. 아름다운 작은 살상 도구로 이렇게 생겼고(여기서 토미가 복잡한 펌프 혹은 작은 증기 엔진 내부 같은 근사한 스케치를 보여주었다) 44는 시계고 6은 A에 들어가는 수치예요. 3이 방아쇠고 2가 공이치기예요. 약실에 총알을 넣으면 엄청난 힘과 강도로 발사돼요. 곧 나가서 다람쥐를 사냥할 거예요. 박물관에 전시할 근사한 새 여러 마리도 쐈어요. 가슴에 작은 반점이 덮여 있어 댄이 아주 좋아했어요. 댄이 새들을 박제하고 새들은 나무 위에 꽤 자연스럽게 앉아 있어요. 한 마리만 조금 술에 취한 듯 보이지만요. 며칠 전 여기에 프랑스 남자가 일하러 왔고 아시아가 그의 이름을 아주 웃기게 불러서 그 이야기를 해드릴게요. 그 사람의 이름은 제르맹이에요. 처음에 아시아는 그를 제리라고 불렀는데 우리가 비웃자 예레미아라고 했고 제일 웃긴 건 결과적으로 그가 저머니 씨가 된 거예요. 그렇지만 웃긴 결과가 다시 바뀌어 게리몬이 되었고 지금까지 그대로 남았어요. 전 너무 바빠서 자주 편지를 쓰지 못해요. 하지만 종종 할머니를 생각하고 할머니가 보고 싶고 진심으로 제가 없어도 아주 잘 지내시길 바라요. 사랑하는 할머니의 손자가.

토머스 버크민스터 뱅스.

추신 : 어쩌다 우표를 보게 되면 절 기억해주세요.

알림 : 모두 사랑하고 특히 알미라 작은어머니를 많이 사랑

해요. 지금도 근사한 건포도 케이크를 만드시나요?

추신 : 베어 부인이 안부 전해달래요.

추신 : 제가 편지를 쓰는 걸 알았다면 베어 씨도 그렇게 말씀하셨을 거예요.

알림 : 아버지가 제 생일에 손목시계를 사주신대요. 지금 전 시간을 알려주는 도구가 없어서 종종 학교에 늦기 때문에 기뻐요.

추신 : 곧 다시 뵙길 바라요. 제가 보고 싶지 않으세요?

토머스 버크민스터 뱅스.

추신이 나올 때마다 소년들은 웃음을 터트렸다. 여섯 번째 덧붙임이자 마지막 추신이 끝나자 토미는 너무 지쳐서 자리에 앉아 불그레한 얼굴을 닦을 수 있어서 기뻤다.

"노부인께서 끝까지 읽으시길 바라." 베어 씨가 소란을 틈타 말했다.

"마지막 추신에서 나온 큰 힌트를 우리가 눈치채지 못한 것 같아. 편지는 토미가 방문하지 않는 한 부인만큼이나 조용히 있을 거야." 조 부인은 노부인이 항상 혈기왕성한 손자가 왔다 간 뒤에 늘 몸져눕는다는 점을 기억해내고 말했다.

"이제 제가 할래요." 시를 조금 배운 테디는 다른 사람이 낭독하는 중간중간 계속 고개를 들썩이며 더는 못 기다리겠다는 듯 말했다.

“안타깝게도 이 아이가 기다리는 법을 잊어버린 것 같아. 난 그걸 가르치는 데 엄청 애를 먹었는데.” 아이 어머니가 말했다.

테디는 강단으로 재빨리 걸음을 옮겼고 모두를 만족시키고 싶은 마음에 무릎을 굽혀 인사를 하고 동시에 고개도 끄덕였다. 그리고 아기 같은 목소리로 잘못된 단어를 강조하며 단숨에 시 구절을 읽어 내려갔다.

물방울들
모래 방울들이
모여서 바당(바다)이 되고
농부의 땅이 되네.
친절한 작은 말이
날마다 모여
집을 천국으로 만들고
우리를 돕네.

마지막에 다시 테디가 이중으로 인사를 하자 엄청난 박수 세례가 나왔다. 테디는 자신의 ‘작품’ 발표에 꽤 고무되어 어머니의 무릎에 머리를 파묻었다.

딕과 돌리는 글을 쓰지 않았지만 동물과 곤충의 습성을 관찰하도록 지시를 받고 그들이 본 것을 보고했다. 딕은 이 일을 좋아했고 항상 할 말이 많았다. 그래서 자신의 이름이 불리자 성큼성큼 앞으로 나가 밝고 자신감 넘치는 눈동자로 청중을 쳐다보고 아주 진지하게 이야기를 시작해 아무도 그의 굽은 등을 비웃지 않았다. 그의 '곧은 영혼'이 아주 아름답게 빛났다.

전 잠자리를 살펴보았고 댄의 책에서 잠자리에 관해 읽고 제가 기억하는 부분을 말해보려 합니다. 연못에는 아주 많은 잠자리가 날아다니고 모두가 푸르고 큰 눈에 날개는 마치 레이스처럼 아주 예뻐요. 제가 한 마리를 잡아서 들여다보니 세상에서 가장 근사한 곤충이라는 생각이 들었어요. 잠자리는 먹잇감으로 작은 곤충을 사냥하고 사냥을 하지 않을 때는 갈고리 같은 특이한 손을 접어둬요. 잠자리는 햇살처럼 밝고 하루 내내 춤을 춰요. 어디 보자! 또 뭐라고 적혀 있었더라? 아, 맞아! 물속에 알을 낳으면 알은 물 바닥으로 내려가고 진흙 속에서 부화해요. 거기서 조금 징그러운 것들이 나와요. 그 이름이 무엇인지 모르지만 갈색이고 계속 새로 피부가 생기고 점점 더 커져요. 생각해보세요! 잠자리가 될 때까지 2년이나 걸려요! 이제 가장 신기한 부분을 알려줄 테니 잘 들으세요. 여러분이 처음 듣는 이야기일 테니까요. 때가 되면 어떻게 알게 되어 그 못생기고 징그러운 것들이 물 밖으로 나와 잎사귀나 골풀 같은 데 올라가서 등을 찢어 벌려요.

"세상에, 난 못 믿겠어." 자세히 살펴보는 일에는 서툰 토미는 딕이 그 말을 정말로 '지어냈다'고 생각했다.

"등을 찢어 벌리는 거 맞죠?" 딕이 베어 씨에게 물었고 그가 아주 단호하게 고개를 끄덕이자 어린 연사는 크게 만족했다.

그렇게 완전히 잠자리로 나오면 살아 있는 상태로 햇살 속에 앉아 있어요. 그러다 힘이 생기면 아름다운 날개를 펼치고 하늘로 날아오르고 더는 벌레가 아니에요. 그게 제가 아는 전부예요. 그렇지만 전 계속 살피고 어떻게 하는지 볼 거예요. 벌레가 아름다운 잠자리로 변하는 과정이 멋지다고 생각해요. 여러분은요?

딕은 발표를 잘했다. 그가 새로 태어난 곤충의 비행을 설명하며 손을 흔들고 마치 본 것처럼 고개를 들었을 때 그도 따라 날고 싶은 것 같았다. 그의 표정을 보고 나이 든 소년들은 언젠가 어린 딕이 속수무책으로 고통스러운 날들을 견디고 어느 행복한 날에 햇살을 향해 올라와 가여운 몸을 버리고 이 근사한 세상에서 사랑스러운 새 모습을 찾길 바랐다. 조 부인은 딕을 자기 쪽으로 데려가면서 그의 야윈 뺨에 입을 맞추고 말했다.

"정말 근사한 이야기구나. 넌 아주 잘 기억해줬어. 잘 적어뒀다가 너희 어머니께 알려드려야지." 딕은 칭찬을 받아 미소를 지으며 만족스럽게 그녀의 무릎에 앉았고 잠자리가 허물을 벗고 새 몸으로 변신하는 과정을 잘 살피고 자신도 어떻게 그렇게 할지 생각하기로 마음먹었다. 돌리는 '오리'에 대해 몇 마디 했고 가락을 넣어 말했다. 돌리는 그렇게 하면 모두의 돌림노래가 된다고 생각했다.

야생 오리는 죽이기 힘들어요. 사람들이 숨어 있다가 총을 쏘고 얌전한 오리도 사람이 총을 쏘면 꽥하고 거칠게 변해요. 나무로 오리를 만들기도 하는데 그걸 물에 띄우면 야생 오리가 보러 와요. 오리는 바보 같아요. 우리네 오리는 아주 얌전해요. 오리는 많이 먹고 진흙과 물속을 들쑤시고 다녀요. 자기가 낳은 알을 잘 보살피지 않고 내버려두고 그래서.

"내 오리들은 안 그래!" 토미가 소리쳤다.

"다른 사람들은 그렇다고 했어. 사일러스도 그랬고. 암탉이 어린 오리를 돌보는데 그들이 물속에 들어가서 장난 치는 것을 좋아하지 않아서야. 하지만 새끼들은 전혀 신경도 안 써. 난 속을 꽉 채운 오리에 애플 소스를 잔뜩 뿌려 먹는 것이 좋아."

"전 올빼미에 대해 할 말이 있어요." 네트가 댄의 도움을 좀 받아 이 주제에 관해 정성을 담아 준비한 종이를 펼쳤다.

올빼미는 머리가 크고 눈이 둥글고 부리 끝이 구부러졌고 강한 발톱을 가졌다. 회색인 것, 흰색인 것, 검은 것과 노란 것이 있다. 깃털은 아주 부드럽고 잘 빠진다. 아주 조용히 날아다니고 박쥐, 쥐, 작은 새 같은 동물을 사냥한다. 올빼미는 헛간, 움푹한 나무 틈에 둥지를 짓는데 일부는 다른 새의 둥지를 차지하기도 한다. 수리부엉이는 붉은 갈색이 돌고 달걀보다 더 큰 두 개의 알을 낳는다. 올빼미는 희고 매끄러운 다섯 개의 알을 낳는다. 그리고 밤에 우는 건 바로 올빼미다. 다른 종은 아이 울음소리를 낸다. 올빼미는 쥐와 박쥐를 통째로 잡아먹고 소화시키지 못하는 부분은 작은 공으로 만들어서 뱉어낸다.

"세상에! 진짜 우스워!" 낸이 소리쳤다.

낮에는 올빼미를 볼 수 없다. 햇빛으로 나가면 반쯤 눈이 먼 상태로 파닥거리고 그래서 바보처럼 다른 새들에게 쫓기고 쪼이는 신세가 되기 때문이다. 수리부엉이는 아주 커서 독수리만 하다. 토끼, 쥐, 뱀, 새를 잡아먹고 바위틈과 낡아 다

허물어진 집에서 산다. 울음소리가 다양하고 목에 뭔가 걸린 사람 같은 비명을 지른다. "으아악! 으아악!" 숲속에서 밤에 이런 소리를 들으면 사람들은 무서워한다. 흰올빼미는 바다 근처나 추운 곳에 살고 매처럼 생겼다. 두더지처럼 굴을 파고 사는 올빼미도 있다. 굴올빼미라고 부르는데 덩치가 작다. 원숭이 올빼미가 제일 흔히 볼 수 있는 종이다. 난 나무구멍 속에 앉아 있는 원숭이 올빼미를 본 적이 있는데 작은 회색 고양이처럼 생겼고 눈을 한쪽씩 번갈아 깜박였다. 해 질 무렵에 나와서 박쥐를 기다린다. 제가 한 마리를 잡았고 데려왔어요.

네트가 갑자기 재킷 안에서 솜털이 보송보송한 작은 새를 꺼냈고 새는 눈을 깜박이고 날개를 퍼덕거리며 아주 불룩하고 졸리고 겁에 질린 듯 보였다.

"만지지 마세요! 직접 보여줄 테니까요." 네트가 자신의 새 반려동물에 엄청난 자부심을 드러내며 말했다. 처음 그는 새의 머리에 삼각모를 씌웠고 소년들은 우스꽝스러운 모습에 웃음이 터졌다. 그다음 네트가 종이로 만든 안경을 씌우자 올빼미는 아주 똑똑해 보여서 사방에서 환호성이 터져 나왔다. 화가 난 새는 손수건에 거꾸로 매달리고 쪼고 로브가 말하는 대로 '쯧쯧거리며' 쇼를 마무리했다. 발표 이후 올빼미를 놔주자

문 위의 솔방울 더미에 가서 앉아 위엄 있지만 졸리는 표정으로 사람들을 내려보아 모두를 즐겁게 해주었다.

"우리를 위해 준비한 것이 있니, 조지?" 다시 사방이 조용해지자 베어 씨가 물었다.

"전 두더지에 대해 많이 읽고 배웠지만 전부 잊어버리고 두더지가 굴을 파서 살고 그 속에 물을 부으면 잡을 수 있다는 것과 아주 자주 먹지 않으면 살 수 없다는 것밖에 기억이 나지 않아요." 스터피는 자리에 앉아서 자신의 귀중한 관찰을 기록하지 않는 게으름을 부리지 않았으면 좋았을 거라고 생각했고 기억 속에 남아 있던 마지막 세 가지 사실을 언급하며 미소를 지었다.

"그럼 오늘은 여기까지 하자." 베어 씨가 입을 열었지만 토미가 급히 소리쳤다.

"아직 아니에요. 모르세요? 우리가 기부를 하기로 했잖아요." 손가락으로 안경을 만들면서 토미가 눈을 깜박였다.

"세상에, 내가 깜박했구나! 네 차례란다, 토미." 베어 씨가 다시 자리에 앉았다.

네트, 토미, 데미가 밖으로 나갔고 곧바로 조 부인이 가장 좋은 은쟁반에 작은 모로코 상자를 올리고 돌아왔다. 네트와 데미의 호위를 받으며 토미가 상자를 들었고, 댄에게 다가가자 댄은 자신을 놀리려고 한다고 생각하며 아무것도 모르는 채로 뚫어져라 쳐다보았다. 토미는 이 순간을 위해 우아하고 강렬한 연설을 준비했지만 막상 닥치자 머릿속에서 뒤죽박죽이 되어 그냥 친절한 소년의 마음에서 우러나오는 대로 말했다.

"저기 친구, 우리 모두 얼마 전에 일어난 일에 대한 미안함의 표시로 너에게 선물을 준비했어. 그렇게 훌륭한 행동을 보인 널 우리가 얼마나 좋아하는지 보여주려고 말이야. 부탁이니 받아주고 이걸로 아주 즐겁게 지내길 바라."

댄은 너무 놀라서 그저 작은 붉은 상자를 받아들고는 "고마워, 애들아." 하고 웅얼거린 뒤 더듬거리며 열어보았다. 안에 든 것을 본 그의 얼굴이 환해졌다. 댄은 그토록 원하던 보물을 보고 비록 세련된 말은 아니지만 아주 열정적으로 소감을 밝혀 모두가 만족했다.

"이렇게 놀라운 일이! 나한테 이걸 주다니 너희들은 정말 대단해. 내가 바로 원하던 거야. 네 손을 줘봐, 토미."

많은 손이 앞으로 나와 진심으로 악수를 했다. 소년들은 댄이 기뻐하는 걸 보고 더 좋아하면서 주변으로 몰려들어 악수하고 선물의 아름다움을 자세히 논했다. 이 즐거운 대화 한가운데 댄의 눈빛이 조 부인에게로 향했고 그녀는 무리 밖에 서서 진심으로 이 광경을 즐겁게 지켜보았다.

"난 아무것도 한 게 없어. 아이들이 직접 준비한 거란다." 부인이 이 행복한 순간을 자신에게 감사하는 얼굴을 향해 이렇게 말했다. 댄은 미소를 짓고 그녀만이 이해할 수 있는 억양으로 말했다.

"이제 부인도 마찬가지예요." 그리고 아이들 틈에서 걸어 나와 처음에는 부인의 손을 잡고 그다음에는 무리 틈에서 자애로운 눈길을 보내고 있는 선한 교수의 손을 잡았다.

댄은 아무 말 없이 진심을 담아 두 사람의 손을 꽉 쥐며 자신을 지켜주고 행복한 집이라는 안식처로 이끌어준 것을 감사했다. 아무 말도 하지 않았지만 베어 부부는 그가 하는 모든 말을 느낄 수 있었고, 어린 테디는 아버지의 품에서 댄에게 안기며 아기 같은 목소리로 기쁨을 표현했다.

"우리 대니! 이제 모두가 그를 좋아해!"

"이리 와서 네 작은 망원경 좀 구경시켜줘, 댄. 우린 네 올챙이와 징그러운 것들을 확대해서 보고 싶어." 잭이 말했다. 그는 이 광경이 너무 불편해서 에밀이 붙잡지 않았다면 자리를 박차고 나갔을 것이다.

"그렇게 할게. 실눈을 뜨고 보고 어떻게 생각하는지 말해줘." 댄이 즐겁게 자신의 소중한 현미경을 자랑했다.

그는 테이블에 놓여 있던 딱정벌레를 집어 들었고 잭은 고개를 숙여 실눈으로 살피고는 놀란 얼굴로 말했다.

"맙소사! 저 늙은 벌레가 가진 집게발을 좀 봐! 이제야 붕붕거리는 곤충을 잡을 때 왜 그렇게 손이 따가운지 알 것 같아."

"딱정벌레가 내게 윙크를 했어!" 잭의 팔꿈치 아래로 머리를 집어넣고 두 번째로 현미경을 본 낸이 외쳤다.

모두 한 번씩 본 다음 댄이 나방 날개의 아름다운 깃털을 보여주었다. 네 개가 각을 이루어 하나의 깃털을 이루고 날개로는 혈관이 흘렀다. 육안으로는 볼 수 없지만 근사한 작은 유리로 보니 두툼한 그물 같았다. 아이들의 손가락 피부는 신기한 언덕과 계곡 같았고 거미줄은 거칠게 짠 비단 같고 꿀벌의 침도 확대해 보았다.

"내 동화책에 나오는 요정의 안경 같지만 이게 더 흥미로워." 데미가 자신이 본 광경에 매료되어 말했다.

"이제 댄은 마법사야. 그는 네 주변에서 벌어지는 많은 기적을 보여줄 거야. 그는 꼭 필요한 인내와 자연에 대한 사랑을 가졌거든. 우리는 아름답고 근사한 세상에 살고 있단다, 데미. 그리고 네가 그 세상에 대해 더 많이 알수록 더욱 현명해지고 나은 사람이 될 수 있어. 이 작은 현미경이 네게 새로운 스승이 되어줄 거고 네가 원한다면 근사한 공부를 할 수 있지." 베어 씨가 소년들이 이 분야에 흥미를 보이는 데 기뻐하면서 말했다.

"열심히 들여다보면 현미경으로 사람의 영혼도 볼 수 있을까요?" 데미는 현미경이 가진 힘에 크게 매료되어 물었다.

"아니. 그렇지는 않아. 그 정도로 강한 힘을 가지진 않았지. 그런 건 사람이 결코 만들 수 없단다. 하느님의 신비 중에서 가장 보이지 않는 것을 볼 수 있을 만큼 아주 깨끗한 눈을 가지려면 오랫동안 기다려야 해. 그렇지만 사랑스러운 자연을 살피면 네가 보지 못하는 더 사랑스러운 것들을 이해하는 데 도움이 될 거야." 프리츠 이모부가 소년의 머리에 손을 얹으며 말했다.

"데이지와 전 천사가 있다고 믿어요. 그들의 날개가 방금 현미경을 통해 본 나비처럼 생겼을 것 같아요. 그것보다 더 부드럽고 금으로 되어 있겠지만요."

"그렇게 믿어도 좋지. 네 작은 날개도 밝고 아름답게 가꾸고 아직 너무 멀리 날아가지 않도록 하렴."

"네, 그럴게요." 그리고 데미는 약속을 지켰다.

"안녕, 얘들아. 난 이만 가봐야겠어. 그렇지만 너희는 새 자연사 선생님과 같이 있으렴." 조는 이 작문의 날을 뿌듯하게 생각하며 돌아갔다.

18. 텃밭 수확

그해 여름 텃밭은 농사가 아주 잘되었고 9월에 엄청난 기쁨과 더불어 작지만 수확이 이루어졌다. 잭과 네드는 농장을 합쳐 감자를 키웠고 감자는 팔기 좋은 품목으로 자랐다. 감자는 12부셸(bushel)*이 나왔고 큰 것 작은 것 할 것 없이 전부 베어 씨에게 제값에 팔렸는데, 이 집 안에서 감자는 빨리 소비되는 품목인 덕분이다. 에밀과 프란츠는 옥수수 농사를 열심히 지었고 헛간에서 즐겁게 옥수수 껍질을 벗기고 가루로 만들어 오랫동안 속성 푸딩과 옥수수빵을 만들어 먹기 충분한 양을 챙겨 자랑스럽게 집으로 돌아왔다. 그들은 수확물에 대해 돈을 받지 않았다. 프란츠가 "작은아버지가 우리에게 베푼 호의를 생각하

* 곡물이나 과일의 무게 단위로 1부셸은 약 28kg이다.

면 평생 옥수수를 키워서 드려도 못 갚을 거야."라고 말했기 때문이다.

네트의 콩은 엄청 풍성하게 자라서 그는 껍질 벗길 일이 걱정이었지만 조 부인이 새로운 방식을 제안했고 아주 제대로 통했다. 말린 껍질을 헛간 바닥에 깔아두고 네트가 바이올린을 연주하자 소년들이 그 위에서 네모꼴을 이루어 춤을 추었고 그들이 즐겁게 그리고 적은 노력을 들여 타작을 해주었다.

토미의 6주짜리 콩은 실패로 돌아갔다. 계절 초기에 한동안 건기가 있었는데 토미가 물을 주지 않은 것이 영향을 미쳤다. 토미는 콩이 알아서 자랄 거라고 내버려두어서, 가여운 것들은 해충과 잡초에 시달리고 결국 진이 빠져 연이어 죽음을 맞이했다. 그래서 토미는 땅을 뒤엎어야 했고 그 자리에 완두콩을 심었다. 하지만 시기가 늦었다. 새들이 씨앗을 많이 파먹었고 덤불이 견고하게 땅을 지탱하지 않아 바람에 넘어졌으며 마침내 가여운 완두콩이 나왔을 때 철은 이미 지나가버렸다. 어린 양이 성체로 자라는 시기라 다들 바빴기 때문에 아무도 관심이 없었다. 토미는 자선을 베풀며 스스로를 달랬다. 그는 찾을 수 있는 모든 엉겅퀴를 옮겨 심고 토비를 위해 열심히 키웠다. 토비는 가시가 있는 잎사귀를 좋아해서 찾는 족족 먹어치웠다. 소년들은 토미의 엉겅퀴밭에서 즐겁게 놀았다. 하지만 그는 자신이 아닌 가여운 토비를 위해 밭을 보살펴야 한다고 말했고 내년에는 밭 전체를 엉겅퀴, 애벌레, 달팽이를 키우는 데 쏟아부어 데미의 거북이와 네트의 애완 올빼미가 당나귀와 함께 그들이 좋아하는 먹이를 먹게 하겠다고 선언했다. 참으로 꿈도 야망도 없이 다정하고 느긋한 토미다운 생각이었다!

데미는 할머니에게 드릴 양상추를 여름 내내 키웠고 가을에는 할아버지에게 순무를 한 바구니 보내면서 무를 전부 깨끗이 닦아 마치 커다란 흰 달걀처럼 보였다. 할아버지는 샐러드를 좋아하고 즐겨 인용하는 문구도 이랬다.

> 루클루스, 절약에 매료된 이는
> 사빈 농장에서 구운 순무를 먹었도다.

그러니 지역 신들에게 바쳐진 이 채소 제물에 고전적인 것을 좋아하는 데미가 애정을 담고 매력을 느낄 수밖에 없었다.

데이지는 작은 터에 꽃을 키워서 여름 내내 화사하거나 향기로운 꽃밭을 이루었다. 그녀는 자기 정원에 애착이 많았고 항상 그 속에 머물며 장미, 팬지, 스위트피, 목서초를 살피고 친구나 인형에게 하듯 충실하고 세심하게 다루었다. 일이 있을 때마다 작은 꽃다발을 시내로 보내고 집 안의 정해진 화병은 그녀의 특별한 보살핌을 받았다. 그녀는 꽃에 대해 온갖 아름다운 환상이 있었다. 자식들에게 팬지꽃 이야기를 들려주고 푸른 정원에서 어떻게 보랏빛과 금색으로 자리를 잡았는지 알려주고 싶어 했다. 자신이 키운 화사한 노란색 자식들은 각자 자리가 있었고 칙칙한 색상의 양자녀들은 작은 스툴에 놓았으며 붉은 취침용 모자를 쓴 가여운 아버지는 꽃 한가운데 보이지 않도록 숨겼다. 수도승의 어두운 얼굴이 수도승의 모자 같은 미나리아재비 밖으로 나왔고 카나리아풀 덩굴 꽃은 앙증맞은 새처럼 노란 날개를 퍼덕여 마치 날아오르는 것처럼 보였으며 금어초는 쪼개보면 총을 쏘듯 톡 튀어나왔다. 보라색과 흰색 양귀비로 장식하고 주름 장식이 달린 긴 가운에 허리에 풀잎 띠를 둘리고 녹색 머리에는 근사한 큰금계국 모자를 쓴 멋진 인형도 만들었다. 콩 껍질로 만든 보트에 장미꽃잎 돛을 단 배가 항해를 하며 이 꽃사람을 태우고 아주 근사하게 잔잔한 웅덩이에서 떠다녔다. 요정이 없다는 것을 발견하고 데이지는 자신만의 요정을 만들었고, 근사한 이 친구가 그녀의 여름 인생에서 중요한 역할을 했다.

낸은 허브를 키웠고 유용한 식물을 근사하게 전시해두었다. 낸의 관심은 점차 커져 9월에는 허브를 자르고 말리고 달콤한 수확을 하고 작은 공책에 각기 다른 허브의 사용법을 적느라 바빴다. 그녀는 수차례 실험을 하고 여러 번 실수를 저질렀다. 그래서 개박하 대신 약쑥을 취급하는 것이 소규모 가정용 재배에 특히 더 나을 거라는 결론을 내렸다.

딕, 돌리, 로브는 작은 농장을 관리했는데 나머지를 다 합친 것보다 더 큰 동요를 일으켰다. 딕과 돌리는 파스닙과 당근을 키웠고 소중한 작물을 뽑을 때를 고대하며 기다렸다. 딕은 당근을 개인적으로 실험해보고 다시 심었고 사일러스가 아직 너무 이르다고 한 말이 옳다고 느꼈다.

로브의 작물은 작은 애호박 네 개와 엄청나게 큰 호박 하나였다. 정말로 "거대하다."고 모두가 말했다. 내가 장담하는데 어린아이 둘이 그 위에 나란히 앉을 수 있을 정도였다. 작은 텃밭의 좋은 영양분은 모조리 흡수하고 내리쬐는 햇살을 다 받아 그 자리에서 커다란 둥근 금빛 공처럼 자라 몇 주간 먹을 호박 파이를 만들 만큼 속이 꽉 찼다. 로브는 자신의 거대한 작물이 너무 자랑스러워 모두에게 보여주었고 서리가 내리기 시작하자 매일 밤 낡은 누비이불로 호박을 덮어주며 사랑하는 아이처럼 둘둘 싸맸다. 수확하는 날 그는 아무도 그 호박을 손대지 못하게 하고 자신이 직접 호박을 따서 작은 외바퀴손수레에 실어 헛간으로 가져갔다. 앞에서 끌던 딕과 돌리가 가다 말고 포기해서 그만 허리를 다칠 뻔했다. 그의 어머니는 이 호박으로 추수감사절 파이를 만들겠다고 약속했고 이 근사한 호박을 키워낸 아이에게 줄 부상이 있다고 희미하게나마 언급했다.

가여운 빌리는 오이를 심었지만 불행히도 괭이로 다 파내고 개비름만 남았다. 이 실수로 그는 10분간 크게 상심했다가 모조리 잊어버리고 자신이 모은 밝은 단추들을 한 줌 뿌렸고 허약한 마음속에서 그것이 돈이라고 생각했는지 씨앗이 자라서 갑절이 되면 자신도 토미처럼 25센트 동전을 많이 얻을 수 있을 거라 여겼다. 아무도 그를 방해하지 않았고 그는 자신의 땅에 원하는 것을 마음대로 심었지만, 이내 작은 지진이 연속으로 일어나 땅을 다 헤집어놓은 듯한 꼴이 되었다. 추수 날이 되자 그는 돌과 잡초밖에 보여줄 것이 없었다. 친절한 노부인인 아시아가 죽은 나무에 오렌지 여섯 개를 매달아두지 않았다면 그는 어쩔 줄 몰랐을 것이다. 빌리는 자신의 수확을 기뻐했다. 그리고 아무도 그의 기쁨이 시든 가지에서 이상한 과일이 자라게 한 연민에서 나온 기적이라는 사실을 밝히지 않았다.

스터피는 멜론을 가지고 여러 차례 실험했다. 빨리 맛보고 싶은 마음에 익기도 전에 홀로 잔치를 벌이고 덕분에 병에 걸려서 하루 이틀 동안 음식을 먹지 못했다. 하지만 그는 병을 이겨냈고 첫 캔털루프 멜론을 직접 수확해냈다. 그가 따뜻한 경사면을 만들어둔 덕분에 빨리 익어서 근사한 멜론이 나왔다. 마지막이자 최고의 멜론은 덩굴에 그대로 매달려 있고 스터피는 이웃에게 팔 것이라고 선언했다. 소년들은 멜론을 먹어보고 싶었기에 그 말에 실망했고 불쾌하다는 표현을 했다. 어느 날 아침, 시장에 내다 팔 멜론을 보러 갔는데 푸른 껍질에 '돼지'라는 두 글자가 흰 글씨로 적혀 있는 것을 보고 스터피는 기겁했다. 그는 엄청나게 화가 나 얼굴이 붉어진 채 조 부인에게 달려갔다. 그녀는 이야기를 듣고 아이를 위로한 다음 말했다.

"웃고 넘기고 싶으면 방법을 알려줄게. 하지만 넌 멜론을 포기해야 할 거야."

"그렇게 할게요. 전 모두를 때릴 수 없지만 비열한 아이들에게 기억할 만한 것을 주고 싶어요." 스터피가 여전히 화가 나 씩씩거리며 말했다.

조 부인은 누가 그런 짓을 했는지 확신했다. 그녀는 하루 전날 소파 귀퉁이에서 수상쩍은 머리 세 개가 서로 붙어 있는 것을 보았다. 그리고 머리들이 웃고 속삭이며 고개를 끄덕일 때 이 경험 많은 여성은 작당 모의 중이라는 것을 알았다. 달빛이 환한 밤이라 에밀의 방 창 근처 낡은 벚나무에서 바스락거리는 소리가 났고, 토미가 손을 다친 것이 그녀가 용의자를 확정하는 데 도움을 주었다. 스터피의 분노를 조금 가라앉힌 다음 그녀는 학대당한 멜론을 자기 방으로 가져오라고 한 뒤 누구에게도 무슨 일이 벌어졌는지 말하지 않았다. 스터피도 그렇게 했고, 세 장난꾸러기는 자신들의 장난이 이렇게 조용히 넘어가는 데 놀랐다. 재미는 사라졌고 멜론도 없어져서 그들은 마음이 불편했다. 스터피의 성품도 달라져서 전에 없이 차분하고 느긋하고 침착한 모습에 그들은 더욱 당황했다.

식사시간에 그들은 이유를 알게 되었다. 그때 스터피의 복수가 시작되어 그들을 비웃었다. 푸딩을 먹고 과일이 나왔을 때 메리 앤이 큰 소리로 웃으면서 커다란 멜론을 들고 나타났다. 사일러스가 다른 멜론을 들고 뒤따랐고 댄이 세 번째 것을 들고 마지막에 나왔다. 각각은 세 공범 앞에 놓였다. 그들은 부드러운 녹색 피부 위에 자신들이 적은 글귀에 덧붙인 말을 보게 되었다. "돼지의 선물." 테이블에 있던 소년들이 환성을 질렀다. 그 장난에 대해 모두들 수군거렸기에 이 복수를 이해했다. 에밀, 네드, 토미는 어디를 쳐다봐야 할지 몰랐고 아무 말도 하지 않았다. 결국 그들은 현명하게 이 웃음에 동참하고 멜론을 잘라 주변에 나누어주었다. 나머지 아이들은 모두 스터피가 현명하고 즐거운 방식으로 나쁜 짓을 좋게 갚았다고 생각했다.

댄은 여름 내내 엄청나게 돌아다니고 다리를 저는 통에 텃밭이 없었다. 그래도 사일러스를 도와 할 수 있는 일을 했고 아시아를 위해 장작을 패고 잔디를 아주 잘 관리해서 조 부인이 항상 부드러운 길과 잘 깎인 잔디를 걸을 수 있었다. 다른 이들이 수확할 때 댄은 보여줄 것이 너무 없어 애석해 보였다. 하지만 가을이 지나면서 삼림지대에서의 수확으론 누구도 그를 이길 수 없다는 것이 알려졌다. 그는 자신만의 특별한 능력을 활용할 수 있었다. 매주 토요일 댄은 홀로 숲, 들, 언덕을 다녔고 항상 전리품을 가득 안고 돌아왔다. 그는 초원 어디에서 창포가 가장 잘 자라는지 제일 향이 좋은 사사프라스 덤불이 어디 있는지, 다람쥐가 도토리를 찾는 장소가 어딘지, 껍질이 귀한 흰 참나무가 어디에 있는지, 보모가 궤양을 치료할 때 쓰는 황련 덩굴이 어디 있는지 잘 아는 것 같았다. 댄이 조 부인을 위해 집으로 가져온 근사한 자연의 선물이 그녀의 응접실을 장식했다. 그중에는 씨를 제거한 풀, 클레머티스로 만든 술 장식, 솜털이 보송하고 부드럽고 노란 밀랍을 입힌 열매들, 이끼, 테두리가 붉거나 흰 것 혹은 에메랄드빛 녹색 잎사귀도 있었다.

"이젠 숲을 그리워할 필요가 없어요. 댄이 제게 직접 숲을 가져다주니까요." 조 부인은 자주 이렇게 말하고 벽을 노란 단풍가지와 보라색 인동덩굴 화환으로 장식하거나 꽃병에 적갈색 양치식물, 작은 방울들이 주렁주렁 달린 독미나리 가지 혹은 강인한 가을꽃을 꽂았다. 댄의 수확물은 그녀의 취향에 아주 잘 맞았다.

커다란 다락방은 아이들의 작은 창고로 발 디딜 틈이 없었고 한동안 집에서 가장 볼거리가 많은 곳이었다. 데이지의 꽃씨는 작은 종이봉투에 가지런히 담겨 모두 이름표가 붙은 채 세 발 테이블 서랍에 들어갔다. 낸의 허브는 벽에 뭉치째로 매달려 그윽한 향기를 뿜었다. 토미는 작은 씨앗이 붙어 있는 엉겅퀴관모가 든 바구니를 놔뒀고 그것들이 내년까지 날아가지 않고 남아 있다면 심을 생각이었다. 에밀은 옥수수를 잔뜩 널어놓았고 데미는 가축에게 줄 도토리와 여러 곡물을 펼쳐놓았다.

그러나 댄의 작물이 가장 볼 만했다. 모든 종류가 다 있었고 바닥 절반이 그가 가져온 열매들로 덮여 있었다. 그는 수 킬로미터를 돌아다니며 전리품을 위해 가장 높은 나무에 오르고 가장 두꺼운 생울타리로 들어가는 일도 마다하지 않았다. 호두, 밤, 헤이즐넛, 너도밤나무 열매가 분류되어 널렸고 점차 갈색으로 변하며 수분이 빠지고 당도가 높아지며 겨울 연회를 기다렸다.

저택 앞에는 로브와 테디가 자기 소유라고 우기는 버터너트 나무가 있었다. 나무는 올해를 잘 견뎠고 죽은 잎사귀 사이에 숨은 커다랗고 거무칙칙한 열매들이 바닥으로 떨어져 게으른 베어 소년들보다 날렵한 다람쥐들이 더 잘 찾았다. 아버지는 그들에게(다람쥐 말고 소년들에게) 따고 싶으면 따서 가져도 된다고 말했지만 아무도 그러지 않았다. 열매 따기는 쉬운 일이라 테디가 좋아했지만 곧 지겨워하며 작은 양동이를 절반만 채우고 다음을 기약했다. 그런데 다음이란 천천히 찾아왔고 그러는 동안 약삭빠른 다람쥐들이 열심히 노력해 늙은 느릅나무와 버터너트나무 사이를 날래게 오가며 구멍이 가득 찰 때까지 열매를 비축한 다음 가지를 싹쓸이 해버렸다. 다람쥐들이 열매를 저장하는 방식이 흥미로워서 소년들은 즐거워했다. 어느 날 사일러스가 로브에게 말했다.

"다람쥐에게 버터너트 열매를 팔았니?"

"아니요." 로브는 그 말뜻을 이해하지 못하며 대답했다.

"그렇다면 얼른 가봐. 안 그러면 그 작은 녀석들이 네 것을 하나도 남겨두지 않을 테니까."

"우리가 따기 시작하면 다람쥐쯤은 거뜬히 이길 수 있어요. 아직 열매가 엄청 많은걸요."

"더 이상 떨어질 열매는 없어. 그들이 바닥까지 싹 훑었어. 가서 확인해보면 알 거야."

로브는 서둘러 보러 갔고 정말 열매가 얼마 남지 않은 것을 보고 놀랐다. 그는 테디를 불렀고 둘은 어느 오후 열심히 일했다. 그러는 동안 다람쥐들은 울타리에 앉아 둘을 못마땅하게 지켜보았다.

"자, 테디. 잘 살피고 떨어지는 즉시 주워야 해. 안 그러면 1부셸도 못 채우고 모두 우리를 비웃을 거야."

"장난꾸러기 다람쥐들이 못 가져가게 할 거야. 내가 재빨리 따서 헛간에 가져다 놓을 거야." 꼬리를 흔들고 재잘거리는 작은 다람쥐들을 향해 테디가 인상을 찌푸렸다.

그날 밤 거센 바람이 불어 수백 개의 열매가 떨어졌다. 조 부인이 어린 아들을 깨우러 와서 기분 좋게 말했다.

"로브, 서두르렴. 다람쥐들이 열심히 하고 있으니 너도 오늘 열심히 줍지 않으면 다람쥐들이 떨어진 열매를 몽땅 가져갈 거란다."

"아니, 그럴 수 없어요." 로브가 서둘러 일어나 아침 식사를 허겁지겁 먹어치우고는 곧바로 자기 재산을 지키러 달려 나갔다.

테디도 같이 가서, 둘은 어린 비버처럼 열심히 일하고 이리저리 뛰어다니며 양동이를 채우고 비웠다. 옥수수 헛간에 곧 1부셸이 쌓였고 더 많은 열매를 건지려고 잎사귀 틈을 뒤지는데 수업을 알리는 종이 울렸다.

"아, 아버지! 전 여기서 열매를 줍게 해주세요. 안 그러면 저 끔찍한 다람쥐들이 제 열매를 모두 가져갈 거예요. 전 좀 있다가 수업을 들을게요." 로브가 차가운 바람에 머리가 헝클어지고 열심히 일해서 상기된 얼굴로 교실로 뛰어 들어와 외쳤다.

"네가 매일 아침 일찍 일어나서 조금씩 일을 했다면 지금쯤 서두를 필요가 없었을 거야. 네게 말했지만 넌 새겨듣지 않았어. 네 일을 해야 한다고 수업을 빠지게 할 수는 없단다. 다람쥐들은 올해 자기들의 몫보다 더 많이 얻게 될 거고 최선을 다해 일했으니 그럴 자격이 있어. 한 시간 일찍 마칠 수는 있겠지만 그게 내가 해줄 수 있는 전부란다." 베어 씨는 로브를 자기 자리로 데려갔고 어린 신사는 소중한 시간을 약속받자 책을 펼쳤다.

바람이 마지막 남은 열매를 흔들고 도둑들이 이리저리 돌아다니는 모습을 가만히 앉아서 보는 것은 고역이었다. 다람쥐들은 간혹 일을 멈추고 허리를 펴며 그의 눈앞에서 열매를 먹어치우고 꼬리를 펄럭이며 건방지게 말하는 것 같았다. "네 덕분에 우리가 열매를 얻게 되었어. 게으름뱅이 로브." 혼자서 묵묵히 열매를 줍는 테디의 모습에 가여운 로브는 이 힘든 순간을 버틸 수 있었다. 꼬마의 인내심은 대단했다. 테디는 허리가 아플 때까지 열매를 줍고 또 주웠다. 그리고 작은 다리가 지쳐 멈출 때까지 터덜터덜 걸었다. 형을 돕기 위해 노력하는 착한 어린이의 정성에 감동해 어머니가 하던 일을 멈추고 열매를 대신 날라주러 올 때까지 테디는 바람과 피로, 사악한 '다람쥐들'을 잘 견뎌냈다. 로브가 수업을 마쳤을 때 그는 테디가 양동이를 꽤 채웠지만 그만두려고 하지 않는 것을 보았다. 테디는 꾀죄죄한 어린 손에 모자를 들고 도둑들을 쫓았고 다른 손에는 커다란 사과를 쥐고 먹으며 기운을 내려고 했다.

로브는 일에 열중했고 2시가 되기 전에 바닥은 깔끔해졌다. 열매들은 안전하게 옥수수 헛간 다락으로 옮겨져 지친 작업자들은 성공을 자축했다. 그러나 프리스키와 그의 아내를 잊고 있었다. 며칠 뒤에 보러 왔을 때 로브는 열매가 많이 사라진 사실에 놀랐다. 문이 잠겨 있어서 소년들 중 누구도 열매를 훔쳐갈 수 없었는데 말이다. 비둘기들은 열매를 먹지 않고 쥐도 없었다. 두 소년이 엄청나게 애통해하는데 딕이 말했다.

"옥수수 헛간 지붕에서 프리스키를 봤는데 어쩌면 그가 가져갔을지도 몰라."

"그럴 줄 알았어! 덫을 놔서 죽여버릴 거야." 로브가 프리스키의 욕심 많은 습성을 혐오하며 소리쳤다.

"그를 살피면 어디에 열매를 숨겼는지 알아낼 수 있어. 그럼 내가 다시 찾아다 줄게." 소년들과 다람쥐 사이의 싸움에 한참 즐거워진 댄이 말했다.

로브는 프리스키 부부가 축 늘어진 느릅나무 가지를 타고 옥수수 헛간 지붕으로 내려와 작은 문 하나를 재빨리 움직여 비둘기들의 방해를 뚫고 입에 열매를 한 개씩 물고 나오는 것을 보았다. 입이 가득 차서 들어온 길로 나갈 수 없어서 벽을 따라 낮은 지붕으로 달렸고, 모퉁이에서 뛰어내려 곧바로 사라졌다. 그러더니 약탈품을 어딘가에 놔두고 다시 나타났다. 로브는 그 장소로 가서 잎사귀 아래 움푹한 곳에서 머지않아 나무구멍으로 옮기려고 숨겨둔 수북하게 쌓인 열매를 보았다.

"이 작은 악당들! 이제 너희를 속이고 하나도 남겨주지 않을 거야." 로브는 이렇게 말했다. 그리고 모퉁이와 옥수수 헛간을 정리한 뒤 열매를 다락방으로 옮기고 파렴치한 다람쥐가 들어올 깨진 창유리가 있는지 확인했다. 다람쥐들은 시합이 끝났다고 느껴 자기들의 구멍으로 돌아갔지만 간간이 로브의 머리 위로 도토리 껍질을 던지며 그와의 전투를 잊지 않았고 용서할 수 없다는 듯 폭력적으로 대응했다.

베어 부부의 수확은 다른 종류로 쉽게 설명할 수 없었다. 그들은 만족했고 여름 동안 열심히 일한 대가로 머지않아 얻을 수확이 그들을 아주 행복하게 해줄 거라고 믿었다.

19. 존 브룩의 죽음

"일어나, 데미! 네가 필요해!"

"왜요? 전 이제 막 잠들었어요. 아직 아침이 되지도 않았잖아요." 데미는 막 곤히 잠들었다가 깨어나서 어린 올빼미처럼 눈을 깜박였다.

"밤 10시지만 너희 아버지가 편찮으셔서 지금 가봐야 해. 세상에 존이! 우리 가여운 존이!" 조 이모가 베개에 머리를 묻고 흐느껴서 데미는 잠이 확 달아났다. 가슴속에 두려움과 의구심이 차올랐다. 그는 어렴풋이 조 이모가 아버지를 '존'이라고 부른다고 판단했고 안 좋은 일이 아버지에게 생겨 이모가 흐느낀다고 생각했다. 그래서 아무 말 없이 이모에게 달라붙었고 곧 그녀는 다시 정신을 차렸다. 그러고는 그의 걱정스러운 얼굴을 보고 부드럽게 입을 맞추고 말했다.

"우리는 너희 아버지에게 작별 인사를 하러 가야 해. 지체할 시간이 없단다. 그러니 빨리 옷을 입고 내 방으로 오렴. 난 데이지를 깨우러 갈게."

"알았어요." 조 이모가 사라지자 어린 데미는 조용히 일어나서 얼떨떨한 채로 옷을 입은 다음 푹 잠들어 있는 토미를 놔두고 조용히 집 안을 걸었다. 무언가 슬픈 일이 벌어져 그와 다른 소년들을 잠시 떨어뜨려놓을 것 같다는 기분이 들었다. 밤이 되면 친숙한 방들이 그런 것처럼 세상이 어둡고 정적에 싸이고 낯설다고 느꼈다. 로리 씨가 보내준 마차가 문 앞에 있었다. 데이지는 곧 준비를 마쳤고 쌍둥이는 시내로 가는 내내 서로 손을 잡고, 재빨리 조용히 이모와 이모부와 함께 어두운 길을 달려 아버지에게 마지막 인사를 하러 갔다.

프란츠와 에밀만 무슨 일인지 알았다. 다음 날 아침 소년들은 아래층으로 내려와서 주인이 없는 집을 황량하게 느끼고 다들 놀라고 불편해했다. 조 부인이 찻주전자 뒤에 앉아 쾌활하게 떠드는 모습을 볼 수 없어서 울적한 아침 식사가 이루어졌고 수업시간에는 아버지 베어의 자리가 비어 있었다. 한 시간 동안 아이들은 암담하게 돌아다니며 데미의 아버지가 괜찮다는 소식이 오길 바랐다. 선한 존 브룩은 아이들 사이에서도 큰 사랑을 받은 인물이었다. 10시가 되었지만 그들의 불안을 해소해주러 오는 사람은 없었다. 소년들은 놀 기분이 아니었고 시간이 너무 안 가서 무기력하고 심각하게 앉아 있었다. 갑자기 프란츠가 자리에서 일어나더니 특유의 설득력 높은 목소리로 말했다.

"얘들아, 잘 들어. 교실로 가서 작은아버지가 여기 계시는 것처럼 우리끼리 수업을 해보자. 그러면 하루가 빨리 갈 거고 작은아버지도 기뻐하실 거야."

"하지만 누가 우리 수업을 봐주지?" 잭이 물었다.

"내가. 난 너희보다 아는 게 아주 많지는 않지만 여기서 나이가 제일 많으니 너희만 괜찮다면 내가 작은아버지가 올 때까지 그 자리를 채울게."

어딘가 온화하면서도 진지한 프란츠의 말에 소년들은 깊은 감명을 받았다. 그는 지난 긴 밤을 존을 위해 울어서 눈이 상당히 충혈되었지만 덕분에 인생의 고통과 보살핌에 대해 알게 된 것 같았고 용감하게 헤쳐나가려고 하는 듯 보였다.

"난 수업을 할래." 에밀은 해군의 첫 의무가 상사에게 복종하는 것임을 기억하고 자리에 앉았다.

다른 아이들도 따랐다. 프란츠는 베어 교수의 자리에 앉았고 한 시간 동안 여러 가지 지시를 내렸다. 수업은 배우는 것과 말하는 것으로 이루어졌는데, 프란츠는 인내심이 넘치는 친절한 스승으로 자신의 마음 상태를 슬기롭게 감추고 무의식적인 위엄으로 잘 진행해나가서 그의 말에서 어떤 슬픔도 흘러나오지 않았다. 어린 소년들은 책을 읽다가 복도에서 발소리가 들리자 모두 고개를 들었고 베어 씨가 들어올 때의 표정에서 소식을 알게 되었다. 친절했던 얼굴은 이제 지치고 창백하고 슬픔으로 가득 차 있었다. 그는 곧바로 데미에게 더는 아버지가 없다고 알려주었고, 그에게 달려가 원망하듯 묻는 로브의 질문에 침묵으로 대답했다.

"어젯밤에 절 놔두고 대체 어디 갔었어요, 아버지?"

밤에 자식을 두고 나가서 끝내 돌아오지 않은 다른 아버지에 대한 기억이 있는 베어 씨는 아들을 꼭 끌어안았다. 그리고 잠시 로브의 곱슬머리에 자신의 얼굴을 감췄다. 에밀은 팔을 베고 엎드렸고 프란츠도 작은아버지의 어깨에 손을 올리고 연민과 슬픔에 얼굴이 창백해졌다. 다른 소년들도 아무 말 없이 가만히 앉아서 멀리서 들리는 낙엽 떨어지는 소리만 정적을 채웠다.

로브는 무슨 일이 벌어졌는지 제대로 이해하지 못했지만 슬퍼하는 아버지의 모습이 보기 싫어서 숙인 그의 얼굴을 손으로 들어 올리고 쾌활한 목소리로 말했다.

"울지 마세요, 아버지! 우리는 다 잘 있었어요. 아버지 없이 수업도 하고 프란츠가 우릴 가르쳐줬어요."

그때 베어 씨가 고개를 들어 미소를 지으려 하면서 고마움이 담긴 목소리로 아이들에게 말했다. "너희들에게 정말 감사한단다. 아름다운 방식으로 내게 도움과 위로가 되었어. 절대 잊지

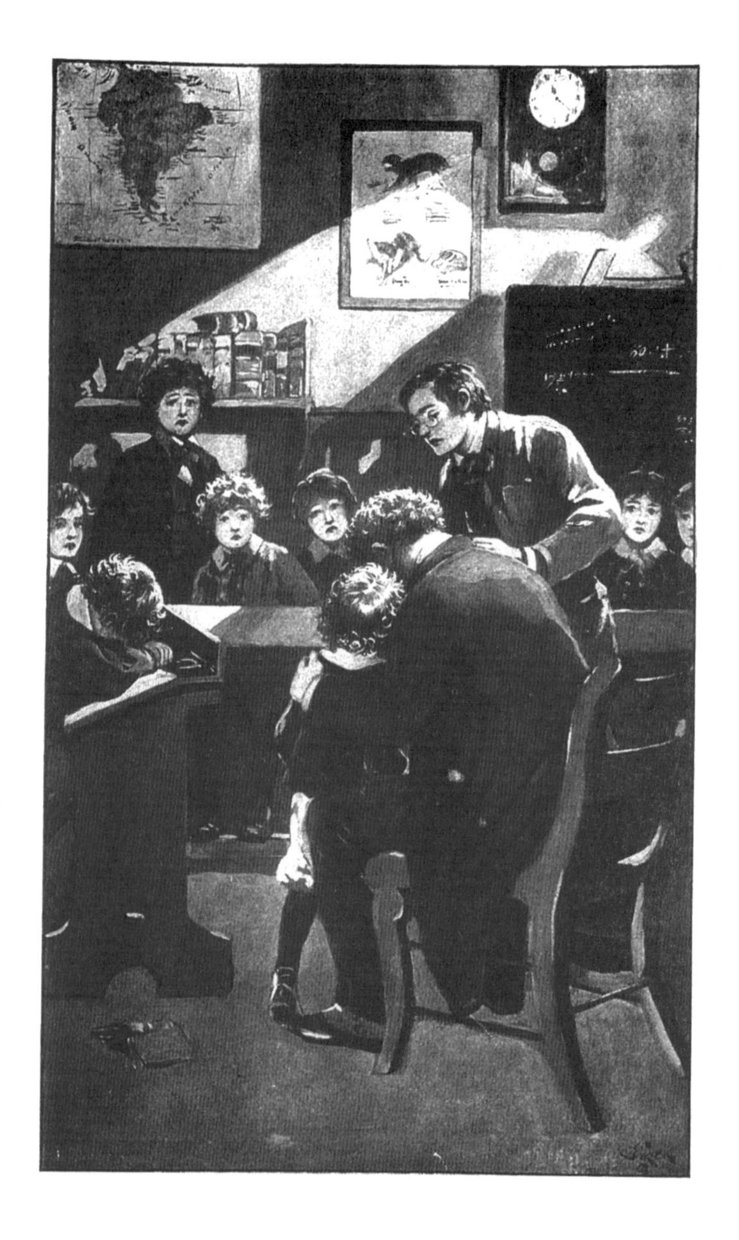

않을게."

"프란츠가 그렇게 하자고 했고 그는 최고의 선생님이었어요." 네트가 말했고 다른 아이들도 어린 선생에게 고맙다는 말을 웅얼거렸다.

베어 씨는 로브를 내려놓고 자리에서 일어선 다음 키 큰 조카의 어깨에 팔을 두르고 정말 기쁜 표정으로 말했다.

"덕분에 힘든 이 날이 좀 수월해졌어. 너희들이 내 자신감을 키워주는구나. 난 시내에 나가야 해서 몇 시간 동안 너희들만 있어야 할 것 같아. 너희에게 휴가를 주거나 원한다면 집으로 보내줄게. 하지만 여기 머물면서 원래대로 지내고 싶다면 착한 너희들이 아주 자랑스럽고 기쁠 거란다."

"저흰 여기 있을게요." "여기 있는 편이 나아요." "프란츠가 우리를 봐줄 거예요." 여러 목소리가 자신 있게 외쳤다.

"어머니는 집에 안 오시나요?" 로브가 아쉬운 듯 물었다. '어머니'가 없는 집은 그에게는 해가 없는 세상과도 같았다.

"우린 오늘 밤에 올 거야. 하지만 가여운 메그 이모에겐 지금 너보다 더 어머니가 필요하단다. 그러니 네가 이모에게 어머니를 잠시 양보할 수 있겠지."

"그럴게요. 하지만 테디가 어머니를 찾으며 울었고 보모를 때리며 아주 버릇없이 굴었어요." 로브는 이 소식을 전하면 혹시나 어머니가 집에 올까 싶어서 말했다.

"그 애는 지금 어디 있니?" 베어 씨가 물었다.

"댄이 달래려고 데리고 나갔어요. 지금은 괜찮아요." 프란츠가 창문을 가리켰다. 댄이 작은 마차를 탄 테디를 끌어주고 주변으로 강아지들이 장난치며 노는 모습이 보였다.

"난 댄을 보러 가지 않을 거야. 그 애 역시 속상할 테니까. 하지만 댄에게 테디를 부탁한다고 전해주렴. 너희들이 오늘 하루 잘 처신할 거라고 믿는다. 프란츠가 너희를 돌봐줄 거고 문제가 생기면 사일러스가 도와줄 거야. 그럼 저녁에 보자꾸나."

"존 이모부에 대해 한마디만 해주세요." 에밀이 서둘러 나서려는 베어 씨를 잡으며 물었다.

"그는 몇 시간 동안 아프다가 평소처럼 아주 쾌활하고 평화롭게 숨을 거두었단다. 그래서 너무 호들갑스럽게 혹은 이기적으로 슬픔을 드러내 그의 아름다운 마지막을 망쳐서는 안 될 것 같았어. 우리는 작별 인사를 할 시간이 있었단다. 그래서 데이지와 데미가 그의 품에 안기고 그는 메그 이모의 품에서 잠들었어. 지금은 힘들어서 더는 말해줄 수가 없구나." 베어 씨는 슬픔에 잠겨 서둘러 자리를 떴다. 그에게 존 브룩은 친구이자 형제였고 그 자리를 대신할 사람은 아무도 없었다.

그날 하루 종일 집 안은 아주 조용했다. 어린아이들은 놀이방에서 조용히 놀았다. 다른 아이들은 일요일이 주중에 찾아온 것처럼 산책을 하고 버드나무 둥지에 앉아 있거나 각자 가축을 돌보거나 '존 이모부'에 대해 이야기를 하고 신사적이고 공정하며 강인한 인물이 자신들의 작은 세상에서 사라진 것에 매 시간 점점 더 상실감을 느꼈다. 해 질 무렵이 되자 베어 부부가 집으로 돌아왔고 데미와 데이지는 어머니를 혼자 남겨둘 수 없어서 집에 남았다. 가여운 조 부인은 꽤 지쳤고 분명 위로가 필요했고 집에 들어와서 계단에 발을 딛자마자 제일 먼저 이렇게 말했다. "우리 아가는 어디 있니?"

"여기 있어요." 어린 목소리가 말했고 댄이 테디를 어머니 품으로 넘겨주어 그녀가 꼭 껴안자 이렇게 덧붙였다. "대니가 날 온종일 돌봐줘서 좋았어요."

조 부인은 충실한 보모에게 고마움을 전하려고 몸을 돌렸는데 댄은 그녀를 마중하려고 복도에 모여 있는 소년들에게 손을 흔들며 낮은 목소리로 말했다. "뒤로 물러나. 지금 부인은 우리에게 방해받고 싶지 않을 거야."

"아니, 그러지 않아도 돼. 난 너희 모두 보고 싶어. 다들 이리 오려무나. 온종일 너희를 방치해뒀어." 그리고 조 부인은 소년들을 향해 팔을 벌렸다. 모두가 주변으로 달라붙어 그녀를 방으로 호위하면서 별로 말은 하지 않았지만 애정이 담긴 표정과 슬픔과 연민을 보여주려고 서툴게 노력했다.

"난 너무 피곤하구나. 여기 누워서 테디를 안고 있을 테니 너희가 차를 좀 가져다주겠니?" 그녀는 아이들을 위해서 최대한 쾌활하게 말하려고 애썼다.

한 무리가 다이닝 룸으로 들어갔고 식탁은 엉망이었다. 한 팀이 어머니의 차를 배달하고 다른 팀이 치우기로 합의를 보았다. 가장 가까운 네 사람이 첫 영예를 주장했고 그래서 프란츠가 찻주전자를, 에밀이 빵을, 로브가 우유를, 테디가 설탕통을 들었다. 설탕통은 처음 출발했을 때보다 몇 조각을 흘린 탓에 도착했을 때 한층 가벼웠다. 어떤 여성들은 이런 저녁 시간에 남자아이들이 들락거리면서 컵을 뒤집고 숟가락을 딸랑이며 시끄럽게 굴며 도움을 주려는 모습이 되레 못마땅할 것이다. 그러나 조는 아무렇지 않았고 오히려 그 모습을 보면서 그녀의 마음은 아주 부드러워졌다. 자신의 소년들 다수가 아버지나 어머니가 없어서 그녀를 갈망하고 그 서투른 애정 표시에서 위안을 찾았다. 먹음직스러운 두툼한 빵과 버터보다 소년들이 그녀에게 건네준 음식이 더 좋았고, 거친 준장이 울먹이며 작게 속삭였다.

“힘내세요, 작은어머니. 바람이 세게 불고 있어요. 하지만 우리는 어떻게든 견뎌낼 거예요.” 그 말이 아이가 가져온 엉성한 차보다 더 기운을 북돋워주었다. 컵에 가득 담긴 차는 도중에 그 애의 눈물이 들어갔는지 아주 썼다. 식사가 끝나자 두 번째 사절단이 쟁반을 치우러 왔다. 그리고 댄은 졸린 테디를 데려가며 말했다.

"제가 아이를 재울게요. 어머니는 아주 피곤하시잖아요."

"댄과 같이 가겠니, 우리 아기?" 조 부인이 소파 베개에 팔을 내려놓으며 작은 왕이자 주인에게 물었다.

"당연히 그렇게 할게요." 그리고 테디는 자신의 충실한 하인에게 들려 자랑스럽게 자리를 떴다.

"저도 뭔가를 해줄 수 있으면 좋겠어요." 프란츠가 소파에 몸을 기대 조 부인의 뜨거운 이마를 부드럽게 쓸어줄 때 네트가 한숨을 쉬며 말했다.

"너도 그럴 수 있단다. 가서 바이올린을 가져와서 테디 이모부가 지난번에 보내준 다정한 노래를 연주해주렴. 음악은 어떤 것보다 오늘 밤 나를 잘 위로해줄 것 같아."

네트는 뛰어가서 바이올린을 가져왔고 그녀의 방 문밖에서 마치 손가락이 현에 자석처럼 붙어 있는 듯 전에 없이 열정적으로 연주를 했다. 다른 아이들은 조용히 계단에 앉아 누가 와서 분위기를 흐리지 못하게 살폈다. 프란츠는 자기 자리를 지켰다. 그렇게 소년들에게 위안과 대접과 보호를 받으며 가여운 조 부인은 마침내 잠이 들어 한 시간 동안 슬픔을 잊어버렸다.

조용한 이틀을 보낸 뒤 사흘째 되던 날 베어 씨가 수업이 끝난 직후 한층 기분이 나아진 모습으로 손에 쪽지를 들고 돌아왔다.

"너희에게 읽어줄 것이 있단다." 그가 말했고 아이들이 주변으로 모이자 그는 메모를 읽기 시작했다.

“친애하는 프리츠에게. 내가 좋아하지 않을까 봐 오늘 아이들을 데려오지 않을 거라는 이야기를 들었어요. 부탁이니 데리고 오세요. 친구들을 보면 데미가 힘든 시간을 잘 견딜 수 있을 거고 저도 아이들에게 존이 아버지로서 해준 말을 들려주고 싶어요. 그건 아이들에게도 도움이 될 거예요. 당신이 가르쳐준 다정한 옛 찬송가를 불러준다면 다른 어떤 음악보다 좋아할 것 같고 지금 상황에 아름답게 어울릴 것 같아요. 부디 아이들에게 물어봐주세요. 사랑을 담아. 메그가.”

“너희들도 가겠니?” 베어 씨가 아이들을 쳐다보며 물었고 아이들은 브룩 부인의 친절한 말과 소망에 큰 감명을 받았다.

“네.” 마치 한목소리처럼 모두 입을 모았고 한 시간 뒤 그들은 프란츠와 함께 존 브룩의 단출한 장례식장에서 자신들의 역할을 하러 길을 나섰다.

작은 집은 메그가 신부로 처음 들어간 10년 전과 마찬가지로 조용하고 햇살 가득하고 따스한 보금자리의 모습 그대로였고, 당시에는 여름이라 장미가 사방에 핀 것만 빼면 똑같았다. 지금은 초가을이라 가지가 헐벗고 낙엽이 가볍게 떨어졌다. 신부는 이제 과부가 되었지만 그녀의 얼굴에 담긴 아름다운 고요함은 그대로고 독실한 영혼의 소박한 퇴임식은 그녀를 위로해주러 온 사람들에게 오히려 위안이 되었다.

“오, 메그 언니! 어떻게 이 상황을 견딜 수 있어?” 조가 집 입구에서 메그를 만났을 때 변함없이 예의 바른 태도로 부드럽게 미소로 환영하는 모습을 보고 조용히 속삭였다.

“내 사랑, 조. 지난 10년간의 행복한 사랑의 은총이 날 지탱해주고 있어. 이건 죽음이 아니고 존은 다른 어느 때보다 더 내 사람인 거야.” 메그가 속삭였다. 그녀의 눈빛에 담긴 온화한 믿음은 아주 아름답고 밝아서 조는 언니를 믿고 그녀와 같은 불멸의 사랑을 주신 하느님에게 감사했다.

모두 그 자리에 참석했다. 마치 부부, 테디 이모부와 에이미 이모, 이제 백발에 약해진 로런스 할아버지, 베어 부부와 그 아이들, 그리고 많은 친구들이 죽은 이를 기리고자 한 자리에 있었다. 누군가는 얌전한 존 브룩이 그의 바쁘고 조용하고 겸손한 인생에서 친구를 만들 시간이 별로 없었다고 말할지도 모른다. 하지만 지금 사방에서 나이와 계층, 빈부 격차를 막론하고 친구들이 모였다. 무의식적으로 그의 영향력이 널리 퍼진 덕분이고 그의 미덕이 사람들에게 기억되고 숨은 자선 행위가 드러나 그를 축복한 것이다. 그의 관 앞에 모인 사람들은 마치 씨보다 더 추도 연설을 잘했다. 그가 수년간 충실하게 모시던 부유한 신사들도 있고 그가 자신의 작은 가게에서 어머니를 떠올리며 자선을 베풀던 가난한 노부인도 왔다. 그의 아내는 죽음이 행복을 완전히 망가뜨릴 수 없다는 점을 알았다. 형제자매들은 마음속에 그의 자리를 만들었다. 어린 아들과 딸은 이미 그의 강인한 팔뚝과 부드러운 목소리가 사라진 상실감을 느꼈다. 아이들은 가장 친절한 놀이 친구를 잃어버려 흐느꼈고 철이 든 아이들은 잊지 못할 이 광경을 부드러운 표정으로 지켜보았다. 아주 단출하고 짧은 장례식이었다. 결혼 성찬에서 떨리던 아버지의 목소리는 완전히 사라지고 마치 씨는 가장 아끼던 아들에 대한 사랑과 존경심을 보여주려고 애썼다. 아기 조쉬가 위층에서 웅얼거리는 소리만 마지막 기도 뒤에 이어진 긴 침묵을 깼고, 베어 씨가 제대로 단련된 목소리로 찬송가를 부르자 가볍게 활기를 담아 하나둘씩 진심으로 따라 부르며 고통스러운 순간이 용감하고 다정한 찬송가의 날개 위에서 평화를 찾는 것 같았다.

메그는 그 소리를 들으며 자신이 잘해냈다고 생각했다. 존의 마지막 자장가가 자신이 그렇게 사랑하던 어린아이들의 노랫소리로 마무리된 것에 위안을 받았고, 더불어 그녀가 본 소년들의 얼굴은 가장 강렬한 형태로 미덕의 아름다움을 보여주었으며 그들 앞에 누워 있는 훌륭한 인물을 오랫동안 기억할 것이기 때문이다. 데이지는 어머니의 무릎에 머리를 뉘었고 데미는 어머니의 손을 잡고 아버지를 쏙 빼닮은 눈을 들어 자주 그녀를 쳐다보고 마치 이렇게 말하는 듯 작게 손짓했다. "속상해 마세요, 어머니. 제가 여기 있잖아요." 그리고 그녀가 기대고 애정을 줄 친구들도 주변에 많았다. 아주 인내심이 크고 독실한 메그는 자신의 무거운 슬픔을 내려놓고 존이 그랬듯 다른 이를 도우며 사는 삶이 최고라고 느꼈다.

그날 저녁, 잔잔한 9월의 달빛을 받으며 플럼필드의 소년들이 언제나처럼 계단에 앉았을 때 자연스럽게 장례식 이야기가 흘러나왔다.

에밀이 먼저 충동적으로 입을 열었다. "프리츠 작은아버지는 현명하고 로리 이모부는 가장 재미있지만 내겐 존 이모부가 최고야. 난 나중에 그분처럼 되고 싶어."

"나도 마찬가지야. 오늘 신사들이 할아버지한테 뭐라고 했는지 알아? 내가 죽었을 때 그런 말을 듣고 싶어." 그리고 프란츠는 자신이 존 이모부에게 충분히 고마워하지 않은 것을 후회했다.

"그들이 뭐라고 했는데?" 오늘 장면에 큰 인상을 받은 잭이 물었다.

"로런스 씨의 파트너 중 한 사람으로 존 이모부를 오래 본 이가, 그는 사업가로는 너무 양심적이라는 결점이 있지만 그 밖에 모든 부분에서는 완벽하다고 했어. 또 다른 신사는 존 이모부의 충실함과 정직을 결코 돈으로 갚을 수 없다고 했고. 그러자 할아버지가 가장 근사한 말을 하셨어. 존 이모부가 한번은 사기를 치는 사람과 같은 사무실에 있었는데 그 사람이 이모부에게 도와달라고 했지만 이모부는 그 사람이 아주 큰돈을 준다고 했는데도 거절했어. 그러자 그 남자가 화가 나서 말했대. '그렇게 융통성이 없어서는 사업을 하지 못할 거야.' 그 말을 듣고 이모부가 한 대답은 이랬어. '전 엄격한 원칙 없이 사업을 절대 하지 않을 겁니다.' 그러고는 더 열악하고 안 좋은 회사로 자리를 옮겼대."

"대단해!" 지금은 그런 사소한 이야기를 이해하고 가치를 파악하는 데 더없이 좋은 시기라 소년들이 흥분해서 소리쳤다.

"존 이모부는 부자가 아니었지?" 잭이 물었다.

"맞아."

"세상을 흔드는 큰일을 하지 않았고?"

"응."

"그저 착하기만 했어?"

"그래." 프란츠는 존 이모부가 뭔가 자랑할 거리를 남겼으면 좋았을 거라고 자신이 바라는 걸 알게 되었다. 왜냐하면 그의 대답에 잭이 분명히 실망을 드러냈기 때문이다.

"그저 착하기만 했지. 그게 전부고 제일 중요한 거란다." 마지막 몇 마디를 듣게 된 베어 씨가 소년들의 마음속에서 어떤 생각이 피어오르는지 파악하고 말했다.

"존 브룩에 대해 내가 이야기해줄 테니 들어보렴. 너희는 왜 사람들이 그를 칭송하고 유명세나 부자보다 선한 사람이 되는 것에 만족했는지 알 수 있을 거야. 그는 모든 부분에서 자신의 임무를 다하고 아주 열심히 충실하게 해내서 인내와 용기를 얻었고 가난과 외로움과 수년간의 힘든 일에서도 행복을 찾았어. 그는 훌륭한 아들로 어머니가 그를 필요로 하자 자기 계획을 포기하고 어머니 곁에 머물렀지. 그는 좋은 친구고 로리에게 그리스어와 라틴어를 가르쳐주었고 무의식적으로 올바른 남성의 본보기를 보여주었어. 그는 충실한 하인으로 자신을 아주 가치 있게 만들어 그를 고용한 사람들은 그를 대신할 인물을 찾기 어려웠어. 그는 훌륭한 남편이자 아버지였고, 아주 온화하고 현명하고 사려 깊어서 로리와 나는 그에게서 많은 것을 배웠지. 그가 아무 도움 없이 스스로 이룬 모든 일을 알아냈을 때 그가 얼마나 가족을 사랑했는지 깨달았어."

베어 씨가 말을 잠시 멈췄고 소년들은 달빛 아래 조각상처럼 앉아서 다시 이야기를 이어가길 기다렸다. 이내 잔잔하고 진실한 목소리가 흘러나왔다. "그가 죽어가는 동안 난 그에게 말했단다. '메그와 어린아이들은 걱정하지 말아요. 내가 걱정 없이 살게 해줄 테니.' 그러자 그가 미소를 지으며 내 손을 잡고 밝은 목소리로 대답했단다. '그럴 필요는 없어요. 내가 잘 보살필 수 있어요.' 그리고 우리가 그의 서류를 살펴보니 모든 것이 제대로 준비되어 있었고 빚은 없었어. 메그가 편안히 독립적으로 살 수 있을 충분한 금액이 안전하게 예치되어 있었지. 그제야 우리는 왜 그가 그렇게 자선을 제외하고는 많은 쾌락을 거부하고 평범하고 알뜰하게 살고 열심히 일했는지 알게 되었어. 그런 노력 때문에 그의 훌륭한 삶이 줄어든 것이 아닌가 난 두려웠어. 그는 한 번도 자신을 위한 도움을 청하지 않았고 주로 다른 이들을 위해 그렇게 했지. 자신의 어려움은 견디고 스스로의 일을 용감하고 조용히 헤쳐나갔어. 아무도 그에 대해 불평 한마디 하지 않았어. 그는 너무 공정하고 자비롭고 친절한 사람이었으니까. 자, 이제 그가 떠난 지금, 모두가 사랑과 칭찬과 명예를 아주 많이 알게 되어 난 그의 친구인 것이 자랑스럽고 내 아이들이 엄청나게 돈을 버는 것보다 그의 유산을 본받길 바라. 그래! 단순하고 너그러운 선함이 인생이라는 사업의 토대가 되는 가장 좋은 자본이란다. 돈과 명예가 사라져도 그건 계속돼. 그게 우리가 이 세상에서 가지고 갈 수 있는 유일한 재물이란다. 그 점을 꼭 기억하렴, 얘들아. 그리고 존경을 받고 자긍심을 높이고 사랑을 얻고 싶다면 존 브룩의 발자취를 따르길 바라."

데미가 집에서 몇 주를 보낸 뒤 학교로 돌아왔을 때 그는 어린아이 특유의 적응력으로 상실감에서 금방 회복한 듯 보였고 얼마간은 정말 그런 것 같았다. 하지만 데미는 잊지 않았고 깊이 가라앉은 채 곰곰이 생각하고 작은 미덕을 토대로 빠르게 성장했다. 전처럼 놀고 공부하고 일하고 노래를 불러서 그의 변화를 눈치챈 사람은 거의 없었다. 그러나 한 사람, 조 부인은 그 점을 알았고 그녀는 진심으로 소년을 살피고 부족하나마 자신의 방식으로 존의 빈자리를 채우려고 애썼다. 데미는 좀처럼 아버지를 잃은 슬픔에 대해 이야기하지 않았지만 조는 밤에 작은 침대에서 흐느끼는 울음소리를 들었다. 그리고 그녀가 달래러 가면 그는 "아버지가 보고 싶어요! 아, 아버지가 보고 싶어요!" 하고 울먹였고 두 사람은 아주 애정 어린 공감을 주고받았다. 데미는 상심해서 가슴에서 피를 흘렸다. 그러나 시간은 그에게 친절했고 천천히 그는 아버지를 잃어버린 것이 아니라 그저 한동안 보이지 않게 된 것이고 다시 찾을 거라고 확신하게 되었다. 그리고 전처럼 잘 지내고 강해지고 기분이 좋아졌다. 물론 둘이 다시 만나기까지 어린 아들은 그의 무덤에 핀 보랏빛 과꽃을 아주, 아주 많이 봐야 하겠지만.

데미는 이 믿음을 굳게 지키고 무의식적으로 보이지 않는 하느님에 대한 어린아이 같은 믿음을 보여준 아버지를 갈망하며 그 속에서 도움과 위안을 찾았다. 두 사람 다 천국에 있기에 데미는 그들을 위해 기도하고 그들에 대한 사랑으로 착한 사람이 되고자 애썼다.

외부의 변화는 내면의 변화로 이어졌고 몇 주간 데미는 키가 자라고 어린아이 같은 장난은 그만두었으며 일부 소년들이 그러는 것처럼 부끄러워서가 아니라 이제 장난에서 졸업한 것처럼 좀 더 남자다운 무언가를 원하게 되었다. 데미는 싫어하던 산수를 공부했고 아주 꾸준히 잘해서 베어 씨는 기뻐했지만 데미가 이렇게 말할 때까지 그의 기분을 이해하지 못했다.

"전 자라서 아버지처럼 회계 담당자가 될 거니 숫자와 셈에 대해 알아야 해요. 안 그러면 아버지처럼 근사하고 명료한 장부를 작성할 수 없어요."

그리고 다른 때에 그는 이모에게 와서 아주 진지한 얼굴로 이렇게 말했다.

"어린아이가 돈을 버는 방법이 뭐예요?"

"그건 왜 묻는 거니, 데미?"

"아버지가 제게 어머니와 어린 동생들을 잘 보살피라고 당부하셨고 저도 그러고 싶은데 어디서부터 시작해야 할지 모르겠어요."

"아버진 지금 당장 시작하라는 것이 아니란다, 데미. 머지않아 네가 컸을 때 그렇게 하면 돼."

"하지만 전 가능하면 당장 시작하고 싶어요. 가족들을 위해 뭘 사려면 돈이 있어야 하잖아요. 전 열 살이고 저보다 나이가 어린 아이들도 가끔 돈을 벌잖아요."

"그래, 그렇다면 낙엽을 모두 긁어모아 딸기밭을 덮어주렴. 네가 그 일에 1달러를 지급하마." 조 이모가 말했다.

"그건 너무 후한 조건 아닌가요? 전 하루면 할 수 있어요. 공평하게 하고 돈을 너무 많이 주지 마세요. 전 정직하게 돈을 벌고 싶어요."

"우리 어린 존, 난 공평하게 하고 있고 한 푼도 과하게 주지 않는단다. 너무 열심히 할 필요는 없어. 그리고 이 일이 끝나면 내가 다른 일을 찾아줄게." 조 부인은 도움을 주려는 마음과 공정함이 그의 양심적인 아버지와 많이 닮았다는 점에서 크게 감동했다.

데미는 잎사귀를 모으는 일이 끝나자 나무 장작이 가득 든 수레를 헛간으로 옮기고 1달러를 벌었다. 그런 다음 교과서 표지를 입히는 일을 도왔는데, 프란츠의 지도하에 저녁에 일하면서 누구의 도움 없이 인내심을 가지고 표지를 입히며 급료를 받았다. 아주 만족해서 얼마 안 되는 돈도 그의 눈에는 엄청난 성과처럼 보였다.

"자, 이제 난 일을 해서 각각 1달러씩 벌었고 내 돈을 직접 어머니에게 가져다드리면 내가 아버지의 말씀을 기억하고 있다는 걸 어머니도 알게 될 거야."

그래서 데미는 본분에 충실하게 어머니를 향해 순례길을 떠났고 어머니는 그의 작은 수입을 엄청난 가치가 있는 보물처럼 받아 그대로 가지고 있으면서 데미가 어머니 겸 여자이자 그의 보호를 받는 연약한 존재에게 필요한 무언가를 사라고 애원할 때까지 손대지 않았다.

이 일로 데미는 아주 행복했고 한동안은 자신의 책임을 잊어버리기도 했지만 돕고 싶다는 마음은 여전히 그 자리에 남아 그의 세월과 함께 자랐다. 그는 항상 신사적인 자부심으로 '우리 아버지'라는 말을 꺼냈고 명예가 가득 담긴 직함을 요구하듯 "더 이상 날 데미라고 부르지 마. 난 이제 존 브룩이야."라고 말했다. 그렇게 목표와 희망을 먹고 자라 강해진 열 살의 아이는 용감하게 세상을 헤쳐나갔고 현명하고 자애로운 아버지에 대한 기억, 정직한 이름이 남긴 유산 속으로 들어갔다.

20. 벽난로 주위에 둘러앉아

10월의 서리가 내리자 커다란 벽난로에 불꽃이 타올랐다. 데미의 마른 소나무 조각이 댄의 참나무 옹이를 잘 타오르게 도와주어 장작불은 명쾌한 소리를 내며 지붕 위로 피어올랐다. 모두 난롯가에 모여 앉는 것을 좋아했고 밤이 길어져 게임을 하고 책을 읽거나 겨울의 계획을 세웠다. 그러나 가장 좋아하는 오락거리는 이야기를 듣는 것으로, 베어 부부는 재미있는 이야기를 한 아름 안고 있다가 늘 들려주어야 했다. 가끔 이야깃거리가 바닥나기도 하고 그러면 소년들은 자기들이 알고 있는 이야기를 하는데, 항상 재미있진 않았다. 한 번은 유령 파티를 하다가 큰 화를 불렀다. 재미 삼아 조명을 끄고 난롯불도 잦아들게 한 다음 어둠 속에 앉아 각자가 꾸며낸 가장 끔찍한 이야기를 하는 것이다. 이 일로 소년들 사이에는 모든 종류의 공포가 자리 잡았는데 토미는 자면서 헛간 지붕을 걸었고 어린아이들은 모든 불안감을 드러냈다. 그래서 이 놀이는 금지되었고 다들 좀 더 안전한 놀이를 찾기로 했다.

어느 저녁, 어린아이들이 잠자리에 들고 나이가 많은 소년들은 뭘 할지 결정하려고 교실 난롯가에서 빈둥거리는데 데미가 새로운 방식으로 질문을 했다.

난로 빗자루를 꽉 움켜쥐고 그는 교실을 왔다 갔다 하더니 입을 열었다. "줄을 서." 소년들이 웃음을 터트리고 서로 밀치며 줄을 서자 그가 말했다. "이제 2분을 줄 테니 게임을 하나씩 생각해." 프란츠는 글을 쓰고 있었고 에밀은 넬슨 제독의 일대기를 읽고 있어서 둘 다 이 무리에 참가하지 않았지만 다른 아이들은 열심히 생각하고 시간이 다 되자 대답할 준비를 했다.

"자, 토미부터!" 그리고 부지깽이로 살짝 그의 머리를 때렸다.

"까막잡기."

"잭!"

"장사놀이, 다 같이 돈을 모으는 거야."

"이모부가 돈을 거는 내기는 못 하게 하셨어. 댄, 넌 뭘 하고 싶어?"

"그리스 대 로마로 싸움을 하자."

"스터피는?"

"구운 사과, 팝콘, 군밤."

"좋아! 좋았어!" 여러 명이 소리쳤다. 그리고 투표를 한 뒤 스터피의 아이디어가 채택되었다.

몇몇은 지하 식품 저장고로 사과를 가지러 갔고 몇몇은 다락으로 밤을 가지러 갔고 나머지 아이들은 옥수수가 팝콘이 되는 과정을 구경했다.

"여자애들한테 같이 할지 물어야 하지 않을까?" 갑자기 예의를 지켜야겠다는 생각이 들어 데미가 말했다.

"데이지는 밤을 예쁘게 깔 수 있어." 어린 친구가 이 놀이에 동참하길 바라는 네트가 말했다.

"낸은 팝콘을 제일 잘 튀기니까 꼭 불러야 해." 토미가 덧붙였다.

"그럼 너희 연인들을 데려와. 우린 상관없어." 잭이 어린아이들의 서로에 대한 순수한 호의를 비웃으며 말했다.

"내 여동생을 연인이라고 부르지 마. 너무 바보 같잖아!" 데미가 발끈하자 잭이 웃었다.

"그 애는 네트의 연인이잖아. 안 그래, 짹짹이?"

"맞아, 데미가 신경 안 쓴다면. 난 그 애를 좋아해. 나한테 아주 잘해주거든." 네트는 잭의 거친 표현이 마음에 걸려 수줍게 털어놓았다.

"낸은 내 연인이고 난 1년 안에 그 애와 결혼할 거니 너희 누구도 방해하지 말아줘." 토미가 대담하게 선언했다. 그와 낸은 어린아이의 방식대로 둘의 미래를 정했고 버드나무에 살면서 양동이를 내려 음식을 받고 다른 매력적이고 불가능한 일들을 하기로 했다.

데미는 토미의 결정에 놀라 그의 팔을 잡고 숙녀들을 데리러 갔다. 낸과 데이지는 조와 함께 카니 부인의 새로 태어난 아기에게 줄 작은 옷을 만들던 중이었다.

"부탁합니다만, 저희에게 잠시 소녀들을 빌려줄 수 있을까요, 부인? 저희가 아주 정중히 모시겠습니다." 토미가 사과를 의미하듯 한쪽 눈을 찡긋거리고 손가락으로 딱 소리를 내며 팝콘을 표현하고 군밤을 알리려고 치아를 딱딱거려 보였다.

소녀들은 이 팬터마임을 곧바로 알아차리고 조 부인이 토미가 발작을 일으킨 건지 아니면 뭔가 특이한 장난을 궁리하고 있는지 판단하기도 전에 골무를 벗기 시작했다. 데미가 공들여 설명해서 허락이 떨어졌고 소년들은 무사히 길을 나섰다.

"잭과 이야기하지 마." 사과를 찌를 포크를 가지러 복도를 걸을 때 토미가 낸에게 속삭였다.

"어째서?"

"그 애가 날 비웃었어. 난 네가 그 애랑 아무것도 안 하면 좋겠어."

"뭐, 가능하면 그렇게 할게." 낸은 자신의 권위에 도전하는 어리석음에 버럭 화를 냈다.

"네가 그렇게 나오면 난 널 내 연인으로 받아들일 수 없어."

"상관없어."

"뭐라고? 낸, 네가 날 좋아한다고 생각했는데!" 토미의 목소리가 원망으로 가득 찼다.

"잭의 비웃음이 신경 쓰인다면 난 조금도 널 신경 쓰지 않을 거야."

"그럼 네 낡은 반지를 도로 가져가. 난 더 이상 낄 수 없어." 토미가 바닷가재의 더듬이로 만든 반지를 주고 그 보답으로 낸에게 받은 애정의 징표인 말 털 반지를 뺐다.

"그래. 그럼 이걸 네드에게 줘야겠어." 그녀가 잔인하게 대답했다. 네드는 낸을 좋아했고 살림을 살기 충분할 정도로 옷핀, 상자, 실패를 선물했다.

토미가 그 순간의 화를 쏟아낼 유일한 통로인 듯 "이런 천둥거북이 같으니라고!" 하고 소리친 다음 낸의 팔을 놓고 화를 내며 가버렸다. 그녀는 혼자 포크를 챙기러 갔다. 토미는 자기 가슴을 마구 후벼 판 것에 대한 벌로 짓궂은 낸을 버려둔 것이다.

난로를 쓸고 발그레한 볼드윈종 사과를 구울 준비를 마쳤다. 삽이 달궈졌고 밤은 그 위에서 신나게 춤을 추었고, 그러는 동안 팝콘은 철사 감옥 안에서 미친 듯이 날뛰었다. 댄은 가장 좋은 호두를 쪼갰고 모두 떠들고 웃는 동안 비가 유리창을 두드리고 바람이 집 주위를 감쌌다.

"왜 빌리는 이 열매를 좋아하는 거야?" 안 좋은 수수께끼를 자주 생각해내는 에밀이 물었다.

"왜냐하면 그 애도 쪼개졌기 때문이지." 네드가 대답했다.

"그런 말이 어디 있어. 넌 빌리를 비웃어선 안 돼. 그 애는 네 말에 반박할 수 없잖아. 그건 나쁜 짓이야." 댄이 분노해서 호두를 으깨며 말했다.

"블레이크가 속한 곤충 속은 어디지?" 평화주의자인 프란츠가 물었고 에밀은 부끄러워하고 댄은 목소리를 낮췄다.

"각다귀." 잭이 대답했다.

"왜 데이지는 꿀벌을 좋아하는 걸까?" 몇 분 동안 생각에 잠겨 있던 네트가 물었다.

"그 애는 벌집의 여왕이거든." 댄이 말했다.

"아니야."

"그 애가 달콤해서 그래."

"꿀벌은 달콤하지 않아."

"그만둬."

"그 애는 달콤한 것을 만들고 항상 바쁘고 꽃을 좋아하니까." 네트가 칭찬을 늘어놓아 데이지는 장밋빛 클로버처럼 얼굴이 빨개졌다.

"왜 낸은 말벌 같을까?" 토미가 낸을 빤히 쳐다보며 누구에게도 대답할 기회를 주지 않고 말했다. "낸은 달콤하지 않고 아무것도 아닌 일에 엄청나게 부산스럽고 맹렬하게 침을 쏘거든."

"토미가 화가 나서 난 기뻐." 네드가 소리치자 낸이 고개를 저으며 재빨리 대꾸했다.

"그릇 장에 든 것 중 토미가 좋아하는 건 뭘까?"

"후추통이야." 네드가 대답하고 낸에게 깐 밤을 건네며 웃음을 터트려서 토미는 군밤처럼 튀어 올라 누군가를 때리고 싶다는 기분을 느꼈다.

아이들 사이에서 재치 있는 농담이 아닌 언짢은 이야기가 나오는 것을 보며 프란츠는 다시금 끼어들기로 했다.

"이곳에 제일 먼저 들어오는 사람이 우리에게 이야기를 해주는 걸로 규칙을 정하자. 그게 누구든 반드시 그렇게 해야 해. 누가 제일 먼저 웃는지 알아보면 재미있을 거야."

다른 아이들도 동의했다. 오래 기다릴 필요 없이 복도에서 육중한 발걸음이 쿵쾅거리며 다가오더니 사일러스가 나무 장작을 한 아름 들고 나타났다. 그는 환호를 받으며 프란츠가 이 장난에 대해 설명할 때까지 붉은 얼굴에 어리둥절한 미소를 띠고 가만히 서 있었다.

"이런! 난 해줄 이야기가 없어." 그가 장작을 내려놓으며 나갈 준비를 했다. 하지만 아이들이 매달려 그를 자리에 앉히고 웃으며 이야기를 해달라고 조르자 성격이 좋은 사일러스는 결국 굴복했다.

"내가 아는 이야기는 딱 하나, 말에 관한 이야기야." 그는 환영을 받아 기뻐하며 말했다.

"어서 해주세요! 어서요!" 소년들이 소리쳤다.

"어디 보자." 사일러스가 자신의 의자를 벽에 기대고는 엄지를 조끼의 암홀에 집어넣더니 말했다. "난 전쟁 때 기병 부대에 있었고 엄청나게 많은 전투를 봤어. 내가 몰던 메이저는 최고로 훌륭한 말이라 사람처럼 그를 아꼈지. 메이저는 잘생기지 않았지만 길이 잘 들었고 온순하고 사랑스러운 동물이었어. 우리는 첫 전투에 나갔는데, 그가 내게 준 잊지 못할 교훈을 지금 이야기해줄게. 괴성을 지르며 서둘러 달려봐야 아무 소용도 없이 나와 동료들의 전투는 끔찍했고 난 그 난리통에서 무슨 말도 할 수 없었어. 처음 전투에 나갔을 때 난 좀 당황하고 기분이 나빴고, 무엇을 해야 할지 몰랐어. 우리는 훌륭한 부대처럼 앞서 나갔고, 전투에서 쓰러진 동료를 구하러 절대 멈추는 법이 없었지. 난 팔에 총을 맞았고 어떻게 그랬는지 모르지만 안장 밖으로 내던져졌어. 나와 함께 뒤처진 사람이 두세 명 더 있었고 그들은 죽거나 부상을 당했는데, 말했듯이 나머지는 계속 전진해야 했거든. 난 정신을 차리고 메이저를 찾아 두리번거리며 이제 이런 고통에서 그만 벗어나고 싶다고 생각했어. 어디에서도 찾을 수 없어서 캠프로 걸어서 돌아가는데 히힝하는 소리가 들리는 거야. 그래서 두리번거리니 메이저가 멀리서 날 기다리고 있었어. 내가 왜 뒤처졌는지 모르는 눈치였지. 내가 휘파람을 불자 메이저는 훈련받은 대로 곧바로 걸어왔어. 난 왼팔에 피를 흘리는 상태로 있는 힘을 다해 말에 올라탔어. 그땐 아프고 여자처럼 연약해서 곧바로 캠프로 돌아가려고 했어. 처음 전투에 나가는 군인들은 종종 그렇단다. 하지만 세상에! 메이저는 우리 둘 중에 더 용감한 쪽이라 캠프로 돌아가지 않고 내 말도 듣지 않고 그저 뒷다리로 서고 바둥거리며 콧김을 내뿜었어. 전투 소리와 화약 냄새가 그를 반쯤 미치게 만든 것 같았어. 난 최선을 다했지만 그는 포기하지 않았고 나도 그랬지. 그리고 용기 있는 말이 어떻게 했는 줄 아니? 한 바퀴 휙 달리더니 허리케인처럼 돌아와서 전투 한가운데로 뛰어들었어."

"대단하네요!" 댄이 신나서 외쳤고 다른 소년들은 사과와 밤에 대한 흥미를 잊어버렸다.

"난 얼마나 부끄러웠던지 죽고 싶을 정도였어." 사일러스가 그날의 기억을 떠올리며 말을 이었다. "난 말벌처럼 화가 났고 내 상처도 잊어버린 채 미친 듯이 달리며 전투에 뛰어들었고 그러다 포탄이 날아들어 우린 바닥으로 내동댕이쳐졌어. 난 아무것도 몰랐지만 정신을 차리니 전투가 끝나 있었지. 난 누워 있고 내 옆에 가엾은 말이 나보다 더 많이 다친 채로 있었어. 난 다리가 부러지고 어깨에 파편이 박혔지만 가여운 친구 메이저는 포탄 파편에 옆구리가 다 터졌어."

"세상에, 사일러스! 그래서 어떻게 했어요?" 낸이 동정심과 흥미로 가득 찬 얼굴로 가까이 붙어서며 물었다.

"난 몸을 끌며 다가가서 한 손으로 옷을 찢어 메이저의 피를 멈추려고 했어. 하지만 아무 소용이 없었지. 그는 끔찍한 고통에 신음하며 누워 있었고 사랑스러운 눈동자로 날 쳐다봤는데 지금도 생각하면 견딜 수가 없어. 난 할 수 있는 걸 다해서 그를 도왔어. 태양이 점점 더 뜨거워지자 그가 혀를 내밀었고 난 멀리 있는 개울에 가려고 했지만 몸이 굳고 어지러워 그럴 수가 없어서 포기하고 내 모자로 부채질을 해줬어. 자, 이제 잘 들어보렴. 적군이 숨이 넘어가는 소리를 들으면 뭘 해줄지 기억하고 마음이 편하게 만들어줘야 해. 가엾은 이가 그리 멀지 않은 곳에서 폐에 포탄을 맞고 빠르게 죽어가고 있었지. 난 내 손수건을 그의 얼굴에 덮어서 햇볕을 피하게 해주었고 그는 내게 고마워했어. 그럴 때 사람은 자신이 어느 쪽에 속하는지 생각하지 않을 수 없지만 우선은 서로 돕고 보는 거야. 그는 내가 메이저를 보고 흐느끼며 고통을 덜어주려는 것을 알고는 땀에 절고 고통으로 새하얘진 얼굴을 들어 이렇게 말했어. '내 물통에 물이 들어 있어. 가져가. 어차피 난 못 마셔.' 그리고 물통을 내게 건네줬어. 난 받을 수밖에 없었고 내 작은 술병에 브랜디가 있어서 그에게 마시게 해줬어. 술이 그에게 잘 들었고 난 내가 술에 취한 것처럼 정신이 들었어. 가끔 적끼리 이런 좋은 일을 한다는 것이 놀라워." 그리고 사일러스는 말을 멈추고 그와 적이 전투는 잊어버리고 서로를 형제처럼 돕던 순간의 편안함을 다시 떠올리는 듯했다.

"메이저에 대해서 말해주세요." 재앙에 대해 궁금한 소년들이 물었다.

"난 헐떡이는 가여운 혓바닥 위로 물을 부어주었어. 아무리 바보 같은 동물이라도 고마워했을 거고 그도 그랬어. 하지만 끔찍한 상처가 계속 그를 고문해 그다지 소용이 없었지. 난 더 이상 견딜 수가 없었어. 힘들었지만 난 불쌍한 메이저의 고통을 끝내주었고, 그가 날 용서하리란 걸 알았어."

"무슨 짓을 했어요?" 사일러스가 갑자기 말을 멈추고 크게 헛기침을 하자 에밀이 물었고 그의 거친 얼굴에 담긴 표정을 보고 데이지는 그에게 다가가 옆에서 작은 손을 그의 무릎에 올렸다.

"내가 메이저를 쐈어."

사일러스가 그 말을 했을 때 듣던 이들은 꽤 짜릿함을 느꼈다. 메이저는 그들의 눈에 영웅처럼 보여 그의 비극은 모두에게 동정을 불러일으켰다.

"그래, 난 그를 쏘고 고통을 끝내주었어. 그를 쓰다듬으며 "잘 가." 하고 인사한 다음 풀밭에 머리를 고이 뉘어주고 사랑스러운 눈을 마지막으로 들여다본 다음 그의 머리에 총알을 박았어. 그는 거의 버둥거리지 않았고 나도 제대로 조준해서 다시 봤을 때 그는 더 이상 신음도 고통도 없이 가만히 누워 있었지. 난 다행이라고 생각했고, 그렇다고 해도 수치스러워 그의 목에 팔을 두르고 아기처럼 엉엉 울었어. 휴! 내가 그렇게 머저리인 줄 몰랐어." 그리고 사일러스는 데이지의 흐느낌에 마음이 동하고 충직한 메이저가 기억났는지 소매로 눈물을 훔쳤다.

한동안 아무도 말을 꺼내지 않았고 소년들은 그 이야기가 마음이 여린 데이지에게 연민을 불러일으킨 걸 알았지만 그들은 눈물을 보이지 않았다.

"난 그런 말이 좋아." 댄이 반쯤 외치는 목소리로 말했다.

"적군 남자도 죽었나요?" 낸이 불안하게 물었다.

"그때는 아니었어. 우리는 종일 누워 있었고 밤이 되자 우리 동료들 일부가 행방불명된 자들을 찾으러 왔어. 그들은 날 먼저 데려가려고 했지만 난 기다릴 수 있었고 적은 기회가 한 번밖에 없어서 난 그들에게 당장 그부터 데려가라고 했어. 그는 겨우 힘을 내서 내 손을 잡고 말했어. "고마워, 동지!" 그게 그가 한 마지막 말이었고 그는 야전병원으로 옮긴 지 한 시간 만에 목숨을 잃었어."

"그에게 친절을 베풀어서 분명 기뻤겠네요!" 이 이야기에 완전히 감명받은 데미가 말했다.

"그 생각을 하면 위안이 돼. 난 몇 시간 동안 혼자서 메이저의 목에 머리를 기댄 채 누워 있었고 달이 떠오르는 장면을 보았어. 나도 가여운 말을 묻어주고 싶었지만 불가능했지. 그래서 그의 갈기 일부를 잘라서 그 이후로 쭉 보관하고 있어. 보고 싶니, 얘들아?"

"네, 부탁이에요. 보여주세요." 데이지가 눈물을 닦으며 대답했다.

사일러스가 수첩이라고 부르는 낡은 '지갑'을 꺼냈다. 안쪽 칸에서 갈색 종이 뭉치가 나오더니 그 속에 흰 말의 거친 털 뭉치가 들어 있었다. 아이들은 넓은 손바닥에 놓여 있는 말 털을 조용히 쳐다보고 아무도 사일러스가 자신의 훌륭한 말인 메이저에 대한 사랑의 징표로 가지고 있는 물건이 터무니없다고 생각하지 않았다.

"정말 다정한 이야기고 슬프지만 마음에 들어요. 너무 고마워요, 사일러스." 데이지가 그의 작은 유물을 접어서 챙기는 걸 도와주었다. 낸은 그의 주머니에 팝콘을 한 움큼 채워 넣었고 소년들은 그의 이야기에 대한 각자의 좋은 의견을 큰 소리로 말하며 그 속에 두 명의 영웅이 있었다고 느꼈다.

사일러스가 자리를 떴고 그의 명예로운 행동에 꽤 압도당해서 어린아이들은 그 이야기에 대해 계속 떠들었다. 그러는 동안 다음 목표대상이 오길 기다렸다. 다음 타자는 바로 낸의 앞치마를 만들려고 치수를 재러 온 조 부인이었다. 그들은 부인을 안으로 들어오게 한 다음 덤벼들고 규칙을 알려주면서 이야기를 해달라고 졸랐다. 조 부인은 새로운 함정에 빠진 것에 매우 즐거워하며 곧바로 고개를 끄덕였다. 한동안 행복한 목소리들이 기분 좋게 복도를 울려서 그녀도 함께하고 싶기도 했을 뿐 아니라 덕분에 메그 언니에 대한 불안한 마음도 잊을 수 있을 것 같았다.

"너희가 잡은 첫 쥐가 나니, 이 교활한 장화 신은 고양이들아?" 그녀는 행복한 얼굴을 한 청중에게 둘러싸여 이렇게 묻고는 커다란 의자에 앉아 다과를 즐겼다.

아이들은 사일러스와 그의 업적에 대해 말해주었다. 부인은 너무 갑자기 불려와서는 새로운 이야기를 해야 했기 때문에 어찌할 줄 몰라서 이마를 두드리며 고민에 빠졌다.

"무슨 이야기를 해줄까?" 그녀가 물었다.

"소년들의 이야기요." 대다수가 그렇게 말했다.

"그 속에 파티도 있으면 좋겠어요." 데이지가 말했다.

"맛있는 먹을 것도요." 스터피가 덧붙였다.

"그 말을 들으니 몇 년 전에 한 노부인이 쓴 이야기가 생각나는구나. 난 그 이야기를 아주 좋아했고 너희도 좋아할 것 같아. 그 속에는 소년도 '맛있는 먹을 것도' 들어 있거든."

"제목이 뭐예요?" 데미가 물었다.

"'의심받은 소년'이란다."

그 소리에 밤을 까고 있던 네트가 고개를 들었다. 조는 그의 마음속에 어떤 생각이 들었는지 예상해서 그에게 미소를 지어 보였다.

“조용한 작은 마을에서 크레인 양이 소년들을 위한 학교를 운영하고 있었는데, 전통을 지키는 아주 훌륭한 곳이었어. 그녀의 집에는 여섯 소년이 살았고 도시에서도 오가는 학생 네다섯 명이 더 있었지. 그녀와 함께 사는 소년 중 루이스 화이트라는 아이가 있었어. 루이스는 나쁜 아이는 아니지만 꽤 겁이 많았고 간혹 거짓말을 했어. 어느 날 이웃 사람이 크레인 양에게 구스베리 한 통을 보냈어. 전부 다 나눠 먹기에는 모자랄 것 같아 아이들을 기쁘게 해주길 좋아하는 다정한 크레인 양은 그걸 가지고 작고 근사한 구스베리 타르트 열두 개를 만들었지.”

“저도 구스베리 타르트를 만들어보고 싶어요. 제가 라즈베리 타르트를 만드는 것과 같은 방식으로 했을지 궁금해요.” 최근에 다시 요리에 관심이 높아진 데이지가 말했다.

“쉿!” 네트가 볼록한 팝콘 알을 그녀의 입안에 넣으며 조용히 시켰다. 그는 이 이야기에 특별한 흥미를 느끼고 듣는 중이었다.

“타르트를 다 만든 뒤 크레인 양은 제일 좋은 응접실 벽장에 넣어두고 차를 마실 시간에 아이들을 놀라게 해주고 싶어서 타르트에 대해 한마디도 하지 않았단다. 그리고 때가 되어 모두가 테이블 앞에 앉았을 때 크레인 양이 타르트를 꺼내러 갔다가 아주 곤란한 표정으로 돌아왔단다. 무슨 일이 벌어졌을 거로 생각하니?"

"누군가가 그걸 가져갔어요!" 네드가 외쳤다.

"아니, 타르트는 거기 있었는데 누군가가 위쪽에 올려둔 과일만 전부 가져갔어. 그러고는 구스베리가 없어진 채로 내버려 뒀어."

"뭐 그런 나쁜 짓을!" 낸이 토미가 그런 짓을 한 것처럼 쳐다보았다.

"크레인 양이 아이들에게 자신의 계획을 이야기하며 다 망가진 타르트를 보여주자 소년들은 슬퍼하고 실망했고 모두가 그 일에 대해서는 전혀 모른다고 말했어. "아마 쥐가 파먹었을 거예요." 루이스가 말했고 그 애는 타르트에 대해서 아무것도 모른다고 가장 큰 소리로 부정했지. "아니, 쥐는 모조리 갉아먹지 위에 있는 과일만 쏙 빼가지 않아. 사람 손이 그렇게 한 거야." 크레인 양은 망가진 파이보다 누군가 거짓말을 하고 있다는 사실이 더 속상했어. 모두 저녁을 먹고 자러 갔지만 밤이 되자 크레인 양은 누가 앓는 소리를 들었어. 누구인지 보러 가니 루이스가 엄청나게 고통스러워하고 있는 거야. 그는 분명 자신에게 허락되지 않은 것을 먹었던 거야. 루이스가 너무 아파해서 그녀는 걱정이 되어 의사를 부르러 가려고 준비하는데 루이스가 소리쳤어. "구스베리 때문이에요. 제가 다 먹었고 죽기 전에 그걸 말해야겠어요." 그 애는 의사가 온다는 생각에 겁이 난 거야. "그게 다라면 내가 너한테 구토제를 줄 거고 넌 곧 괜찮아질 거야." 크레인 양이 말했어. 그래서 루이스는 약을 먹었고 다음 날 아침이 되자 속이 편해졌어. "제발 아이들에게 말하지 말아 주세요. 그 애들이 절 엄청나게 비웃을 거예요." 루이스는 애원했어. 다정한 크레인 양은 그러지 않겠다고 약속했지만 샐리라는 소녀가 그 이야기를 엿들었고 가여운 루이스는 오랫동안 시달리게 되었단다. 반 아이들은 그를 늙은 구스베리라고 불렀고 지치지도 않고 어떻게 대가를 치를 건지 다그쳤어."

"제대로 대접을 받았네요." 에밀이 말했다.

"나쁜 짓을 하면 늘 발각되기 마련이야." 데미가 도덕적으로 말했다.

"아니, 그렇지 않아." 잭은 열심히 사과를 굽는다는 핑계로 아이들에게서 등을 돌리고서 자신의 빨개진 얼굴을 보이지 않으려고 했다.

"그게 다예요?" 댄이 물었다.

"아니. 그건 일부일 뿐이야. 뒷부분이 더 흥미롭지. 그 일이 있고 나서 얼마 뒤 어느 날 행상이 물건을 팔러 들렀고 여러 명이 휴대용 빗, 구금(Jew's harp)*, 여러 가지 작은 물건들을 샀어. 그중에 흰 손잡이가 달린 주머니칼이 있었는데 루이스는 너무

---

* 입에 물고 손가락으로 퉁겨 소리내는 쇠틀 악기. 처음에는 유대인의 나팔(Jew's trumpet)라고 불렀다.

갖고 싶었지만 용돈을 다 써버렸고 아무도 그에게 돈을 빌려주지 않았어. 그는 손에 칼을 쥐고 감탄하며 쳐다보았지만 행상이 그만 가려고 짐을 쌀 때 어쩔 수 없이 내려놓았고 상인은 길을 떠났어. 그런데 다음 날 상인이 돌아와서 그 칼을 찾지 못하겠다고 하며 분명 크레인 양의 집에 놔두고 왔다고 말한 거야. 진주로 손잡이를 만든 아주 근사한 칼이라 잃어버리면 큰 손해라고 했지. 모두 찾아보았고 다들 그 칼에 대해서 알지 못한다고 말했어. "여기 있던 아이가 마지막까지 가지고 있었고 엄청나게 갖고 싶어 했어요. 네가 다시 내려놓은 것이 확실하니?" 상인이 루이스에게 물었고 그 일로 엄청나게 곤란을 겪는 그는 몇 번이고 돌려놓았다고 맹세했어. 그러나 모두 루이스가 가져갔다고 생각해서 부정해도 소용이 없었고 그 난리를 보고 크레인 양이 돈을 지불했고 행상은 투덜거리며 가버렸어."

"루이스가 칼을 가져갔나요?" 이야기에 푹 빠진 네트가 물었다.

"곧 알게 될 거란다. 이제 가여운 루이스는 또 다른 시련을 겪게 되었지. 소년들이 계속 이렇게 놀려댔거든. "진주 손잡이 칼 좀 빌려줘, 늙은 구스베리." 그런 식으로 놀림이 계속되었고 루이스는 너무 불행한 나머지 집에 보내달라고 간청했어. 크레인 양은 최선을 다해서 소년들을 조용히 시키려고 했지만 그녀가 늘 함께 있는 것이 아니다 보니 놀리지 못하게 하는 건 힘들었어. 그게 남자아이들을 가르칠 때 가장 힘든 부분 중 하나야.

그들은 말처럼 '쓰러져 있을 때 공격'하지 않지만 자잘한 방식으로 고문하고 차라리 결판날 때까지 싸움을 벌이는 게 낫다고 생각하도록 만들지."

"그건 제가 잘 알아요." 댄이 말했다.

"저도요." 네트가 조용히 덧붙였다.

잭은 아무 말도 하지 않았지만 꽤 동의했다. 그는 나이 많은 아이들이 자신을 싫어하고 그런 이유로 그를 혼자 내버려둔다는 것을 알았다.

"가여운 루이스 이야기를 계속해주세요, 조 이모. 그가 칼을 가져갔다고 생각하지 않지만 확실히 알고 싶어요." 데이지가 안달하며 말했다.

"그래. 몇 주가 지나고 문제는 전혀 해결되지 않았어. 소년들은 루이스를 피하고 가여운 그는 자신이 저지른 문제로 몸이 아픈 지경에 이르렀단다. 그는 다시는 거짓말을 하지 않겠다고 맹세하고 열심히 노력해서, 크레인 양은 그 애가 가여워 도움을 주었고 마침내 루이스가 칼을 가져가지 않았다고 믿게 되었단다. 행상이 방문하고 두 달이 지난 뒤에 다시 찾아왔고 그가 제일 먼저 한 말이 이랬어."

"저…… 부인, 결국 전 칼을 찾았답니다. 제 작은 가방 안감 뒤쪽에 떨어져 있었고 다른 날에 새로 물건을 채워 넣는 와중에 빠져나왔답니다. 부인께 연락을 드려 알리고 싶었지만 부인이 돈을 지불하셨고 좋아하실 것 같아 이렇게 가져왔어요."

"소년들이 모두 모였고 그 말에 다들 엄청나게 부끄러움을 느꼈지. 아이들은 루이스에게 진심으로 용서를 빌어서 그는 받아들이지 않을 수 없었지. 크레인 양은 칼을 루이스에게 선물로 주었고 그는 몇 년 동안 그 칼을 간직하면서 자신의 잘못으로 생겨난 큰 문제를 잊지 않고 기억했어."

"몰래 먹은 음식은 아프게 하고 테이블에서 정식으로 먹은 건 안 그런지 궁금해요." 스터피가 곰곰이 생각에 잠기며 물었다.

"아마도 네 양심이 위장에 영향을 미쳐서 그럴 거란다." 조 부인이 그의 말에 웃으며 대답했다.

"스터피는 오이를 생각하고 있어요." 네드가 말하니 즐거운 웃음소리가 터졌다. 스터피가 마지막으로 저지른 잘못이 그거였다.

스터피는 몰래 커다란 오이 두 개를 먹고 많이 아팠고 자신의 고통을 네드에게 털어놓으며 그에게 어떻게 좀 해달라고 부탁했다. 네드는 자상하게 겨자 연고를 배에 바르고 뜨거운 다리미를 발에 갖다대라고 알려주었다. 그렇게 하려다가 스터피는 순서를 까먹어서 연고를 발에 바르고 다리미를 배에 올려두어 가여운 아이는 발바닥에 물집이 잡히고 재킷이 탄 채로 헛간에서 발견되었다.

"정말 재미있는 이야기였어요. 다른 것도 해주세요." 웃음소리가 잦아들자 네트가 말했다.

조 부인이 이 만족할 줄 모르는 올리버 트위스트를 거절하기 전에 로브가 이불을 질질 끌며 들어와 아주 깜찍한 표정으로 가장 안락한 어머니의 품속으로 곧바로 달려가며 말했다.

"큰 소리가 들려서 무슨 좋은 일이 있나 싶어 와봤어요."

"내가 널 혼자 놔둘 것 같았니, 우리 장난꾸러기?" 어머니가 엄한 표정을 지으려고 애쓰며 물었다.

"아뇨. 하지만 여기서 절 보면 기분이 더 좋을 것 같다고 생각했어요." 어린 꼬마가 아첨하듯 대답했다.

"난 잠자리에서 널 보는 게 더 좋단다. 그러니 얼른 방으로 가렴, 로브."

"여기에 온 모두가 이야기를 하나씩 해야 하는데 넌 그럴 수 없으니 그만 가봐." 에밀이 말했다.

"아니, 나도 할 수 있어! 난 테디한테 아주 많은 이야기를 해줬어. 전부 곰과 달과 윙윙거리며 대화를 하는 작은 곤충들에 관한 거였어." 어떻게든 이 자리에 남아보려고 로브가 버텼다.

"그럼 지금 바로 하나 해보렴." 댄이 어깨를 잡아 내보낼 준비를 하며 말했다.

"좋아, 그렇게 할게. 잠시 생각 좀 하고." 그리고 로브가 어머니의 무릎으로 올라가서 안기자 조가 말했다.

"엉뚱한 시간에 침대에서 나오는 건 우리 가족의 내력이야.

데미도 그랬고 나도 밤새 들락날락한 적이 있어. 메그 이모는 예전에 집에 불이 났다고 생각해 나에게 내려가서 살펴보고 오라고 한 적이 있고 난 그걸 즐겼지. 지금 너처럼, 이 말썽꾸러기 아들."

"이제 생각이 났어." 로브가 가만히 살피더니 이 근사한 모임에 끼고 싶어 안달이 난 목소리로 말했다.

모두 기대 가득한 얼굴로 로브를 쳐다보고 귀를 기울였고 아이는 어머니의 무릎에 앉아 이불을 휘감은 채로 짧지만 비극적인 이야기를 아주 진지하게 해서 매우 우습게 들렸다.

"옛날에 엄청 자식이 많은 부인이 살았고, 그중에 착한 아들이 하나 있었어. 부인은 위층에 올라가서 말했어. '밭으로 가서 일하거라.' 그래서 아들이 내려왔고 우물에 빠져서 죽었어."

"그게 다야?" 프란츠가 묻자 로브가 숨을 내쉬고는 놀라며 입을 열었다.

"아니, 더 있어." 로브는 뽀송뽀송한 눈썹을 한데 모으며 억지로 생각해내려고 애썼다.

"아들이 우물에 빠졌을 때 부인이 어떻게 했니?" 어머니가 로브를 도와주려고 나섰다.

"아, 아들을 두레박으로 끌어 올려서 신문으로 싼 뒤에 씨앗을 말려두는 선반에 놓았어요."

이 놀라운 결론에 웃음이 터져 나왔다. 조 부인은 아들의 곱슬머리를 쓰다듬으며 진지하게 말했다.

"얘야, 넌 이야기를 쓰는 내 재능을 물려받았구나. 계속 노력해보렴."

"이제 전 여기 있어도 되죠? 재밌는 이야기였죠?" 대성공에 기분이 좋아진 로브가 물었다.

"팝콘 열두 알을 먹을 때까지 있어도 좋아." 어머니는 로브가 한입에 다 먹을 걸 예상하고 말했다.

그러나 로브는 눈치가 빨라서 하나씩 아주 천천히 먹으면서 최대한 그 자리를 즐겼다.

"로브를 기다리는 동안 다른 이야기를 해주시는 게 어때요?" 1분 1초도 아까운지 데미가 안달하며 말했다.

"장작통에 대한 이야기 말고는 더 해줄 게 없구나." 조 부인이 로브가 이제 막 일곱 알째 먹는 것을 보고 말했다.

"그 이야기에 소년이 나오나요?"

"소년의 이야기란다."

"실제로 있었던 일이에요?" 데미가 물었다.

"전부 다 사실이지."

"잘됐네요! 그 이야기를 해주세요."

"제임스 스노와 그의 어머니가 뉴햄프셔에 있는 작은 집에 살았단다. 그들은 가난했고 제임스는 어머니를 도와 일을 해야 했지만 책 읽는 것을 좋아하고 일하기는 싫어해서 온종일 집에 앉아서 공부를 하고 싶었단다."

"어쩜 그럴 수가 있어요! 전 책은 싫고 일이 좋은데." 댄이 처음부터 발끈했다.

"세상에는 온갖 부류의 사람이 있단다. 일꾼도 학생도 다 필요하고 모두가 머물 자리가 있지. 하지만 난 일하는 사람도 공부를 좀 해야 하고 학생도 필요하다면 일하는 법을 알아야 한다고 생각해." 조 부인이 의미심장한 표정으로 댄과 데미를 쳐다보았다.

"저도 일할 수 있어요." 데미는 자기 손바닥에 박힌 굳은살 세 개를 보며 자랑스럽게 말했다.

"저도 공부를 할 수 있어요." 댄은 숫자가 빼곡하게 적힌 칠판을 향해 한숨을 쉬며 고개를 끄덕였다.

"제임스는 어떻게 했는지 알아보자. 그 아이는 이기적으로 굴려고 했던 건 아니었지만 어머니는 아들이 자랑스러워서 하고 싶은 대로 하게 두었고 자신이 일해서 아들이 책을 사고 공부할 시간을 주었어. 어느 가을 제임스는 학교에 가고 싶었고 근사한 옷과 책을 사고 싶어서 목사를 찾아가 도와줄 수 있는지 물었단다. 그런데 목사는 제임스가 빈둥거린다는 이야기를 들었기에 그의 부탁을 들어주려고 하지 않았어. 어머니를 그렇게 힘들게 내버려둔 그가 학교에 가서도 잘할 거라 생각하지 않았던 거지. 그런데 목사는 제임스가 진심이라는 사실을 알게 되자 흥미가 생겼고, 이 특이한 목사는 아이가 정말 잘하길 바라며 이런 제안을 했지."

'너에게 옷과 책을 내주마. 그런데 한 가지 조건이 있단다, 제임스.'

'그게 무엇인가요?' 소년은 얼굴이 금방 환해져서 물었어.

'어머니의 장작통이 올 겨울 내내 비지 않도록 살피고 네가 직접 그 통을 채우렴. 실패하면 학교에 갈 수 없단다.' 제임스는 이 이상한 조건을 비웃고 아주 쉬울 거라고 생각하며 선뜻 그렇게 하겠다고 말했어.

그는 학교에 갔고 한동안은 장작통을 잘 채웠어. 가을이라 나무 조각과 불쏘시개가 사방에 널려 있었거든. 그는 아침과 밤에 밖으로 나갔고 장작통을 가득 채워두거나 작은 조리용 난로에 넣을 땔감을 잘랐고 그의 어머니가 아끼며 쓴 덕분에 일은 힘들지 않았어. 그런데 11월이 되어 서리가 찾아오자 날이 추워졌고 땔감은 빨리 떨어졌지. 어머니가 직접 돈을 벌어 땔감을 샀지만 마치 눈이 녹아내리듯 없어지고 제임스가 더 구해오기도 전에 거의 바닥이 났어. 스노 부인은 몸이 약하고 류머티즘 때문에 거동이 불편해 전처럼 일을 할 수 없어서 제임스는 책을 내려놓고 자신이 무엇을 할 수 있는지 살폈어.

그는 공부를 잘했고 아주 흥미가 있어서 밥을 먹고 잠을 자는 시간 빼고는 공부를 놓기 싫었기에 힘든 결정이었어. 하지만 목사가 한 말을 지킬 것을 알기에 그는 자신의 의지를 꺾었고 남는 시간에 돈을 벌어 장작통이 비지 않도록 하기로 했어. 그는 심부름을 비롯해 이웃의 소를 돌보고 일요일마다 교회관리인의 일을 돕고 교회에 불을 피우는 일 등 모든 걸 다 했고 그래서 조금이나마 땔감을 살 돈을 받았단다. 하지만 일은 힘들었고 해가 짧아지고 겨울은 너무 추워서 소중한 시간이 빠르게 지나갔고 근사한 책은 너무 매력적이라 끝이 없어 보이는 지루한 일을 하려고 책을 내버려두는 것이 너무 슬펐어.

목사는 조용히 그를 지켜보았고 그가 공부를 하지 않고 진심으로 스스로를 돕는 것을 알게 되었어. 그는 종종 숲에서 나무썰매를 몰다가 제임스를 보았고 거기서 남자들이 나무를 베고 제임스는 느리게 걷는 황소들 옆을 터벅터벅 걸으며 책을 보거나 공부를 하면서 1분도 허투루 쓰지 않았어. '저 소년은 도와줄 가치가 있고 이 일로 그가 교훈을 얻는다면 그걸 깨닫는 대로 더 쉬운 일을 줘야겠어.' 목사는 속으로 생각했지. 크리스마스이브에 엄청나게 많은 땔감이 작은 집 문 앞에 조용히 쌓였어. 거기에는 새 톱과 메모가 적힌 종이 한 장이 놓여 있었어.

하늘은 스스로 돕는 자를 돕는다.

가여운 제임스는 아무 기대도 하지 않았고 추운 크리스마스 아침에 잠에서 깨어 어머니가 뻣뻣하고 아픈 손가락으로 뜬 따뜻한 벙어리장갑을 보았어. 그 선물에 엄청 감동했지만 어머니의 입맞춤과 '우리 착한 아들'이라고 그를 부르며 바라보는 온화한 표정이 더 좋았지. 어머니를 따뜻하게 해드리려고 그는 자신의 가슴부터 먼저 데웠고 지난 몇 달간 충실하게 해온 것처럼 장작통을 채우려고 일하러 나갔어. 그리고 곧 그는 이 선물을 보았고 책보다 더 좋은 것이 있다는 점을 느끼고, 학교에서 선생님에게 배운 것과 더불어 하느님이 그에게 알려준 교훈을 익히려고 애썼단다.

참나무와 소나무 장작이 문 앞에 가득 쌓인 것을 보고 작은 메모를 읽은 뒤에 제임스는 누가 그걸 보냈는지 알고 목사의 계획을 이해하게 되었어. 그에게 감사하면서 최선을 다해서 일했어. 다른 아이들은 그날 장난을 치며 놀았지만 제임스는 나무를 베었지. 내 생각엔 그 마을에 사는 모든 소년 중에 가장 행복한 아이는 새 벙어리장갑을 끼고 어머니의 장작통을 채우며 찌르레기처럼 휘파람을 부는 소년이었을 거라고 생각해."

"정말 훌륭한 이야기예요!" 댄은 근사한 동화보다 이렇게 소박한 이야기가 더 마음에 들었다. "전 그 애가 마음에 들어요."

"저도 조 이모를 위해 나무를 자를 수 있어요!" 데미는 이 이야기를 듣고 어머니를 위해 돈을 버는 새로운 방법을 찾은 것 같았다.

"나쁜 남자아이에 관해 이야기해주세요. 전 그런 아이가 제일 좋아요." 낸이 말했다.

"잘 토라지는 장난꾸러기 여자아이의 이야기가 더 낫겠어요." 낸이 불친절하게 굴어 그날 저녁 기분이 상한 토미가 말했다. 덕분에 사과는 쓰게 느껴졌고 팝콘은 맛이 없고 군밤 껍질은 까기 힘들었다. 네드와 낸이 긴 의자에 같이 앉아 있는 광경이 토미에게는 인생의 짐처럼 무겁게 느껴졌다.

그러나 조 부인의 이야기는 거기까지였는데 로브가 마지막 남은 팝콘 알을 토실토실한 손에 꽉 쥔 채로 잠들어 있는 것을 보았기 때문이다. 이불째로 아들을 들어 올리며 어머니는 아들이 다시 튀어나올 걱정은 잊어버리고 데리고 올라갔다.

"이제 또 누가 들어올지 보자." 에밀이 문을 슬쩍 열어두면서 말했다.

메리 앤이 지나가서 에밀이 그녀를 불렀지만 사일러스가 경고를 해줘서 그녀는 웃음을 터트리고 아이들의 유혹에 빠지지 않고 서둘러 지나갔다. 문이 열린 상태로 묵직한 목소리가 부르는 노랫소리가 복도를 울렸다.

"내가 이렇게 슬퍼해봐야 무슨 소용이 있을까."

"프리츠 작은아버지셔. 실컷 웃고 난 뒤 분명 이리로 들어오실 거야." 에밀이 말했다.

커다란 웃음소리가 이어지더니 베어 씨가 들어오며 물었다.

"무슨 장난을 하고 있니, 애들아?"

"잡혔어요! 잡혔어요! 이제 재미있는 이야기를 안 해주시면 못 나가요." 아이들이 문을 닫으며 소리쳤다.

"그렇구나! 그게 장난이니? 그런 경우라면 나갈 생각이 없어. 여기 있는 게 아주 즐겁거든. 곧바로 내 벌칙을 받을게." 그리고 그는 자리에 앉자마자 이야기를 시작했다.

"데미야, 오래전에 너희 할아버지가 착한 사람으로 자라고 있는 고아들을 위한 집을 마련할 돈을 벌고자 대도시로 강연을 나가셨단다. 강연은 아주 훌륭했고 할아버지는 꽤 큰돈을 받아 주머니에 넣고 아주 기뻐하셨지. 그리고 다른 마을로 마차를 몰고 가는데, 늦은 오후였어. 한적한 길을 지나며 강도가 숨어 있기에 좋은 곳이라고 생각하는 찰나 무섭게 생긴 남성이 숲에서 나와 앞에 서더니 마차가 멈추기를 기다리듯 천천히 다가오는 거야. 돈 생각에 할아버지는 아주 불안했고 처음에는 그냥 마차를 돌려 가버릴까 생각했어. 그렇지만 말은 지쳤고 할아버지는 사람을 의심하고 싶지 않아서 그냥 갔어. 점차 가까워져서 보니 누더기를 걸친 몹시 가난하고 병든 사람이 보여 할아버지는 마음이 아파 마차를 멈추고 친절한 목소리로 말했어.

'이봐요, 지쳐 보이는군요. 태워줄 테니 타요.'

그 남자는 놀란 눈치였고 잠시 머뭇거리더니 마차에 올라탔어. 그는 대화를 나누려고 하진 않았지만 할아버지는 지혜를 발휘해 친절한 목소리로 올해가 얼마나 힘들었고 가난한 사람들이 얼마나 고통을 받았는지 가끔은 생계를 이어나가는 일이 참으로 힘들다는 이야기를 했어. 남자는 조금씩 천천히 마음이 누그러지고 할아버지의 친절한 대화가 통했는지 자신의 이야기를 들려주었어. 자신이 어떻게 병에 걸리게 되었는지, 그래서 일할 수 없게 되었고 집에 아이들이 있기에 아주 절망적이라고 말이야. 할아버지는 그 소리를 듣고 가여워서 두려움도 잊어버리고는 남자의 이름을 묻고 이웃 마을에 친구가 살고 있으니 거기서 일자리를 찾아주겠다고 했어. 주소를 받아 적으려고 연필과 종이를 꺼내려다 할아버지는 두둑한 지갑을 꺼냈고 그 순간 남자의 눈길이 지갑으로 향했어. 그러자 할아버지는 그 속에 든 돈이 기억났고 걱정이 되었지만 침착하게 말했어.

'맞아요, 여기에 가난한 고아들을 위한 돈이 좀 들어 있어요. 내 돈이라 당신에게 조금이라도 줄 수 있으면 아주 기쁘겠어요. 난 부자는 아니지만 가난한 사람들의 어려움에 대해 잘 알아요. 여기 있는 5달러가 내 돈이고 당신에게 줄 테니 아이들을 위해 써요.'

남자의 거칠고 굶주린 눈동자가 호의로 건넨 적은 돈에 감사하는 눈길로 바뀌었고, 고아들을 위한 돈은 무사히 지킬 수 있었어. 그는 시내에 도착할 때까지 할아버지와 함께 갔고 그런 다음 내려달라고 했어. 할아버지는 그와 악수를 하고 마차를 몰고 나서려는데 남자가 갑자기 생각난 듯 말했어.

'우리가 만났을 때 전 절박한 상태여서 당신에게 강도질을 하려고 했지만 당신이 너무 친절해서 그럴 수가 없었어요. 제가 그렇게 하지 않도록 해주신 게 다 하느님이 당신에게 내려준 은총이죠!'"

"할아버지는 그 사람을 다시 만났나요?" 데이지가 궁금해하며 물었다.

"아니. 그렇지만 난 그 남자가 일자리를 찾고 더 이상 도둑질을 하지 않게 되었다고 믿는단다."

"참으로 신기한 방식으로 사람을 다루셨네요. 저라면 당장 쓰러뜨렸을 거예요." 댄이 말했다.

"친절은 늘 힘보다 강한 법이란다. 한번 시도해보렴." 베어 씨가 자리에서 일어나면서 말했다.

"다른 이야기도 들려주세요." 데이지가 간청했다.

"그러셔야 해요. 조 이모도 그랬어요." 데미도 덧붙였다.

"그렇다면 더더욱 안 되지. 대신 다음번에 이야기를 들려줄게. 너무 많은 이야기를 듣는 건 사탕을 많이 먹는 것처럼 나쁘단다. 난 벌칙을 받았으니 이만 가보마." 베어 씨가 얼른 뛰쳐나가자 아이들 전체가 따라나섰다. 그러나 그는 빨랐고 무사히 자신의 서재로 들어가 폭동을 일으킨 소년들은 다시 돌아갔다.

한바탕 뛰었더니 흥분해서 아이들은 전처럼 조용히 있을 수 없었다. 까막잡기*를 시작했는데 마지막 이야기의 교훈을 가슴에 새긴 토미가 낸에게 붙들리자 그 애의 귀에 대고 이렇게 속삭였다. "널 잘 토라지는 여자애라고 불러서 미안해."

낸은 그 친절함에 뒤지지 않았고 그래서 '단추, 단추, 누가 단추를 가졌을까?' 놀이를 할 때 자신의 차례가 되자 이렇게 말했다. "내가 준 걸 전부 다 가지고 있어." 아주 친절한 미소를 지으며 한 그 말에 토미는 단추 대신 자기 손에 말 털로 만든 반지가 있는 걸 알고도 놀라지 않았다. 그때는 그저 미소로 화답했지만 다들 자러 갈 때 토미는 낸에게 마지막 남은 사과의 제일 맛있는 부분을 내주었다. 낸은 토미의 통통한 손가락에 낀 반지를 보고 사과를 받아먹었고 둘에게는 평화가 찾아왔다. 서로 잠시 차갑게 군 것을 부끄러워했고 둘 다 "내가 나빴어. 용서해줘."라고 말하는 걸 서슴지 않았다. 아이들의 우정은 깨지지 않았고 버드나무 둥지도 아이들의 즐거운 작은 성으로 오래 남았다.

---

* 술래가 된 사람이 수건 따위로 눈을 가리고 다른 사람을 잡는 놀이. 잡힌 사람이 그다음 술래가 된다.

21. 추수감사절 행사

플럼필드에서는 매년 찾아오는 이 축제를 늘 전통 방식에 따라 지냈고 그걸 방해하는 일은 아무것도 허락하지 않았다. 추수감사절이 며칠 남지 않은 상황에서 소녀들은 아시아와 조 부인을 도와 식품 저장실과 주방에서 파이와 푸딩을 만들고 과일을 분류하고 접시의 먼지를 털고 아주 바쁘고 중요한 역할을 했다. 소년들은 금단의 장소 끄트머리를 오가며 짭조름한 음식 냄새를 맡고 신기한 요리를 준비하는 모습을 몰래 살피고 간간이 들어와 준비 과정에서 맛있는 요리를 맛볼 기회를 얻었다.

그런데 올해는 유달리 특별한 무언가가 준비되었는지 소녀들이 바쁘게 오르락거리고 소년들은 교실과 헛간에서 부산스럽게 움직여 집 전체에 떠들썩한 분위기가 감돌았다. 낡은 리본과 화려한 옷과 보석 찾기가 대대적으로 이루어지고 베어 씨와 조 부인은 금박 종이를 자르고 붙이고 엄청나게 많은 양의 지푸라기와 잿빛 면직물, 플란넬, 커다란 검은 구슬을 준비했다. 네드는 작업장에서 처음 보는 기계를 놓고 망치질을 했고 데미와 토미는 뭔가를 익히는 중인 듯 계속 웅얼거렸다. 에밀의 방에서는 간간이 무서운 소리가 들렸고 로브와 테디는 함께 놀이방으로 가 한 시간을 꼬박 숨어 있으며 웃음을 터트렸다. 그러나 베어 씨를 가장 혼란스럽게 한 것은 로브의 커다란 호박이었다. 주방에서 그 큰 수확물을 감당하게 되었고 열두 개의 금빛 파이가 곧 나올 터였다. 파이를 만드는 데 거대한 채소의 4분의 1도 채 들지 않았는데 나머지는 어디로 갔을까? 호박은 종적을 감췄고 로브는 결코 신경을 쓰지 않는 듯 사라졌다는 이야기를 들었을 때 그저 웃음을 터트리고 아버지에게 말했다. "기다려보세요." 이 모든 상황에서 제일 재미있는 부분은 결국 아버지 베어를 놀라게 하는 일이라서 무슨 일이 벌어질지 그가 절대 알아서는 안 되었다.

그는 어쩔 수 없이 눈과 귀와 입을 닫았고 무슨 일이 벌어지는지 보지 않았다. 그리고 사방에 퍼지는 고자질 같은 소리를 듣지 않고 자신의 주변에서 보이지 않게 벌어지는 미스터리를 이해하지 않으려고 했다. 독일 사람으로 그는 이런 가정 축제를 좋아했고 진심으로 그들을 응원했다. 축제 준비로 집 안이 아주 흥겨워서 소년들은 다른 곳에서 재미를 찾을 생각을 하지 않았다.

마침내 추수감사절 날이 되자 소년들은 긴 산책에 나서며 식욕을 가득 돋웠다. 마치 언제는 안 그랬던 것처럼! 소녀들은 집에 남아 상을 차리는 일을 도왔고 불안해하며 여러 가지 음식의 마지막 점검을 서둘러 마쳤다. 교실은 하루 전부터 문이 굳게 닫혔고 베어 씨는 입장이 금지되어 안으로 들어가려다 어린 용처럼 그 앞을 지키는 테디에게 한 대 맞았다. 테디는 말하고 싶어 안달이 났지만 아버지가 안 들으려고 열심히 애쓴 덕분에 엄청난 비밀을 누설하는 일에서 벗어날 수 있었다.

"다 끝났고 완전 근사해." 낸이 뿌듯한 목소리로 소리쳤다.

"일이 잘되었으니 사일러스는 이제 어떻게 해야 할지 알 거야." 데이지가 말할 수 없는 부분은 건너뛰고 성공을 기뻐했다.

"내 평생 이처럼 귀여운 건 처음 봐. 특히나 저 애들 말이야." 사일러스는 비밀을 알게 되고 다 큰 아이처럼 웃었다.

"그들이 오고 있어. 에밀이 '풋내기 선원들은 납작 엎드려라'고 외치는 소리가 들리니 어서 가서 옷을 입어야 해." 낸이 소리치고 그들은 서둘러 위층으로 올라갔다.

소년들은 칠면조가 살아 있다면 두려워서 떨 정도로 엄청난 식욕을 품고 집으로 돌아왔다. 그들도 역시 옷을 입으러 갔다. 그리고 30분 동안 어느 단정한 여성이 봐도 좋을 정도로 씻고 빗질하고 매무새를 다듬었다. 드디어 식사 종이 울리자 깨끗한 얼굴에 빛나는 머릿결, 깔끔한 칼라에 가장 좋은 재킷을 입은 소년 부대가 다이닝 룸을 가득 채웠고 조 부인은 검은 실크 원피스에 제일 좋아하는 흰 국화를 가슴에 달고 테이블 상석에 앉았다. 인사를 하려고 일어날 때마다 "근사해요."라고 소년들이 칭찬했다. 데이지와 낸은 새 겨울 원피스에 밝은 어깨띠와 머리 리본을 달아 꽃처럼 아름다웠다. 진홍색 메리노 블라우스에 제일 좋은 버튼 부츠를 신은 테디는 아주 앙증맞아 투트 씨의 손목밴드처럼 주의를 끌었다.

베어 부부가 긴 테이블 아래서 서로를 흘끗 쳐다보고 양쪽으로 쭉 앉은 행복한 아이들의 얼굴과 함께 자신들의 작은 추수감사절을 즐기고 아무 말 없이 서로 마음속으로 이렇게 속삭였다.

"우리의 텃밭이 잘 자랐으니 감사하고 계속 노력합시다."

나이프와 포크가 달그락거리는 소리가 대화가 몇 분씩 길어지는 것을 막아주었고 메리 앤의 머리에 묶은 근사한 분홍 리본이 상쾌하게 '날아다니며' 접시를 건네고 그레이비소스를 듬뿍 뿌려주었다. 모두가 이 연회를 즐겼고 식사는 각자가 키운 농작물에 대해 이야기하는 데 매료되면서 특히 흥미로웠다.

"이게 질 좋은 감자가 아니라면 난 평생 그런 건 본 적이 없어." 잭이 자신의 파슬파슬한 감자를 네 번이나 받아먹으며 자신 있게 말했다.

"내가 키운 허브가 칠면조 소에 들어 있어서 아주 맛있는 거야.” 낸이 만족하면서 입 안 가득 칠면조를 밀어 넣었다.

“어쨌든 내가 키우는 오리들이 최고야. 아시아가 그렇게 토실한 오리를 요리해본 적은 처음이라고 했어.” 토미가 덧붙였다.

“우리가 키운 토마토가 예쁘지 않아? 그리고 우리 파스닙은 수확하면 아주 근사할 거야.” 딕이 이렇게 말하자 돌리는 먹고 있던 뼈다귀 너머로 동의한다는 듯 웅얼거렸다.

“내 호박이 파이로 나왔어.” 로브가 이렇게 소리치고는 웃으며 다시 머그잔으로 입을 가져갔다.

“난 사이다를 만드는 데 들어간 사과를 땄어.” 데미가 말했다.

“소스에 들어간 크랜베리는 내가 딴 거야.” 네트가 말했다.

“난 견과류를 주웠지.” 댄이 덧붙였고 그렇게 테이블에 둘러앉은 사람들이 모두 돌아가며 말했다.

“추수감사절은 누가 만들었어요?” 최근에 재킷과 바지를 입게 된 로브는 자기 나라의 관습에 새롭게 흥미를 느끼기 시작했다.

“이 질문에 누가 대답을 하는지 볼까?” 베어 씨가 역사를 가장 잘 아는 소년 한둘에게 고개를 끄덕였다.

“제가 알아요. 순례자들이 만들었어요.” 데미가 말했다.

“무슨 이유로?” 순례자들이 누구인지 배우기도 전에 로브가 물었다.

“이유는 까먹었어.” 데미가 말끝을 흐렸다.

“한때 그들이 굶주렸기에 풍성하게 수확을 하게 되자 ‘하느님에게 감사드려야 해.'라고 말했고 그렇게 해서 이날이 탄생하고 추수감사절이라는 이름이 붙었다고 알고 있어요." 자신들의 믿음을 위해 아주 고결하게 고통을 겪은 용감한 남성의 이야기를 좋아하는 댄이 설명했다.

"잘했다! 난 네가 자연사에만 관심이 있는 줄 알았단다." 베어 씨가 제자에게 찬사를 보내는 뜻으로 테이블을 가볍게 두드렸다.

댄은 기뻐했다. 그리고 조 부인은 아들에게 말했다. "이제 알겠니, 로브?"

"아니, 모르겠어요. 순례자란 바위에 사는 커다란 새라고 생각하고 데미의 책에서 그들의 모습을 봤어요."

"로브가 말하는 건 펭귄이야. 세상에. 바보 같긴!" 데미가 의자에 기댄 채 웃음을 터트렸다.

"그 애를 비웃지 말고 할 수 있다면 네가 더 자세히 말해주렴." 로브의 실수에 다른 아이들이 웃자 베어 씨는 아들에게 크랜베리 소스를 넉넉히 부어주면서 달랬다.

"네, 그럴게요." 잠시 생각을 정리한 뒤 데미가 필그림 파더스(Pilgrim Fathers)*의 여정을 알려주어 작고한 그들이 들었다면 뿌듯해서 기뻐할 정도로 잘 설명했다.

---

* 1620년 영국의 종교 탄압을 피해 범선 메이플라워호를 타고 미국의 뉴잉글랜드에 처음 이주한 102명의 청교도.

"있잖아, 로브. 영국에 살던 사람들이 자기 나라 왕이 마음에 들지 않았거나 뭐 그런 이유로 배를 타고 이 나라로 건너왔어. 이곳에는 인디언과 곰, 야생 동물이 많았고 그들은 요새에서 살았고 아주 힘든 시간을 보냈지."

"곰들이?" 로브가 흥미로워하며 물었다.

"아니, 순례자들이. 왜냐하면 인디언들이 그들을 괴롭혔거든. 순례자들은 먹을 것이 충분하지 않았고 총을 들고 교회에 가야 했고 아주 많은 이들이 죽었고 그들은 바위에 부딪힌 배에서 탈출했는데 그 바위를 플리머스의 바위라고 부르고 조 이모가 내게 보여주고 만지게 해줬어. 순례자들은 인디언들을 모두 죽이고 부자가 되었어. 그리고 마녀를 처형했고 그건 아주 잘한 일이야. 할아버지의 할아버지의 할아버지가 배를 타고 이곳에 온 거야. 그 배 중 하나가 메이플라워호인데 그 배를 타고 온 사람들이 추수감사절을 만들어서 우리가 항상 지키는 기념일이 되었어. 난 그게 마음에 들어. 칠면조를 좀 더 주세요."

"내 생각에 데미는 역사학자가 될 것 같고 그 일을 제대로 순서에 맞게 잘 설명했어." 프리츠 이모부는 순례자의 후손에게 칠면조 고기를 세 번째 더 덜어주며 조 이모에게 웃는 눈빛을 보냈다.

"추수감사절이 가장 많이 먹는 날이라고 생각했는데 프란츠가 많이 먹으면 안 되는 날이라고 했어요." 스터피는 나쁜 소식이라도 들은 것처럼 보였다.

"프란츠의 말이 맞아. 그러니 나이프와 포크를 신중하게 다루고 적당히 먹으렴. 아니면 곧 있을 놀라운 일에 참석하지 못하게 될 거야." 조 부인이 말했다.

"조심할게요. 하지만 모두가 많이 먹고 저도 적당한 것보다는 그 편이 더 좋아요." 스터피는 추수감사절은 반드시 뇌졸중이 올 정도까지 가득 먹고 소화불량이나 두통을 느끼면서 자리를 뜨는 거라는 보편적인 믿음 쪽으로 마음이 더 기울었다.

"자, 나의 '순례자들'아, 차를 마실 시간까지 조용히 즐기렴. 오늘 저녁에 아주 신나는 일이 기다리고 있으니까." 모두 사이다를 마시고 오래 앉아 있던 자리에서 일어났을 때 조 부인이 말했다.

"모두를 데리고 드라이브를 하러 갈까 생각해요. 아주 즐거울 테죠. 그러는 동안 당신은 좀 쉬어요. 안 그러면 오늘 저녁에 너무 지칠 거예요." 베어 씨가 덧붙였다. 곧 코트와 모자를 쓰고 한 무리가 커다란 마차를 타고 길고 멋진 드라이브에 나섰고 조 부인은 고요함 속에서 쉬며 잡다한 일들을 마쳤다.

이윽고 가벼운 다과 시간을 위해 다들 머리를 손질하고 손을 씻었다. 그리고 아이들은 초대한 손님들이 오길 노심초사하며 기다렸다. 오로지 가족만 초대받았다. 그들의 작은 파티는 전적으로 집 안에서만 이루어졌고 그런 경우 축제를 슬프게 하는 일은 허락되지 않았다. 모두가 도착했다. 마치 부부가 메그 이모를 데려왔고, 검은 원피스에 작은 미망인 모자를 썼지만 그녀는 평온한 얼굴이었으며 다정하고 사랑스러웠다. 테디 이모부와 에이미 이모도 왔다. 이모는 동화에 나오는 공주보다 더 공주처럼 하늘색 드레스에 온실에서 키운 꽃을 한 아름 가져와 소년들의 가슴에 하나씩 꽂아주어 그들이 한층 귀족적으로 축제를 즐기는 것처럼 느끼게 해주었다. 모르는 인물이 한 사람 등장했는데 테디 이모부가 이 신사를 베어 부부에게 데려가서 소개했다.

"이쪽은 하이드 씨예요. 그는 댄에게 관심이 있어요. 댄이 얼마나 좋아졌는지 보여주려고 오늘 이리 모셔왔어요."

베어 부부는 댄의 안녕을 위해 진심으로 손님을 맞이했고 그 아이를 잊지 않은 사람이 있다는 데 감사했다. 몇 분간 대화를 나눈 뒤 그들은 하이드 씨가 아주 친절하고 솔직하고 흥미로운 사람이라는 점을 알게 되어 기뻤다. 옛 친구를 보고 소년의 얼굴이 밝아지는 모습은 참으로 보기 좋았다. 댄의 외모나 예의범절이 많이 좋아진 것에 놀라고 만족하는 하이드 씨의 모습을 보는 것은 즐거웠고 무엇보다 두 사람이 세대, 문화, 계층의 차이를 잊어버리고 흥미로워하는 주제를 가지고 한 귀퉁이에서 앉아 남자와 소년이 노트를 비교하고 자신들의 여름 일상에 대해 이야기 나누는 것을 보는 일이 가장 즐거웠다.

“곧 행사가 시작될 거예요. 안 그러면 우리 배우들이 잠이 들고 말 거랍니다.” 첫 번째 환영식이 끝나자 조 부인이 말했다.

그래서 모두가 교실로 들어갔고 침대 커버 두 장으로 만든 커튼이 드리워진 무대 앞에 앉았다. 아이들이 이미 사라지고 없었다. 하지만 커튼 뒤에서 우스꽝스러운 작은 함성이 터져 나와 그들의 행방을 알렸다. 행사는 프란츠가 이끄는 열정 넘치는 운동선수들로부터 시작되었다. 나이가 있는 여섯 소년이 파란 바지에 빨간 셔츠를 입고 아령, 곤봉, 추를 들고 무대 뒤에서 조가 연주하는 피아노 음악에 맞춰 멋진 근육을 자랑했다. 댄이 아주 열정적으로 옆자리에 선 다른 아이를 넘어뜨릴 뻔하거나 빈백(bean-bag)을 관중 사이로 윙윙 소리를 내며 던져서 좀 위험했다. 댄은 하이드 씨가 와주어 더욱 신났고 자신의 스승에게 보답하려는 욕망에 불타올랐다.

“훌륭하고 힘이 센 아이로군. 1~2년 안에 남아메리카로 여행을 갈 때 저 애를 데려가게 해달라고 부탁할지도 몰라요, 베어 씨.” 방금 그 아이에 관한 이야기를 듣고 한층 댄에게 관심이 커진 하이드 씨가 말했다.

“데리고 가셔도 좋습니다. 당연히 환영이죠. 물론 우린 어린 헤라클레스를 많이 그리워할 테지만요. 그에게는 좋은 세상을 구경하는 일이 될 테고 전 그 애가 충실히 따를 거라고 확신합니다.”

댄은 물음과 대답을 모두 다 들었고 하이드 씨와 외국으로 여행을 간다는 생각에 가슴이 마구 뛰었다. 모두가 그에게서 보고 싶어 하는 모습이 되고자 열심히 노력한 보상으로 그런 큰 칭찬을 받은 것 같아 감사하는 마음이 커졌다.

운동선수들의 장기자랑이 끝난 뒤에 데미와 토미가 고전 만담인 〈돈은 고집 센 암당나귀도 가게 만든다〉를 보여주었다. 데미도 아주 잘했지만 늙은 농부 역할을 한 토미가 압권이었다. 그는 사일러스 흉내를 내서 보는 이들을 웃음 짓게 했고 사일러스가 너무 많이 웃어서 사레가 들리자 아시아가 그의 등을 때려주어야 했다. 그렇게 둘은 복도에 서서 정말 재미있게 들었다.

그런 다음 에밀이 호흡을 가다듬고 의상을 차려입은 채 바다의 노래인 〈폭풍〉, 〈바람이 부는 해안〉과 〈소년이여, 뱃머리를 돌려라〉의 합창 부분을 불러 온 교실이 쩌렁쩌렁 울렸다. 네드가 우스꽝스러운 중국 춤을 보여준 다음 커다란 개구리처럼 폴짝 뛰어서 탑 같은 모자 안으로 들어갔다. 플럼필드에서 다른 식구들에게 이런 공연을 선보인 건 이번이 처음이라 빠른 연산하기, 철자 말하기, 낭독회도 시도해보았다. 잭은 칠판에 빠르게 계산하는 모습을 보여 보는 이를 놀라게 했다. 토미는 철자 말하기 시합에서 우승했고 데미는 프랑스 우화를 아주 잘 읽어서 테디 이모부를 매료시켰다.

"다른 아이들은 어디에 있나요?" 커튼이 내려지고 꼬맹이들이 아무도 등장하지 않자 모두가 물었다.

"아, 그건 깜짝 쇼랍니다. 너무 사랑스러운데 여러분에게 미리 알려주지 못하는 것이 유감이에요." 데미가 이렇게 말하고 어머니에게 입을 맞추러 갔고 옆에 앉아서 곧 나타날 신비로운 쇼에 대해 설명했다.

조가 금발미녀를 안고 등장하자 그 애의 아버지는 너무 놀라서 베어 씨에게 궁금증과 스릴, 참을 수 없는 호기심으로 물었다. "무슨 일이 벌어지겠군요."

한참 부스럭거리고 두드리는 소리가 나고 무대 관리자가 관중에게 다 들리도록 지시를 한 다음 마침내 커튼이 올라가면서 잔잔한 음악이 흐르고 베스가 갈색 종이로 만든 벽난로 옆 스툴에 앉아 있는 모습이 나타났다. 그렇게 사랑스러운 어린 신데렐라는 처음이었다. 회색 원피스는 많이 해졌고 작은 신발도 다 닳았으며 금발 머리 아래로 아름다운 얼굴이 매우 낙담한 채 앉아 있어서 보는 이들은 눈물과 동시에 미소를 지으며 아기 배우를 애정 어린 눈길로 쳐다보았다.

베스가 가만히 앉아 있으니 한 목소리가 속삭였다. "지금이야!" 그러자 베스가 살짝 우습게 한숨을 쉬더니 말했다. "아, 나도 무도회에 갈 수 있었으면!" 대사가 너무 자연스러워서 딸의 아버지는 열정적으로 박수 쳤고 어머니는 "우리 공주님!" 하고 소리쳤다. 이런 상당히 부적절한 표현으로 신데렐라는 자신의 역할을 잊어버리고 그들을 향해 고개를 흔들며 꾸짖듯이 말했다. "나한테 말하면 안 돼."

곧바로 침묵이 이어지고 벽에서 세 번 두드리는 소리가 났다. 신데렐라는 놀란 것처럼 보였지만 곧 대사를 기억해내고 "무슨 일이지?" 하고 말했고 갈색 종이 벽난로가 문처럼 열리더니 머리에 뾰족한 모자를 쓴 요정 대모가 좀 힘들게 그 사이로 나타났다. 낸이 붉은 망토에 모자를 쓰고 지팡이를 흔들며 진지하게 말했다.

"너도 무도회에 가게 될 거란다, 신데렐라야."

"그럼 얼른 내 예쁜 드레스를 보여줘." 신데렐라가 자신의 갈색 원피스를 잡아당기며 말했다.

"아니, 지금은 아니야. 넌 이렇게 말해야지. '이런 옷을 입고 어떻게 가요?'" 대모가 대신 말해주었다.

"아 맞다, 내가 그래야지." 그리고 공주님이 자신이 잊어버린 것은 개의치 않고 대사를 했다.

"너의 누더기 옷을 근사한 드레스로 바꿔주마. 그건 네가 착한 아이기 때문이란다." 대모가 연극조로 말했다. 그리고 갈색 앞치마를 벗겨내자 아름다운 옷이 등장했다.

어린 공주는 모든 왕자님이 다 돌아볼 정도로 아주 예뻤다. 그녀의 어머니는 마치 작은 궁정 숙녀처럼 꾸며주어 분홍색 실크 드레스에 새틴 속치마, 여기저기 꽃을 장식해 아주 사랑스러웠다. 대모는 분홍색과 흰색 깃털이 빠지는 왕관을 머리에 씌워주고 은색 종이 구두를 한 켤레 주었고, 신데렐라가 구두를 신고 자리에 서서 치맛자락을 들어 올려 관중에게 보여주며 자신만만하게 말했다. "제 모습이 아름답지 않나요?"

그렇게 걸치고 있는 모습에 매료되어 베스는 대사를 떠올리지 못하고 즉흥적으로 말했다.

"하지만 전 마차가 없어요, 대모."

"나와라, 짠!" 낸이 과장된 동작으로 지팡이를 흔들다 공주의 왕관을 넘어뜨릴 뻔했다.

그러자 엄청난 노력의 결과물이 등장했다. 우선 바닥 위에서 밧줄이 퍼덕이더니 홱 당겨지면서 에밀의 목소리가 들렸다. "어이, 들어 올려요!" 그러자 사일러스가 걸걸한 목소리로 대답했다. "고정해, 지금, 고정하라고!" 이어서 네 마리의 커다란 회색 쥐가 등장하자 객석에서 웃음소리가 터져 나왔다. 특이한 꼬리가 달린 쥐들은 어설프게 다리를 덜덜 떨었지만 머리는 제대로여서 검은 구슬이 진짜 살아 있는 눈처럼 빛났다. 그들은 마차를 끌어당기러 나온 것 같았다. 이내 커다란 호박의 남은 절반으로 만든 거대한 마차가 테디의 장난감 마차의 바퀴 위에 올려져 등장했다. 마차는 회색 객차와 어울리도록 노란색으로 칠했다. 탈지면 가발과 삼각모를 쓰고 보라색 반바지에 레이스가 달린 코트 차림으로 즐겁게 객차 앞쪽에 앉아 있는 어린 마부는 길게 채찍을 휘두르고 붉은 고삐를 아주 열정적으로 당겨서 회색 말들이 아주 잘 달렸다. 마부는 테디로 붙임성 있게 동료들에게 눈빛을 건네 그들은 한 바퀴를 돌았다. 로리 이모부가 말했다. "저렇게 진지한 마부가 있다면 이 자리에서 계약을 할 거야." 마차가 멈췄고 대모가 공주를 내려주었다. 공주는 천천히 걸으며 관중에게 손 인사를 했고 은색 종이로 만든 유리 구두는 앞쪽으로 몰리고 분홍색 옷자락은 뒤쪽으로 쓸려서 우아한 마차가 떠나갈 때 이런 말을 하기 좀 그렇지만 신데렐라의 우아함은 억지로 끼워 맞춘 것처럼 어색했다.

다음 장면은 무도회였다. 낸과 데이지가 온갖 치장을 하고 아름답게 등장했다. 낸은 오만한 자매 역을 특히나 잘했고 왕궁을 휩쓸고 다니며 많은 상상 속 숙녀들을 매료시켰다. 어딘가 불안한 왕좌에 홀로 앉은 왕자는 커다란 왕관에 눌려 아래로 눈을 내리깔고 검을 가지고 놀면서 자기 신발의 장미문양을 보고 감탄했다. 그러다가 신데렐라가 등장하자 벌떡 일어나 우아함보다는 따뜻한 목소리로 소리쳤다.

"이럴 수가! 저 숙녀는 누구지?" 그리고 곧바로 숙녀가 나와 춤을 추었고 그사이 자매들은 인상을 찌푸리며 모퉁이에 서서 턱을 치켜들고 지켜보았다.

어린 한 쌍이 보여주는 위풍당당한 춤은 아주 아름다웠고 아이들의 얼굴이 아주 진지하고 의상도 매우 세련되고 스텝도 정말로 특이해서 그들은 바토(Jean Antoine Watteau)*의 부채에 그려진 고전적이고 앙증맞은 인물들처럼 보였다. 공주의 옷자락이 자꾸 휘감기고 로브 왕자는 검에 발이 걸려 여러 차례 넘어질 뻔했다. 그러나 이런 장애에도 둘은 아주 근사하게 해냈고 우아함과 열정으로 각자의 역할에 충실하며 춤을 마무리했다.

"신발 한 짝을 떨어뜨려야지." 공주가 자리에 앉으려는데 조부인이 속삭였다.

"어머, 깜박했네!" 그리고 신데렐라는 은색 유리구두 한 짝을 벗어 조심스럽게 무대 한가운데 놓더니 로브에게 말했다. "이제 당신이 날 찾으러 와야 해요." 그리고 성급히 자리를 떴고 왕자는 신데렐라가 시키는 대로 구두를 주워 그녀를 쫓아 종종걸음을 옮겼다.

세 번째 장면은 모두가 다 아는, 전령이 구두를 들고 와 신어보게 하는 부분이었다. 여전히 마부 옷차림을 한 테디가 나와 깡통으로 만든 색소폰을 아름답게 불자 잘난 척하는 자매들이 각각 구두를 신어보았다. 낸은 날카로운 칼로 발을 자르는 연기를 하겠다고 주장했고 너무 실감나게 잘해서 전령이 놀라 그녀에게 "제발 조심해."라고 애원했다. 신데렐라의 이름이 불리

* 프랑스 화가(1684~1721). 18세기 프랑스의 로코코 회화를 대표하는 화가로 우아한 필치로 풍요함이 깃든 작품을 그렸다.

자 긴 앞치마를 반쯤 걸친 채 나타난 그녀는 신발을 신어보고 만족하며 말했다. "제가 바로 그 공주예요."

데이지는 훌쩍이며 용서를 구했다. 그러나 낸은 비극을 좋아해서 이야기를 각색해 바닥으로 쓰러졌고 그렇게 누워서 나머지 연극을 편안하게 즐겼다. 얼마 지나지 않아 왕자가 뛰어와 무릎을 꿇고 금발미녀의 손에 아주 사랑스럽게 입을 맞췄고 전령이 너무 세게 피리를 불어 관중은 귀가 먹을 뻔했다. 커튼이 아직 내려지지 않았는데 왕자는 무대에서 내려와 아버지에게 가서 "나 잘했죠?" 하고 물었고 공주와 전령은 뿔피리와 나무검으로 칼싸움을 벌였다.

"정말 아름다운 연극이었어." 모두가 칭찬했다. 그리고 탄성이 좀 잦아들자 네트가 손에 바이올린을 들고 등장했다.

"쉿! 조용히 해요!" 아이들이 소리치자 주위가 조용해졌고 소년의 수줍음 타는 모습과 호소력 짙은 눈동자로 모두의 이목이 쏠렸다.

베어 부부는 그가 잘 아는 슬픈 옛날 곡을 연주할 거라고 생각했는데 놀랍게도 그들은 새롭고 사랑스러운 멜로디를 들었고 아주 부드럽고 달콤한 연주에 네트가 맞나 싶었다. 말없이 사람을 감동시키는 노래였다. 편안한 가정의 희망과 기쁨을 담은 이 단순한 곡조는 듣는 이의 마음을 달래고 기운이 돋게 해주었다. 메그 이모는 데미의 어깨에 머리를 기댔고 할머니는 눈물을 훔쳤고 조 부인은 로리 씨를 쳐다보며 목이 멘 채 속삭였다.

"네가 작사한 거잖아."

"난 네 아이가 자신만의 방식으로 너에게 고마움을 전하길 바랐을 뿐이야." 로리가 그녀에게 답을 해주려고 몸을 앞으로 숙이며 말했다.

네트가 인사를 하고 들어가려는데 많은 사람들이 환호해 다시 연주해야 했다. 그는 아주 행복한 얼굴로 연주를 해서 보기 좋았고, 최선을 다해서 청중에게 친근한 옛 노래를 들려주어 다들 가만히 있지 못하고 발을 들썩거렸다.

"자리를 비워주세요!" 에밀이 외쳤다. 그리고 이내 의자를 뒤쪽으로 밀어내고 어른들은 안전하게 모퉁이로 가고 아이들이 한가운데 모였다.

"신사의 매너를 보여줍시다!" 에밀이 소리쳤다. 그리고 소년들이 나이와 상관없이 숙녀들에게 다가갔고 달변가 딕 스위블러(Dick Swiveller)가 했던 말처럼 "어지럽게 발을 움직여볼까요?" 하고 예의 바르게 요청했다. 어린 소년들은 거의 다 금발 미녀 공주님에게 다가갔지만 그녀는 친절한 숙녀답게 딕을 선택하고 그가 자신을 제대로 호위하도록 허락했다. 조 부인은 거절할 수 없었다. 에이미 이모는 프란츠를 거절하고 말할 수 없는 기쁨으로 댄을 선택했다. 당연히 낸은 토미와 짝을 이루었고 네트와 데이지가 한 쌍이 되고 테디 이모부는 '춤추기'를 간절히 원했던 아시아에게 다가갔다. 사일러스와 메리 앤은 복도에서 단둘이 춤을 추었다. 그렇게 30분 동안 플럼필드는 아주 즐거웠다.

파티는 공주가 호박 마차에 오르고 앞에서 마부가 끌고 쥐들이 신나게 환호하면서 모두가 웅장한 행진을 벌이며 끝이 났다.

아이들이 이 마지막 유흥을 즐길 동안 어른들은 응접실에 앉아 부모와 친구로서 아이들에 관해 이야기를 나누었다.

"행복한 얼굴을 하고 혼자 무슨 생각을 하는 거야, 조?" 로리가 소파의 옆자리에 앉으며 물었다.

"내가 여름 동안 한 일에 대해 생각했어, 테디. 그리고 내 아이들의 미래를 상상하니 너무 기쁜 거 있지." 그녀는 로리에게 자리를 내주면서 웃었다.

"그들 모두가 시인, 화가, 정치가, 유명한 군인, 혹은 적어도 상인 왕자들이 될 거야."

"아니, 난 예전처럼 출세 지향적이지 않고 아이들이 정직한 어른으로 자라면 만족할 것 같아. 하지만 솔직히 저들 중 일부에게는 약간의 영광과 업적이 나오길 기대하고 있어. 데미는 평범한 아이가 아니고 탁월한 언어적 재능으로 뭔가 훌륭하고 근사한 일을 할 것 같아. 다른 아이들도 잘하길 바라고 특히 마지막으로 받은 두 아이는, 오늘 밤 네트의 연주를 듣고 나니 정말로 그 애가 천재라고 생각해."

"그런 말을 하긴 너무 일러. 확실히 네트는 재능이 있고 자기가 좋아하는 일을 하면서 돈을 벌 수 있을 거라는 데는 의심할 여지가 없어. 한두 해 정도 그 애를 더 키우고 나서 네게서 데려가 제대로 출발할 수 있게 할 거야."

"불과 6개월 전에 친구도 없이 버려진 채 찾아온 가여운 네트한테는 아주 근사한 계획이야. 댄의 미래는 이미 내가 준비하고 있어. 하이드 씨가 곧 그를 데려갈 거고 난 그에게 용감하고 충실한 어린 하인을 보내줄 거야. 댄은 급료가 만족스럽고 일에 자부심이 생기면 잘할 거고 자신만의 방식으로 미래를 개척하는 힘이 있어. 그래, 한쪽은 아주 약하고, 한쪽은 아주 거친 이 두 아이의 성공이 난 너무 행복해. 둘 다 한층 좋아졌고 촉망받는 미래가 기다리고 있어."

"대체 어떤 마법을 부린 거야, 조?"

"난 그저 아이들을 사랑해주고 그걸 알게 해줬을 뿐이야. 나머지는 프리츠가 다 했지."

"세상에! 넌 '그저 사랑해주는' 일이 가끔은 정말 힘들다는 걸 알잖아." 로리가 그녀의 가냘픈 턱을 쓰다듬으며 소녀일 때보다 더 애정 어린 존경을 표현했다.

"난 늙어가는 여성이지만 아주 행복해. 그러니 날 동정하지 마, 테디." 그녀는 진심으로 만족한 눈길로 사방을 살폈다.

"그래, 네 계획은 매년 점점 더 좋아지는 것 같아." 그가 자신 앞에서 벌어지는 즐거운 광경에 동의한다는 듯 고개를 끄덕였다.

"너한테서 그렇게 많은 도움을 받는데 어떻게 내가 실패할 수 있겠어?" 조가 자신의 가장 호의적인 후원자에게 감사하는 표정으로 대답했다.

"네 학교와 그 성공이 가족들에게는 제일 좋은 이야깃거리야. 우리가 널 위해 준비한 것과는 사뭇 다른 미래지만 결국 넌 아주 잘해냈어. 그 사실이 늘 내게 영감을 주고 있어, 조." 로리가 언제나처럼 그녀의 감사에 보답했다.

"흥! 하지만 처음에는 날 비웃었고, 여전히 내 생각과 날 놀리는 데 재미가 들려 있잖아. 소녀들을 남자아이들 틈에 두면 절대 안 될 거라고 하지 않았어? 자, 이제 얼마나 잘하고 있는지 봐." 그리고 조는 다정하고 훌륭한 친구로서의 모든 징조를 보이며 같이 춤추고 노래하고 재잘거리는 행복한 아이들을 가리켰다.

"내가 졌어. 그리고 우리 금발미녀가 좀 더 자라면 너에게 보낼 거야. 그보다 더 좋은 대답이 있어?"

"네 어린 보물을 내게 믿고 맡겨준다면 너무 뿌듯할 거야. 하지만 테디, 정말로 저 소녀들이 가져온 효과가 아주 커. 넌 비웃겠지만 상관없어. 난 익숙하거든. 내가 가장 바라는 것 중 하나를 말해줄게. 난 우리 가족이 하나의 작은 세상이라고 생각하고, 그 속에서 내 소년들이 성장하고 최근에는 내 어린 소녀들이 그들과 잘 지내면서 얼마나 좋은 영향을 미치는지 보는 게 좋아. 데이지는 가정적이라 소년들이 모두 그 아이의 조용하고 여성적인 방식의 매력을 느끼고 있어. 낸은 열성적이고 힘이 넘치고 강인한 마음을 가졌어. 소년들은 그 아이의 용기에 감탄하고 낸이 의지대로 할 수 있도록 동등한 기회를 줬어. 그 애가 남자아이들의 작은 세상 속에서 동등한 힘과 강인함을 가지고 있다는 걸 인정한 거야. 너의 베스는 타고난 우아함과 세련미, 아름다움으로 가득 찬 숙녀야. 그 애는 무의식적으로 소년들을 밝혀주고 사랑스러운 여성처럼 자신의 자리를 채우고 부드러운 영향력으로 아이들을 인생의 거칠고 힘든 부분에서 들어 올려 근사한 옛 속담처럼 신사가 되게 해주었어."

"숙녀가 늘 최고인 것만은 아니야, 조. 가끔은 용감하고 강인한 여성이 남자아이를 휘젓고 남자답게 만들기도 해." 로리가 의미심장한 웃음과 함께 그녀에게 고개를 까닥였다.

"아니. 네가 매력을 느껴 결혼한 우아한 여성이 그의 어린 시절의 말괄량이보다 더 제대로 그를 만들어주었어. 아니, 더 좋은 건 현명하고 모성애 깊은 여성이 그를 지켜보고 데이지가 데미를 잘 살피듯 그를 제대로 된 사람이 될 수 있게 해준 거야." 그리고 조는 자신의 어머니에게로 몸을 돌렸고 다정한 우아함과 기품 있는 아름다움으로 깃든 어머니는 조금 떨어진 곳에 메그와 함께 앉아 있었는데 로리가 그녀에게 자식으로서의 존중과 사랑을 전했고 그는 진심으로 이렇게 말했다.

"세 사람이 전부 많은 영향을 미쳤고 난 이제 소녀들이 어떻게 네 소년들을 돕는지 이해할 수 있을 것 같아."

"소년들도 그들을 돕고 있어. 상호작용이라고 난 확신해. 네트는 음악으로 데이지에게 많은 영감을 주고 있어. 댄은 누구보다 낸을 잘 다룰 수 있고 데미는 네 금발미녀를 아주 잘 가르쳐줘서 프리츠가 그 둘을 로저 애스컴(Roger Ascham)*과 레이디 제인 그레이(Lady Jane Gray)**라고 불러. 맙소사! 남자와 여자가 우리 아이들만큼이나 서로 믿고 이해하고 돕는다면 세상은 더 나은 곳이 될 수 있을 텐데!" 조 부인의 눈동자가 플럼필드에서 자신의 아이들처럼 모두가 행복하고 정직하게 잘 지내는 새롭고 매력적인 사회를 상상하는 듯 멍해졌다.

"넌 좋은 시대가 올 수 있도록 최선을 다하고 있어, 조. 계속 그렇게 믿고 노력하고 작은 시도를 성공시키며 그 가능성을 입증해주렴." 마치 씨가 지나가다가 격려의 말을 해주려고 멈췄고 훌륭한 그는 결코 인류에 대한 믿음을 저버리지 않고 여전

---

* 16세기 영국의 유명한 교육가로 《교사론》에서 교육에서 행하는 체형體刑의 가혹함을 비판하고 전인교육을 창도하는 등 당시의 시대풍조를 훨씬 앞선 탁견으로 많은 관심을 모았다.

** 영국 최초의 여왕으로 메리 1세에 의해 9일 만에 폐위되고 이듬해 런던탑에서 참수당했다. 그녀의 머리도 긴 금발이어서 베스를 이렇게 비유했다.

히 평화, 선의, 행복이 지상에 자리하길 바랐다.

"아버지, 전 그 정도까진 야망이 크지 않아요. 그저 아이들에게 세상에 나가서 자신들만의 전투를 벌일 때 그들의 삶이 덜 힘들도록 돕는 단순한 것들을 가르칠 뿐인걸요. 정직, 용기, 근면, 하느님, 주변 이웃, 스스로에 대한 믿음을요. 그게 제가 하는 일의 전부예요."

"그게 다란다. 아이들에게 그런 도움을 주고 아이들이 남성과 여성으로서 자신의 삶을 이끌어갈 수 있도록 하는 거 말이야. 성공하든 실패하든 상관없이 그들 모두가 너의 노력을 기억하고 축복할 거라 생각해. 내 착한 아들이자 딸아."

베어 교수가 그 자리에 합류했고 마치 씨가 말을 하면서 둘의 손을 잡은 뒤 축복을 해주며 자리를 나섰다. 조와 프리츠는 잠시 서서 조용히 이야기를 나눈 뒤에 자신들이 공들인 여름 텃밭이 아버지가 인정한 것처럼 아주 잘 되었다고 느꼈다. 로리 씨는 복도로 나와서 아이들에게 뭐라고 말했고 갑자기 모두가 응접실로 들어와서 아버지 베어와 어머니 베어의 손을 잡고 춤을 추면서 즐겁게 노래를 불렀다.

여름이 지나가고,
여름의 일도 끝났네.
근사하게 하나씩

수확했고

이제 성대한 수확물을 먹으며

놀이로 마무리를 하지.

하지만 한 가지 의식이

우리의 추수감사절에 남아 있다네.

친애하는 하느님의 보살핌 아래서

가장 좋은 수확은

오늘 밤 집에 있는

행복한 아이들이라고.

우리는 나가서

고마움을 전할 사람에게 가서

감사하는 마음과 목소리로 말하네.

아버지, 어머니 덕분이에요.

마지막 말과 함께 원이 차츰 좁아져 훌륭한 교수와 그의 아내는 팔들에 둘러싸이고 주변에서 웃고 있는 아이들의 얼굴에 반쯤 가려져 한 식물이 뿌리를 내리고 모든 작은 정원에서 아름답게 피어났음을 증명했다. 사랑은 어떤 땅에서도 자라는 꽃과 같고 그 달콤한 기적은 가을 서리나 겨울 눈에 굴하지 않고 한 해 내내 아름답고 향기롭게 피어서 그 꽃을 주고받는 이를 축복한다.

작가 연보

1832년 미국 펜실베이니아주 필라델피아에서 아버지 에이머스 브론슨 올컷과 어머니 애비게일 메이 올컷의 둘째 딸로 태어났다.

1834년 가족 전체가 매사추세츠주 보스턴으로 이주했다.

1840년 보스턴에서 매사추세츠주 콩코드의 작은 오두막으로 이주했다. 아버지와 친하게 지내던 초월주의 사상가 랠프 월도 에머슨, 헨리 데이비드 소로에게 교육을 받는다. 그 외에도 너새니얼 호손 등 당대 문인들 및 초월주의 지식인들과 올컷 가족 간에는 활발한 교류가 있었다.

1843년 아버지 에이머스 올컷이 유토피아 공동체인 프루틀랜드를 설립, 온 가족이 공동체로 이주했다. 하지만 공동체는 곧 와해되었고 이후 임대 주택에 살게 된다.

1845년 어머니의 유산과 에머슨의 원조로 구입한 콩코드의 '오차드 하우스'로 이주했다. 훗날 이때의 경험과 당시 일기를 바탕으로 《초월주의의 야생귀리(Transcendental Wild Oats)》를 집필한다.

1847년 남부에서 도망친 흑인들의 탈출을 도와주는 '지하철도(Underground Railroad)'의 역이자 쉼터로 가족이 집을 제공한다.

1848년 여성의 인권과 참정권에 관한 〈감정 선언문(Declaration of Sentiments)〉을 읽고 큰 영향을 받는다. 가난 때문에 어릴 때부터 임시 채용 교사, 바느질, 가정교사, 가사 도우미, 그리고 작가로 일한다.

1854년 에머슨의 딸 엘렌 에머슨을 위해 쓴 동화를 모아 《꽃의 동화(Flower Fables)》를 출간한다.

1856년 '소녀들을 위한 책'을 써달라는 출판사의 요청으로 《작은 아씨들(Little Women)》을 쓰기 시작한다.

1858년 여동생 엘리자베스가 죽고, 언니인 애나가 결혼한다.

1860년 《애틀랜틱 먼슬리(The Atlantic Monthly)》에 작품을 쓰기 시작한다.

1862년 남북전쟁 중에 북군의 간호사로 자원입대해 워싱턴 D.C.의 조지타운에 있는 병원에서 간호사로 일한다.

1863년 건강상의 이유로 콩코드의 집으로 돌아온다. 간호사 복무 기간의 경험, 당시 가족에게 보낸 편지들을 바탕으로 《병원 스케치(Hospital Sketches)》를 발표한다. 이 작품으로 대중의 인기와 문단의 관심을 받는다.

1864년 장편 《변덕(Moods)》을 발표한다. 인종 문제, 여성 문제, 계급 문제를 복합적으로 다룬 단편 〈한 시간(An Hour)〉을 발표한다.

1866년 《모던 메피스토펠레스(A Modern Mephistopheles)》를 탈고하지만, 선정적이라는 이유로 출판을 거부당한다.

1868년 '뉴잉글랜드 여성참정권 협회'에 가입한다. 이 해와 다음 해에 걸쳐 《작은 아씨들》 1, 2권을 출간한다. 이 작품의 대성공으로 가족이 오랜 생활고에서 벗어나게 된다. 이후에도 어린이를 위한 다수의 작품을 출간한다.

1870년 《시골 소녀(An Old-Fashioned Girl)》를 출간한다.

1871년 《작은 아씨들》의 속편 《작은 신사들(Little Men)》을 출간한다.

1877년 어머니 애비게일 메이 올컷이 세상을 떠난다. 이후 어머니의 평생 숙원인 여성의 참정권 획득을 위해 각종 정치활동에 적극적으로 참여한다.

1879년 콩코드 지역 의회 선거를 위해 등록한 최초의 여성이 된다.

1880년 막내 여동생 메이가 세상을 떠난 후 열 달 된 딸을 맡게 되고, 과부가 된 언니와 언니의 아이들의 자녀까지 모두 올컷이 키우게 된다.

1886년 《작은 아씨들》 3부작의 마지막 편 《조의 소년들(Jo's Boys)》을 출간한다.

1888년 3월 6일, 아버지가 죽은 뒤 이틀 만에 뇌졸중으로 세상을 떠났다. 콩코드의 슬리피 할로 공동묘지에 묻혔다.

옮긴이 공민희

부산외국어대학교를 졸업하고 영국 노팅엄 트렌트 대학교 석사 과정에서 미술관과 박물관, 문화유산 관리를 공부했다. 번역 에이전시 엔터스코리아에서 출판기획자 및 전문번역가로 활동 중이다. 옮긴 책으로는《초판본 작은 아씨들 2》,《당신이 남긴 증오》,《기억의 제본사》,《벽 속에 숨은 마법 시계》,《난민, 세 아이 이야기》,《혼자 있고 싶은데 외로운 건 싫어》,《지금 시작하는 그리스 로마 신화》등 다수가 있다.

디럭스 벨벳 에디션

초판본 작은 아씨들 3 - 작은 신사들

: 1871년 오리지널 초판본 표지디자인

초판 1쇄 펴낸 날 2020년 6월 30일

지은이 루이자 메이 올컷
그린이 레지널드 B. 버치
옮긴이 공민희
펴낸이 장영재
펴낸곳 (주)미르북컴퍼니
자회사 더스토리
전 화 02)3141-4421
팩 스 02)3141-4428
등 록 2012년 3월 16일(제313-2012-81호)
주 소 서울시 마포구 성미산로32길 12, 2층 (우 03983)
E-mail sanhonjinju@naver.com
카 페 cafe.naver.com/mirbookcompany

(주)미르북컴퍼니는 독자 여러분의 의견에
항상 귀 기울이고 있습니다.

파본은 책을 구입하신 서점에서 교환해 드립니다.
책값은 뒤표지에 있습니다.

값 16,800원

ISBN 979-11-6445-295-8